소중한 마음을 가득 담아서

_____ 님께 드립니다.

사랑합니다. 스틱! 스틱은 당신을 응원합니다.
가까이 있는 당신을 생각합니다. 멀리 있는 그대를 그리워합니다. 가족을 사랑합니다.

탈출

{99%을}

지은이 신창용

하나의 선택이 삶 전체를 규정해버리는 삶의 불가지(不可知)와 위험, 수인의 한계를 넘은 '갑과 을'의 불평등 구조, 진화의 본질적 장애인 이념의 불균형, 눈물과 피를 바쳐 얻은 자유와 인권이 자본에 의해 다시 규정되는 현실, 역사발전의 완만함이나 의문 등에 대한 사유가 오래 쌓여 버티지 못하고 그 일단이 이 졸작으로 형상화되었다.

탈출

존재의 조건이 찢긴 자들

{99%을}

신창용 지음

STiCK

존재의 조건이 찢긴 자들

탈출, 99%을

초판 1쇄 인쇄 2018년 10월 22일
초판 1쇄 발행 2018년 10월 29일
지은이 신창용

발행인 임영묵 | **발행처** 스틱(STICKPUB) | **출판등록** 2014년 2월 17일 제2014-000196호
주소 (10353) 경기도 고양시 일산서구 일중로 17, 201-3호 (일산동, 포오스프라자)
전화 070-4200-5668 | **팩스** (031) 8038-4587 | **이메일** stickbond@naver.com
ISBN 979-11-87197-28-7 (03810)

"원고투고" stickbond@naver.com
출간 아이디어 및 집필원고를 보내주시면 정성스럽게 검토 후 연락드립니다. 저자소개, 제목, 출간의도, 핵심내용 및 특
징, 목차, 원고샘플(또는 전체원고), 연락처 등을 이메일로 보내주세요. 문은 언제나 열려 있습니다. 주저하지 말고 힘차
게 들어오세요. 출간의 길도 활짝 열립니다.

스틱트서한호 S043 | 표지(한국제지) 이코르테 백색 210g/㎡ | 면지(한솔제지) 미색 백상지 100g/㎡

차례

† **일러두기 1**
문학적 의도 및 작가적 표현에 기반한 비문, 문법이나 통상의 용례에 어긋난 표현이 더러
있으니 이 점 고려되기를 바랍니다.

† **일러두기 2**
이 책의 '후기' 부분(238~331쪽)만 그대로 옮겨 별도의 책인 『조물주위에건물주』로 출간했음
을 밝힙니다.

1

완전한 추방

작가는 이 두 번째 얘기에 대해서는 내가 말하라고 했다. 처음에는 거부했다. 살아생전에 내가 그리는 로만은 그 도래를 기대할 수 없었다. 절대로, 그렇게 될 수 없었다. 그 불능의 진단 그 자체는 이젠 화자가 되어 이 얘기를 쓰고 있는 지금도 마찬가지다. 그럼에도 이 두 번째 얘기를 내가 말하게 된 데에는, 이 이야기의 말미가 맡을 이유 때문이었다. 다만, 소설적 형상화는 마치 운명인 듯 '세상의 널리 폭력'과의 다툼을 회피하거나 오히려 은폐하는 결과일 수 있다는, 나의 억지가 있다. 해서 나는 작가의 입장을 떠나, 저 형상화라는 전형을 그때그때 이런저런 이유로 이탈할 수밖에 없다. 그 이탈에는 여기저기 헛소리나 사변(思辨)을 배설하는 짓거리도 피해 갈 수 없었다. 파스란에서 M의 삶을 비롯해 내가 경험치 못한 것들은 작가에게서 들었거나 내가 가진 이런저런 정보가 풀린 것이다. 단지 풀린 것이 아니라 내 기분이나 뜻에 승차했다.

M의 소속은 로만국회인권위원회 사무국 점검과다. 점검과는 7층짜리 별관의 꼭대기 층에 있다. 이 별관에는 국회의 사람들과 방문자들로 늘 북적인다. 이 별관만 사용하거나 본관과 함께 사용하는 부서나 기구인 민원지원센터, 국제조사국, 여성가족조사국, 전문위원실, 입법조사관실, 청문회준

비실, 공청회지원실, 세미나지원실, 국회방송국, 운영지원과, 홍보과, 감사관실, 인권위 점검과, 의원보좌관실, 기자실 등이 있다. 저런 상시적 부서나 기구에서 일하는 자들 외에도… 청문회나 공청회에 참석차 오가는 자들, 각종 입법을 추진하거나 관심이 있는 단체의 사람들, 민원을 청구하는 자들 등도 분주히 드나들어 소리 지르거나 삿대질도 해대니, 늘 도떼기시장과 그리 다를 바가 없다.

저들이 원하는 것이 인권에 관한 새로운 시각이 담긴 보고서라니? 뭘 쓸까? M은 마땅히 손에 잡히는 것이 없던 가운데 느닷없이 파스란에서 인권운동가가 된, 어릴 때 소를 살리겠다고 해프닝을 일으켰던 친구의 일이 떠올랐다. M과 같은 마을에 살던 당시 13살의 놈이었다. 놈은 송아지 때부터 들로 산으로 다니며 꼴을 먹이고 무등도 타며 함께했던 소가 도살장으로 가기 전날 밤에 사고를 쳤다. 놈은 사고를 치고 잡힌 후에는 그 소가 그날 종일 눈물을 흘리며 울었다고 헛소릴 해대었지만, 어쨌든 그날 밤 몰래 그 소를 미울 뒷산에 버려져 있던 빈집으로 빼돌렸다. 이튿날 놈의 아비지를 비롯해 온 가족이 소가 없어졌다고 난리였지만, 놈은 시치미를 뚝 떼고 있었다. 나흘째 되던 날 그 빈집에도 수색이 있을 것으로 위기를 감지한 놈은 그 소를 몰고 더 깊은 산으로 들어가 버렸다. 소에 이어 아들까지 없어진 그 집은 난리가 났고, 온 마을 주민이 소와 그 친구를 찾아 그 마을과 그 일대 산속을 수색에 나섰다. 수색 사흘에 수색대 중 한 무리가 산속 작은 동굴에서 그 소와 놈이 잠들어 있는 것을 발견했다. 잠들었다기보다는 굶주림으로 지쳐 쓰러져 있던 상태였다. 놈은 자신의 아버지로부터 혼쭐이 났고, 소는 이틀 후 도살장으로 갔다. 오래전 교류가 없어진 그놈은 언제 한번은, 파스란은 동물모피사용 거부와 같은 더 높은 차원의 사회적 운동이 아직 요원하기에, 할 수 없이 인권운동을 하게 된 지도 모르겠다고 농담하듯 말했다. 어쨌든, 그놈의 옛날 그 해프닝에서 인권에 관한 뭔가 쓸 것이 나올 것인가? 동물의 삶에서 인권의 도출? 뭔가 가능할 것도 같았지만, '이거다!' 하고 잡히지는 않았다. 그렇다고 뭔가 끈적거려버린 그것을 그냥 묻어버리고 넘어가 버리기에는 간단히 떨어져 나가지는 않았다. M은 "동물? 동물?"을 주절대며 인터넷에서 사육동물에 관한 기사를 검색하고 있었다. 그러다가 잡힌 것이 '닭 사육의 실태'에 관한 기사 하나를 잡았다. 기어이 M은 '케이지식 닭 사육과 인권'이라는 제목을 잡아내었다.

이로써 〈닭은 철재 사각케이지가 아닌 마당에서 커야 한다. 좌우앞뒤로 움직이고 날갯짓할 수 있어야 한다. 파리한 형광이 아닌 저 높은 하늘이 쏟는 햇빛을 받아야 한다. 흙모래에 뒹굴어 이물질과 기생충을 털어내어야 한다. 그런데 말이다! 대체 인간이 뭔데 다른 생명체의 햇빛과 흙을 빼앗는가! 이것은 단지 동물에 관한 학대만은 아니다. 케이지식 닭 사육행위는 인권에 관한 침해다. 곰곰이 생각을 해보라! 동물을 아무렇게 취급하는 것은 인권에 관한 망각을 초래하게 한다. 인권의식의 상실에 기여한다. 의식의 연동현상이다. 따라서 동물에 관한 인간의 태도가 어떠냐는 인권에 관한 의식이 어떠한지의 차원에서 평가를 받아야 한다. 저것이 인간에 관한 평가가 가능한 것으로써, 인간에 관한 인권의식의 실제를 아는데 기여한다. 이리하여 결국, 인권문제는 단지 인간들 내부의 사정을 넘어 동물에 관한 인간의 태도까지 포함해 평가받아야 한다는 결론에 도달한다. 이것은 감상이 아니라, 인간의 의식형상에 관한 분명 과학적 인과이다. 국가는 저것에 대해, 모든 국민이 이해하고 인식하도록 홍보해야 한다.〉라는 요지의 보고서를 작성해놓고 보니, 저것 하나만으로는 뭔가 썰렁하거나 욕심이 나서는, 하나라도 더 붙이려고 또다시 인터넷에서 기사를 미친 듯이 더 뒤졌다.

딜컹 걸린 것이 이게 과연 인권과 관련이 있는가? 싶었지만, 인간의 짓이란 보기에 나름이라며 또 하나를 작성해버렸다. 두 번째 주제인 '최저임금의 인상과 인권'이라는 보고서로써, 그것은 〈최근 최저임금이 인상되어 소규모 서비스업체 및 같은 작은 제조업체, 식당, 편의점 등 영세사업자들이 힘들어하거나 폐업한다고 언론들이 연일 하늘이라도 무너질 듯 떠벌리고 있다. 그런데 저런 사정은 어느 정도는 사실일지라도, 주목해야 할 것은 언론의 비겁함이다. 21세기 신종 황색저널리즘 '기레기'의 비겁에 의해 비롯된 것이다. 무슨 말이냐? 힘들어하거나 폐업하게 하는 원인은 최저임금과 같은 인건비가 아니다. 그 원흉은 처음부터 그 자체에 관한 횟수가 불가능한 시설비를 포함해, 임대료나 체인본사에 지급하는 돈에 있다. 언론의 저런 기사는 그 진실을 국민이 모르게 하려는 의도에서 비롯된 것이기에, 그래서 비겁한 것이다. 정확히는, 조회 수와 이슈에 미쳐버려 비겁하다는 것을 알면서도 습관으로 묵살해버리는 것이다. 저런 기사는 또, 영세사업자들이 건물주나 체인본사가 아니라 정부에 대해 불만을 가지게도 만든다. 이것은 필연적으로 국민의 알권리라는 인권의 침해를 결과 짓는다. 설령 고의가 아니었더라도 '알권리'라는 공익에 관한 침해이므로, 고의와 같은 가치평가를 받아야 한다. 따라서 국가는 저 왜곡행위에 대해 즉가 문제를 제기하고 그 진실을 널리 국민에게 전파해야 한다. 필요에 따라서는 국민의 정신을 타락하게 한 죄책을 물어야 한다.〉라는 요지였는데, 기사와 그것에 붙은 댓글을 급히 짜깁기한 것이어서 편치는 않았으나, "빌어먹을, 다 그런 거지 뭐!" 하면서 이것까지 포함해 두 개의 보고서를 제출해버렸다.

　M이 제출한 두 개의 보고서를 '뭔 소린가?' 하고는 읽다 말다 읽다 말다 하던 5계장은 그 절반이 지나자 휙휙 넘겼다. 5계장은 사인 후 계원에게 주면서 어떠냐고 물었다. 계원은 "그, 글쎄요, 저로서는…"라고만 할 뿐이다. M의 보고서를 납득할 수 없지만, 자신이 M의 상급자인지도 모르겠다는 말 같다. 이상한 보고서 때문이라는 건지도, M이라는 이상한 사람과의 관계에서 그렇다는 것인지도 분명치 않다. 5계장은 계원의 사정을 알기라도 했다는

것인지 "거참!" 하고는, 보고서를 점검과장에게 올리라고 했다. 어디서 굴러먹다 온 자인지 예상에 없이 일찍 제 혼자서 보고서를 낸 것도 그런데, 그 내용이 괴상하기까지 하다. 저 인간이 왜 이러나? 점검과 직원들 모두 M이 대체 뭐하자는 건지, 무슨 시비를 거는지 알 수 없다. 그들이 M을 두려워하는 것은 아니다. 이 로만의 국회사무직에서 몇 년 차냐를 함부로 침해하는 일도 없지만, 그 이전에 M은 어차피 비정규 단기계약직이다. 무엇보다 보고서의 독창성, 우수성, 신규성, 의외성이라는 것에 대해 로만의 국회는 실제로는 그리 관심이 없다는 것이 아닌가 싶다. 마찬가지로 저런 것에 의해 직원의 평가를 달리할 능력을 로만의 국회인권위원회는 가지고 있지를 않다.

M을 끌어들인 자는 누구인가? 인사부서에서 인적사항과 함께 사람이 왔을 뿐, 누가 관여했다는 흔적은 그 어디에도 없다. 만날 뻔한 레퍼토리로 체면치레하는 정책실에서 누군가가? 아니면 이 점검과의 누가 돈이든 뭐든 먹고는? 무엇보다, 어느 부서이든 일을 만들면 오히려 탈 난다는 생각이 몸에 뱄는데, 그 어떤 가능성도 아니다. 정책실장이나 점검과장을 가정하더라도, 그래도 그렇지! 변호사 출신이란 자에게 일개 계원한테 지시받는 자리라니?! 형식적이든 실질적이든 그 어떤 지휘체계로 보더라도, 하여튼 그렇다. 인사기록에는 파스란에서 대학을 나와 그곳에서 변호사였다는 것, 처와 두 자식은 파스란에서 살고 있다는 것, 기껏 저것이 그에 관한 인적 정보의 전부다. 변호사는 로만에선 옛날만큼은 아니지만 아직은 선망인데, 그가 왜 이런 정도로 형편이 영 아닌 계약직인가? 어쨌든, 그의 열정만은 대단하다. 그 누구도 감당키 어렵다고 아니 할 수 없다.

계약직이라면서 실제로는 그 계약의 기간이 전혀 보장되지 않는다는 것도 괴상하지만(고용주인 국회 쪽에서 수많은 이유로 고용계약을 해지할 수 있다니, 이건 기간이 없는 것이나 다를 바 없다!), 쥐꼬리만 한 기본급에 성과급이라니! 로만의 국회에 성과급이라는 자리가 있던가? 각 분야의 전문성을 보완키 위한 고정급의 계약직은 있지만, 성과급이라니? 그렇다면 저 성과는 누가, 어떤 기준으로 책정한다는 건가? 그의 보고서에 대해 위에서 이렇다 할 공식적인 긍부는 없었다. 다만, 본관에 있는 어느 간부가 우연히 이 점검과에 들러서는 M의 어깨를 툭! 치며 "방귀를 자꾸 뀌다 보면 싸는 거지!"라고 한 일이 있었던 정도가 전부일 뿐이다. 저것도 그 간부가 남의 사무실에 놀러 와서는 멋쩍어서 그냥 툭 던진 짓이지, M에 관한 뭔가의 기대치는 아닐 것이었다. 그런데 말이지! M의 보고서라는 것이 전혀 통상적이지 않으니 질책이든 칭찬이든 하는 것은 붙어야 하는데, 그것도 아니니 알 수 없음이다. 집요하고 다혈질인 것 같은 점 외에는, 특별할 것 없어 보이는 M은 누구인가?

M이 일을 시작한 지 한 달이 가까워진 어느 날부터, 이 점검과에 드나들며 M을 돕는 두 여자, '파비안'과 '캐스린'은 누구인가? 대중없이 들쑥날쑥 드나드는 것으로 보나 어디로 보나, 저 둘은 계약직의 직원조차도 아님은 분명하다. 그렇다면, 저 들의 보수는 누가 준다는 건가? 그냥 M을 도와준다는 건가? 그럴 리가! 책임자인 점검과장도 5계장도 저 둘에 대해, 아무런 지시도 간섭도 잔소리도 하지를 않고 있다. 점검과 직원들이 M, 파비안, 캐스린이라는 저들의 자리를 한쪽 끝으로 옮기고 파티션을 쳐서 분리는 시켰으나, 저들끼리 해대는 잡음 수준의 논쟁은 여전히 성가시다.

*

10년 전 추락사고에서, M은 내가 곁에 없었어도 그는 살아났을 것이다. 많은 피를 흘렸고, 뼈가 부서졌고, 온몸이 만신창이가 되었지만 병원이 두 손을 들 치명상은 아니었다. 그럼에도 나는 병원을 두 달 동안 드나들며 그를 움켜잡고 있었다. 의사도 간호사도 도망을 다닐 만치 그가 죽는 것은 아니냐고 다그쳤다. 그를 살려야 한다는 것은 처음부터 그랬던 것은 아니다. 병원응급실에서 이틀이 지난 후 며칠 사이는 그의 죽음도 염두에 두었다. 그러던 내가 왜 그렇게까지 그에게 매달렸는지, 그건 지금까지 나 자신에게도 모른다고 할 것 같다. 그로부터 온 자장이 무엇이었는지, 나는 그게 뭔지는 모른다. 방향만 정해지면 다른 것들은 지워버리고 나아가버리는 그는, 그 나아간 뒤에는 늘 아무것도 생산도 못 하고 더 절망의 상태로 떨어진 인간이 되어버렸다. M에게 그렇게 매달렸던 것에 대해 나 스스로는 모르더라도, 그 모름 안에는 뭔가는 있을 것이었다. M의 단순 저돌함이라는 것이 오히려 나를 포획하게 했다던가(―그를 노심초사하면서 그로부터의 탈출하지 못한 사실 앞에서, 그의 실체라는 것은 저 '단순 저돌' 외에는 아무것도 없었다.), 매튜로부터 발생할 수도 있는 무엇이든 먹거리의 계기를 M이 저질러 줄지도 모른다는(―나 스스로 한사코 부인하면서 기어이는 버리지 못한) 기대 때문이었는지는 모른다. 어쨌든, 그래서 그런 그의 죽음이란 것은, 단지 지구의 질량불변으로 수렴될 뿐이지 아무것도 아니었는데도 말이다.

퇴원 후 통원치료를 받다가 며칠이 되지 않아 그는 어디론가 사라져버렸다. 병원 진료프로세스의 진행이었을 뿐, 사실상 더 치료할 것도 없는 상태였다. 퇴원하면서 나의 도움이 필요하다던 그의 말에 비춰서도, 나는 그가 사라질 것은 몰랐다. 떠난 후 그는 오래지 않아 내 기억에서 지워졌다. 그 후 그렇게 긴 세월 그가 어디에서, 어떻게 사는지 잊어버렸다. 다만 나는, 파스란을 그렇게도 싫어했던 그였기에 로만 어딘가에서 살 것이라는 정도로 여겼을 뿐이다.

그러던 M이 불쑥 또 나를 찾아왔다. 그 옛날 N시에서 살다가 이젠 수도

P시에서 식당을 하는 나를 어떻게 찾았는지, 어쨌든 다시 그가 왔다. 그가 식당에 들이닥쳤을 때는 점심시간이어 한창 바빴다. 들어선 그는 다짜고짜로 할 말이 있다고 했다. M을 다시 본 나는, 이 인간 또 왜? 놀라움을 지울 만치 덜컹 겁이 앞서 나갔다. 콧구멍만 한 식당이었지만 단골손님 한 무리가 음식을 기다리고 있었기에, 당장은 짬을 낼 수도 없었다. 무작정 부엌으로 밀고 들어온 그는 조용한 곳에서, 잠시라도 급히 할 얘기라고 했다. 아니, 당장 시간을 내라는 윽박지름이었다. 전혀 시간을 낼 수 없음은 아니었지만, 나는 그의 입에서 나올 말이 두려웠다. 불식간에 그랬다. 나는 그에게 30분 후에야 시간을 낼 수 있다고 말했는데, 그의 입이 초래할 그 어떤 상황의 도래를 지연시키고 있었다.

그러자 M은 획 돌아서더니, 손님들을 향해 주목해달라고 소리쳤다. 파비안의 집안에 갑자기 일이 생겼다며, 바로 식당에서 나가 줄 것을 부탁했다. 그러면서 식사 중인 자들의 비용은 받지 않고, 기다리는 자들은 다음 한 번은 무료라고 했다. 이어 그는 나에게 약속하라고 재촉했고, 나는 무슨 짓이냐고 할 새도 없이 그렇다고 해버렸다. 미안을 표시하라는 M의 또 다른 재촉에 나는 연신 고개를 숙여 양해를 구했다. 마침 식사 중인 자들은 다 먹은 상태였던 탓에, 별말 없이 다만 고개를 갸웃하면서 식당을 나갔다. 단골인 무리들은 갑작스러운 집안일이라니, 뭐냐는 걱정으로 물었다. 순간 나는 M과 그들을 번갈아 보며 "오빠한테서 자세한 얘기는 듣지 못해…"라고 말해버렸다. 곧 M이 "아, 좋은 일인데, 워낙 급히 처리할 것이어서요. 물론 아시게 되겠지만 어쨌든 오늘은 정말 죄송합니다."라고, 그들을 떠밀어 내듯이 말했다.

모두들 밖으로 나가자마자 M은 내 도장과 신분증을 달라고 했다. 무조건 좋은 일인데, 자세한 이유는 곧 알 것이라며 재촉했다. 이 인간이 이번에는 대체 또 무슨 짓인가? 불안이 덮쳐 왔지만, 도장과 신분증을 찾아 식탁에 그와 마주 앉았다. 그는 가방에서 웬 서류를 꺼내더니 내 도장을 찍고, 핸드폰으로는 내 신분증을 여러 번 각을 잡아 찍었다. 그리고는 그 서류를 보여 줬다. 저당권 설정에 필요한 서류였다. M 소유의 부동산에 내가 저당권자가 되는 내용이었다. 내가 권리자가 되는 것이니, 그 형식으로는 분명 내게 불리한 것은 아니었다. 그렇지만 당연히 그 이유를 알아야 함에도, 그는 단지 전혀 걱정할 것이 없다고만 했다. 당장 급하니 파스란으로 돌아간 후 바로 자세한 전화를 주겠다고 하고는, 타고 온 차를 몰아 사라져버렸다.

*

파스란으로 돌아간 M으로부터 일주일 후 딱 한 번 전화를 받았다. 기껏 한다는 소리가 처리할 다른 일들 때문에 바빠 설명은 조만간 하겠다는 것이었다. 호흡이 들쑥날쑥 둘러대는 말투라니, 어떤 곤란한 일을 가졌음이었다. 그가 파스란으로 돌아간 지 한 달이 가까운 날 다시 로만으로 돌아왔다. 이번에는 몸만 온 것이 아니라, 그의 세간을 실은 짐차도 달고 왔다. 빚쟁이 야반도주인지 뭔지, 짐은 그리 많지 않았다. 로만에 눌러앉겠다는 뜻이다. 이번에도 불안이 어리둥절함을 눌러버렸다. 이 인간이 정말 왜 이래?! 대체 파스란에서 무슨 일이 있었으며, 이곳에서 어떻게 살겠다는 건가? 대책 없이 내지르는 인간임을 모르진 않지만, 그래도 그렇지 이건 정말 아니다! 짐은 내가 사는 셋집 주인에게 부탁해, 그 집 창고에 우선 쌓아놓았다.

그 옛날 로만에서 교통사고 후 파스란으로 돌아간 M은, 그 사고로 가진 돈 전부를 병원에 바쳐버렸으니 당장 뭐든 잡아 일해야 했다. 이것저것을 알아보았으나 역시나 어두운 곳은 없었다. 배운 도둑질인 법무 일을 할 수밖에 없었다. 선배 변호사에게 부탁 끝에 그가 소속된 법무법인에 들어가 그곳의 일을 도왔다. 말이 법무법인이지, 그 실제는 각자 제 살림만 챙기는 독립채산제였다. 한 방에 변호사 세 명당 여직원 한 명 따위로, 세금이며 인건비며 월세며 전기세를 세이브 해야 하는 안간힘이었다. M은 그곳에서 돈 되지 않으면서도 피할 수 없는 법률상담, 그곳 변호사들의 방탄노릇으로서 고객의 상대, 증거서류들의 분류와 정리, 복잡하고 성가시거나 단순한 절차적 서류의 작성, 법원·검찰·경찰에 서류를 제출하거나 수령, 형식적인 절차만 진행될 재판에 출석… 등등 절차적 형식에 지나지 않는 일이나 그곳 변호사들이 귀찮아하는 일을 했다.

이 방 저 방에서 중구난방으로 일을 맡겼다지만, 그 실제는 한 푼이라도 더 받아야 한다는 M의 절박함에서 유래되었다고 보아야 할 터였다. 그곳에서 오래 버티기가 빈번치 않았고, 한편으로 역시나 자신의 사무소를 열고 싶은 미련은 시간이 쥐여지지 않았다. 하지만 이리저리 알아보아도 개업비용이 턱없이 부족했다. 역시나 무엇보다 현재의 수입보다도 나을 만치 사건이 수임될 전망은, 전혀 부정적이었다. 사무실 운영비를 빼고 나면, 고생만큼의 대가는 도저히 아닐 것이었다. 그러다가 파산·회생을 전문으로 하는 사건사무장을 알게 되어 손을 잡았다. 변호사인 M이 한 달에 얼마를 받는 소위 '사무장 사무실'인 셈이다. M 자신의 독자적 사건도 있겠지만, 물론 그것은 그리 기대를 할 바는 아니었다. 그 사무장에게 이름 빌려주고 나서 들어오는 수입이 소소하지만 꾸준했다.

그렇게 숨통이 터여서인지, M은 결혼이라는 것을 했다. 같은 계통의 여직원과의 결혼이었는데, 무슨 연애라고 할 만할 것도 없는 사이 결혼에 골인을 해버렸다. 그러고는 어찌하여 그리된 것인지 실감 나지 않게 아이 둘이 생겨버렸고, 저 결과는 간헐적으로 수입이 좋을 때 외에는 M의 삶을 한층 더 곤란하게 만들었다. 아내도 벌기는 하지만 그 수입이라는 것이 보잘것없고, 처자식의 생계가 어떻게든 가능해야 한다는 그리고 시골의 부모에게 매달 생활비를 계속 보내야 한다는, 그 돈벌이의 구속이 더욱 M을 돈이라는 것에 매달리게 했다. 결혼 후 줄곧 마이너스 통장의 힘을 빌리는 방편을 비롯해 온갖 몸부림으로 버텼지만, M이 매달 부담해야 했던 금액에는 부족할 바였다. 아내와는 무슨 절절한 애정 같은 것은 처음부터 지금껏 생각한 바도 느낀 바도 없었던 것 같다. 한편으로 무슨 '원죄'와도 같이 M에게 덕지덕지 붙었던 두 아이에 대해서는, M은 그것을 조물주의 터무니없는 옥죄기나 운명이라며 삿대질을 한다든지 하는 일은 결코 없이 오늘에 이르렀다.

다시 돌아가, 이름을 빌려 준 가운데도 의외로 그가 직접 처리하고 싶은 욕구가 튀는 파산·회생 사건도 있었다. 복잡하지만 상대적으로 수임료를 더 받는 사건이었다. 일을 맡아 냄새가 나는 저간의 사정을 보니, 이런저런 겁주기로 굳이 필요하지도 않을 검사며 수술을 통해 어지간히도 부당이득을 갈취했을 것 같은 의사임에 역력한 자로서, 아무래도 재산을 빼돌렸지 정말 망했는가 싶은 자도 있었다. 변호사인 M은 의뢰인의 들키지 않을 수 있는 사정인 이상에야, 최소한 침묵을 선택했다. 변호사가 아니라 그 누구도 그래야 한다는 평균적 도덕률에 M도 따랐을 뿐이다. 껍데기 이미지에 말려든 멍청한 팬들이 갈취하게 해준 영광을 가졌던 자들도 있었다. 예를 들어 한물간 연예인을 비롯해, 그 이름값에 승차해 더 높은 수임료를 처발라도 좋은 스타나 공인으로 불렸던 자들이었다. 그런 사건을 몇 건 처리하면서 '어, 이것 봐라!' 돈이 모여 갔다.

그런데 수임료가 커서 정말 괜찮은 사건 하나가 낚였나 싶더니, 빌어먹을! 그것이 그만 사고를 치고 말았다. 그 사건을 맡을 즈음 이미 법원은 파산·회생에 관한 운영을 꽉꽉하게 하고 있었다. 회생위원이라는 자들의 '갑질'과 함께 판사들이 까다로워지고 있었다. 그에 따라 사건이 끝나기까지 기간도 길어지고 있었다. 그 사건에서는 법원이 더욱 까다롭게 굴었다. 의뢰인의 이혼한 처의 재산에 관해 그 형성과정을 진술하고 증명하라고 했다. 법정에서 판사가 그랬다. 회생의 결정을 얻으려고 처나 처갓집 가까운 누구에게 재산을 빼돌리고는, 가짜로 이혼한 것이 아니냐는 힐난에 다름이 아니었다. 그 의뢰인이 악마가 아니라는 사실을 증명하라는 것과도 다를 바 없었다. 물론 그 의뢰인이 미리 치밀한 방법으로 재산을 은닉하고 이혼했을 가능성을 전혀 배제할 수는 없지만(—그 의뢰인이 그랬을 것이라는 의심이 아니라, 누구든 있을 수도 있는 가능성의 일반을 말이다.), 그렇다고 해서 변호사인 M이 그것을 밝히라고 요구했다면, M이 아니라 어느 변호사도 사건의 수임이 불가능하다. 밤낮없이 매일 밀고 들어서는 돈의 갈퀴에 갈기갈기 찢기는 날들이 끊이면 기디기 온 가족이 공포에 이어 빚이중에 빠졌고 끝내 돌아서는 아내를 어찌할 수 없었다던, 의뢰인 자신이 처의 입장이었더라도 그럴 수밖에 없었을 것이라던 사정이었는데(—그의 말이 그랬다는 것이다)! M은 이미 이혼한 처를 어떻게 만나 확인을 한다는 것이냐는 등으로 사정했다. 판사는 회생이라는 이익을 얻으려면 그것도 해야 한다며, '한심한 놈!'이라는 듯이 그를 나무랐다. M은 와이셔츠 목 단추를 풀고는 동물의 소리를 내질렀다.

그 소리는 〈파스란형 자본주의가 가진 조건적 환경에서 일정 범주 내 인간의 탈락은 필연이다. 절대 피하지 못한다. 이 파스란은 죽기 아니면 살기의 경쟁의 링인 땅이니, 대체 어찌 얻어터져 쓰러지는 자가 나오지를 않겠는가?! 원래 힘이 부족했든, 경험이 부족했든, 전략이 잘못되었든, 싸우는 기술의 선택이 잘못되었든, 끈기가 약했든… 어쨌든 그렇다. 저 개개인의 비극을 구제하고 국가사회의 경제적 건강을 위해 불가피하게 파산, 면책, 회생이라는 제도가 탄생했다. 더구나 이 파스란에서는 약육강식 무한경쟁의 상태가 갈수록 깊어가고 있다. 따라서 이 파산·회생의 제도는 소극적 구제가 아닌 반드시 더욱 국가의 적극적 수행의무로 해석된다. 소나 개나 떠들어대는 모럴 해저드 따위는 그만두고라도(—그들은 이 제도의 취지가 개개인의 능력이나 도덕성을 묻는 차원을 넘어선다는 것을 모른다.), 약자를 구제해야 하는 판사인 당신마저 무턱대고 가짜의 파산·회생이라고 예단을 가져버리면, 대체 뭘 어떻게 하란 말인가. 원수져서 이혼한 처의 재산을 밝히라는 것! 그것은 가능하지도 않지만, 법이 요구하지 않는 판사의 월권이다!〉라는 취지였다.

얼굴이 벌겋게 달아오른 판사는 서면으로 정식의 보정명령을 내리겠다고 하고는 휴정해버렸다. 법정에 있던 다른 사건의 당사자들과, 변호사들과, 방청객들은 입이 딱 벌어졌다. 지존(至尊)에게 삼족이 멸할 비난을 퍼부은 짓이었다. 제대로 돈이 될 사건이 극한의 난관을 만나 야수의 울음으로 내질러졌지만, M은 자신이 뭐라고 떠들었는지 모를 지경이었다. '지랄'을 저질러버렸다. 후회와 혼란에 뒤범벅되어 법정에서 추방되듯 나왔다. 법정에서 그의 반역의 소음이 법조신문에 보도되었고, 판사들 모두 그 사실에 피가 역류했다. 그 사건의 의뢰인은 그를 해임했고, 이름을 빌려 잘 해먹고 있던 사무장은 '멍청한 새끼!'라며 떠나갔다. 판사의 사타구니를 기며 더 오래 견뎌야 했다! M의 이름으로는 그것이 무슨 사건이든, 더 이상 판사나 검사가 칼을 쥔 일은 맡을 수가 없게 되었다.

다시 과거 그 법무법인에 부탁을 해서 일시라는 조건으로 허드렛일을 하게 되었다. 그 일시가 모가지에 차던 때, 죽으란 법은 없다든가! 다시 돈 만질 기회가 왔다. M의 이름으로 하면서도, 판사나 검사가 관여치 않는 일이 있었다. 법무사 쪽에서 일하던 사무장의 제의가 왔는데, 등기였다. 부동산과 법인에 관한 각종 등기를 함께하자는 것이었다. 그러고 보니 정말, 판사·검사의 상판대기를 보지 않아도 되는 일이 등기였다. 얘기가 잘 되어 단지 이름만 빌려주는 것이 아니라, M이 작성된 등기신청서의 검토도 하는 것으로 되었다. 다시 돈이 모여 갔고, 그 재미에 중개업소나 금융권에서 나오는 등기일을 장악하고 있는 다른 사무장들을 더 끌어들였다. 이번엔 정말 난생처음으로 진짜 광맥을 캐는가 싶었다. 등기서류의 검토, 등기소에 신청서의 제출, 새로이 하는 등기에 관한 공부 등으로 몸은 시달렸으나 돈의 월계관을 쓰는 재미에 '아, 사는 것이 이것이구나!'였다.

그런데! 곧잘 검은 운명을 데려왔던 신은 아니나 다를까, 이번에는 정말 살 만하다고 했던 M에게 대형의 사고를 데려와 후려쳤다. '하늘이 이렇게 한꺼번에 크게 주려고 지금껏 문을 열어주지 않았을 뿐이었어!'라며 만사에 감사의 염으로 차오르던 어느 날, 등기를 맡긴 한 사내가 사무실로 쳐들어와서는 다짜고짜로 돈 물어내라고 했다. 삿대질하고 책상을 치는 난리였다. 사무장 중 하나가 그 사내의 돈을 가지고 날라버렸다는 건데, M으로서는 너무 큰 금액이었다. 고의에 의한 사고이니, 가입해둔 위험보험의 적용도 불가능했다. 돈을 횡령한 경위와 내용으로 보아, M이 뒤집어쓰는 '사용자 책임'이라는 지랄의 법망을 피하기 어려웠다. 타인을 사용하는 자는 그 사용으로 인한 이익이 있으니 그 타인의 잘못에 관해서도 그 책임을 지게 해서 상대방을 보호한다는 법리이지만, 자본이 지배하는 엄연한 현실에서의 저 책임은 그 자본의 하수인 역할도 톡톡히 해왔다. 그래서 저 책임의 저주를 받는 자가 결코 적지 않아 왔는데, 그 저주의 마녀가 M의 집에도 쳐들어온 것이다. 절대 갑인 은행, 부동산중개업소 등에서 성가신 자신들의 일을 의무가 없는 그 사무장에게 하라고 했고(―형식은 부탁이었지만, 그 실제는 갑들의 떠넘기기), 그 부탁을 거부해 거래처를 잃으면 죽음이 되는 그 사무장은 그것을 맡아 공짜로 해주고 있었다. 다른 사무장들도 더러 관행인 듯이 맡고는 있었다. 이리되면 의무 없이 그 공짜로 해주는 일과 관련해 일어나는 사고도, 변호사나 법무사가 책임을 지는 그 빌어먹을 '사용자 책임'이 되어 버린다. 이 사고가 그런 것이었다. 변호사·법무사가 그 책임을 우려해서, 사무장에게 그 과외의 일은 하지 말라고 할 수가 있는가? 대체로 쉽지 않다. 더구나 명의대여의 경험이 오래지 않은 처지에선 실제로 사고가 나기 전에는 그것을 명쾌히 인식하기도 어렵지만, 생존의 조건이 걸린 '큰 갑(은행 등) ─ 작은 갑(사무장) ─ 을(변호사·법무사)'의 구조라는 현실로도 만만치 않다. 저것에 제대로 두드려 맞은 자들 중에는 '가장 치명적인 인재(人災)의 원천이 바로 인간이고, 절망보다 무서운 것인 관계에 걸리는 인간이라는 동물이다!'라며, 그래서 '세상에 믿을 놈 없어!'라며 매사에 소극적이다가, 결국 사업이 쪼그라들어 처자식의 원망까지 뒤집어쓰고, 남은 삶을 눈치로 연명하는 자가 하나둘이 아니다. 저것은 법이 포섭지 못하는, 자본과 같은 법 밖의 질서가 세상을 지배하는 예일 뿐이다. 그래서 인간들은 법을 향해 삿대질하지만, 원래 능력이 없는 법이라는 그놈도 불쌍함이 없지는 않다.

피해자는 이미 그 사무장을 고소해놓았다. 놈의 아내를 통해 나온 정보로는 당시 이미 놈은 도박과 경마에 빠져 돈에 쫓기는 위기에 처해 있었다고 했다. 그러던 차에 일처리로 맡은 고객의 큰돈에 눈알이 돌아가 버려 들고 날아버린 것이었다. M은 너무 원통해서 왜 미리 놈에 관한 그런 정보를 자신에게 알려주지 않았느냐고 그의 아내에게 원망은 해봤지만, 이미 터져 버린 사건에 쓸데없는 짓이었다. 그 가족도 하루하루 연명하는 집구석에 지나지 않았다. 빈민가나 다름없는 동네에 월세로 살며 나라에서 돈 주는 장애인 돌봄을 비롯해 늘 두 개나 세 개의 자투리 일로 두 아이의 양육이며 가정을 송두리째 끌고 왔다는 그의 아내는 나이보다 십 년은 더 늙은 낯짝을 해서는 꾀죄죄한 눈물만 짜고 있었으니, M은 너희 집구석이 책임지라는 말은 꺼내지도 못했다. 보나 마나 놈은 잡히고 싶지 않을 것이고, 설령 잡혀본들 몸으로 때우고 치울 수밖에 없음이었다. 네놈은 몸으로 때우더라도 네놈의 처자식이라도 숨 쉬게 했어야지, 그 돈을 도박에 처박다니, 빌어먹을 놈! M은 괴상하게도 멍청하게 되어 놈의 집구석을 통한 자신의 구제를 송두리째 버리고 돌아섰다.

그런데 말이지, 놈은 함께했던 사무장들 중 M이 가장 좋아했던 자였다. 주위의 평판도 하나같이 좋았던 놈이다. 그러면 그놈은 두 얼굴이었나? 도박과 경마에 빠졌을 뿐인가? 이제 와서 이런 것을 따져 뭘 하겠느냐만, M이 도박에 빠졌다는 놈에 관한 그 정보를 미리 알았다면 이 사고가 일어나지 않았을 것인가? 사람을 믿어버린 자는 그자의 흠결이나 위험요소가 눈에 보이지 않기도 하지만, 이미 보았듯이 사무장이 변호사·법무사를 지배하고 은행·중개업소가 사무장을 지배하는 가운데 돈이 유통되는 비였으니, 'M이 멍청하지 않았더라면!'이라는 가정이 무슨 실익이 있을까 싶다. 게다가 M도 생계 때문에 돈에 좇기고 있었고, 한편으로 놈의 가족은 놈이 하는 일의 프로세스까지는 알지도 못했다. 그렇다면 결국, 같은 경험을 가졌다며 "허! 자신부터 사실상 파산자로 만들어 놓고 이름을 빌려주는 거지요."라고 했던, M이 수습하려 뛰어다니던 중에 지인 법무사가 했다는 저 말이 M의 유일한 사전 탈출구가 아니었을까 싶다. 그 법무사의 회한은, '돈이 관리하는 사회에서의 돈은, 원래 지배하는 자가 가진 위험을 지배받는 자의 영역으로 이전한다.'라는 비극의 모태와는 별개로, 그 비극이 초래된 후에야 비로소 '자신을 파산자로 만들어 놓고 명의대여를 해야 한다.'라는 유일한 방편을 알게 된다는, 그 늦어버린 또 다른 비극의 불가피성 토로이기도 했다.

어쨌든 그 돈을 물어주면 M은 다시 거지가 된다. 어떻게 마련한 아파트인데, 날아간다! 돈 모으는데 유리하다며 자신의 가족은 계속 좁은 곳에 살면서, 일부러 적은 보증금에 월세를 많게 해서 세를 놓은 아파트인데! 세입자가 들어오기 전날 '아, 여기가 내 소유의 집이다!'라며, 아내와 하룻밤을 그곳에서 자기까지 했다. 땅 한 평 없는 자가 수두룩한 이 파스란의 수도에서, 내 집이라니! 그 벅참에 밤새 잠들지 못하고 아파트 구석구석을 쓰다듬고 바닥을 뒹굴었다. 이 보물을 잃으면 모든 것이 수포로 돌아간다. 다시 일어설 수 없다. 부동산중개업소에 내어놓아도, 곧 있을 것인 저쪽의 가압류 전에 팔릴 수가 없다. 소유권 이전이나 저당권 설정을 위해 이름을 빌릴 자도 마땅찮다. 핏줄이나 가까운 사람은 들통이 난다. 친인척 관계가 전혀 연결되지 않는 사람을, 당장 어떻게 구한다는 말인가? 아, 어찌하나!

　하루, 이틀, 사흘, 피가 마르던 중에 또다시 그 사무장에게 이런저런 업무상 이유로 돈을 맡겼거나 잃은 피해자라는 다른 자들이 들이닥쳤다. 그 보물을 빼돌리기까지 시간을 벌어야 했기에, 이런저런 말잔치의 당근을 덧칠하는 것으로 땜질했다. 그렇지만 마찬가지로 벌어 놓은 그 시간을 잡아갈 자는 없었다. 또 피 말리는 하루, 이틀, 사흘… '로만의 파비안'이 불쑥! 머리로 기어 올라왔다. M은 더 생각할 것도 없이 로만의 N시로 내달렸다. 그곳에서 미친 듯이 수소문 끝에 수도 P시에 사는 나를 찾아내었다. 내게서 강탈하듯 가져간 서류로 일단 저당권 설정등기는 마쳤다. 저것으로 완전히 방어가 된 것은 아닐 터니, 다음에는 뭘 해야 하나? 다음 순서가 뭔지 몰라 헤매던 중이었지만, 그 난리이던 피해자들 쪽에서 근 열흘 가까이 아무런 움직임이 없었다. 그건 순전히 사무장의 범죄행위였고 변호사는 뒤통수 맞는 것이라며, M에게는 포기를 한 것인가? '설마 그럴 리가!'라며 여전히 아무것도 손에 잡히지 않던 중에 경찰에서 연락이 왔다. '도주한 사무장의 고소사건에 관한 참고인 조사네!'라고 하더니, 그게 아니었다. 재산을 빼돌린 강제집행면탈죄, 가짜의 등기를 한 공정증서원본불실기재죄, 피해자들에게 해결될 듯이 속인 사기죄, 명의대여에 따른 변호사법 위반의 조사란다. 피해자들이 무더기로 죄가 되든 말든 법에 나오는 것으로 모조리 엮어 고소했다. 그쪽 변호사가 그렇게 만들었을 것이었다. 아차! 아파트 등기부를 확인하니 소유권과 파비안의 저당권에 대해 각 처분금지가처분이 막 쳐져 있었다. 그렇다면 곧 저것에 관한 본소송이 이어질 것이다. 고소된 혐의 중 적어도 강제집행면탈로도 크게 시달릴 것이지만, 변호사법 위반이라는 엉뚱한 불똥은 도저히 빠져나갈 수 없는 것이었다. 변호사 등록도 취소될 것이다. 그리되어 적어도 5년 이상은 변호사를 못하게 될 것이다. 저 기간이 지나더라도, 이 사건의 부정적 효과는 사실상 변호사로서의 M은 이미 제거되었을 터였다. 보물인 아파트를 날리고, 처벌받고, 변호사 못하고… 구속은 되지 않더라도 조사니 재판이니 해서 불려다니고 시달리고… 어지러웠다. 파스란은 예나 지금이나, 그리고 앞으로도 M이 숨을 쉴 수 없는 곳이었다. 이 사건은 파스란으로부터 M의 영원한 추방을 확인사살 해줄 것을 예정하고 있었다. 아파트를 포기한 M은 대충 짐을 챙겨 파스란을 떠나, 로만의 내게로 다시 왔다. 그가 파스란을 떠날 때, 그의 아내는 잡지를 않았다. 그들에게 '부부 사이 애정의 상실' 따위는 팔자 좋은 자들에게나 있을 사치일 것이었으니, 생계에 관한 대책일 수 없으면서 동시에 어떤 선택지도 막혀버린 자가 어느 하나를 잡아 몸을 던져버렸던 것이었을 터였다. 한편으로는, 근거도 없지만 어쨌든 M의 로만에 관한 애정과 그 의욕에 비춰서는 단지 도피라고만 할 수 있는가 싶기도 하다. 그 아내는 M이 로만에서 뭣을 하든 생활비는 보태줄 것을, 요구라기보다는 간절한 바람은 보냈다.

2

매튜를 향하여

돌아온 M은 그 오랜 시간 파스란에서의 생활과, 이렇게 로만으로 다시 온 이유에 대해서 내게 말하지는 않았다. 나는 다만 그의 가족에 대해서는 물었는데, M은 애써 말을 아꼈다. 내가 추상적으로나마 감지할 수 있었던 것은, M의 당시의 현재가 여유 없는 그의 부모·형제들의 기대치에 훨씬 못 미친 결과였다는 것과, 그의 결혼이 그의 부모뿐만 아니라 그 자신에게도 이해될 수 없음과 미진함으로 남았으리라는 것, 그래서 그 자신과 그의 부모 모두에게 줄곧 불편했던 시간이 아니었던가 하는, 저 정도가 전부였다.

M은 내 식당에서 접이식 간이침대에서 잠을 자면서 식당일을 도왔다. 그 작은 식당에서 그가 도울 것이 뭐가 그리 있었겠는가! 가끔 있는 식사배달, 장 보는 데 따라와 무거운 물건 드는 것, 식당청소, 손님이 많을 때 서빙 정도였다. 그는 늘 딴 곳에 정신이 빠져있었다. 툭 하면 일자리 알아본다며 나갔다. 나는 로만에서 그의 일자리가 결코 쉽지 않다는 현실을 알면서도, 그런 그를 말리지 않았다. 그렇게 한 달이 차지 않아 그는 갑자기 연구할 것이 있다며, 셋방을 얻어 나갔다. 뚱딴지같이 '연구'라니? 싫었지만, 그의 숨은 뜻이 뭔지에 잡히는 것이 없지 않아서인지 붙잡지 않았다. 옮기는 처소도 알려주지 않았다. 언젠가는 다시 연락하겠다고는 했는데, 그 말투가 '그

'언젠가'라는 것은 아주 가까울 수도 있고 몇 달이 걸릴 수도 있었다.

거처를 옮긴 M은 여러 날 인터넷을 검색하고 있었다. 아니나 다를까 내 염두에 둔 대로, 매튜에 관한 정보를 계속 추적하고 있었다. M이 인터넷을 통해 안 정보는, 매튜가 집권여당 의원이었을 때 과거 그의 사면에 관한 의혹의 보도에 시달렸고, 그 후 선거에서 그 의혹의 악재를 넘지 못해 낙선했다는 정도였다. 이 정도로는 영 아니었는지 M은 '휴, 빌어먹을' 따위를 내뱉다가 방바닥에 벌렁 드러누워 버리는 짓을 반복했다. 그러던 어느 날부터 M은 국회도서관을 들락날락했다. 도서관에서는 책이 아닌 신문, 잡지, 인터넷 따위를 볼 뿐이었다. 그러면서 한가해 보이는 도서관 직원 하나를 잡아 커피도 건네고 말도 붙였다. 그러다가 그 직원과 친해지자 점심식사도 같이했다. M은 식사 자리에 그에게 매튜에 대해 이것저것을 물었다. 그는 매튜에 대해서 말하는 것은 어렵지 않지만, 왜 그러냐고 반문했다. M은 미리 준비라도 했다는 듯이 일사천리로 말했다.

─아, 그거요? 매튜 의원님과는 잘 아는 사이죠. 그분의 근래 동향에 대해 좀 알고 싶은데, 저가 오랫동안 외국에 있다 왔거든요. 그냥 변호사를 할까, 대학 쪽으로 갈까, 고민은 해야겠지만 혹 정치는 어떤가 하는 건데… 아무래도 의원님의 조언이 좋을 것 같아서요. 아, 저도 그분에게 도움이 되는지도 모르지만, 어쨌든 그분 자체는 대단하시잖아요. 그래서 바로 찾아뵙는 것보다는, 현재 그분의 사정이랄까 동향에 대해 좀 알고서 만나는 것이 좋지 않은가 해서요. 지금은 뭐하시는지도 알아야 할 것이고요. 좀 알아보니 옛날에 있었던 사면에 관련해서 불편했던 정도는 알겠는데, 그게 그분에게 여전히 어떤 영향을 가지는지도 좀 알고 싶고요. 그나저나, 공무원 생활이 안정되고 역시 좋죠. 공무원 되려고, 요즘 엄청난 경쟁력을 봐도 그렇지만요.

그 직원은, M으로부터 '변호사, 대학, 정치' 따위를 말이 나올 때 '그냥 사람 좋고 정 많은 룸펜인가 싶었는데, 이 양반 뭐야!'라는 놀란 표정으로 되었다가는, M의 말이 끝나자 '매튜는 어차피 공인인데 까짓것 뭐든 다 말해주겠다!'라는 듯이 호기롭게 입을 열었다.

—아, 솔직히 도서관에 오셔서 시간이나 보내는 분으로, 그러니까, 그런 분들이 더러 있거든요. 그렇게 공부 많이 하시고 대단한 분이신 줄은… 그런데도 그렇게 자신을 낮추시고 부드러운 분이니, 많이 놀랐습니다. 매튜 의원님은… 의원이 되기 전 전문위원시절부터 우리 도서관에 자주 오셨지요. 의원시절에는 도서관에 오시기도 하고 보좌관을 통해 자료도 많이 가져가셨고요. 워낙 이런저런 연구를 하시는 분이니까요. 활동적이면서 연구열정까지 톱이니, 그런 정도의 재력가로서는 아주 특별한 분이죠. 그 사면에 관련해서 여전히 영향을 가지느냐는 것은… 그게 얘기가 복잡하고 모호하긴 한데요. 사면에 관한 그 의혹은 지난번 선거를 앞둔 보수언론의 정치적 공격이었다고 대체로 그렇게 보는 것이지만, 그것을 진실로 가정하더라도 그때 이미 공소시효가 완료되었기에 실체는 없이, 그러니까 있죠. 흔히 언론과 정치권이 각기 패를 나눠 목소리만 높이다가 다른 이슈가 뜨면 흐지부지 끝나는 것을 말이에요. 어쨌든, 당시는 진보언론조차 정부와 매튜의 집권여당에 대해 호의적이지 않았지요. 그 이유의 규명은 간단치 않지만, 대표적인 것으로는 인사에 관한 실망이랄까 배신감이랄까 뭐 그런 것으로 봐야죠. 그 정당이 집권함으로써 진보인사의 대폭 영입이 기대되었는데, 그 집권세력은 당시 여론과 야당을 너무 의식해서 그러지를 못했죠. 물론 정부를 이끌어보았던 경험자의 필요성을 강변하기는 했지만요. 어쨌든 그래서 진보언론을 비롯해 진보·좌파 진영에서 선명성을 앞세운 끊임없는 비토가 있었는데, 그것도 그 집권세력의 약화에 크게 기여했죠. 물론 보수야당과 보수언론도 다른 측면에서 까대었으니, 결국 진퇴양난의 정권이었던 셈이었죠. 어쨌든 그

의혹은 의원님에 관해 낙인이 되어 있고, 그 낙인의 토양이 굳건하기에 의원님의 정치재개가 기미라도 보이면 언론은 또 그것을 재탕할 가능성이 없지 않다고 보는 거죠. 다시 보면, 그분의 고질병이듯이 했던 그 현실성이 없는 형태의 영세자영업자조합체에 대한 입장과 파스란과의 관계에 있어 그분의 태도에 대해 보수와 진보 모두 못마땅했던 정서와, 상대 정당에 대한 흠집 내기의 일환 등이 사면에 관한 그 의혹을 수단으로 해서 일어난 것이 아닌가 싶은 것을요. 앞서 말했던 것으로, 의원이 되기 전부터 무진 애썼던 영세자영업자구제를 위한 입법과제가 있었거든요. 그것이 그분이 여당의원이 된 후에는 엄청난 고생 끝에 기어이 그 입법을 성취는 했어요. 영세자영업자들의 경쟁력과 상생을 위해 지원하는 공익법인을 설립하는 근거법령을 탄생시킨 거죠. 국가의 자금으로 물질적 지원, 교육지원, 판매구조의 현대화, 의식개혁, 대형유통사와의 관계의 조율, 최종적으로는 전국적 영세자영업자조합의 결성 등 정말 획기적인 구제책이었지요. 당시 자본주의의 체제에 반하는 위헌적인 입법이라는 반대도 많았지만, 의원님이 백 년 대계라면서 반대당 의원들까지 구워삶는 등 충력으로 인균을 확보해 성공시켰죠. 그런데요. 공익법인이 설립되고 국가 자금이 투입되어 그 사업이 출발은 했는데, 정권이 바뀌면서 문제가 되었죠. 보수정권이 집권한 후 그쪽 사람들이 그 공익법인의 임원으로 대거 낙하산을 타버린 데서 문제의 불씨가 심어진 건데, 그러니까 원래의 취지는 어디로 가버리고 온갖 형태로 지원금을 빼먹는 데에 혈안이 되어 버린 거죠. 자영업자 중 일부는 정치권의 이런저런 연고나 그 낙하산들에게 손을 써서 그들의 친인척을 그 공익법인의 직원으로 집어넣었다고도 하고요. 대선캠프에서 뛰었거나 어떤 형태로든 대통령을 등에 업은 집권세력 쪽의 사람들이었기 때문에, 문제가 불거졌어도 해당 감독부처, 세무관서, 검찰 등이 어찌 못한 것이죠. 물론 매튜 의원님이 수시로 또 국정감사에서도 그 법인의 부당한 운영을 지적하고 자료제출을 요구하는 등으로 피를 토했지만, 결국 의원님의 정치주가 올리기 한탕주의로 폄

하되었을 뿐이었고요. 자기 자식이 삐뚤어져 가는 것을 바로 잡겠다는 분노가 웃음거리로 되돌려받은 셈이었지요. 그러다가 현 정권이 들어서고 비리의 정황들이 엿보이기는 했는데, 구정권사람들이 여전히 임원으로 있으면서 그 공익법인을 장악하고 있고, 또 야당의 실력자들이 그 낙하산들을 비호하는 바도 있어 그 진실이 아직 뭔지 알기 어려운 상태로 봐야 하고요. 어쨌든 세금이 투입된 그 입법이 사실상 실패했다는 그 결과는 선의에도 불구하고 '국민세금이나 까먹게 만든, 비현실적인 발상'이었던 셈이 되어버렸으니, 이것도 의원님에게는 정치적 마이너스 요소라고 볼 수는 있지요. 어쨌든 정치인이라는 입장은 의외의 사정에 의해 유리하게도 불리하게도 되는 것이긴 하지만, 적어도 그분의 경우는 안타까운 점이 없지 않죠. 그렇지만 그분은 지금도 여전히 일반적인 영향력은 가진다고 봐야 할 것이고, 뭐, 그렇게 부자이니 저 같은 사람과는 딴 세상 사람인 셈이죠. 공무원 생활이 안정되고 좋다고 하시는데, 물론 그렇기는 하지요. 그런데 만날 같은 일 단순반복이니, 이게 따분하고 사람이 이렇게 살아야 하나 싶기도 하고요. (M은 '개새끼 웃기네! 내놈 가랭이라도 길 테니, 그 자리 당장 나를 줘!'로 뱉이 났다기는, 곧 눈물 쏟아질 것 같아 그의 눈을 피했다.) 저도 이제 6년 정도 남았는데, 공무원 연금을 줄여야 하느니 어쩌니 하는 말이 있는데, 글쎄요, 일반국민이 수령하는 그 국민연금의 돈이 적어 불만일 수는 있지만, 그래도 국가의 일을 수행했다는 그만한 이유가 있는 것을 굳이 손대야 한다는 것은, 그게 합리적일까 싶네요. 뭐든 하향평준화로 가는 것은 좋지를 않죠.

　

　그 옛날 매튜가 '영세자영업자 조합' 어쩌고 한 것과 관련된 일이 결국 시행까지 갔다가는 저렇게 개판이 되어버렸구나! M에게 그렇게도 지겹도록 설을 풀어대었는데! [매튜의 저 영세자영업자를 위한 투사가 뭔지는, 저 지극한 매달림의 정체는 무엇이었나? 오늘에 이르기까지 알 수 없는 가운데, 영영 의문으로 남을 것인가? 현실에서의 이익을 결코 놓치지 않았던 그의 삶으로 보아 공상적이든 과학적이든 그가 사회주의적 공동체에 이르기까지 기획한 것은 아니었을 것인데, 그럼 누리는 자의 자기 위안이나 정당화로써 규정해도 그만인 단지 그런 것이었나? 삶을 종료하면서 내게 큰 선물을 준 그의 뜻을 선해(善解)하더라도, 결국 자기 위안의 틀 안에서의 그것이 아닌가. 살아 나아가지 않은 길을 죽어 그것을 성취한다는 것은 양보를 해도 그리 개운치는 않다.] 도서관 직원의 '합리화'는 제대로 된 합리화였지만, M은 '나도 공무원이었다면 저랬지 뭐 있어!' 하면서 불능의 가정과 화해를 하고 넘어갔다. 어쨌든 그 직원은 매튜가 재야에서 여전히 활발한 정치적인 모색을 하고 있고, 공식적으로는 석좌교수로 있다면서 그 대학까지 알려줬다.

*

석좌교수? M은 '매튜 정도의 브랜드라면 그럴 수 있지!'라며 그 대학에 전화를 하니, 매튜가 멀리 출장 중이라며 연락을 해놓겠다고 했다. 다음 날 매튜가 전화로 일주일 후에나 돌아온다고 했다. 그리고는 그 옛날 장광설에 다시 질릴 것 같은 이런저런 썰을 해대었다. 대체 말할 기회가 없었던 M은 "의원님! 제 용건부터요!"라고 했다. 그러자 매튜는 "어, 그러네요. 로만에는 또 오신 것은, 파스란에서 잘되지 않았다는 건가요?"라고 했다. 그 말투가 뭔지를 모르지만 어쨌든 M을 제어하겠다는 것으로도 볼 것이었다. M은 나를 만나 식당일을 도운 것이며 국회도서관 직원과의 사건 얘기를 하고는, 용건에 바로 들어서지 못하고 빙빙 돌며 변죽만 울렸다. 그러자 매튜가 "아, M 씨! 어쨌든, 얘기가 결국 일자리네요. 국회에 대한 얘기가 많은 것으로 보아 그쪽에 무슨 자리는 났는데, 내가 무슨 역할이라도 필요하다는 거예요?"라고 했다. M이 그게 아니고 국회에 뭐든 자리를 찾고 있다니까, 매튜는 가타부타 없이 세 시간 후 다시 전화를 주겠다고 했다. 다섯 시간 후 온 전화에서 그 도서관 직원과 통화했으니, 그 직원을 찾아가보라고 했다. M이 대체 어떤 자리냐고 물으니, 그것은 자신은 구체적으로는 모르니 그 직원을 통하면 된다고 하고는 파비안의 사정은 어떠냐고 물었다. M은 파비안 혼자 힘들게 작은 식당을 하는데, 본인의 몸값에 지나지 않는 정도의 수입인 것 같다고 했다. 매튜는 잠시 침묵을 하더니 M이 파비안의 도움을 받아 그녀와 함께 그 일을 해야 하며, 파비안에게는 매튜 자신에 대해서는 일체 말하면 안 된다고 했다.

그러고는 통화가 끝났는데, 대체 이게 뭐야? 구체적으로는 모른다면서도 '그 일'이라고 한 것 하며, 파비안과 함께 일해야 한다는 것 하며, 파비안에게는 자신에게 말하면 안 된다는 것 하며… 이 모든 것이 대체 뭔가? 그러고 보니 그 옛날에도 매튜와 파비안 둘 사이가 늘 어색했지만, 굳이 따지면 매튜는 늘 소리 없이 파비안을 챙겼다고 보지 않을 수 없었다. 한편으로 파비안은 매튜의 그 소리 없는 손길을 역시 소리 없이 때론 받아들이고 때론 거부했던 것 같다. 매튜는 일방적으로 주고 파비안은 선택적으로 받고, 이게 뭐야? 저것들이 뭔지는 M으로서는 알 수 없었다. M이 아는 기억으로는 매튜가 파비안의 오빠와 친했고, 매튜가 파비안의 집에 방문한 일이 여러 번 있어 두 사람이 아는 사이라는 정도인데… M으로서는 더 이상 둘 사이가 대체 뭔지는 알 수 없었다. 혹, 파비안이 매튜의 내연녀인가? 적어도 과거에는 그랬는가? 어느 경우이든, 말도 안 돼! 나이 차이로도 그렇지만, 매튜와 같은 대단한 부자이고 힘이 있는 자가 죽으라고 고생길에 있는 내연녀를 이따위로 방치한다는 게 말이 되느냐!

그나저나 '파비안의 도움을 받아 그녀와 함께 그 일을 해야 한다.'라는

게 뭘 어떻게 한다는 것이냐? 저것도 그 도서관 직원에게 물어보라는 말
같은데, 허, 뭐가 이런 게 다 있어?! M은 바로 도서관 직원에게 전화를 했
다. M이 매튜와 통화한 사실을 말하고는 매튜의 말이 무슨 뜻이냐고 물었
는데, 이어진 통화는 〈학력증명서, 경력증명서, 자기소개서, 담당할 일에
대한 본인의 각오와 견해를 기재한 서류를 내게 제출하라. ―무슨 말이냐?
정규직인지 어떤지 고용의 종류, 일할 부서, 봉급 등을 먼저 알아야지 전형
서류를 제출하는 것이 아니냐? 그리고 서류를 왜 당신에게 제출하라는 거
냐? ―1년 계약직인데, 계약연장이 될 가능성도 없지는 않다. 보수는 기본
급에 실적에 따른 수당이 붙는다. 일할 부서는 나도 잘 모르나, 현 집권정
부의 공약과 관련된 개혁정책을 촉진하는 데에 기여할 일이지 싶다. 근무
의 방식은 자유로운 것으로 안다. 서류는 일단 내가 받도록 되어 있는데,
그렇게 알면 되지 따지면 아니 된다. ―그 개혁정책의 촉진이라는 것이 뭔
지 좀 구체적으로 말해 달라. 그리고 비공식 채용이라는 말인가? ―개혁정
책의 촉진은 구체적으로는 모르나 아마도 미리 말할 성격은 아니지 싶다.
비공식이 아니고 당연히 공식의 법에 따른 채용이다. 채용계획을 검토 중
인 시점에 M이 나타났다. M이 그 업무의 수행에 부합한다고는 보지만, 결
과는 서류심사를 거친 후에 알 수 있다. ―채용에 영향을 미치는 누군가에
게 돈이라도 써야 한다는 말인가? ―그런 것은 모르겠고, 내 소관도 아니
다. ―그러면 영향을 미칠 수 있는 사람을 알려 달라. ―그런 생각은! 비합
리적인 태도이고, 현재 로만에서 전개되고 있는 적폐의 청산과 프로세스의
투명성 운동에 반동이 되는 언사다!(언성을 높여 단호했고, M을 나무라는 것
이 역력했다.) ―파비안 관련해서는 무슨 말인가? ―그녀가 직접 국회에 고
용되는 것은 아니고, M이 알아서 파비안과 상의해서 함께 일하는 것이다.
그녀가 원하면 그녀가 소개하는 다른 사람도 같이 일해도 관계는 없다.)로
진행되었다.

허, 이 인간도 매튜와 그리 다를 바 없네! 하지만… 어쨌든 임시직이 아니고 계약직인 점, 모호하나 계약연장의 가능성도 있는 점, 적어도 기본급이 있는 점, 실적에 따른 수당이란 것이 뭔지는 모르나 일이라는 것은 일단 저지르고부터 보는 점, 현 집권정부의 공약과 관련된 개혁정책이라고 하니 부담이기는 하나 하여튼 까짓것! 이런 건 그게 뭐든 생각은 접어두고 돈을 위해 무조건 당겨버려야 하는 점, 특히 근무의 방식이 자유롭다는 점, 반드시 파비안과 같이 일은 해야 하지만 내가 알아서 부려 먹는 권한을 가진 것임에는 분명한 점, 그리고 그 무엇보다 지금의 '내 입장에서 똥오줌 가릴 것이냐.'라는 점으로 해서… M은 더 고민할 것이 없었다. 그런데 학력증명서 외에 나머지는 어떻게 해야 하나? 경력증명서라면 변호사 경력인데? 어쨌든 문제가 있어 등록이 취소된 이력도 포함되는 변호사 경력인데, 아! 이를 어찌하나! 에이 모르겠다, 소지하고 있는 변호사증을 복사해서 줘버리자! 그다음에, 자기소개서는 '담당할 일에 대한 본인의 각오와 견해'라니?! 대충 포장할 것이지만 구체적으로 무슨 일을 맡는지도 모르는데? 빌어먹을! 어차피 형식에 지나지 않을 것이니, 이것도 '현 집권정부의 공약과 관련된 개혁정책'이 뭔지 인터넷에서 찾아 대충 끼워 맞추자! 어? 그러고 보니 면접이란 것이 없다. 매튜가 그것은 생략하도록 했겠지! 그러더라도 여전히 남는 불안이 하나 있었다. '결과는 서류심사를 거쳐야 알 수 있다.'라는 것으로부터, M은 결과가 나올 때까지 좌불안석이라는 것을 피할 수는 없었다. 서류를 제출한 후 나흘 후인 금요일 오후, '로만국회인권위 점검과'라며 다음 주 월요일부터 그곳에 출근하라는 전화가 왔다. M이 그곳이 무엇을 하고 곳이며 어디에 있느냐니까, 그따위를 왜 묻느냐는 듯이 국회 홈페이지에서 확인하든지 알아서 하라고 했다.

3

로만국회인권위원회

M이 취직된 곳은 로만국회인권위원회사무국 정책실 점검과였다. 인권위 산하 하위부서 중 하나인 점검과는 국회 별관에 사무실이 있었다. 점검과 내에서도 제5계에 소속된 것으로 보이는데, 반드시 5계의 일만 해야 하는 것은 아닌 것 같다. M은 허드렛일을 하지만 5계가 현장점검을 나갈 때 따라나갔고, 다른 계가 나갈 때도 눈치껏 따라붙기도 했다. 점검 후에는 보고서가 작성되어 제출되는데, 그 보고서의 우수성이 직원들의 근무평정에 반영된다고는 한다. 특히, 인권에 관해… 뭔가 독특하거나, 사각지대에 있거나, 누구나 당연하다고 여겨져 왔던 것을 그렇지 않다는 뭔가를 발견한 것이거나, 새로운 발상이 닿거나… 등을 엿볼 수 있는 보고서에 대해 위원장이 관심을 두고 있다는 소문이 있는 것도 같은데, M은 근거는 없다고 할 저 소문에 방점을 콱! 찍어버렸다. 그 이유는 뭔가 다른 보고여야 하기 때문이지만, 그 다른 것으로는 비록 소문이지만 저것 외에는 달리 드러난 것이 없었던 것이다. 더구나 저 소문과 같은 것은 집권여당의 개혁적 의원인 위원장의 뜻과도 부합할 것으로 보인 것이다.

M은 3개월 후부터는 자신의 독자적 보고서를 제출해야 한다. 보고서는 논리성이 있되 일반의 보고문과는 달리 수필의 형식이어야 하며, 표현은

반드시 분노·울분·비난의 방식이 적절히 침윤되어 있어야 하는 것으로 되어 있다. 저런 약속으로 채용되었다. [왜 저런 괴상한 형식의 보고가 요구된 것인지에 대해서는 그 당시에는 M은 물론 나도 모르고 또 알 리가 없었지만, 지나 보아 권력들 사이 패권의 조성기술(여권·야권, 여권 내 경쟁, 진보·보수 등 다층적 우호여론 조성 쟁탈전)이 실행되는 것들 중에 작은 하나의 수단으로 동원된 것이었다고 나는 읽었다. 우리가 버려진 후 읽힌 것이었지만, 작은 기술의 선택에 지나지 않은 우리는 언제든지 버려질 자들로 예정되어 있었다.] 보고서는, 다른 직원들에게는 여러 평정항목 중 하나이지만, M에게는 그것이 전부라고 해도 그리 틀리지 않는다. M의 보수도, 계약직 근무기간의 연장이나 갱신도 모두 보고서가 어떻게 인정되느냐에 달렸다. 그 실적에 따라서는 언젠가는 정규직으로 될 것이라는, 순전히 M의 기대일 뿐 아무런 근거는 없는 것이지만, M이 스스로 가지는 이 신뢰는 여기서도 M의 가능성이자 동력이 될 것이었다.

독특, 사각지대, 당연하지 않다는 뭔가, 새로운 발상… 여기에서 저것들은 어떤 것들인가? 까짓것, 석 달을 기다릴 것 없다! 저것들만 잡아 올릴 수 있다면! 그래서 M 혼자 두 개의 보고서 제출을 저지른 바 있다. 그런데 이렇다 할 반응이 없다. 마음이 바쁜 M은 답답하고 불안하고 무슨 일인가 싶어, 온갖 생각이 다 들었다. 예를 들어… 성급한 의욕일 뿐 보나 마나 곧 한계에 부딪힐 것이라든지, 튀는 모양새만 가졌지 별것도 아니라든지, 거대한 위원회가 초짜의 보고서 따위에 기대를 가질 리가 없다든지, 그들의 숱한 경험에 비춰 두 번 정도로는 어림없고 수없는 보고서가 제출된 후에야 겨우 관심이 있을 것이라든지… 역시 근거가 없는 이런 것들이 M의 머릿속을 기어 다녔다.

한편으로, M이 한 달 가까이 점검과가 돌아가는 모양새를 보니… 모두들 마지못해 현장점검을 나가는 형국이 역력했다. 그들은 점검실적이 적더라도 월급이 줄어드는 것도 아니고, 신분에 무슨 흠집이 오는 것도 아니다. 일반의 행정부처와도 달리, 국회라는 자율성으로 인해 직장 자체의 압박도 그리 없는 것 같다. 자율성이라는 것이 '철밥통'을 더욱 예술적으로 굳힐 수도 있구나! 어느 직원에게 업무상 과실을 있더라도, 근무시간에 주식이나 딴짓을 하더라도, 승진 공부한다고 일이 밀려도… 굳이 문책에 나서지는 않으려는 것이구나. 지위가 높든 낮든 어차피 세금이 알아서 해결해 주는 봉급쟁이들인데, 괜한 문책이라는 절차를 거친다고 성가시고 욕먹을 필요가 뭐에 있으랴! 인풋과 아웃풋이 많이 어긋나더라도, '세금'과 '임자 없는 돈'은 등식이라는 진리를, 그 차원에 머리를 처박고 있었다. 심각한 범죄행위나 국민적 비난거리가 아닌 한(— 얼마든지 쉬쉬할 수 있고 또한 정부권력도 눈치 보는 '갑'의 국회이니, 이것도 노출의 위험은 그리 크지는 않다.), 눈짓으로 주의환기를 주고받음이 미덕이자 공존의 가치였다. 꼬박꼬박 나오는 봉급과 함께 이런저런 복지의 누림은 당연한 것이기, 감히 함 따위의 감상에 빠질 것이 전혀 아니었다. 국민의 세금은 '공유지'이고, '공유지의 비극'은 자각증상이 없다는 것. 그런지라, 아무런 머뭇거림의 사정이 없고 바람 한 점 없는 온실의 날들이다. 그냥 무한재인 시간과 돈은 절대 이들을 배반치 않는다. 해서, '시간은 인간의 의지가 개입할 때 비로소 생명을 가진다.'라는 이치는, 이들에게는 아주 틀린 셈법이었다.

이와 같은 이들의 사정은 M에게 기회의 공간을 열어 줬다. 그 기회의 촉수가 안내하는 데로 M은 서류 보존창고에서 수년 치 보고서를 샅샅이 뒤져보았다. 역시나 형식적 보고라고 아니할 수 없었다. 문제은행에서 뽑아내듯, 훨씬 오래전 보고서철에서 적당히 고른 것에 변형을 가한 것이 수두룩했다. 그때그때 필요한 정도로 양을 채웠고, 질에는 그리 관심도 없었다. 그래서 더욱이 M에게는 보고서의 차별성이 필요했다. 그러나 언제까지라고는 단정할 수는 없으나 현재로서는, 질이 아니라 양이었다. 질로 승부를 걸려면 너무 많은 시간이 요구된다는, 질은 숱한 시행착오 다음에 오는 것이라는 게 M의 판단이다. 무르익었을 만치 경험에 근거한 숙성 전에는, 질이라며 아무리 튀어도 선수인 저들은 짜 맞추기나 잔재주에 지나지 않는 보고서임을 냄새 맡고 말 것이었다. '양이 차고 넘치면 질로 화학적 변화는 필연이다!'에 대한 믿음을, M은 불만이었지만 저 화학적 변화라는 자가발전의 비법으로 갈 수밖에 없었다. 양의 기간 동안은 바로 그 양을 채워야 하기에 M 자신도 짜 맞추기나 잔재주에 의존할 수밖에 없고, 또한 심사하는 자들도 초짜의 그 양의 기간임에 따라 짜 맞추기나 잔재주에 의했다는 것에 대해 전혀 이상하지 않다고, '그럴 수밖에 없지!'라고, 당연하다고 여길 것이다. 해서, M이 이기는 길은 자신의 이름이 붙은 보고서가 끊임없이 제출되는 것이었다.

첫 월급이 나왔다. 서무직원이 봉급내역서와 봉투 하나를 줬다. 내역서는 기본급과 두 개의 수당이 적혀 있었다. 하나의 수당이 기본급과 다른 하나의 수당을 합한 돈보다 많았다. 봉투에 든 돈을 세어보니 그 금액이 그 큰 수당과 같았다. 이게 뭐지? 수당이 두 개인데다가, 하나는 현찰로 주다니? M은 서무직원에게 조심스레 물었다. 무슨 설명이 필요하냐는 듯이 M을 비딱하게 바라보던 직원은 작은 수당은 현장에 따라간 것이고, 현찰로 준 수당에 대해서는 "운이 좋군요!"라고 했다. 빈정대는 것도 같았는데, 어쨌든 그것은 M이 독자적으로 두 번 제출한 보고서에 따른 수당이었다. 독자적으로 제출하면, 그것에 대해서는 별도로 나온다? 그리고 금액도 많다? 그렇다면, 바로 이것이다! M은 쾌재를 불렀다. 그런데 이 수당도 다른 돈과 함께 그냥 계좌로 쏘지, 왜 현찰인가? 돈을 주는 것이니 무슨 불만은 아니지만, 그래도 이런 지급방법에 이유는 있을 것이 아닌가! M이 그의 곁에서

뭉개고 있자, 그는 "특활비는 원래 그렇게 현찰박치기니, 달리 생각할 것 없소."라고 했다. 특활비? 이게 뭔가? 그가 말을 잘라버리니 더 묻기도 그랬다. 인터넷을 검색하니 '특수활동비'를 줄인 말 같았다. 인터넷은 '특수활동비'를 정보, 수사, 그 밖에 이에 준하는 국정수행에 직접 소요되는 경비라고 한다. 정보기관, 경찰, 검찰이 많이 받지만 웬만한 국기기관은 모두 받고 있었다. 국회에는 국회의장, 각 당의 대표, 각 상임위원장, 특별위원장, 인권위원회에는 위원장과 사무국장 등에게 지급되고 있었다. 그렇다면, 내가 이번에 받은 현찰은 위원장이나 사무국장에게 지급된 돈에서 나온 것인가, 그 돈이 왜 이 수당으로 지급되는가, 그게 아니란 말인가, 저 돈이 아닌 다른 지출항목에서 나오는 건데 그냥 '특활비'라고 부를 뿐인가… 어찌 되었든 M은 따질 이유도 실익도 없었다. '관건은 보고서의 양'이라는 자신의 판단이 이 특활비로 연결되는 것으로, 이렇게 딱 떨어지다니! M은 자신에게 놀라 자빠져버렸다.

실질 보수는 보고서의 양에 비례한다! 이러되니, 정말 그 석 달을 기다릴 것이 전혀 아니었다. 기다리는 것이 멍청한 짓이다. 그런데! M 혼자 보고서의 양을 늘릴 수 없다. 혹시라도 잘리지 않으려고, 또는 하루라도 더 빨리 인정받으려고 한 달간 '내 죽었다.'라며 덤빈 것이 고작 두 건이었다. 누가 없나? 어, 이게 뭐야? 파비안의 도움을 받아 그녀와 함께 일해야 한다는, 어쨌든 약속이든 경고든 그것을 까맣게 잊고 한 달이나 지나버린 것이 아닌가! 그렇지만, 매튜도, 그 도서관 직원도, 점검과의 그 누구도 M의 저 망각에 대해 지금껏 아무런 언급이나 질책이 없었다. 그럼 매튜와 그 도서관 직원은 쓸데없는 소리를 한 건가? 어쨌든, 잘 됐다. 만약 저것이 정말 의무라면, 그것도 수행하면서 M 스스로 필요한 수족으로 파비안을 쓰는 것이다. 한긴 M에게 이 로만에서 파비안 외에 달리 사람도 없다. 또 파비안은 돈에 환장한 마귀가 아닌가! 파비안! 날 거들고 받을 돈이 그 식당보다는 볼 것도 없이 훨씬 나을 것이다. 게다가 머리도 돌아가는 여자이지를 않는가…! 그럼에도 M은 내게 전화로 무슨 머리를 쓰는 건지, 별것은 아닌 듯이 얘기했다. M의 얘기가 끝나기도 전에 나는 당장 만나자고 재촉했다. 바빠질 저녁시간이 가까웠지만, 택시로 당장 가겠다고 했다. 내가 아는 M은 무슨 철학 같은 것도 없이 자기확신에 빠져버리는 자였기에 그의 말을 쉽게 믿을 것은 아니었지만, 나로서는 상상할 수도 없는 국회라는 곳에 어쨌든 자리를 잡았다는 것은 놀라운 일이었고, 무엇보다 내 코가 너무 오래 길게 빠져 있었다. 그것이 뭐든 작은 틈이라도 보이면 식당업으로부터 탈출에 절박했다. 이로써 M은 돈 냄새에 정신을 잃은 나를 포획해버렸다.

*

캐스린과 함께 편의점에서 커피를 사서 M과 약속한 공원으로 나갔다. M이 오자 캐스린은 자신의 이름을 말하고는: "파비안 언니로부터 들어 M 씨를 잘 알고 있어요."라고 했다. 나는 같이 가서 들어나 보라고 했을 뿐인데, 캐스린은 M을 잘 알고 있다고 내질러버렸다. 자기 검열이 별로 없이 스스럼없는 편인 탓도 있겠지만, 역시나 캐스린도 현재의 자신으로부터 탈출이 급급했던 것이었다. 예정에 없던 캐스린의 출연에 대해 '이게 뭔가?' 하다가 바로 그러려니 한 태도로도 그랬지만, 그 이후 경과로 보아 M은 '얼마든지 데리고 와!'라고 했을 것임이 틀림없었다.

나와 캐스린을 포함해 함께 얽혔던 우리의 사정은 이러했다. 물론 이젠, 그들과의 교류가 끊어진 지 오래되었다. 새로운 일거리를 찾던 그때의 나는 불안 가운데 가진 것이라고는 시간이었다. 그랬던 사정 아래, 다들 비슷한 사정 아래, 그때 우리는 온라인커뮤니티 글 질로 가까워졌다. 어중이떠중이들이 수두룩한 가운데, 우리는 어쨌든 논객이라든지 고수라든지 따위로 불렸다. 현실의 기반은 없이 모조리 세상과 자신을 향해, 불평불만의 경계를 넘나드는 자들이었다. 오프라인에서도 간혹 만났다. 누구든 기분 내키면 불쑥 번개팅에 불을 질렀고, 그러면 10명이나 15명 내외가 나왔다. 나이의 분포는 넓었으나 내게는 막냇동생뻘이 되는 자도 있었다. 나, 캐스린, 그리고 다른 셋 해서 다섯은 어느 때부터 우리만의 번개팅이 잦았다. 그 만남에서 '갑질'의 세상을 안주로 술을 마셨지만, 그 실제는 물에 빠진 자의 지푸라기 잡듯 피차 일자리 정보를 하나라도 손에 넣으려는 것으로 평가됨이 마땅했다. 그런 것 따위는 없다는 것을 거듭 확인하면서도, 우리는 그 짓을 계속했다. 우리 자신이 학력 인플레이션 그 자체라는 사실만 따져도 대충 그림이 나오는데도, 그랬다.

니는 일찍이 가정환경이 되어 대학을 미쳤지만, 그 옛날 M이 로민에서 추방되던 그 시절에 이르러 로만의 학력 인플레이션의 기초가 들어섰다. 혼동이 추동하는 가운데 민주화의 시작이었고, 모두들 학벌이 아니면 안 된다는 것으로 미래를 설정하기 시작한 시절이었다. 차츰 너나 할 것 없이 자갈논을 팔아서도 대학에 갔다. 그리고 이어 저성장에 보태어 사무자동화의 산업구조가 급속히 진행되는 시대가 도래를 했다. 대졸이라는 차별성도 지워졌다. '깡통학력'은 그렇게 예정된 바었다. 지속성을 가진 일자리는 없어져 갔고, 사업은 일이 년이면 말아먹을 경우의 수도 염두에 둬야 하는 사정이었다. 작은 업체의 일자리는 없진 않았지만, 먹물을 먹었든 아니든 거리를 두어 사람 구하기가 어려웠다. 그러다가 그 작은 업체들은 로만의 젊은 놈들을 향해 '배때지 불렀군!' 하고는 아시아와 아프리카 쪽 사람들에게 손을 뻗어 그럭저럭 채워갔다. 내국인의 일자리 잠식이라든가 문화충돌 등의 이슈가 국가적 과제로 등장했지만, 인력난과 함께 로만의 물건과 그 나라들의 인력이라는 두 요소의 교환이라는 조건에 걸렸으니, 그 어떤 세력도 저지하지 못하고 그 외국근로자들의 유입이 늘어만 갔다. 그렇게 몸으로 때우는 현장의 상당 부분은 그 외국근로자들로 해소되어 왔다. 정규직은 멀고 몸으로 때우기는 싫었던 우리와 같은 자들이 갈 곳은? 그건 너무 빤했다. 임시직이나 단기계약직의 서비스업종을 들락날락하는 것이었다. 영세서비스업체에서의 공짜이다시피 했던 야근은 저 '들락날락'을 더욱 촉진했다. 물론 저런 건 법위반이었지만, 법은 로만에서의 관행에 침투할 능력이 없었다. 그렇게 우리는 언제든지 퇴출될 수 있는, 동시에 어쨌든 때깔이 있는 서비스업에서 그럭저럭 때웠다. 그러면서도, 나는 그렇지 못했지만 우리와 같은 자들도 더러는 해외여행이라든지 어쨌든 즐겼고, 지금은 더욱 그렇다. 이상할 것도 없다. 어차피 돈 모아 집 살 수도 없는, 아들·딸 놓아 죽는 날까지 행복 따위는 가능하지도 원하지도 않는, 관계의 지속 따위는 있을 수도 없지만 그나마 조각난 관계도 언제든지 털려버리는… 해서, 많은 자들에게 '현재가 전부'라는 것은 선택의 여지가 없는 설득력이 되었다.

나는 새 양복에 때가 빠진 모습으로 나온 M에게 온갖 짓으로 반가움을 보냈다. 그런데 그는 할 일 없이 놀러 온 듯이 여유를 보였다. 저게 아닌데? 자신을 도와주면 식당일보다 편하고 수입도 좋다는, 간절했던 것은 아니더라도 어쨌든 부탁조의 말이었다. 나나 캐스린만큼의 흥분은 아닐지라도 이 로만에서 달리 어쩔 수 없어 내게 손을 내밀었을 건데, 저렇게 헐렁대다니! 뭔지 모르지만, 그렇기에 나도 곧 호들갑을 지우고 짐짓 여유는 부려버렸다. 캐스린은 어리둥절해하더니, 하여튼 뭔가의 기류를 느낀 것인지 덩달아 딴청을 피웠다. 한 달 전보다 더 찌들었던 나였지만, 그렇지 않았더라도 나의 간절한 기대치를 M은 물론 이미 읽고 있었다. 그는 '파비안의 지난 세월은 어떤 험한 날들이었나?'라는 생각도 했을지는 모른다. 그렇게, 나와 캐스린의 억지스러운 여유나 딴청은 그의 설계를 배신할 능력의 반영이 아니라는 것을, 그는 알고 있었다. M이 설정한 어떤 조건 안으로 우리 둘은 처음부터 흡수되어 있었다. 쾌재를 표명할 수 없는 M은, 다만 표정관리에 신경을 썼다. M이 캐스린에게 무슨 일을 하고 있는지 물었다. 내가 나서서 마트 캐시를 비롯해 닥치는 대로 해왔다고 말했지만, 그런 곤란한 것을 굳이 물어야 하느냐는 것이었다. 일 같은 일이었으면 너에게 감읍하며 달려왔겠느냐며.

선택지가 없는 우리 둘의 사정을 읽은 M은 본론을 얘기하되, 결코 쉬운 일이 아님을 강조했다. 그건… 눈에 잘 보이지 않은 문제를 발견하고 또 그것을 분석할 수도 있어야 한다. 정신적·육체적 지구력이 필요하다. 순발력이 있어야 하고 정확해야 한다. 관련한 공부도 꾸준히 해야 한다. 실적에 따른 보수이고 얼마가 되지 않을 수도 있다. 질이 실적에 유리하지만, 당분간은 양으로 밥그릇을 만들어야 한다. 오래 하지 못하게 될 수도 있다… 등등으로 미리 학습하게 해둔다는 것인지, 기를 죽여 놓고 출발한다는 것인지, 자신과는 주종의 관계라는 점을 분명히 한다는 것인지 어쨌든 저렇게 협박이나 협잡을 놓았다. 물론 그물에 걸린 고기라서 마음대로 주문했을 것이다. 그렇지만 적어도 M의 입장에서는 단지 가공의 협잡만은 아닐 것이었다. 사람의 일이라는 것이 안 될 것 없다며 덤볐던 그는, 지리멸렬과 패배의 연속 그 자체였으니 말이다. 캐스린도 그랬겠지만, 무정형의 일들에 어지간히 굴러먹은 나는, M의 협박은 물론 장애가 아니었다. 그 무엇보다 돈은 당장 걸린 어려움에 대한 유일한 해결사였다. 그 돈에 마음 뺏겨, M의 주절댐 따위는 귀에 들어설 여지가 없었다.

*

나와 캐스린이 M의 지시에 따라 일하는 곳은 별관 7층에 있는 점검과다. 우리 셋의 자리는 사무실 한쪽 끝에 파티션으로 분리되어 있다. 캐스린은 저런 정도의 분리로는 불편했고, 그래서 불만이었다. 캐스린은 일하던 중 곧잘 소리를 낮춰 '빌어먹을, 무슨 말을 할 수 있어야지!'라는 식으로 내뱉는다. 대체로는… 점검과 직원들이 들으면 피차 불편하거나, 듣지 말아야 하거나, 들으면 우리가 불리한 말이 나오려는 순간이다. 그러던 어느 날 서류를 정리하던 캐스린이 파티션 너머의 사정을 확인하더니 "예이, M 씨, 우리 다른 곳으로 옮깁시다!"라고 했다. 그러자 M이 "우리 일의 성격이 꼭 여기서 해야만 하는 것은 아니지만…"이라더니 "그럴 곳이 어디 있겠어요."라고 했다. 캐스린은 놓칠세라 소리 죽여 "옥상에 딱 좋은 방이 있던데요. 방치되어서 그렇지 청소만 해도 그저 그만이겠던데요. 지금 가 봐요. 가서 확인하자고요."라고 했다. 캐스린이 앞서서 옥상으로 올랐고, 나와 M은 긴가민가하면서 따라붙었다.

작지 않은 규모로 된 옥탑층이 따로 있었다. 문을 열고 들어가니 이런저런 잡동사니들이 먼지를 뒤집어쓰고 있었다. 찬찬히 보니 방이 두 개, 주방, 거실, 남녀를 구분한 두 개의 각 세면장 겸 화장실, 창고, 장롱, 소파, 책걸상, 텔레비전, 거울 등으로 구성되어 있었다. 주거시설이나 다름이 없는 곳이 방치상태로 있었는데, 이 옥탑에 왜 이런 것이 있지? 알고 보니 오래전 잡역부들을 위해 마련한 것으로서, 주거공간과도 같은 쉼터였다. 그런데 지하층과 1층에 휴식공간이 있었던 데에다가, 잡역부들이 옥상까지는 귀찮아 잘 오지 않았고, 그러는 사이 여기저기 부서에서 불필요한 물건들을 이곳에 갖다놓아 쌓인 채 폐가처럼 방치되어왔다. M과 나는 입이 딱 벌어졌다.

캐스린은 M에게 뚫어져라 눈알을 박은 채 수차 '어떠냐!'라고 물었다. 확인할 필요가 없는 일이었지만, 캐스린은 어떤 기회든 놓치지 않고 M에게 자신을 심으려고 애써왔다. (사정이나 사안에 따라서는 언제든지 톡톡 튀며 M을 불편하게 하거나, 반항하거나, 질책하거나, 기어오르면서도 그랬다.) 때론 윗저고리 단추 한두 개를 열어젖히고 M에게 바짝 붙기도 했지만, 그때마다 M은 자신보다는 훨씬 성성한 캐스린으로부터 딴청으로 빠져나갔다. 지난 10년 동안이 M을 변하게 한 것은 그리 없어 보였지만, 다시 돌아온 후의 M은 어쨌든 여자에게 촉수를 쏘는 경우는 보이지 않았다. 그렇지만 M은 이번에는 "캐스린 씨! 실익이 대단한 곳을 찾아내었네요!"라고 하고는, 캐스린의 어깨를 두드리기까지 했다. 어쨌든, 일을 충분히 할 수 있는데다 어떤 형태로든 주거도 가능할 것이라는, 저 확 당기는 소득에 우리는 눈물이 날 지경이었다. 주거도 가능하다는 바람이 실현되기만 한다면, 우리로서는 엄청난 이익을 얻는 사건일 터였다. 이곳으로 거처를 옮길 수 있다면, 우리 각자 살고있는 집의 월세를 털어내는 행운이다. 전기, 물, 정화조 등 여타 비용의 추가행운도 기대할 수 있다. 인가 없는 돈이 넘치는 구희에서, 옥탑층에서 이용하는 전기세 등에 따로 분리해서는 '그건 너희들이 부담해라.'라는 따위를 신경이나 쓸까! 오가는데 빼앗기는 차비와 시간도 번다!

M이 옥탑층을 사용하는 것에 대해 건물관리담당자에게 얘기는 하자고 했다. 나는 그러면 안 된다고 했다. 일단 사용한 후에 잔소리가 들어오면 그때 가서 해결해도 되고, 그게 오히려 유리하거나 자연스럽다고 말했다. 저들이 가진 제도의 폭력과 협상에 이르는 길은 우리의 사실상 폭력이 균형을 만든다. 캐스린이 "그래도, 이곳에서 살림까지 하는 건데….'라고 했다. 나는 "그래서 더욱 그렇고, 어쨌든 걱정할 것 없어!"라고 했는데, 만약에라도 그런 경우에는 내가 해결한다는 태세로 나가버렸다. 그리고는 나는 보태어 7층의 현재 그 공간도 그대로 둬야 한다고 했다. M은 납득할 수 없다

며 나를 바라보았고, 캐스린은 그게 대체 무슨 소리냐고 반문했다. 어쩔까?
하다가 나는 내 그림을 보여줬다.

—7층 그 자리는 점검과 직원들이 우리를 배려한다며 사무실 한쪽 끝으로 옮
기고 파티션을 설치해준 거지만, 그게 그들의 말과 같이 단순진 않아. 그
들 직원들과 상급자 사이의 입장이란 게 원래 다를 것이잖아. 저들 사이에
늘 가능성으로 잠재한 어떤 긴장거리를 우리가 일부러 터뜨리는 것은, 그야
말로 긁어 부스럼을 만드는 바보짓이야. 또 우리가 하는 일이 뭐야? 일단 어
떻게든 많은 정보를 입수하는 것을 전제로 하잖아. 이 국회 안에서 도는 정
보는 특히나 우리의 밥줄을 향한 밀도가 높은 것이고. 그 직원들이 무심코
하는 얘기에서조차 묻어오는 정보들을 말이야. 그리고 이젠 그곳은 훨씬 조
용해질 것이니 직원들도 그만큼 만족할 것이고, 상급자들에게는 M 씨가 비
록 계약직이지만 출근의 상태가 확인되니 신경 쓸 일이 없는 거고. 물론 M
씨는 주로 그곳에는 있어야 하는 것이지만 말이에요. 그렇더라도 그곳은 마
침 바로 아래인 7층이니, 이곳과 오가는 데 문제는 없고요.

M과 캐스린은 달리 토를 달지 않았다. 다만 M은 옥탑층에서 편하게 굴
러먹겠다는 뜻이 절반은 무너졌다는 것인지, 그리 표정이 좋지는 않았다.
M은 스스로 그런 자신을 탈출하겠는 것인지, '그렇지만 나는 너희 둘을 잘
다루면 된다!'라고 판단한 것이 틀림이 없는 것으로 볼 만치, 금방 "아, 그
러네요!" 했다. 그날 밤늦게까지 옥탑층을 정리하고 청소를 마친 후, 그 기
쁨을 못 이겨 우리는 그대로 옥탑방에서 잤다. 전날 내가 요구한 것이지만,
우리는 사기 충만으로 새벽에 일어나 점검과 사무실을 청소했다. 바닥, 유
리창, 책상 등을 모조리 쓸고 닦았다. 빛이 났다. 직원들이 출근하자, 나와
캐스린이 커피를 직원들에게 가져다주었다. 내가 그래야 한다고 해서 청소
와 커피제공이 있었지만, M과 캐스린은 앞으로도 계속 이래야 한다는 것이

냐며 불만이었다. 나는 분명히 했다.

— 점검과 직원들의 단지 기분에 의해서도 우리는 많이 불편할 수 있고, 힘들 수 있어요. 가능한 그들의 그림자도 밟지 말아야 해요. 물론 M 씨는 신분상 좀 다를 수는 있겠지만, 크게는 마찬가지일 거죠. 우리가 하나가 되어야만 하는 이유가 절실하니, 더욱 그렇고요. 저들과 거리를 두지 않으면서도 너무 나대지도 않아야 한다는 것, 이게 우리의 입장이에요. 저들이 공무원이라는 점으로부터, 우리와 현실적인 손익의 문제는 발생할 여지가 없다는 점이 뭔지에 대해 늘 생각해야 하고요. 저들은 자신의 신분상 문제와 관련이 되지 않는 한 '누이 좋고 매부 좋고'에 친하다는, 그래서 단순 것으로 삐치는가 하면 감동한다는 것을 기억해 우리의 생존의 한 수단으로 활용해야 한다는, 단순해요!

우리는 나흘에 걸쳐 각자 최소한의 세간을 옥탑으로 옮겼다. 약속대로 M은 점검과 분신에서, 나와 캐스린은 옥탑에서 일했다. 물론 모두 필요에 따라 언제든지 분실과 옥탑을 오갔다. 분실과 옥탑에서 각자 인터넷으로 자료를 수집·정리한 후 모여 토론하고, 현장점검은 꼭 필요하다고 판단되는 사항이 나오면 나가기로 하고, 나머지 기획을 짰다. 옥탑에 입주 후 열흘이 지나, M이 먼저 '공무원의 특수활동비'와 '대기업의 편의점 사업 확산'의 문제에 대해 보고서를 내겠다고 했다. '공무원의 특수활동비'는 수당을 '특활비'라고 부르는 것이 계기가 되어 나온 것으로, '대기업의 편의점 사업의 확산'은 M이 옥탑으로 이사하기 전까지 어지간히도 많이 식사를 해결했던 편의점에 대한 경험에서 온 것으로 각 봐야 할 것이었다. 캐스린은 그것들이 인권과 무슨 관련이 있느냐고 했다. 더구나 공무원에게 그들의 특수활동비를 문제로 삼아 보고서를 내겠다니, 제정신이냐! 그건 우리 스스로 죽으려고 환장한 짓이니, 한심해서 말도 안 나온다는 투였다. M

은 그렇게 복잡하게 생각할 것이 아니라, 자신이 이미 강조했듯이 그게 뭐든 일단은 보고서를 많이 제출해야 한다고 강변했다. 그러면서 이미 제출된 바 있는 M 자신의 보고서도, 얼른 보아서는 인권과의 관련성을 생각하기 어려운 문제가 관련되는 것으로 인정되었다며, 모르는 소리를 말라고 속사포를 날렸다.

이어 M과 캐스린 사이에 계속 옥신각신했는데, 무채를 썰면서 듣고 있던 나는 "누구에 의해 어떻게 인정되었다는 건지, 구체적으로 알려줘야지요!"라고 해버렸다. M은 분명, 아차! 했다. 나는 M의 권력을 부인치 않으면서도 뭔가 있다는 의문으로 혼란스러웠다. 훗날에야 조금씩 알게 된 바이지만 당시 M의 의중은 〈보고서에 대한 수당은 현찰로 나온다는 사실은 알리지 않고 이 여자들에게 적당히 떼어 주려고 했는데, '그 인정을 뭣으로 설명하지?'라는 난관을 만났으나, 나는 고용주의 위치에서 돈이 나오는 방식 따위는 말할 의무가 없다. 그 이전에 말해서도 아니 된다. 너희들은 단지 일에만 미쳐있으면 된다. 너희들은 돈에 환장해 죽으라고 일할 것이고, 내가 적어도 그 환장의 절반은 해갈해준다. 돈을 어떻게 얼마를 버는지는 나라는 경영자의 영역이지, 종업원인 너희들에게는 금기이다. 그렇게 되어야 한다. 단독자로서의 나만의 설정을 그 옛날 법률구호센터에서 파비안이 내게 그랬듯이, 이젠 내가 그 역할을 하는 위치를 점했다. 돈을 전달해 주는 직원은 한마디도 하지 않았지만, 현찰로 받은 것이 바로 그 인정의 징표다. 이것을 털어놓아 버리면 나만의 설정이 무너진다. '까라면 까라!'라는 정도는 아니지만, 내 설정이 이 두 여자와의 관계에서의 나의 계산이다.〉라는, 분명 이러했을 것이었다.

M은 딴전을 피우더니 "뭐든 인정했으면 됐지…"라고 말을 흐려버렸다. 지금 놓치면 아니 된다며 나는 "어떤 취지로 인정했다는 말인가요?"라고

했고, 이어 〈취지는 모르겠고 분명 잘된 보고서라고 했다.─누가 그랬는
가?─직책은 모르나 책임자급이다.─단지 행정적인 책임자인가, 아니면
정치적 발언까지 할 수 있는 자인가?─그런 것까지는 모른다.─그 인정의
대가로 얼마를 받았느냐?─그것을 분리해서 준 것이 아니기 때문에 알 수
없다.─받은 돈에 기본급을 빼면 그 인정에 해당하는 수당인데, 그렇게 따
져보지 않았다는 말인가?─기본급이 고정된 것은 아닐 수 있고, 수당도 단
지 하나가 아닐 수도 있다고 했다.─월급내역서를 읽어봤을 것이잖아?─
월급내역서는 생각한 일이 없다.─그게 뭔 말이냐…?〉라는 공수의 문답으
로 이어졌다.

M은 "허, 무슨 말을 하는지."라더니, 급히 처리할 일이 있다면서 점
검과 사무실로 내려가 버렸다. 이것으로 너희들은 내가 알아서 주는 돈
만 받고 나머지는 몰라야 한다는, 그 자신이 설정한 바를 수성했다고
여겼을 것이었다. 다만 M은 내가 '단지 행정적인 책임자인가, 아니면
정치적 발언까지 할 수 있는 자인가?'라는 따위 질문이 길렸으나, '지
껄이다 보니 그냥 나온 것이지!'라며 더는 생각지 않았을 것이다. 결국,
나와 캐스린은 불만에 이어 분명 뭔가 예측보다 더욱 깊이 강요된 상황
임을 인정하지 않을 수 없었지만, 이러지도 저러지도 못하는 바로써 불
안했다. 나는 이미 식당을 그만두었고, 캐스린도 적은 보수이나 직장을
나온 바이니, 이제 어찌해야 하는가?! 늘 떠나고자 하는 것이 잠재된
곳으로부터의 해방이었는데, 그 해방구가 또 다른 감옥일 수 있었고 다
시 돌아갈 곳도 없게 만들어버렸다. 나와 캐스린이 M의 설정이라는 인
치(人治)에 걸렸다는 사실이었다. 그런데 한편으로는 M의 태도의 모호
성에서도 엿보였지만, 그가 우리 두 피용자의 숨통까지 조여서는 오히
려 자신의 실익에 반할 수 있음도 알고 있을 터였다. M은 나와 캐스린
과 같은 피용자를 다시 구하기는 거의 어려울 것이기에, 웬만해서는 우

리 둘을 내치지는 못한다는 안정망은 남았다. 둘은 스스로 나갈 수 없고, M은 둘을 내칠 수 없다! 달리 선택의 여지가 없어진 나는 캐스린에게 일단 '공무원의 특수활동비'와 '대기업의 편의점 사업의 확산'의 문제성에 관한 작업을 착수하자고 했다. 그런 후 첫 보수를 받아보고 판단하자고 말했다.

우리는 일주일 작업 끝에 주장의 요지가, '공무원의 특수활동비'에 대해서는 당시 사건이 되어 뉴스에 나온 내용을 참조해 〈지금까지 사용내역을 밝히지 않는 그 자체가 인권을 유린한 것이다. 검증이 칼이 들어오지 않는 돈들이 개인의 호주머니에서 없어졌다. 해당 공무원들은 특수활동비의 사적 취득에 대해서는 피차 이익이라며, 부적법 전용에 대해서는 관행이라며 각기 쉬쉬해 오고 있다. 머슴에게 곳간 열쇠를 맡겨 놓은 주인은 제 돈이 어디로 새는지도 모르는, 멍청한 납세자가 되었다. 곳간의 돈이 어디에 쓰이는지 따질 줄 모르는 국민임을 아는 그들 머슴들은, 설령 무의식적으로라도 그만큼은 주인을 무시하게 되어 있고, 실제도 그렇다. 저런 것의 오랜 적폐는 주인과 머슴의 자리가 전도되게 해버렸고, 그래서 그 국민들은 그런 권력기관에 사돈의 팔촌이라도 있었으면 하는 절실함을 늘 가지게 되었다. 실제로 그렇다. 한편으로 이 특수활동비의 존재 자체가, 공무원과 그 가족은 이것을 요령껏 잘 빼먹는 능력이 공직의 유능의 기준으로 이해하게 만들었고, 사회 전체 불로소득의 욕구에 바람을 불어넣는 데에도 일정 부분 기여를 했다. 현 정부가 들어서서 지난 정권 시절 특수활동비의 부정사용이나 사적 취득에 대해 처벌까지 하고 있으나, 그 사용내역을 밝히지 않는다는 그 자체에 대해서는 여전히 당연한 것으로 인정하고 또한 총액을 그리 줄이지 않는다는 전제에서의 개혁을 한다고 하고 있으니, 이 나라 역사에 남을 개혁은 될까 싶다. 백주 대낮에 '눈 감고 아웅' 하는 것을 두고, 정치권은 대단한 역사적 고민을 한다는 듯이 언론놀이를 하고 있다. 저런 말장난에 대해 국민의 구십몇 %가 지지한다는 여론조사가 나오고 있다. 결국, 공무원의 특수활동비는 그 자체의 존재에서부터 널리 인권의 침해요소임이 분명하다. 직무의 종류가 다를 뿐, '특수활동'이라는 것은 없다. 각자 분화된 자신의 일을 할 뿐인 것이 폭력의 권력작용에 의해 불로소득의 영역이 만들어진 것뿐이다. 권위주의의 시대에 그 권위적 발현으로 이름 붙여진 것이, 유령의 실체가 된 것이다. 폭력이 개입해 허구를 실체로, 신화가 현실이 되었다. 어떤 일은 돈을 더 받아야 한다고 특화된 바에는, 반드시 인위적 위계를 노리는 폭력의 결과물이다. 인권이 저 특화에 의해 찌들어진 후에는 그 상태가 현실적 정의가 되어버려, 그것을 부인하려는 힘은 스스로도 그 설득력에 의문을 가지게 된다. 실제로도 그렇게 되어버렸다. 썩은 것을 도려내지 않고 그것과 토론을 하면, 다시 그것에게 잡아먹히게 되어 있다.)라는, '대기업의 편의점 사업의 확산'에 대해서는 〈지난 정권에서 골목상권을 보호한다며 대형마트에 대해 각종 규제를 했다. 그런데 이런저런 고려라는 것이 끼어들어 버려 언 발에 오줌 누는 꼴에 지나지 않았다. 지금도 영세자영업자에 대한 긱징 타령민 난무할 뿐이다. 자영업자들의 일거리에 대해서는 각종의 일자리와 같은 대책이나 실행은 없다. 그 해결의 그림자도 없이… 개인사업자의 문제는 국가가 나설 방법이 많이 제한적인지를 않느냐. 이 나라의 개인사업자 비율이 지나치게 높다는 현실로부터의 난해함 그 자체는 인정해야 한다. 어쨌든 개인사업자의 문제도 일자리 확보와 함께 해결되는 것이 그나마 가능성인데, 개인사업자에서 봉급자로 전환할 수 있는 기회를 많이 만드는 길을 말이다.…라는 식이다. 현 정권에 들어서서는 청년을 중심으로 한 일자리의 확보에 애쓰고 있는 반면, 골목상권은 영원히 버려질 것 같다. 그 주체인 영세자영업자들과 그 가족들의 몰락과 비극이 대기하고 있고, 실제로도 그렇게 벌어지고 있다. 다시 돌아가, 이젠 대형마트가 아닌 편의점이 골목상권을 질식하게 하고 있다. 그런데 대형마트보다 편의점이 훨씬 심각하게 골목상권을 잡아먹는다. 그것도 교활하기까지 하다. 대형마트에 대한 규제에 눈이 빠져 있던 틈을 탄 공략이자, 단위면적은 작은 가게이다 보니 '대형, 자본의 침투'와 같은 우려의 인식을 훨씬 덜 갖게 만든 것이다. 그래서 교활한 것이다. 그 실상에서도 대형마트보다 편의점이 골목상권에 대한 흡인력이 훨씬 크다. 골목구멍가게가 취급하는 생활편의용품, 담배 등만이 아니다. 편의점들이 온갖 먹거리까지 싸잡아 공략하는 탓에, 매달 내는 가게 월세조차 손 떨리는 골목식당까지 얻어터지고 있다. 대형마트와 같은 큰 기업이 만든 편의점의 확산은 어떻게든 막아야 한다.〉라는, 각 요지의 보고서를 제출했다. 물론 둘 다 인터넷에서 검색한 자료를 짜깁기한 것이지만, 어쨌든 우리의 보고서는 인정되는 그 전제가 튀는 맛이 있어야 하므로 이런저런 덧칠을 한 것이었다.

특수활동비는 내가, 편의점은 캐스린이 각 맡아 초안을 작성한 후 셋이서 점검을 했다. 나와 캐스린은 상대방 초안에 대해 서로 지적을 했지만, 어차피 M에 의해 구석구석 칼질 되어 제출되었다. M에 의해 칼질이 되자 캐스린은 더러워서 못 해먹겠다며 보따리를 쌌다가는 스스로 금방 허물어졌고, 나는 나 자신을 쥐어박으며 대충 넘겼다. 한편으로, 캐스린이 현장에 실제로 나가서 실태에 관한 보완조사는 없이 인터넷 검색과 머리로만 작성된 보고서인데, 문제가 없겠느냐고 했다. 이에 대해, M은 지난번에도 문제가 없었고, 무엇보다 양이 중요하므로 당분간은 이렇게 간다고 했다. 나는 M에게 동의하면서 이유를 덧붙였다. 일단 이번과 같이 탁상보고서를 던진 후, 저들이 현장조사 여부에 대해서는 거론이 없이 보고서의 가치를 인정하게 되면, 그 실익이 크다는 것이었다. 돈과 시간이 훨씬 많이 드는 현장조사가 빠지게 되니, 제대로 남는 장사라는 것이었다.

*

M이 처음 변호사가 되었을 때는, 이미 파스란에서는 변호사 직종이 하향하고 있었다. 다만 그 하향의 시작이 얼마 되지는 않았고, 그 속도도 완만했다. 이런 정도의 단계에서는 그 직종의 기존 종사자들은 그 흐름을 감지하지 못함이 보통이다. 더구나 M과 같은 외부에서 진입하려는 자에게는 더욱 그렇다. 전환기 악마의 발톱은 소리 없이 자라, 자신의 체질 밖 인간들의 운명을 찢어 버린다. M도 변호사가 밥 굶을 수도 있다는, 미래의 현재를 까뒤집어 보지는 못했다. 변호사가 되고 처음 파스란 정부의 계약직에 이어 주식회사의 사내변호사로 있을 때까지 저 악마를 숨소리를 몰랐다가, 그 후 수년간 개인사업자로 변호사를 하면서는 운이 닿지 않았다고 자위를 했을 뿐이었다. 다만, '장사꾼으로서 내 능력이나 소질의 문제는 아닌가?'라는 느낌이 스며듦이 전혀 없지는 않았지만, 그것에 대해서는 금방 스스로 부인해버렸다. 계속 돈이 되지 않자 '이건 아닌데?' 하면서도, 이미 진행되어 버린 전환의 시대임은 여전히 눈치채지 못했다. 그가 일찍 알아차렸다면 어떤 어려움과 수모를 껴안아서라도 정부의 계약직이나 회사의 사내변호사로 버티었을 것이다. 훨씬 더 일찍 알았다면 변호사가 아닌 공무원이나 교사가 되었을 것이다. 그의 집안 사정이나 경제력으로는 쉽진 않았겠지만, 운이 따랐으면 대학의 강단에 섰을지도 모른다. 이미 전환의 시대가 성큼 내린 다음, 그러니까 그가 파스란에서 처음 로만으로 진입했던 그때로부터 그리 오래지 않아서야, 역사의 객관은 직업의 흥망성쇠로 인한 개인의 망실 따위는 돌보지 않는다는 진실을 확인했다. 타인의 호주머니를 털어낼 장사꾼 소질의 부족에 대해서도 뒤늦게 그 스스로 인정했겠지만, 설령 그렇지 않았더라도 이미 저 전환기의 함정에 갇혀버렸다는, 그의 운명을 부인할 수 없다.

이번에는 두 개의 보고서를 제출한 뒤 나흘 만에 돈이 나왔다. 보고서에 대한 수당이 현찰로 주어진 점은 같지만, 아직 봉급일이 아닌데도 말이다. M이 기대한 것보다는 적은 돈이었지만, 지난번보다는 훨씬 많았다. 같은 두건이었는데, 그랬다. 이번에는 서무직원이 "계속 잘해보시오."라고 했다. M은 뭔가 묻고는 싶었으나, 그만두는 것이 유리할 것 같았다. 이 돈을 어떻게 분배하나? 봉급날 같이 나오지 않고, 막상 이렇게 일찍 따로 받으니 이미 설정해 둔 분배율이 새삼 어떤가 싶었다. 하지만 설정한 자신을 다 잡아야 했다. 그 설정대로 자신이 40%, 파비안이 35%, 캐스린이 25%가 되도록 돈을 나눠, 파비안과 캐스린의 돈은 각기 편지봉투에 집어넣었다. 그 돈을 각기 따로 주면서 누구에게든 자신이 받은 금액을 발설하면, 더 이상 같이 일할 수 없음을 분명히 했다. 이것은 그 성격상 어디까지나 M의 귀에 들어가지 않는다는 금기를 넘을 수는 없다.

나와 캐스린은 놀라 자빠졌다. 캐스린은 그 기쁨을 감당 못해 M에게 연신 머리를 조아렸는데, 군말 없이 M에게 충성하겠다는 신호였다. 그러더니 느닷없이 손바닥으로 M의 엉덩이를 쓰다듬었다. M은 자신의 손으로 그녀의 쓰다듬는 손을 탁 쳐내버렸다. 한두 번 있는 일이 아닌 탓이었는지, 캐스린은 단지 입을 삐죽일 뿐이었다. 나의 기쁨은 곧 찜찜함으로 바뀌었다. M은 얼마를 받았는지도, 어떤 기준에서 어떤 비율로 나눴는지도 말하지 않았다. 그동안 그의 태도로 보아, 물론 저런 것을 말할 것으로 기대하지는 않았다. 이번에 내가 받은 금액의 수준이라면 다시 식당을 할 이유가 없음은 간명했지만(—더구나 더 실적을 올릴 수도 있으니!), 그렇더라도 이런 식으로 깜깜이라니! 나아가 M은 밥도, 빨래도, 옥탑주거의 청소도 안 하는데… 나와 캐스린에게 준 돈에는 저런 것들에 대한 대가도 포함된 건가? M이 얼마를 받았는지 달리 알아보았다가는, 그 후폭풍이 어찌 될지 알 수 없다. 그랬다가 이곳에서 쫓겨나면, 매달 피 말리는 대출금 이자도 못 갚아

법원에 파산신청을 해야 한다. 파산신청으로 면책되면? 그러면 다시는 식당보조 외에는, 그게 뭐든 내 사업이라고 할 만한 것은 아무것도 못 한다! 다만, 그 기준은 모르지만 M이 어쨌든 기여도는 따져 줬을 것이라는, 앞으로도 그럴 것이라는 점에는 의문을 가질 이유가 없으니, 어떻게 하든 보고서를 최대한 많이 만들어내어야 함에는 변함이 없다. 그 방법이 무엇인가? '내 조카 마크를 끌어들여야 하나?' 하다가 고개를 저었다. 할 수 없이 식당일 바쁠 때 가끔 사용했던 여자아이에게, 정말 바쁠 때 연락할 테니 도와달라고 요청해 두었다.

*

일과 후 우리는 별관 지하 1층에 있는 체력단련실에서 운동을 했다. 이 운동은 M이 이 사업을 체력전이라며, 자신의 제안이라는 듯이 일과표에 추가한 프로그램의 하나다. 하지만 나와 캐스린은 그의 명령으로 받아들였다. 우리가 명령으로 생각한 건지, M이 그렇게 느끼도록 해야 한다는 생각이었는지, 그래야 한다는 생각이 어느새 그런 생각으로 바뀌어버린 것인지는 모르나… 생각이랄 것도 없이 입장의 대답이었다고 봄이 그럴듯할 것이었다. M의 의사나 의도와는 관계없이도 우리 내부의 식민화(植民化)가 편했을 것이었다. 동이 트기 전 이른 기상(―그 시간이면 옥탑층이 떠나가도록 탁상시계가 울어대고, 누구라도 바로 일어나지 않으면 그는 굿의 절정에 이른 무당인 냥 춤을 추고 난리도 아니었다.), 그날 할 일에 대한 확인, 아침 식사, 주간의 일과 그 사이 점심식사, 일과가 끝난 후 운동, 저녁식사 후 자료의 검토와 토론, 취침, 또 이른 기상… M이 거실 벽에 걸린 화이트보드에 기재해 놓은 저런 것들의 하나로써 운동이었다. 오늘은 운동 후 저녁식사 중에, M은 텔레비전 리모컨을 이리저리 누르고 있다.

M은 원래 자신이 하는 일 외에는 관심도 흥미도 없는데다가, 일찍이 돈에 헉헉대어온 사정이었기에 텔레비전 따위는 보지도 않았다. 그런데 오늘은 식사를 시작하자마자 공중파와 종합편성을 비롯해 시청률이 높다는 십여 개의 채널 리모컨을 쿡쿡! 눌러 계속 돌려대고 있다. 나 역시 텔레비전을 거의 보지 않았으니, '저런 채널도 있었던가?' 싶었다. 로만의 시청자들은 저 많은 채널이 선택의 자유를 확장해주고 있다고 여길 것이다. 방송은 이미 산업화의 길로, 시쳇말로 '돈지랄'로 깊숙이 들어섰다. 돈과 문화 권력의 고지를 향해 통계학과 대중심리학이 개입한 지도 오래되었다. 섹션별 세분된 저 채널들은 선택되는 시청자들을 확대재생산을 해왔다. '선택되는 객체'가 '선택하는 주체'로 알게 만든, 바로 돈과 과학의 권능이다. '선택되는 객체'라고 해서 불행과의 등식은 아니다. 다만, 이 로만에서는 너무 길들어 있고, 그 사육으로부터의 탈출의 관념 따위는 아예 모른다. M은 딱히 뭘 보겠다는 것도 아닌 것 같다. 그러다가 공중파 한 채널에서 멈췄다. 탤런트나 가수인 아버지나 어머니와 그들의 자식들이 함께 나오는, 시청률이 짱인 프로다. 개새끼도 아는 탤런트나 가수이며, 그 자식들은 이미 다소간 알려졌거나 전혀 그렇지 않은 자들이었다. 이 방송 저 방송이 이런 유형의 예능프로가 미친 듯이 경쟁하고 있다. 우스갯소리를 하는 중간 중간 그 자식새끼들이 돌아가며 노래, 춤, 연기, 개그 등 각자 가진 장기를 보이고 있다. M은 간간이 웃고 나와 캐스린도 같이 웃는데, 둘의 웃음은 M의 웃음이 뭔지 추적하는 바로서의 웃음인 것 같다. M은 그 프로가 마쳐질 무렵 다른 채널들을 바삐 넘기다가, '먹방'으로 불리는 먹는 방송에 멈춰 보다가는 여행방송으로 이동했다. 시청률이 고공행진 하고 있는 두 방송 모두 이미 스타가 되어버린 해당 분야 전문가가 그 진행을 주도하고 있다. 먹방에서는 혼자 먹는 밥의 유행어인 '혼밥'과 편의점 도시락의 매출이 급격히 증가한 사

실과 함께 그 이유를, 여행방송에서는 국내여행이 줄어든 대신 공항이 미어터질 만치 해외여행이 많아진 사실과 함께 그 이유도 각 떠들고 있다.

M은 갑자기 일어서더니 "저런 말장난으로도 돈 버는데… 지금 모인 자료란 것이 양도 그렇고, 질도 그렇고… 이래서야… 언제 보고서라고 할 만한 게 나올는지…"라더니, 나와 캐스린을 향해 쓴웃음을 던지고는 슬그머니 밖으로 나가버렸다. 아직은 바로 보고서를 제출할 정도는 되지 않았어도, 수 개의 주제가 선정되어 상당 부분이 진전되고 있는 상태다. 두 개는 바짝 밀어붙이면 며칠 내로 문서작성의 단계로 들어갈 수 있다. 그런데도 M이 저렇게도 불만인 것은 뭔가? '지금 모인 자료란 것이 양도 그렇고, 질도 그렇고'… 이것만으로는 저게 뭔지 알 수 없다. M의 불만이 뭔지 실마리라도 잡으려고 내가 일어서니, 캐스린이 나를 잡아 도로 앉혔다. 그러더니 캐스린은 리모컨을 눌러 여러 채널을 돌아다녔다. 더 마땅한 예능프로가 없어 아쉬워하면서도, 이미 본 저런 프로들 중에 하나 잡아 인권에 관한 주제를 만들어보겠다고 밀했다. 예능프로에서 인권을 끄집어낸다고? 틈에 쫓겨 지금껏 미친 듯이 자료를 찾고 의견을 제시했지만, M으로부터 퇴짜 맞기를 일쑤였던 캐스린이었다. 뭔가 엉성했으니 M이 퇴짜를 놓은 것은 그리 크게 의문이 없었다. 이러니 무슨 아이디어인지는 모르나 저 소리도 그러려니 하게 들렸다. 결국 캐스린은 불안 끝에 덥석 잡은 예능프로를 가지고 작품을 만들겠다는, 그 다급함으로 인해 '예능이라는 재료'로부터 단지 스치는 어떤 감을 잡았을 터였다. 캐스린은 며칠 내로 '텔레비전 예능프로로 인한 인권의 침해'를 주제로 한 보고서를, 자신이 알아서 초안을 만든 후 보여주겠다고 했다.

4

경찰서에서

조카 마크의 후배라고 하는 사내로부터 전화가 와서, 조카가 경찰서 잡혀 있다고 말했다. 그 후배는 〈선배와 P시내 길을 가다가 노점상이 젊은 단속 원에게 구박당하는 현장을 보았다. 부부인 두 노인 노점상이 연신 잘못 했다면 허두지둥 힘겹게 철수하고 있었다. 단속원이 리어카를 발로 차 바닥 에 떨어진 물건을 주우며 자진철수를 서두르고 있음에도 불구하고, 그 단 속원은 계속 욕하고 리어카를 발로 차는 등 두 노인을 구박했다. 그 상황을 본 선배가 떨어진 물건을 리어카에 올려주는 등으로 도와주던 사이에도, 단속원은 계속 욕하며 몰아치고 있었다. 그러자 선배가 그 단속원에게 "자 신철수를 하는데도 그렇게 욕설이며 발길질을 계속하는 거요? 당신은 부 모도 없소. 그만 하시오!"라고 일침을 가했다.

조카가 노인네들을 도와주는 정황을 계속 말하기에, 나는 그 얘기는 그만 하고 그다음에 어떻게 된 지를 말하라고 했다. 그랬다. 조카는 노인에 대해 남달랐다. 그런 경험의 하나로 내 기억은 거슬러간다. 나는 3년 전 겨울 P시 청 쪽에 볼일이 있다며, 그곳 식당으로 조카를 불러냈다. 내가 도착하니 조카는 식당의 창가에 먼저 자리를 잡고 있었다. 추운 날이었다. 나는 앉자 마자 "어떻게 연락 한번이 없니? 이 못난 고모를 안 보니 속이 편하다는 거니?" 하고는, 이어 조카가 알아듣지도 못할 소리를 쏟아내었다. 나는 이미 어지간히 술이 된 때였다. 정량이 훌쩍 넘을 만치 혼자 술을 마시고는 조카를 불러내었다. 조카는 오랜만에 만난 고모의 말을 듣기만 하겠다는 건지, 무슨 낌새라도 가졌다는 건지 "고모부도 동생도 잘 있지요?"라는 말을 건조하게 했다. 나는 "으, 응, 그렇지 뭐."라고 하고는 뚱하니 있다가 금세 '고모부가 뭐 먹고 싶니, 어디 가고 싶니, 드라이브할까, 영화 보러 갈까, 음악회 갈까, 친정식구들 불러 파티할까, 뭐든지 말만 해!'라고 한다며, 장황하게 떠들었다. 탱탱하고 미끈하던 내 얼굴이 검고 거칠어졌음에, 조카는 내 중얼거림에 대해 한 걸음 물러나 있었다. 조카가 내 어둠의 징조를 보지 못할 리가 없었다. 나와 그 조카는 늘 서로에게 안테나를 세워두었으면서도, 걸려든 전파를 어떻게 하지는 못했다. 여지없는 일상 무게에 갇힌 자들 사이의 물리적 현상이었다. 한편으로는, 내 치마폭은 조카에게 너무 넓고도 까칠했으며, 조카의 어깨는 독자적이었고 위험했다. 늘 그랬다. 내가 식당에 들어선 후 곧 내리기 시작했던 눈은 이젠 앞을 분간하기 어려울 만치 쏟아지고 있었다. 나는 거듭 술을 마신 끝에, 혀가 꼬여 주정뱅이로 웃기까지 하면서 "마크야, 마크야, 너 나하고, 나하고 어디라도 가자, 어디든, 내리는 저 눈 속으로 어디까지든…"이라고 했다. 조카는 그 어둠의 징조를 포착하고서는 가슴이 쿵! 내려앉았지만, "고모, 무슨 일 있어요?"라고 조심스레 나를 대응했다. 나는 "사는 게, 이것저것 아무것도 아니고…"라고 했다. 조카는 그것이 무엇인지 아는 것 자체가 두려웠든지 하고 싶은 말을 짓누르고 나를 바라보고만 있었다. 나는 "그 인간이나 나나… 지지리도 못난 인생…"이라며 허물어져 갔다. 이어 나는 거듭 한숨을 쉬며 술을 들이붓다가는 "넌, 모르는 게 좋아, 그래, 그래야지, 그…"라고 하고는 딸꾹질과 함께 혀 꼬인 소리만을 반복했다. 조카와 함께 식당에서 나왔으나, 나는 휘청대다 길바닥에 주저앉아 버렸다. 쏟아지는 눈은 여전했다. 조카는 몸을 가누지 못한 나를 둘러업었다. 조카가 "고모가 이다지도 가벼웠던가!"라고 했다. 고모를 만난다는 영 없지는 않았을 조카의 설렘을, 눈 내리는 어느 날 조카의 하얀 멜랑콜리를 고모는 삼켜버렸다. 혀 꼬부라진 소리로 계속해대는 고모를 등에 업은 조카는 '술주정 마누라를 업고 다니는 한심한 사내!'라며 힐끔대는 행인들을 물리며 무작정 나아갔다. 혀는 꼬부라졌어도, 그때 내 육체의 눈은 내리는 눈보다 차갑고 명징했다. 종이박스, 신문지, 울긋불긋한 광고지, 너덜너덜한 대학입시용 참고서, 읽지도 않았을 세계문학전집, 강아지 오줌과 어느 불치병 환자의 가래와 짜증을 달랠 길이 없는 사내의 정액으로 얼룩진 화장지가 가득 실린 손수레를, 백발에 쪼그라들고 깡마른 체구에 얼굴 전부를 점하는 주름살로 보아 80세는 되었을 것임에도 땅을 버티는 두 발과 수레손잡이를 잡은 두 팔은 강골지게만 보이는, 내린 눈으로 미끄러워 작은 경사를 이기지 못해 안간힘에도 수레와 하나로 제자리를 맴돌던 노파는 손짓으로 오가는 젊은 남녀들을 향해 원군을 부르고 있었다. 단지 모두들의 '싸가지'가 아니라 다만 하얀 축복과 거룩함의 꿈결에 깨지 못했다는 건지, 성가심을 넘어 필요 밖을 행하는 자의 늪을 몸이 먼저 능히 안다는, 그리하여 모두 하나 되고 그로써 족한 아름다운 인간의 뭉치들은 하얀 눈과 빛나는 도시가게들의 컬러 빛을 받아 거룩함으로 흩어지고 모이고 또 사라져갔다. 조카는 등에 업힌 나에게 꼭 잡고 있으라고 신신당부하고는, 그 노파의 수레를 한참이나 밀어주고 당겨주었다. 조카가 더 거세게 내리는 눈을 덮어쓴 채 흘러내리는 나를 추켜올리고 또 올리던 때, 나는 여전히 혀 꼬인 소리를 하고 있었다. 나와, 내 아들과, 조카, 오빠의 가족들이 부자들의 배설물을 핥고 그들에게 재롱을 보내지 않아도 되는 삶도 있을런가? 저런 바람은 내가 아는 세상의 뜻에 의해 빛의 속도로 사라져 갔다. '세상의 뜻'은 돈과 학벌과 가문을 절대 전제로 수인하는 98%의 인간과 저 전제를 부인함이 힘들거나 허망해지는 1%의 인간이라는 지상의 풍속도, 내 몸으로 익은 저 풍경이 짓는 눈보라가 사정없이 내 귓전을 때렸다. 어렵게 만나 아이를 준 남편의 그늘에서, 부디 고모가 부활하며 일생을 누릴 것을 조카는 기도했다. 조카는 업은 고모와 함께 눈보라에 소실되어 갔다.

그게 화근이 되어 그 단속원과 선배 사이에 시비가 붙어 서로 밀고 당기다가 먹살잡이의 상황으로 가버렸다. 그러다가 선배가 밀쳤다든지 무슨 원인을 제공한 것도 아닌데도 갑자기 그 단속원 넘어져 버렸다. 내가 그 단속원을 살펴보니 엄살을 피우는 것이 분명했다. 선배와 내가 그냥 그곳을 벗어나나 어쩌나 하는 사이 갑자기 경찰순찰차가 왔고, 순찰경찰관은 차에서 내리자마자 그 단속원과 선배를 순찰차에 태워 바로 사라져버렸다. 아마도 다른 단속원이 그 순찰차에다가 연락했을 것이다. 선배는 무슨 변명도 하지 못하고 강권으로 차에 태워졌는데, 다만 선배는 차에 타면서 '좋다. 경찰에 가서 시비를 가리자!'고는 했다. 내가 택시를 타고 뒤따라 경찰에 가보니 뭐가 어떻게 돌아가는지 알 수 없으면서, 선배가 구속될 수도 있다는 말이 들렸다. 선배가 노인네들에게 너무 심하지 않으냐고 그만하라고 항의를 하던 중 그 단속원이 먼저 선배의 먹살을 잡았고, 선배가 상대의 먹살잡이를 뿌리치다가 그것이 ㅇㅣ 되지 선배도 같이 먹ㅅㅏㄹ을 잡았고, 그것이 전부인데 그만한 일로 구속이라니 이해가 되지 않는다. 그 정도였으니 당연히 훈방으로 끝날 줄 알았는데, 처음 잠깐 본 후 두 시간이나 지난 지금은 선배가 경찰 내 어디에 있는지도 모른다. 경찰서에서는 돌아가 있으면 나중에 통보해준다는 말만 한다. 나는 지금 다른 바쁜 일도 있지만, 상황이 심상찮아 가족에게 알려야겠는데, 알릴 만한 곳은 선배의 고모인 파비안밖에 없다. 물론 선배는 그 성격에 비춰 가족에게 알리는 것은 원치 않을 것이다. 고모가 바로 경찰로 올 수 있다면, 나는 다시 오기로 하고 일단은 급히 처리할 일을 위해 갔으면 좋겠다. 해서, 가능하면 고모가 바로 경찰서로 와줬으면 좋겠다.)라는 요지의 말을 했다.

그런 싸움이었으면 잡범을 취급하는 일반 형사과일 터이다. 내가 형사과에 들어서자 온갖 잡범을 포함하는 일반 사건을 다루는 곳인 탓인지 시끌벅

적하기가 그지없었다. 너무 많은 사람에다가 복잡해서 조카 마크가 어디에 있는지 잘 보이지 않는다. 직원 모두 조사에 바쁘니 물어볼 자도 마땅치 않다. 수십 개의 책상을 사이에 두고 수사관과 고소인이나, 피고소인이나, 참고인이 밀고 당기고 있다. 꼼짝없이 증거가 잡힌 절도범과 같은 자들은, 자신에게 제공될 수사관의 은총이란 존재하지 않음을 모르는지 머리를 조아리거나 어리광을 보내고 있다. 수사관도 가진 자의 소위 '경제 범죄'쯤이 되어야지 어떤 경로로든 하다못해 후일을 도모하는 떡고물이라도 기대치를 가질 것이 아닌가! 그런가 하면 한 늙은 사내는 명백히 절도범인데도 태연자작하고 있다. 늦은 밤 편의점에서 빵, 소시지, 생수, 술 등을 한 보따리 훔쳐 잡혀 왔다는데, 수사관의 다그침에 쉽게 자백을 하면서도 '그래서 어쩌라는 거야!'라는 투다. 수사관은 "그래도 그렇지 일자리를 찾아보든가, 어디 구호단체라도 가보든가 해야지… 이렇게 자꾸 감방에서만 살려고 하는지…"라고 하는데, 그 사내는 "빌어먹을, 세금이 알아서 먹여주는 당신이니 그런 말을 하지!"라고 내뱉어버린다. 자신이 조금이라도 더 악질로 조서에 기재되어, 하루라도 더 감옥에서 살아야 한다는 강변이며 간절함에 다름이 아니다. 저쪽 끝에서 조사 중인 사건에서는 수사관을 마주한 남녀가 서로 먼저 말하려고 시끄럽다. "이제 그만하고, 내 말부터 들으란 말이에요!"라는 수사관의 언질에 주춤했다가는, 언제 그랬느냐는 듯이 손을 흔들어 가며 치고받는 말싸움을 계속하고 있다. 수사관은 포기한 듯 차라리 의자에 몸을 버리고 천장을 보고 있다. 보아하니 '사기사건'이었다. 남자가 "그건 순수한 투자야!" 하고 딱 잡아떼어 버리니, 대질심문을 한다고 고소한 여자도 불렀나 보다. 무슨 부동산 개발사업에 투자했다는 것 같은데, 달러 이자를 준다며 꼬여 자신을 끌어들였다는 여자의 악다구니다. 그 이자도 몇 번 주다가는 지연하더니, 전망이 더 좋아져 사업을 더 크게 하게 되었다는 둥으로 구라를 치면서 추가로 수차 돈을 사취해갔다는 주장이다. 남자는 여자가 자진해서 더 투자하겠다면서 돈을 주었고, 개발사업은 전혀 예측 밖의 사정으로 인해 말아먹었을 뿐이라고 되받아치고 있다. 여자는 부티가 흐르지만, 이런 일에 경험은 없이 쉽게 돈을 먹으려고 했나 보다. 다른 한쪽에는 술 취한 사내가 바지에 오줌을 싼 채, 긴 나무의자에 드러누워 무슨 소리인지 알아듣지 못할 욕지거리를 해대고 있다. 아마도 무전취식으로 걸려든 것만 같다. 너절한 옷에다가 머리가 쑥대밭인 행색을 보아 걸려들었다기보다는, 술값 사기를 당했거나 공짜 술로 진절머리가 난 술집에서 신고를 해서 경찰에 끌려온 것이 아닌가 싶다. 조카는 그곳에 없었다. 대체 어디에서 조사를 받고 있다는 건가? 마침 장부를 든 여경이 그 방으로 들어서기에 물었다. 여경은 장부를 뒤지더니, 피의자가 마크인 사건의 기재는 없다고 한다. 그러면서 "글쎄요? 그런 사건이면 여기가 맞기는 하는데… 아 물론, 아닐 수도 있지만…"이라고 하고는, 별 볼 일이 없고 귀찮은 민원이라는 듯이 제 갈 길을 가버렸다. 피의자의 소재를 모르다니? 이 경찰서 입구에 봉사하는 경찰 어쩌고 하는 따위를 왜 써놓은 거야! 그따위가 니들이 지껄이는 민주경찰이라는 거야! 욕이 튀어나오려는 것을 억지로 밟아버렸다. 공무원이라는 이유 때문에 경찰도 상종가를 치고 있고, 여경도 인기직종이 된 지 오래되었다. 그녀의 집안에서는 저 어린 여경도 자랑거리일 것이고, 동시에 돈 되는 예비신부일 것이다.

대체 마크를 어딜 가서 찾는다는 거야? 형사과를 나와 구내식당에 설치된 자판기에서 커피를 뽑았다. 바로 앞 탁자에서는 사복이지만 말하는 것을 봐서 분명 경찰인 세 사내가 뭔지를 먹고 있다. 조심스레 말하면서도 그 실제는 분노와, 불만과, 우려와, 답답함과, 짜증으로 가득했다. 그들의 대화는 〈고위공직자를 따로 수사하는 기관을 설치한다는 법률안이 스스로 개혁한다는 정부에 의해 흠집이 나더니, 이젠 국회에서 누더기가 되고 있다. 검찰이 새 정부의 개혁드라이브를 따른다고 칼을 휘두르니 온 정치권이 얼어붙고, 그 칼로 경찰의 비위까지 끼워 넣어 경찰수사권 독립의 이슈가 또 수면 아래로 기어들어 가고 있다. 이러다가는 영원히 새파란 검사들하고 건방진 검찰수사관들에게 대가리 조아려야 한다. 하여튼, 오랜 세월 정치와 검찰이 검은 거래를 하는 탓에 우리만 좆되고 있다. 중요한 결정은 모조리 그 새끼들한테 간섭을 받고 있다. 5만 경찰에는 차관급 자리가 경찰청장 한자리뿐인데, 법원은 더 심하지만 5천도 되지 않는 검찰에는 그게 30여 명이나 된다. 저렇게 직급이 높으니 그들 사법권력이 장악한 국가의 상태에서 못 벗어나고 있고…〉라는 것들이었는데, 결국 '경찰수사권 독립'이 지지부진한 것에 대한 불만과 열패감이었다.

이번에도 경찰수사권 독립은 불가능할 것임은 저들뿐만이 아니라 모두들 알고 있다. 로만의 시간은 군대, 경찰, 정보기관, 검찰 등의 소위 권력기구들이 시대에 따라 바꿔가며, 원래 제 기능을 넘어 지배기구가 되었던 역사다. 권위적 집권세력들이 저 기구들을 이용해 권력을 행사해왔다는 진단을 해왔고 그것이 사실이기도 하지만, 저 진단만으로는 오히려 늘 모호함과 절차의 함정에 빠지게 한다. 실제로도 그래 왔다. 오랜 불공평의 체제는 그 자체의 자가 생신의 에너지에 의해 우군과 절차의 함정이라는 무기를 키워 가지게 된다. 로만에서는 '수단'이 바로 언제든지 '절차의 함정'일 수 있음에도 그 수단을 선택할 수밖에 없기 때문에, 결국 로만은 단시간에 해결될 수 없는 모순 그 자체다. 그러기에 개혁의 의지가 있다는 현 집권세력의 기간에도 크게 달라지지는 않을 것이다. 이 로만에서는 저런 권력기구에 의존하지 않고 갈등을 다스리고 공평의 에너지를 투입할 함량이 없다는, 저 근본부터 물어야 한다. 예를 들어, 30%가 개선된 공간에는 돈이 침투해 그 공간을 지워버린다. 사회적 불공평의 교정은 현실에서의 법질서가 무력화된 다음에야 비로소 시작된다. 로만에서의 '현실에서의 법질서'는 지식과잉의 방향으로 누적되어와 이룬 효과로써 구축된 폭력적 법률만능주의를, 모두들 당연한 법치주의로 이해하고 있거나 저 폭력에 승차하고 있는 상태다. 지배도구로써 지식의 화신(化身)이 된 오늘날 검찰은 마찬가지로 지식의 지배를 벗어나지 못할 로만에서는 해소될 수 없는 괴물로 남을 것이다. '일하는 다수와 소수의 군림'의 지속가능성으로써 로만의 전형 중 하나일 뿐이다. '지식과 자본과 갑들'의 결합체인 이 괴물의 상태가 무너지지 않는 한, 훗날 어느 정권에 이르러 누더기이거나 기만의 성취는 있을 것이다.

커피를 마신 후 복도에 있는 민원용 의자에 앉아 어찌할까 고민하고 있었다. 그러는 사이 저쪽에서 수갑을 찬 조카 마크가 형사와 같이 지나가고 있는 것이 보였다. 마크를 향해 뛰었다. 수갑이라니? 단지 폭행이 아니라, 심각한 폭력이었다는 건가? 상대방은 얼마나 다쳤다는 건가? 덜컹! 두려웠다. 나를 본 마크는 놀라더니, 바로 고개를 돌렸다. 감옥에 가는 한이 있더라도, 고모에게 이런 모습을 보이기는 싫다는 것이었다. 마크를 잡아 그 후배한테 연락받았다며, 지금 상황이 뭐냐고 물었다. 마크는 구속영장이 청구될 것 같다고 마지못해 말했고, 그 경찰에게 확인하니 모호한 대답을 했다. 분명히 하라며 다시 물으니 적용된 죄명은 폭력과 공무집행방해란다. 만약 구속영장이 청구된다면, 공무집행방해의 혐의 때문일 것이라고는 했다. 전체적으로 경찰의 말은 영장을 청구할 것이면서도 내게 교란을 주려는 것으로 들렸다. 황당하고 좆 같다. 납득할 수 없었다. 이런 정도의 싸움으로 인해 공무집행방해라는 혹이 붙어 구속이라니! 피해자가 일용직으로 고용된 공무수행자라고 한다. 경찰이 하는 말이 진단 2주를 받은 피해자 측에서 5백만 원을 줘야 합의를 한다고 했다는데, 내가 피해자를 만나겠다고 하니 경찰은 피해자가 어디 있는지 모른다고 한다. 피해자를 만날 수도 없다니, 이건 또 무슨 일인가? 무슨 개소리인가!

아, 모르겠다! 줄도 백도 없는데, 급하다! 이 인간에게 이런 일로 아쉬운 소리 하기 싫지만, 어쩔 수 없다. 어쨌든 변호사이니 적어도 자신의 어떤 판단을 줄 것이고, 정말 운이 좋으면 대피소를 내놓을지 모르니 말이다. 이것을 기화로 M이 더욱 위세를 부리고, 마크가 가졌다고 그가 믿는 바를 꺼내어서 나를 못살게 굴더라도 어쩔 수 없다. M이 '마크가 가졌다고 그가 믿는바'란 내 조카 마크가 인터넷신문사에도 관여하고 있는 사실을 알고서는 보고서 작성을 위해 마크가 그 신문사가 보유하는 정보를 빼 오도록 하자고 내게 요구를 했던 사실인데, 그때 나는 완곡하나 분명히 거절을 했다. 어쨌든 M이 또 그 정보를 탐하더라도, 다급한 지금으로서는 그건 그때 가서 해결할 일이다. M에게 전화했다. 내 얘기가 끝나기도 전에 M은 자신이 간다고 해서 뾰족한 수가 있는 것은 아니라며, 다만 즉시 자신이 조카와 통화할 수 있도록 조치하라고 했다. 명령이었다. 경찰로부터 조카를 잠시 뺏어 M에게 전화하니 쓸데없는 소리로 시간낭비 말고, 조카에게 전화를 바꾸라고 윽박질렀다. M이 묻고 조카가 대답하는 통화가 이어지더니, 조카가 내게 전화를 넘겼다. M은 다짜고짜로 조카의 진단서를 끊으라고 했다. 어떤 난관이 있더라도 조카의 진단서를 발부받아야 하며, 의사를 어떻게 구워삶든 진단기간이 길도록 하라고 했다. 그리고 병원에서 자신이 작성한 문서를 팩스로 받은 후, 그곳에 맨 아래 내 이름을 쓰고 서명해서 수사기록에 첨부되도록 하라고 했다. 내가 뭘 물으려니까, M은 그따위 것을 들을 시간이 없다며 전화를 끊어버렸다. 뭐야?

같이 멱살잡이했고 또 넘어져 굴렀다고 하니, 마크에게 다친 곳은 없느냐고 물었다. 마크는 여기저기 아프기는 하지만, 뚜렷하게 다쳤다고 볼 만한 것은 없다고 했다. 이놈, 안 되겠다! 나는 목을 보자며 마크의 웃옷을 열어젖혔다. 서로 멱살잡이를 했음을 알 만치 목이 긁히고 붉게 물들어 있었다. 다음에 윗도리를 한껏 올려 상체를 확인하니, 역시 긁힌 흔적이 여러 곳에 남아 있었다. 그리고 싫다는 마크를 제압해 팬티만 남기고 하의를 벗겨보니, 상체와 비슷한 사정이었다. 물론 치료 같은 것은 하지 않아도 모조리 며칠 지나면 자연 없어질 상처였다. 한마디로 신병훈련소의 군인이라면, 그까짓 것 신경 쓰지도 않을 것이었다. 안 되겠다 싶어, 나는 조카에게 손톱으로 목을 긁으라고 했다. 조카는 거부했다. 그럴 것 없다는 말이었는데, 이 참에 감옥에 가서 몇 달이라도 푹 쉬고 싶다는 뜻으로 들렸다. 그것은 내가 하고 싶은 말이기도 했다. 어쨌든 민주적이라고 불리는 권력의 집권에도 불구하고 크게 달라지지는 않은 로만의 하부구조의 국가폭력에 대해 모를 리 없는 조카는, 내가 오기 전에 이미 차라리 감옥에서 쉬겠다고 마음을 굳혔던 것이 아닌가 싶었다. 조카의 뜻을 간파한 나는 손톱으로 조카의 목에서 배에 이르기까지, 인정사정없이 벅벅! 긁어버렸다. 조카의 상체 전반이 붉게 물들었기에, 됐다! 싶었다.

내가 조카의 진단서를 발부받기 위해 병원을 가겠다니까, 경찰은 처음에는 거부하다가는, 내 요구가 거칠어지자 이제는 모호한 태도로 나왔다. 그래서 내가 주위의 경찰과 민원인들이 들리고도 남을 정도로 목청을 높여 〈둘이서 같이 잡고 싸웠는데 한쪽만 피해자라고 주장하고 있다. 그것도 모자라 상대방은 합의금만 경찰을 통해 제시하고는 어디론가 숨어버렸다. 이런 정황이라면 누가 봐도 경찰이 불공정하게 일을 처리하거나 경찰이 그사의 부당한 짓에 가담하고 있다고 추정할 수밖에 없다. 피의자도 똑같이 맞았다. 이런 합리적 의문에 대해 문제를 제기했음에도 불구하고, 피의자의 진단서 발부를 막았다가 나중에 불거질 일에 대해 당신들이 감당할 자신이 있느냐! 공무집행방해는 그것대로 따지더라도, 서로 싸운 것 자체에 대해서는 공평하게 그 증거가 제출되는 것이 공정한 수사가 아니냐…!〉라는 따위를 계속 떠들어 재끼니까, 경찰 두 사람이 나와 조카를 경찰순찰차에 태워 병원을 찾아 경찰서를 나섰다. 외상에 대한 진단서를 끊어야 하니 일단 외과를 찾았다. 외과 하나가 보여서 그곳에 가자니까, 운전하는 경찰이 그 병원은 그냥 지나쳐버리고는 우리가 알아서 한다고 말했다. 내가 그게 뭔 소리냐니까, 진단서 끊을 병원에 곧 도착하니 염려할 것 없다고 했다. 나는 순간 이게 무슨 말인가? 싶었다. 우리가 알아서 간다고? 나는 그렇게는 못한다고 단호히 말했다. 지금까지 한 짓으로 봐도, 그곳은 경찰이 거래하는 병원이라고 의심하지 않을 수 없었다. 더구나 진단이 몇 주냐는 조카의 구속 여부에 큰 영향을 미칠 요소다. 결국, 내가 다시 발견한 외과에 가서는, 의사에게 '폭행에 의한 상처'라는 점을 진단서에 반드시 기재해 달라고 부탁했다. 물론 의사는 '환자가 폭행에 의한 상처라고 주장했다.'라고 기재를 했고, 4주의 진단이 나왔다. 어쨌든 상대방보다 2주가 긴 치료기간을 요구하는 진단이 나왔다.

병원에서 팩스로 받아 본 M이 작성한 문서는 '이 사건의 경위와 주장의 진술'이라는 제목 아래 〈두 노인이 용서를 구하고 자진철수를 하고 있음에도 불구하고, 단속원은 욕을 하고 리어카를 발로 차는 등으로 과도한 단속을 했다. 그 상황을 보고 있던 피의자는 그렇게까지 무리하게 할 필요가 있느냐고 했을 뿐이다. 그것이 화근이 되어 그 단속원과 피의자 사이에 시비가 붙어 멱살잡이가 있었으나, 그것으로써 상황이 종료했다. 무엇보다 그 단속원이 먼저 피의자의 멱살을 잡았고, 그 단속원이 스스로 넘어졌다. 이 것은 가끔이지만 있는 단속원의 소위 '할리우드 액션'임에 틀림이 없다. 첨부된 진단서에서 보는 바와 같이 피의자도 그 단속원의 폭행에 의해 그 이상의 상해를 당했다. 시민으로서 있을 수 있는 의사표시를 했는데, 그것을 기화로 500만 원이나 되는 합의금을 뺏어내려는 상황이다. 공무수행의 기회가 부당한 돈벌이로 전락한 경우라고 보지 않을 수 없다. 무엇보다 자진해서 시비를 가리겠다는 시민에게, 공무집행방해라는 전혀 예측 밖의 혐의로 구속하려는 사정이다. 이것은 전형적으로 권위주의적이고 후진국에서나 있을 수 있는 일이다. 다시 정리하면, 구속이라는 전혀 예측 밖의 공적규제에 관한 예고의 절차도 없었고, 적정성과 비례의 원칙에도 반하였고, 미란다 원칙도 위반했고, 법에 규정된 구속의 사유인지도 지극히 의문이고, 범죄경력이 있으나 그것은 아주 오래전 민주화 운동의 과정에 있었던 것이고, 아주 경미한 위반이 단속원에 의해 유발되었고, 피의자도 상해를 당했고, 무엇보다 단속원이 고의로 넘어진 사건이다. 이는 부당하고 불법인 공무집행으로 인정되어 피의자에 대해 무죄의 판결이 선고될 것이 확실하다. 그렇게 되면 피의자 쪽에서 그 단속원을 고소할 수밖에 없을 것이고, 나아가 국가에 대해서도 손해배상의 청구를 해야 할 것이다. 이에 영장청구를 기각하여 주기 바란다.)라는 취지의 내용이었다.

진단서를 발부받아 와서 보니 수사기록이 구속영장신청을 위해 검찰에 가 있다고 했다. 검찰로 가니, 담당직원도 담당검사도 모르겠다며 누구인지 가르쳐주지 않는다. 이리저리 헤매다가 검찰직원 하나를 잡고 물어보니, 기껏 한다는 소리가 공무집행방해는 국가공권력에 관한 도전이기 때문에 불구속이 없다는 것이었다. 그러면서 알아봐 준다더니 영장청구서가 법원으로 넘어간 것 같다고 했다. 늦은 밤 법원으로 뛰어가니 담당자가 자리 없다며 다른 직원이 수사서류가 법원에 온 지는 모르지만, 어쨌든 내일 오전 판사 신문이 있기 전에 제출할 수 있다고 했다. 오므위 긴시 더 삐져비린 상태에서 M에게 전화하니, 확실하지 않은 상태에서 제출했다가 만에 하나 누락될 수도 있으니, 차라리 내일 오전에 신문법정에서 판사에게 직접 진술서와 진단서를 제출하라고 했다.

다음날 오전 법원에 가서 영장심사 법정에 들어가려니까, 법정출입구 바로 앞에서 통제하는 자가 고모와 조카 사이라는 사실을 증명하라고 요구했다. 두 사람 사이의 신분관계를 증명하는 공적서류를 구비해야 하는 점은 미처 생각지 못했다. 하지만 피의자의 이익을 위해 진실을 밝히겠다는데, 뭔 놈의 그런 형식이 방해한다는 것이냐! 사정해도 먹혀들지 않았다. 이런, 빌어먹을 놈들! 불이 나서 사람이 타죽어 가는 상황에서도, 사람은 구하지 않고 매뉴얼을 따지고 있을 놈들! 나는 뒤로 물러나 있다가 판사가 입정했다는 신호가 들리자, 통제하는 두 놈을 제쳐 버리고 쏜살같이 법정 안으로 뛰어들어 버렸다. 그러니까 그 두 놈이 따라 법정 안으로 뛰어들어 왔고, 나는 그곳에서 그들의 피해 도망을 다녔다. 그러면서 동시에 "판사님! 변론서입니다."라면서 그 서류를 쳐들고 흔들어 대었다. 법정은 아수라장이 되었다. 희한한 광경에 멍청해졌던 판사는 서류를 보자고 했다. 서류를 읽고 난 판사는 판단에 참고는 하겠지만, 이렇게 법정을 소란스럽게 하는 것은 민주시민으로서의 방식은 아니라고 짧지만 어쨌든 잔소리를 붙였다. 이렇게 아랫것들이 여전히 구태로 불투명한데, 민주시민 같은 소릴 하고 자빠졌네! 어쨌든 그날 오후, 판사는 마크에 대한 영장청구를 기각했다.

영장이 기각되었는데도 경찰은 절차를 거쳐야 한다며 조카의 석방을 미적거렸다. 그러더니 '신병인수서'라며 제시하더니 나더러 서명하라고 했다. 언제든 경찰이 조카를 소환하면 내가 그 출석을 보증한다는 내용이 포함되어 있었다. 이 신병인수서는 국가의 군림에 권능을 부여하는 폭력의 절차이며, 이 절차는 아름답게 시민의 숨통을 조이는 함수다. 유죄추정이 당연하다며 국가우위 질서의 보편화를 구축하는 함수다. 나는 거부하려다가 서명을 했다. 내가 독종이 되고자 했다면 거부할 수는 있었을 것이고, 나아가 관여한 경찰관들을 직무유기와 불법감금으로 고소할 수 있었다. 그러나 그들 경찰관의 불법을 내가 입증해야 한다. 저들은 오리발을 내밀 것이고, 입증을 위해 뛰어다닌다고 내 생활은 엉켜버리게 된다. 많은 간접사실과 정황증거를 모아도 검사의 손에 의해 어떻게 될지도 의문이다. 나아가 설령 그들이 기소되더라도 재판에 증인으로 나가 시달릴 수 있고, 그 재판이 끝나기까지 1년이든 2년이든 나는 짜증과 피곤을 뒤집어쓸 것이다. 신병인수서와 절차라는 현실에서의 법질서가 성가시거나 두려워, 어쨌든 법적 근거와 정당성이라는 외관의 괴물 앞에서 무릎을 꿇고 경찰서를 나와야 했다.

5

불붙은 보고서

나의 거부로 잊고 있었던 나의 조카 마크라는 정보원을 다시 포착한 이상, 역시나 M은 마크의 석방에 따른 뒤끝을 드러내었다. 그러나 이유 그 자체로는 문제가 없었다. 내 조카 마크는 모두의 이익에 기여하는 동시에 그도 대가를 취득한다는 것이었으니 말이다. M은 처음에는 은근하더니 나의 거부가 지속되자 공존이라는 대의를 생각하지 않느냐고 나를 닦달했다. 내가 마크의 합세를 끝끝내 거부해야만 하는 건데 근기는 없었다. 다른 한편으로, 마크 역시 보나 마나 돈이 궁할 것이었다. 나는 전화로 조심스레 마크의 의중을 물었다. 마크는 우리가 하는 일의 대강을 듣더니, 자신이 알아서 주제거리를 보내주겠다고 했다. 그러면서 자신은 자료를 보내는 일 외에는 일절 관여하지 않겠다고 했는데, 무슨 이유인지는 모르나 내 의사를 추정한 때문만은 아닐 것 같았다. M은 마크가 보내는 자료의 대가에 대해서는 자신이 알아서 그의 계좌로 배당을 보낸다고 했다. 돈에 쫓기면서 돈에 환장한 우리의 입장과 조카의 지원에 힘입어 보고서 작성 재료를 삼십여 건에 이를 정도로 정리할 수 있었다. 우리는 '이게 돈이 된다, 저게 돈이 된다, 이건 미움을 산다, 저건 호기심을 유발한다. 이걸로 바꾸자, 저걸로 바꾸자…' 등등으로 다투고 밀고 당긴 끝에 6건을 최종 선택했고, 재료의 배치 및 작성과 수정·보완을 거친 보고서가 제출되었다.

저 다툼 중에는 나와 캐스린 사이에 '선택된 주제에 대해, 누구의 기여가 크다거나 누구로부터 나왔는가!'라는 것도 있었다. 이 손에서 저 손으로 넘나다녔던 주제였기에, 기여나 출처의 여부가 딱 부러지지 않았었는데도 그랬다. 그 주제가 누구의 것이었느냐를 당연히 M이 따진다는 전제가 우리 안에 있었기 때문에, 나와 캐스린의 다툼은 피하기 어려웠다. 물론 M이 자신의 따짐을 표명한 적은 없었고, 우리도 M에게 묻지 않았고, 우리 사이에서도 언급된 일은 없었지만, 나와 캐스린은 M이 당연히 그것을 따져 돈을 분배한다고 생각했던 터였다. 그러니까, M이 국회로부터 돈을 얼마 받는지, 어떤 기준으로 우리에게 나눠 주는지는 언급조차 하지 않았지만… 우리에게 동기를 부여하기 위해, 우리 스스로 그 기준을 눈치채라고, 우리 스스로가 각자 자신에게 동기를 부여하라고! 그래서 우리 각자는 더 열심히 해야 할 이유가 있고 또 그 결과 M의 설정은 합리적이라고 우리는 인정하고 있음이었다. 당위가 들어설 수 없는 현실의 요청에 따른 합리이며, 그 현실의 값만으로도 벅찬 돈을 얻는 것이다. 우리에게 우월한 관심은, 'M이 어떻게 해야 한다.'가 아니라, '우리 각자의 이익을 위해 움직일 수 있는 이유가 존재한다.'에 있었다.

제출된 6건 보고서의 주제인 '공무집행방해죄의 오용, 친인척이 출연하는 텔레비전 예능프로, 서점의 책 전시의 상황, 성범죄에 대한 처벌의 상황, 간호사의 현실, 담뱃값 인상과 흡연자의 처우상황'이 왜 인권의 침해와 관련이 되며, 관련된다면 어떻게 인권을 침해한다는 건가? 우리가 자료를 모아 짜깁기하고 그 위에 양념을 덧칠한, 그렇게 머리를 굴린 결과물들을 하나씩 본다.

• 내 조카 마크의 사건이 계기가 되어 선정된 '공무집행방해죄의 오용'에 대해서는 〈업무에 대한 방해를 처벌하는 경우는 사적으로는 '업무방해죄'

가, 공적으로는 이 '공무집행방해죄'가 있다. '업무방해죄'는 아주 특별한 사정이 있었다든지, 징글맞게 못살게 굴어 도저히 달리 방법이 없었다든지 하는 경우가 아닌 한 좀체 제기되지 않는다. 그런데 말이야! 이 '공무집행방해죄'는 완전히 권력의 행패에다가 심지어 사실상 뇌물을 강요하는 일도 있다. 무슨 말이냐? 이것은 수많은 공무원 집단에서는 문제를 제기하지 않는데, 유독 경찰에서만 써 처먹는다는 것이다. 일선 파출소에서 술꾼의 난동이라든지 하는 것이 많은 것은 사실이지만, 그렇더라도 터무니없다. (같은 수사기관인데도 검찰에서는 이것이 별로 없지만, 거기에는 그렇게 될 수밖에 없는 다른 종류의 폭력을 무기로 갖고 있다. 피의자가 경찰의 단계에서 이미 순한 양으로 길들여 온 탓에다가, 특히 검사실이라는 '밀실'에서 조사가 이뤄지기 때문이다. 공간의 폐쇄에 비례하는 심리적 위축이나 두려움을 갖는 것이 인간이기에, 똥폼이든 부당에 대한 분노의 물리적 표출이든 하여튼 좀체 못한다. 저런 밀실의 수사, 계속 소환해서 기를 죽여 버리는 '불러뽕', 트릭으로 동의했다며 하는 철야조사… 저런 불법의 수사를 국민도 심지어 법률가·법학자도 그러려니 하는 현실이니, 사실은 경찰보다 검찰이 더 인권의 사각지대이다. '검찰!' 하면 무서운 곳이라는, 누구에게나 터무니없이 길들여진 바도 관련된다.) 예를 들어 흔히 시시콜콜한 범행자로서 만취한 자가 연행되어 와 파출소 기물을 부수거나(─경제적으로 아무것도 아니다!) 경찰을 폭행한 경우(─보통 신간으로 끝나는 정도이고, 폭행을 유도하는 일도 영 없진 않다!), 저런 허접한 것을 '공무집행방해죄'라면서 엮어서는 배보다 배꼽을 크게 만들어버린다. 본 죄로는 훈방, 기소유예, 벌금 정도에 지나지 않는 사건이 이 '공무집행방해죄'로 엮어 구속으로 넘어가게 만들어 버린다(─그야말로 사실상 소위 '별건수사'다.). 앞서 폭행유도와 함께 합의금을 챙기기도 한다고 했는데, 심지어는 경찰이 '할리우드 액션'으로 넘어지고는 다쳤다며 피의자를 코너로 몰아 합의금을 받아먹는다. '공무집행방해죄'가 추가되었다면서 구속영장을 청구하는 등으로 피의자를 짓밟아 버린다. 공권력에 도전하면 죽인다는 월권과 오만한 권위의식이 여전한 탓이다.〉라는 요지였는데, M이 만든 초안에 내가 살을 붙였다.

• 캐스린의 손에 의해 초안이 만들어진 '친인척이 출연하는 텔레비전 예능프로'에 대해서는 〈정치인과 연예인은 대중에 대한 자신의 노출로써 권력과 돈을 취득한다. 노출이 권력과 돈으로 귀환한다. 따라서 연예인과의 친인척의 예능프로 출연도 권력과 돈에 접근하는 유효한 수단이다. 누구나 부담해야 하는 물리적 시간으로서의 미래를 인위적으로 없앤다. 이는 기회의 균등이라는 상위의 가치를 정면으로 훼손한다. 수많은 연예인 지망자들의 기회를 강탈하는 결과가 되어, 그들 지망자들에 대한 인권침해다. 그리고 시청자들에 대한 인권의 침해이기도 하다. 시청자들이 국가·사회 전체로서의 인권침해에 관한 이해와 인식을 망각하게 하는 효과를 초래한다. 따라서 법으로 이런 프로는 금지해야 한다.〉라는 요지였다. 이것과 이어지는 '서점의 책 전시의 상황'에 대해서, 나는 '돈의 머슴인 법이 주인의 명령을 거부하는 것이 먹히는 현상'이라 어림도 없다고 주장했다. 그러자 M과 캐스린이 일치해서 어느 세월에 다시 다른 주제를 선정해서 보고서를 만들며 무엇보다 보고서의 양이 우선인데, 개선 가능성을 따위를 따질 실익이 없다고 나를 책망했다. 반론이 있을 수 없음을 나는 인정할 수밖에 없었다. 순전히 나의 착각이었다.

• '서점의 책 전시의 상황'에 대해서는 〈장르와 관계없이 출판이 넘친다. 그렇지만 이름이 알려지지 않은 수많은 갑남을녀는 정말로 어렵게 책을 출간한다. 인지도를 가지지 않은 자는, 그자가 가진 내공이 어떻든 출판사의 선택을 받는 것은 하늘의 별따기로 비견할 만하다. 그런데 그렇게 좆나게 어렵사리 책을 내어 본들, 대부분 별 볼 일이 없게 된다. 이름이 없는 출판

사가 이름이 없는 저자를 상품으로 들고 시장 구석에 처박혀 좌판을 까는 것이니, 독자의 눈길이 닿을 수 없다. 책의 존재 자체에서부터 독자에게 알려지지 않는다. 그 검증을 받을 기회조차 미리 박탈된다. 반면, 이미 유명세를 가진 자들의 신간들만이 얼굴인 인터넷 화면이고 서점의 평대를 모조리 잡아먹어 버린다. 이런 책들은 자본이 빵빵한 출판사, 서점, 언론이 결탁해서 온갖 행사를 하는 등으로 막 띄워 댄다. 이렇게 책의 유통이라는 문화산업에서조차 폭력이 지배한다. 인권은 '자신의 존재를 전개할 기회가 주어졌느냐!'와 직접적 인과를 가진다. 결국, 현재 서점의 신간전시 행태는 공평을 그 기본요소로 하는 인권에 대한 전면적인 침해행위다. 따라서 법의 제정을 통해 저 폭력을 제거해야 한다.〉라는 요지였다. 이것은 캐스린이 오래전 수필집을 내려고 많은 출판사에 문을 두드렸으나 실패한 후, 소위 '자비출판'으로 책을 내어보았으나 초판 500부도 팔리지 않았던 경험에서 비롯된 것이었다.

- '성범죄에 대한 처벌의 상황'에 대해서는 〈근년에 들어 성범죄가 갑자기 증폭한 것으로 보이는 것은 다른 이유에 있다. 굳이 따지면, 오히려 반대다. 피해자·시민의 의식이 커졌고 정보수단의 발달로 인해 공개되는 확률이 높아진 것이다. 그런데 성범죄가 일어난 환경은 개선하지 않고, 처벌법을 강화해서 해결하려고 한다. 이것이 비정상적으로 심화하다 보니, 남자는 그 경위는 따질 것 없이 성추행으로 몰릴 위기에 처해 있다. '못 배우고 가진 것이 없는 자'가 주로 성범죄의 주체가 되고 있고, 피해를 배상해 줄 능력이 있는 남자는 '가벼운' 성추행으로부터도 위기를 맞고 있다. 법 제정자가 '처벌만이 능사'라는 일반적 오해와 대중의 집단적 이지메 현상으로서의 보복감정에 끌려다니고 있다. 배운 것도 가진 것도 없는 남성, 배우고 가진 남성, 보복감정에 빠지는 거의 대부분 국민… 이 모두가 인권의 피해자다. 그렇지를 않은가? 인간의 행위에 대해서 그 원인

에 대해서는 고민조차 없이 보복으로써 끝장내려는 이 막장과 그것에 동조하는 바로써 성범죄에 관한 처벌법의 강화는 결국 전체적으로 모든 인간의 인권을 침해하는 것에 다름이 아니다.)라는 요지였는데, '배우고 가진 남성'에 대해 방점을 둔 듯이 된 이유는 물론 우리의 보고서는 일반의 관심이나 경향과는 다르거나 반대되는 시각을 요청받기 때문이었다. 이 보고서에 대해 캐스린은 피해자인 여성의 곤란한 사정에 대해서도 거론해야 한다고 강변했다. 그러나 M은 피해자의 보호나 명예감정까지 같이 넣는 것은 우리 보고서의 생명인 예외성·개별성에 '물타기'가 되어버리는 결과를 가져온다며, 캐스린의 주장을 밀어내버렸다. 그런데 내가, 남성의 성추행·성폭력은 즉각적 본능으로서 남성의 성욕과 결합한 다음 널리 국가·사회적 권력의 작동방식으로 결부되고 실행되는 것이기 때문에, 그 국가·사회 전체의 길고 긴 진화의 시간에 놓이는 반면 로만이 총량으로 가진 에너지로는 그 긴 역사적 시간을 거의 줄일 수 없다며(― '환경의 개선' 운운 그 자체는 옳으나 전혀 먹혀들 수도 가능할 수도 없다며) 보고서의 대폭 수정을 주장해서 내 손으로 수정은 했으나, 그것은 내용만 복잡했지 나 자신은 물론 누가 봐도 모순덩어리가 되어버려 채택되지 못했다.

한편으로, 이 보고서로 제출되기 전에 있었던 다른 사정으로 인한 논란도 있었다. 이 보고서가 인식한 행위인 '피해자가 미성년 여자인 경우라든지, 가해자가 계부·친부를 비롯한 친족인 경우라든지, 강도강간이나 인질 여성에 대한 강간인 경우라든지'와 같이 엽기적이거나 고강도 성범죄보다는, 낮은 강도의 '성추행'에 관한 소셜네트워크서비스(SNS)를 통한 폭로와 언론보도가 터지고 있었다. 성추행 피해자들이 SNS를 통해 자신의 피해 경험을 잇달아 고발하는 현상으로, 이미 미국에 일어났던 소위 '미투(Me Too 나도 당했다) 운동'이 로만에서도 일어나 커가고 있던 중이었다. 시와 소설의 문단, 영화계, 방송계, 음악계, 연극계, 검찰, 경찰, 시민단체 등에서 있었다는 성추행이 계속 고발되고 있던 중이었다. 1년이나 2년 이내의 것도 있었지만, 이슈를 장악하는 것은 오히려 10년이나 20년이 지난 것이었다. 일반의 직장보다는 뭔가 다르다는 관념을 소유한 곳이었기 때문에, 언론의 추적과 보도가 언제 끝날지 모를 사정이었다. 고상하거나 의로울 것이라거나(시, 소설, 영화, 음악, 연극, 시민단체) 적어도 법규범은 어기지 않을 것이라는(검찰, 경찰) 곳이어서 충격이라는 뜻이었지만, 그 실체적 진실은 '광의의 갑'의 세계에 있는 자들의 이슈 생산가능성 때문에 언론이 마이크를 준 것이었고, 그로 인한 그들 내부에서의 갑과 을의 균열과 권력의 이완이 이뤄지고 있었던 것으로 볼 것이었다.

캐스린은 이 '미투'에 관한 것도 이 보고서에 같이 넣자고 했다. 나는 당시에는 이 '미투'가 어떻게 전개되고 커갈지 모를 정도로 진행되고 있었던 탓에다가, 우리의 보고서가 잡아야 하는 의외성은 잡히지 않아 어떤 입장도 내지 못하고 있었다. M은 캐스린의 주장에 대해 원칙적으로는 찬성한다면서도 이런저런 이유를 달아 반대를 했다. 그중에서 M은 이 '미투'에 관한 것은 훨씬 더 많은 자료와 검토가 필요하고 또 나중에 별개의 보고서로 내어 별도의 수당을 타내는 것이 실익이 있다는 것을 주된 이유로 내세웠으나, 사실은 '미투'와 같은 복잡한 것을 넣는다고 시간을 지체해서 수당의 수령이 늦어지는 것이 싫었던 것이었다. M에게 있어 '다음의 기회'라는 것은, 그것이 뭐든 늘 그리 관심이 없는 후순위로 밀렸다. 또 M은 캐스린이 좀체 물러나지 않자 '정 그러면, 여자가 남자에게 치근덕거리거나 추행하는 것도 같이 넣어야 한다!'라는 취지도 거론했다. 이것은 캐스린이 M에게 이런저런 순간 스킨십을 해 온 것을 지시한 것으로 볼 수는 있으나, 역시나 빠져나가려는 궁여지책에 지나지 않은 것이었다. 이에 대해 캐스린은 M이 돈의 분배에 대해 독재를 하는 것에서 비롯된 것이니 그것부터 따져야 한다는 뜻을 두 번 세 번 돌아 에두르고는, 설령 여자 쪽에서 스킨십이 있다고 하더라도 그것으로써 남자가 손해날 것이 뭐가 있느냐고 했다. M의 독재로 인한 불공평 때문에 계속 그럴 수도 있다는 듯이 한 것이었는데, 마지막엔 같은 식구로서 친근감의 표시방법에 하나일 뿐이라고 빠져나갔다. 결국, 앞뒤를 알 수 없는 말이었다. 그런데 설령 M의 반대가 없었더라도 당시로써는 어차피 이 '미투'에 관한 보고서는 제출되기는 어려웠다. M의 주장대로 시간의 지체로 인해 물리적으로 어려웠고, 검토가 진행되었더라도 M도 그랬지만 내 촉수에 걸렸던 의외성이나 독자성의 문제에 봉착했을 수밖에 없었다.

- 나와 캐스린이 각기 선정한 다른 주제와 경합 중에 M의 억지이거나 강제에 의해 선택된 '간호사의 현실'에 대해서는 〈흔히 간호사 자격은 '장롱면허'가 된다고 한다. 일이 너무 힘들고, 근무시간이 길고, 휴식시간은 물론 밥 먹을 시간조차 부족하고, 환자에게 시달리고, 의사·선배간호사·환자로부터 받는 갑질과 군기잡기와 시달림에 몸살이 나고, 때론 사실상 기쁨조로 동원되기도 하고… 사정이 저러하니 '이따위가 되려고, 내가 간호사가 되었느냐!'라며 장롱면허가 된다고 한다. 그 원인이 육체적·정신적으로 너무 힘이 들어 버티기 어려운 현실에 있다는 말이다. 간호사 스스로도, 외부에서도 저렇게 본다. 간호사협회라는 곳이 있던데, 저것에서도 저런 진단에 따른 업무환경의 개선만을 주야장천 외치고 있다. 자격자를 대표하는 조직이 저러고 있다. 저건 완전히 빗나간 진단이다. 어느 시대든 그 시대가 요구하는 바로써, 인간의 존재를 규정하는 주된·지배적 요소가 있다. 그 주된 요소가 물질뿐만이 아니라 정신까지도 지배한 후, 그에 따른 정신의 구조를 만든다. 적자생존으로서 물질뿐만이 아니라, 가치로써 정신도 지배하고 재구성한다(— 이리하며, 인간은 타성에 젖고 굴종한다.). 나머지 현상들은 그 주된 요소의 반영물이거나, 그 주된

요소의 부당을 도울 뿐이다. 주된·지배적 요소가 괴물이 되고 나면, 그 괴물의 왕국에 의해 새로 구성된 인간은 주변부인 다른 하위 요소에 매달려 불평을 한다. 말할 것도 없이, 근대 이후 이 현대의 인간존재를 규정하는 주된·지배적 요소는 '돈'이다. 이 '돈'의 분배가 잘못되면 필연적으로 병든 사회가 되지만, 이때 돈이 아닌 다른 얘기를 하는 것은 이미 하위로 구성된 정신의 지엽일 뿐이다. 이런 이치라면, 간호사들의 보수는 지금보다 2배 이상으로 올리라는, 즉 괴물과 맞짱을 뜨는 차원으로 돌진해야 한다. 그러면 그 올릴 돈이 없다고 하면 어찌하나! 병원은 자신은 비영리조직이어서 달리 쌓아 놓은 돈이 없다든지 하며(— 같은 자본주의 공기를 마시므로, 실제로는 영리와 비영리의 구분이 있을 수 없다. 그래서 병원도 돈 벌려고 환장한다.), 어쨌든 그럴 수 없다고 할 것이 빤하다. 그럼 뭐냐? 그건, 간단하다. 철저히 공존으로써 병원수입의 총량을 처리하면 된다. 그게 무슨 말이냐? 의사가 받는 돈의 일부를 떼서, 그것을 간호사에게 이동시키면 된다. 이것이 하위로 구성된 정신을 벗어던지는 것이다. 간호사보다 의사가 3배, 5배, 심지어 10배의 돈을 받고 있다. 비영리라는 제도의 악용을 통해 수입을 병원발전을 재투자하는 것도 아니고, 의사들이 모조리 가져가 버린다. 의료수가가 낮다느니, 비급여항목이 줄어든다느니 하며 징징대는 것도 저 독식을 놓지 않으려는 악마적 트릭일 뿐이다. 간호사가 되기까지, 된 후 일의 강도가 의사의 그것들보다 1/3, 1/5, 1/10의 부담을 하는 것이 아니다. (근본적으로는 저런 부담의 비율에 따른 권력의 분배가 아니라, 즉 '직업이 이익의 원인이 아니라 역할의 분담'이어야 하지만, 양보해서 저것은 별론으로 한다.) 의사가 다른 의료자격자들(간호사, 임상병리사, 방사선사, 물리치료사, 작업치료사, 치과기공사, 치과위생사 등)을 착취하는 보수지급의 체계가 바로 의료계 인권의 모든 근원이자 원흉이다. 저 자격들은 단순한 자격이 아니라, 독자적 사업자가 될 수 있음을 당연한 전제로 한 '면허'임에도 의사에게 예속되고 있다. 이 모든 어긋남의 현상은 의료계 전체가 폭력에 의해 굴러가고 있기 때문이고, 인권의 심각한 침해현상이다. 최근 의사들이 대거 참석한 정부의 '건강보험 보장성 강화 정책'에 관한 철회시위도, 국민의 건강보험료 부담의 가중 따위는 포장일 뿐이고, 결국 간호사가 아닌 의사들이 의료수입을 계속 혼자 처먹겠다는 폭력에 지나지 않는다. 의사의 보수를 지금보다 1/3 이하로 내려, 그 돈을 간호사 등 다른 의료자격자들에게 이전해야 한다. 저것만이 유일한 해법이자 정의다. 간호사의 근무환경 개선 따위의 주장은, 착오이거나 악의에 의한 지옥의 연장을 초래하게 할 뿐이다.〉라는 요지였다. 이것은 처음에는 밀려난 주제였는데 M이 파스란에서의 경험을 말한 것이 다시 끼어들게 해서 결국 채택된 것이다. M이 의사에 대해 떠들어대었던 것들 중에 그의 고등학교 동창모임에서 있었던 일로써 '의사가 된 놈들은 자신들은 명예 대신 돈을 선택한 것이니 공평하고 한편으로는 억울하다!'라고 했다며, M은 나와 캐스린에게 이미 춥고 배고파진 변호사는 뭐냐고 짜증을 내고 불평을 했다.

이때 나는 무심코 "의사는 돈뿐만이 아니라 명예도 가진 건데…."라고 말을 흐렸는데, 캐스린이 내게 "언니는, 참! 그자들은 돈을 밝히지 명예는 아니죠!"라고 무슨 소리냐는 듯이 반문했다. 나는 〈사전적으로는 명예를 '세상에서 훌륭하다고 인정되는 이름이나 자랑 또는 그런 존엄이나 품위'라고 한다. 그러나 현실적으로 명예는 환경이 본인에게 부여해 주는 값에 대한 느낌이나 평가일 수밖에 없다. 환경과 관계없이 홀로 느끼는 명예라는 것은 인간은 사회적 동물이라는 기본에서 이탈하는 것이기에, 논할 실익이 없다. 환자들은 의사 앞에서는 자동으로 굽실대는데, 저것이 바로 환경이 부여해 주는 값이 된다. 그리고 의사가 돈에 유리한 것 그 자체가 명예도 가지는 것이 된다. 돈은 재산이고, 재산의 보유는 명예와 같은 감정도 생산한다. 명예감정은 재산 위에 승차하면서 자긍의 가치가 된다. 따라서

'행복은 돈을 전제로 하지 않는다.'라는 경구는 머리 깎고 산에 들어가는 자라든지 극히 일부 자들에게만 의미가 된다. '돈을 전제로 하지 않는 행복'이란, 극히 예외적인 인성을 가진 자의 값일 뿐이다. 결국, 저 경구는 현실적으로 논할 이유가 없다. 그 무엇보다 '돈을 전제로 하지 않는 행복'의 주장은 '1:99'의 상태를 더욱 굳히는데 기여하게 된다. 전체로써 구제와 예외적·개별적 구제는 전혀 다른 것이다.)라는 따위의 말을 하려다가, '부질없다!'라며 그만두었다. 어쨌든, 저 M의 짜증과 불평 그 위에 장롱면허증이 되어버렸다는 캐스린의 친구 간호사 얘기가 얹히면서, 결국 언론보도 등 관련 자료의 힘이 보태어져 이 보고서가 만들어졌다.

그런데 이미 보고서가 완성되었는데도 캐스린이 아무래도 이상하다며, 다시 검토해서 수정하든지 해서 제출해야 하는 것이 아니냐고, 시비까지는 아니지만 어쨌든 그리 크지는 않는 태클을 걸었다. 의사는 원래 공부를 잘한 사람이 되는데다가 12년(—의대 6년, 인턴 2년, 레지던트 4년) 이상이나 죽으라고 공부하고 고생한 결과다. 파기 어떤 인터넷신문 기사의 댓글들을 보니 저런 이유로 해서 대체로들 의사가 월급을 많이 받는 것에 대해서는 당연한 것이지 나무랄 수는 없다고들 한 것을 본 기억이 있다며, 캐스린 자신도 그때 수긍이 갔고 지금도 사실은 그리 다르지는 않다는 말이었다. 그리고 그때 대기업이나 은행의 경우에도 12년이 넘는 경력인 경우에는 보수가 의사에 크게 밀리지 않는 경우가 많다는 주장들도 있었다고 말했다. 결국, 캐스린은 의사를 두고 간호사나 다른 직종과 동일한 선상에서 부당의 여부를 따지는 것은 아무래도 이상하다고, 그러니까 자신도 의사를 까고는 싶지만 그럴 만한 건덕지가 보이지 않아 혼란스럽다는 투였다. 이에 대하여 M은 "그게 틀린 말은 아니지만, 지금에 와서는… 그냥… 에이…"라며 투덜대는 말꼬리를 흐렸는데, 이미 보고서가 완성된 후인 이제 와서 다시 문제를 제기하는 캐스린이 짜증 난다는 것이었다. 나는 '역할분담으로서 직업'이 되어야 할 것이 '이익이나 권력의 근거로서의 직업'으로 시궁창에 빠져버려 흘러온 것이 바로 인류의 직업이라고, 저런 거창한 것으로 캐스린의 혼란을 정리할까 하다가는 '허, 내가 미쳤어!'라며 그만두었다. M은 또 괴상한 병에 도진 헛소리로 치부해버릴 것이었고, 캐스린은 인류의 역사 수천 년 동안 그랬듯이 앞으로도 영영 오지도 않을 '역할분담으로서 직업' 따위를 거론했다가는 남는 것은 보고서가 방향을 잃게 되는 것뿐이라는 비난을 했을 것이었다.

- '담뱃값 인상과 흡연자의 처우상황'에 대해서는 〈그냥 개인이든 관계에서의 개인이든 인간의 합리성은 특별한 사정이 없는 한, 욕구나 습관과의 어느 경계까지는 타협한 결과 값으로서의 그것이다. 이게 인간이라는 종이다. 담배가 인체에 해로운 줄 알면서도, 인류가 담배를 즐기는 것도 그것이다. '나는 나를 파괴할 권리가 있다.'라고 핏대를 올릴 것도 없이, 그 타협의 행위는 그 자체가 자연권이든 천부인권이든 그런 차원으로 인정되어야 한다. 담배에 사람의 생명을 심각하게 단축한다든지 하는 특별한 사정까지는 없다는 것은, 인간은 체험으로 안다. 우리는 대략 25년 전까지는 버스 안에서, 15년 전까지는 안방에서 담배를 피웠다. 이 나라 국민보다 더 진화된 선진국들 사람들은 지금도 장소의 제한을 그리 받지 않고 담배를 피운다. 그들 국가들에서 저런 상태가 왜 수용되고 있는지는, 이 나라 수준의 형식화한 돌대가리로는 알 수 없다. 도시에서의 소음이 일정 한계까지는 공동체의 수인사항인 것과 같은 쾌로서의 담배를 이해하는 철학으로부터, 쥐뿔도 아닌 우린 어설프고 건방지게 이탈해버린 것이다. 이따위로 근본도 망각한 나라이니, 올린 담뱃값으로 건강증진에 투입하지 않은 것까지는 따지지도 않겠다. 온 천지를 금연구역으로 만들어 버리고, 담배 피우는 자를 범죄인으로 취급하고 있는 이 로만의 분위기는 분명 폭력의 지배에 다름이 아니다. 담배 자체보다 오히려 담배 피우려고

눈치 보다가 스트레스를 받아 암에라도 걸릴 지경이다. 지금과 같은 흡연자에 대한 따돌림과 국가의 기회주의적 부추김은, 포괄적 인권의 하나에 속하는 흡연권에 대한 침해이다.)라는 요지였다. 이것도 M이 곳곳에 '금연구역'이라는 딱지가 붙어있어(—그 '금연구역'이라는 딱지도 공적인 결정이 아니라 대부분 건물의 소유자·임차인이 제멋대로 벽에 부착한 것이라며) 담배 하나 피울 장소를 찾는 것이 숨은 보물찾기하는 지경이라며 불평한 것에서 비롯되었는데, 역시 흡연자인 캐스린이 가담함으로써 선정된 다른 주제를 밀어내고 채택되었다. 특히 겨울에는 담배 하나 피우려고 눈치 보고 헤매어 다니는 죄인이나 다름이 없다며, 둘은 핏대를 올려 입을 맞추었다.

이번의 보고서들을 제출하기 직전, 두 가지의 문제로 실랑이가 있었다. 그 하나는 캐스린이 M에게 보고서마다 주제를 개발한 자의 이름을 기재할 것을 요구한 것이었다. M의 이름으로 보고서가 제출되는 것은 당연하지만, 캐스린이나 내가 실제를 형성한 보고서에는 M의 이름 아래 작게라도 캐스린이나 나의 이름을 병기하자는 것이었다. 저 요구에는 M으로부터 배당받는 돈에 유리한 영향을 미치겠다든지, 심지어는 국회로부터 독자적 존재로 인정받을지도 모르는 경우의 수도 염두에 둔 포석이 깔렸었다고 할 것이었다. 나는 '부탁'의 한계를 넘으면 절대 안 된다고 했는데, 캐스린이 나 몰래 M에게 권리라는 듯이 요구를 해버렸다. 능히 예상대로 캐스린의 의지를 읽은 M은 싸늘한 침묵으로 묵살해버렸다. 다른 하나는 서로 자신이 제안하거나 기여도가 큰 주제의 것을 제일 앞에 두어야 한다고 다툰 것이었다. 누구든 심사할 자가 제일 앞에 있는 보고서를 한 번이라도 더, 조금이라도 더 보게 될 것이라는 생각이었다. 아무런 증명도 근거도 없으면서도 공상을 동원해서라도, 스스로 만든 믿은 바에 의한 작은 이익의 거리라도 일으켜야 했던 것이다. 이에 대해서 M은 많고 지속적인 자료의 입수가 중요하다며, 마크에게 배당을 더 줄 핑계로써 근거가 되고 또 그저 그만일 '공무집행방해죄의 오용'을 제일 앞에 배치해버렸다. 누가 뭐래도 객관적 진실은, 우선 보고서를 만들 재료가 많이 그리고 지속적으로 확보되어야 하고, 나아가 보고서의 독창성이니 기발함이니 의외의 설득력이니 하는, 즉 아무리 담론의 차원이라며 떠벌려도 큰 틀에서는 어차피 자료의 짜깁기를 포장한 것에 지나지 않을 수밖에 없었고, 그렇다면 당연히 마크한테서 나오는 자료 그 자체에 의존하는 바가 클 수밖에 없음이었다. 그런데 한편으로는 나와 캐스린과는 달리, M에게 있어 마크는 잡아 놓은 물고기라고 할 수는 없는 사정이었으니 말이다.

6

위험한 보고서

로만의 정치사에 광기의 정치를 하려고 덤빈 자가 한 번은 있었다. 현 정권과 같은 정당출신이었던 지지난번 권력자, 그러니까 지금의 제1야당이 집권했던 지난번 정권 바로 전 정권의 대통령이었던 자다. 그는 이 로만에서 먼 옛날부터 굳어져 온 두 개의 문제에 대해 의문을 가지고 있었다. 그 의문은 그의 청년기부터 일어나 줄곧 그로부터 떠나지 않았다. 그것은⋯ 국민 99%이 재산은 고만고만한데 왜 소수인 정치인은 그보다 훨씬 부자인가?(―'훨씬 고학력인가!'도 포함된 의문이었다.), 국민의 대부분인 서민은 왜 저런 부자를 자신들의 대표자로 뽑을까? 그 소수 부자가 가난한 그들 대부분 삶을 구제한다고 믿는 것일까?(― 대표자가 자신이 가진 현재의 계급과 현저히 또 정면으로 반하는 다른 선택을 할 수 있다고 믿는 것일까?)⋯ 라는 '주권자와 대리자로서의 대표자 사이의 불일치'나 '대표권 선택의 모순'이 바로 그 하나였다. 다른 하나는 '가진 자 1%와 그렇지 못한 자 99%라는 구성'은 정말 해소될 수 없다는 것인가? 라는 것이었다. 누구나 알고 있으면서도 무릎을 꿇은 상태에서 대충 넘어가는 문제들에 지나지 않지만, 그는 이 의문들 내지 문제들과 멀어지지 않으려고 줄곧 애를 썼다. 노력했다기보다는, 타고난 집착으로 유난스러웠다고 함이 더 정확했을 터였다. 그는 이 의문들이 주는 지독한 불편함과 때론 고통에서 자유롭지 못했고, 대통령이 되자 그 탈출을 위한 과제에 드라이브를 걸었다.

　그것의 첫 시동으로써 그는 대통령인수위 기간일 때, 수석비서관과 장관의 자격에 관해 전제조건을 걸어버렸다. 당시 국회의원 평균치의 학력과 재력에서 한 단계 아래까지로 제한했다. 이 '한 단계'가 어느 정도이냐는 논란이 있었지만, 어쨌든 그랬다. 노동과 복지를 담당할 자에 대해서는 소위 '일류대학'은 배제하는 설정하기까지 했다. 선거캠프에 참여했던 인사들, 자신의 정당에 존재하는 전국적 인물들, 이런저런 기대치에 드는 학자들과 전직 장관과 전직 국회의원들… 볼 것도 없이 거론되는 자들 대체로가 그 조건을 넘어설 수밖에 없었는데도, 말이다! 수석비서관이나 장관이라는 높은 자리는 학력과 재력도 그에 비례한 만큼 높지 않으면 뭔가 이상하게 여기거나, '이번의 저 장관은 힘쓰지 못하겠네!'라는 것이 바로 뭇사람들의 정의이고 당연함인데, 말이다. 정치적 카리스마가 1인에게 집중되었던 시대도 아닌 때의 그가, 가지고 배운 자들에 대해 원망할 이유가 없을 만치 배웠고 가졌던 그가, 당내 다수계파의 한 수장이었을 뿐인 그가, 극심할 당의 분열과 반목이 빤할 것임을 알고도 남았을 그가, 그래서 자신의 정권이 출발에서부터 약체에 빠질 수도 있음을 예견했을 그가, 왜 그랬을까? 로만의 역사를 거스른 그의 그 설정은, 당시 인수위 핵심멤버들에게 알려진 단계에서 철회되었다. 철회되었다기보다는 그 멤버들의 수많은 불가이유의 제시, 그가 반박치 않음으로써 무산된 것으로 볼 터였다. 그 후 그의 태도로 보아서는, 그가 그 무산의 결과를 미리 계산했을 것만 같다.

　취임 후에는 그 이전 정권들에서 볼 수 없었던 조치들을 들고 나와 시동을 걸었다. 그들만의 리그로 누려온 로만의 정치권과 언론이 기어이 훼방을 놓을 정책들이었다. 불편한 진실을 터뜨리고 넘어야만 가능한 정책들을 임기 중반에 이르기까지 시동을 걸었다. 홀로 징징거린 것에 지나지 않은 결과가 되어버렸지만, 밀어붙이는 체력이 좋았다. 단 몇 개를 제외하고는 실행에 나서지도 못했다. 특히나, 그가 염원으로 해소코자 했던 문제들(—주권자와 대리자로서의 대표자 사이의 불일치, 대표권 선택의 모순, 가진 자 1%와 그렇지 못한 자 99%라는 구성)과 저것에 가까운 정책들은 그의 찰거머리 같은 도전에도 불구하고 거의 모조리 좌절되었다. 그 도전의 과정에 국민을 향해 광기 어린 열변을 토하기도 했으나, 그럴수록 좌절은 빠르게 진행되었다. 저 좌절을 만드는 훼방이나 장애의 방식이 그전과 특별히 다른 것도 아니었다. 다만 과거보다는 정치권의 영향력은 줄어든 반면, 언론과 여론에 의한 장애나 깎아내리기가 더 커진 사실은 분명했다. 그는 임기가 절반에 이르렀을 때 결과적으로 마지막이 되었던 승부수를 던졌고, 그것의 패배는 그를 빠르게 식물대통령으로 만들어버렸다. 그 승부수는 임기 초반에 시동을 걸었어도 어려웠을 '과거사 청산과 피해자 보상'이었다.

그때로부터 거슬러 근 일백 년 동안 로만의 역사에 어둠을 지은 사건들을 들추어내어, 그 책임을 물어야 한다는 계기였다. 어둠을 지은 자들을 역사의 문서에 기록해야 하고, 그 어둠을 원인으로 형성한 생존자나 그 후손들의 재산을 몰수해야 한다는 주장이었다. 그리고 그 어둠으로 인해 입은 피해를 보상해야 한다는 것이었다. 그 시행을 위한 특별입법안도 국회에 제출되었다. 그러나 가해자와 피해자의 숫자가 너무나 많았기도 했지만, 언론과 여론을 지배하는 것은 '처벌'이 아니라 '화해'였다. 대세는, 로만이라는 나라가 감당할 수 없는 국론분열을 초래할 과거에 매달릴 것이 아니라, 그럴 에너지가 있으면 미래를 설계해야 한다는 것이었다.

재임기간 절반이 된 그 시점에 그가 왜 저런 무리수를 던져야만 했는지에 관한 근거는 밝혀진 바 없다. 다만, 훗날 어느 한 논자가 학술지에다가 그의 글이라며 인용해서 그것에 관한 진단을 내어놓았는데, 저 인용의 글이 더 훗날에 세상에 알려짐으로써 현 정권의 탄생에 플러스가 되었다는 평가를 받는 바가 있었다. 그 논자가 인용했다는 글은 〈찰스 디킨스의 '두 도시 이야기'는 … 최고의 시간이었고, 최악의 시간이었다. 지혜의 시대였고, 어리석음의 시대였다. 믿음의 시대였고, 불신의 세기였다. 빛의 계절이었고, 어둠의 계절이었다. 희망의 봄이었고, 절망의 겨울이었다. 우리 앞에 모든 것이 있었고, 우리 앞에 아무것도 없었다. 우리 모두 천국으로 가고 있었고, 우리 모두 반대 방향으로 가고 있었다…, 라며 문을 연다. 저 디킨스의 시대와 같이 서로 어긋나는 현상들이 공존하는 로만이다. 그 공존은 그 옛날이나 지금이나, 충돌하는 힘들 사이 계산의 한계가 이른 지점에서의 균열을 봉합한 것으로서의 그것이다. 이제는, 저 서로 어긋남의 공존이 더 복잡하고 난해하다. 세력의 안방을 차지한 자들이 서민의 삶과 일자리와 복지를 떠든다든가, 시류의 계산기를 두드리며 난무하는 마이크와 거리의 정치가 여론을 주무른다든가, 안방과 공장과 점포 구석구석에 소리 없이 끼어들어 간섭하는 폭력의 정치에는 모두 관심이 없다든가, 거래가 표면은 그렇지 않지만 그 실제는 여전히 연줄이나 힘이 주인공이라든가, 옆집에 누가 사는지 누가 '고독사'를 하는지 몰라도 그만이다든가, 세계 제일의 자살률도 건조한 통계에 힘입어 아무렇지 않다든가, 돈의 힘이 아니면 복잡한 대학입시의 프로세스를 해독하기도 어렵다든가, 권력자들이 빗나갔든 말든 여론조사의 결과나 네티즌들의 흐름에 아부한다든지, 언론이 자신의 자유를 떠드는 반면 진짜인지 가짜인지 모를 보도와 논평을 낸다든지, '1:99'의 양극화가 도저히 깨어질 수 없을 만치 굳어감에도 화해를 말한다든지, '1:99'의 그 양극이 으르렁대다가 타협하다가 곧 다시 으르렁댄다든가, 토론하다 싸우다 또 토론하다 싸우다… 이 폐쇄된 순환의 끝없는 반복… 이 로만 시대가 그렇다. 인류는 저 디킨스의 시대 그 언저리에서 '천부인권'이라는 것을 발견했다. 저것을 발견한 대가로, 그 발견을 현실화하려는 대가로 많이들 죽어나갔다. 발견은 인간을 그냥 두지 않는다!

먼 미명(未明)의 시대였다. 잔인한 부당이었다. 부당에 대한 배상도 몰랐다. 인간이 선택했던 여전한 신(神)의 자의성 아래서의 발견은 널리 세상을 이롭게 하기는 어려웠다. 거대한 돌들을 나르게 한 폭력과 그 압살의 비극을 말하지 않으면서 피라미드를 관광하듯, 먼 후세는 그 죽음들의 피비린내를 기억하지 않는다. 기억할 이유가 없는 지구 질량의 사소한 이동일 뿐이다. 후세의 영광은 그들 죽음을 밟고 온 길의 끝에 있다. 모든 후세는 대속(代贖)으로서의 모든 현세의 후광이다. 현세는 자기 죽음을 후세에게 말할 길이 없다. 후세가 읽는 역사 안에서 다만 빙산의 일각만큼, 그것도 완상물(玩賞物)로 남는다. 역사의 전형은 신(神)이 장난하다 저지른, 운명이었다. 애초 신(神)이 없었든 스스로의 제 자식들 등쌀에 못 이겨 자살했든 어찌되었든… 모든 권력의 원천으로서의 주권재민, 시원적(始源的)인 지배권으로서 국민, 기본권, 인권, 표현의 자유, 적법절차, 법치주의, 권력 분립, 나아가 복지국가 … 인류는 민주주의라는 집을 짓는 데 필요한 재료로써 저것들을 발견했다. 발견한 지 오래되었다. 발견을 다듬어 왔지만, '1:99'의 지형은 오늘에 이르기까지 여전히 견고하다. 정치는 합리와 이성의 이름으로 포장되는 행정만능을, 국민만 지켜야 하는 것으로 취급되는 법치를, 현재를 굳히는 '적당히'를, 교양의 권력구조화를 경계하는 영역이기도 하다. 저러한 것들이 저질러 만유(萬有)에 내려버린 폭력을 제거하거나 폭로하는 역할이다. 해서, 정치가 살려면 광기(狂氣)의 필연을 운명으로 한다. 다만 정치는 상황이나 시대에 따라, 대체로 진정한 평화로운 시대에는 이성과 광기가 크게 틀어지지는 않게 조율은 해야 한다. 그 '진정한 평화'는 최소한 1% 갑과 99% 을의 지형은 아니어야 하는데, 로만의 2천 년 역사는 한 번도 그런 소망스런 날을 갖지 못했다. 로만의 정치인들은 저 광기를 선택하지 않았다. 그들은 거대한 괴물이 앞을 가로막아 도저히 그럴 수 없다고 여겼다. 이젠 돈이, 시장이 국가권력을 이긴다며, 새로운 괴물을 인정했고 나아가 무릎을 꿇었다. 신분으로 돈으로 이름표를 가진 저 괴물은 이 나라 로만의 정치가 설 자리를 집어삼켜 버렸고, 계속 그럴 것이다. 그 누구도 저 괴물이 정치를 토해내도록 덤벼들지 않는다. 저 괴물에게 귀찮게 하는 자는 자신의 삶을 버리게 된다고 믿고 있다. 저 괴물이 지시하는 바 앞에서는, 그 어떤 경험칙도 예측가능성도 무효임을 인정해야 한다며! 긴 세월 어긋나버린 이 나라 역사가 키우고 학습시킨 어둠이다!)라는 것이었는데, 저것이 진짜로 그 대통령의 글이 맞는지, 언제 어떤 형식의 문서에 작성된 것인지, 누가 어떻게 발견한 것인지, 그 대통령이 저 논자에게 준 글인지, 그 대통령이 인터넷 어디에 대수롭지 않게 올리고 잊어버린 것을 저 논자가 발견한 것인지… 아무것도 분명해진 바가 없었다. 어쨌든 당시 저 학술지에 인용의 글로 올랐다는 단지 그 사실 외에는(— 저 글을 읽은 소수조차 아무런 관심이 없었거나 까맣게 잊어버렸든지), 저 글 자체가 전혀 세상에 알려지지 않았다.

그러다가 현 대통령이 대선주자로 막 커가던 중 갑자기, 저 글이 세간의 관심을 받기 시작했다. 그 관심은 빠르게 증폭되며 전파되었다. 그 대통령의 글인지 어떤지 따질 새도 없이, 또는 그런 것은 물을 필요도 없다는 듯이 세간으로 넓게 침투해갔다. 글의 전파와 함께 임기 중 줄곧 낮은 지지율과 따돌림까지 당했던 그가 긍정의 인물로 부각되어 갔다. 그는 세상에 없는 자와 같이 침묵했지만, 그에 관한 전혀 새삼스런 평가가 시중 정치기류를 모조리 잡아먹고 있었다. 그런데! 지난날 그에게 난도질했던 바에 대한 사과 같은 것은 없이, '그는 역대 그 어느 권력자보다 인간적이었어.'라는 투의 멜랑콜리가 넓게 침윤한 것이었다. 재평가라기 보기에는(— 원래부터 그의 아우라에 팬덤을 이뤘던 자들은 통계자료를 제시하며 재평가에 나섰지만) '그때는 모르고 그랬는데, 미안해.'라는 것이었는데, 회한으로까지 가서는 눈물을 짜는 자들도 전혀 없지는 않았다. 그런데 저 '적당히 미안해.'가 현 대통령의 대선주자로서의 막바지 지지율을 쳐올리는 역할을 했다는 것이, 선거 후 중론이 되었다. 실제 대선이 있을 당시에는 그 영향성이 그리 거론되지 않았다는 말이다. 그도 그럴 것이, 현 대통령 측에서 그에 관한 세간의 관심을 선거의 전략으로 삼는 일이 없었지만, 무엇보다 당시 이미 집권 보수정권의 실정으로 인한 표심의 이동이 크게 이뤄지고 있다고 보던 상황이었기에, 그렇다. 전임정권의 실정이 역대급이었다는 정국에도 불구하고(─정확히는, 그 훨씬 전 군사 내지 전제적 관료 정권의 시대보다는 분명 덜 폭력적이었으나, 형식적이나마 민주화의 상태가 이뤄진 사정에 힘입은 폭로와 이슈의 부각이 훨씬 수월해진 환경이 생산한 값이었다.) 현 대통령은 미세한 승리를 했다. 그 미세함에 관한 진단에 필요한 딱 부러지게 잡히는 것이 없으니 '에라 모르겠다!'라며, 저 '미안함'이 끌려 들어온 것으로 보아야 할 터였다. 현 대통령의 세력도 굳이 그것을 부인하지는 않는 것 같다. 그런데 현 대통령 때도 계속되는 바이지만, 저지난번 정권에 이어 전임정권 당시에도 계속된 세계경제의 불황에 관해서는 표심의 진단에서 그리 표면화하여 등장하지는 않았다. 어쨌든 현 대통령은 그(─저지난번 대통령)에 대한 여론이 미안함이 미세함이 섞치이나 어쨌든 자신이 승리를 극저으로 결정지었다고 이해하고 있는 점, 그와는 각별한 사이였다는 점, 그의 집권 시절에 자신도 그를 오해했다는 사실로부터 가진 미안함이 있다는 점, 오래된 적폐에 관하여 그와 같은 저돌적 대거리는 할 수 없지만 크게는 그의 것과 궤를 같이한다고 보아야 할 공약은 했던 점, 계속되는 일자리 부족에 포착해 일자리 해결을 공약의 제1순위로 잡았던 점, 국민의 기대가 제1공약에 집중된 점, 득표율을 훨씬 상회하는 70%대의 대통령지지율이 계속되고 있는 점(─현 정권이 잘하기 때문이라고 진단들을 하지, 부패로 인한 보수 야권의 붕괴로 인물이 없어진 조건에 의해 현 정권에 넘어온 반사이익 부분의 점은 잘 거론되지 않았다. 이것은 상승이든 하강이든 큰 변화의 동력을 배태하는 시대의 전형이기도 한데, 인간이 널리 인과를 모르지 않거나 어리석지 않으면 세상의 변화가 어렵거나 혼란에 빠진다는 그 모순도 거대한 진실의 하나임을 증명이나 하듯이 그랬다.), 한편으로 사기업의 일자리 창출을 정부가 강제할 수는 없는 점… 등등의 복잡하고 난해한 사정 아래, 집권 반년에 이르자 공무원 증원에 시동을 걸었다. 일단 공무원의 최대한 증원을 통해 일자리에 대한 국민의 목마름을 어느 정도는 해소하고, 저 성과에 승차해서 사기업에 대한 일자리 창출을 몰아붙이겠다는 복안이다. 공무원의 대폭 증원에는, 국회의 공무원 정수규정의 개정과 그에 필요한 예산의 승인이 필요하다. 과반수에 못 미치는 여당으로서는 불가능하다고 봐야 할 것이지만, 보기 드물 정도로 높은 대통령지지율이라는 배경에 기대치가 있다(─물론 여당의 지지율도 야당의 그것을 저만치 따돌리고 있다.). 그것은… 정부·여당이 지지율을 추동력으로 해서 여론몰이를 나서면, 당연히 있을 야당의 저 개정과 승인에 관한 반대는 무력화될 수 있다. 야당은 그렇지 않더라도 형편없는 자신의 지지율, 앞으로 있을 지방선거와 국회의원선거, 기타 국정주도권을 고민하지 않을 수 없다. 10% 정도 부족한 여당의 의석에 여론이 보태어짐으로써, 결국 개정과 승인이 성취되고 만다…! 라는 계산을 담보로써 가지고 있었던 것이다.

이에 대통령은 대국민 담화로 공무원의 대폭 증원을 발표하고, 이어 바로 국회에다가 법률의 개정과 예산의 승인을 요청했다. 야당은 공무원은 한 번 채용하고 나면 정년의 보장에다가 퇴직 후에도 평생 연금을 지급해야 하는데, 그 엄청난 돈을 국민이 부담케 할 수 없다며 능히 예상된 반대에 나섰다. 그렇지 않아도 현 정부가 들어서서 각종의 복지프로그램을 펴질러놓아, 국민 조세부담의 증가와 함께 국가성장 동력이 추락하고 있다는 주장을 보태어 앵앵대었다. 언론은 입장에 따라 다른 가운데, 전체적으로는 반대의 논조를 복잡하게 펼치고 있었다. 여론에 승차한 것으로 볼 것이었다. 여론이 한마디로 그리 호의적이지 않다는 반영이다. 일부 찬성은 있었지만, 그랬다. 국회는 여당과 야당이 치고받는가 하면, 한편으로는 서로 자신에 유리한 기류를 만들려는 공청회를 실시하고 있었다. 반대의 벽이 점점 두꺼워져 가는 가운데 정부·여당은 연일 상황을 체크하며 대국민 홍보에 매진하고 있었다. 차츰 언론은 여론의 편승이 더해져 반대의 기류를 덧칠해갔다.

정부·여당의 공무원 증원 계획이 갈수록 난관에 부딪혀 진퇴양난에 빠져 있던 즈음에, M도 하루하루 답답함과 짜증과 두려움에 갇히고 있었다. 보고서의 제출이 꾸준히 있었지만, 무슨 사정인지 3달째 그것에 해당하는 수당은 제대로 나오지 않았던 탓이다. 그야말로 몇 푼이 되지 않은 기본급과 5계를 비롯한 각 계의 출장에 따라간 마찬가지로 몇 푼이 되지 않은 수당뿐이었다. 할 수 없이 그 따라간 수당 전부에다가 자신의 월급에서 일부를 떼어 세 사람(―나, 캐스린, 마크)에게 줄 수밖에 없었다. 그렇다고 해서 지금의 상황이 굳어져 버렸다는 증거가 없는 다음에야, 세 사람을 잘라버릴 수도 없었다. 한편으로 M으부터의 수령액이 그전보다 훨씬 줄어들었다 보니, 주는 대로 그냥 받을 뿐인 나의 캐스린의 불만과 함께 불안 두려움이 엄습해왔다. 물론 마크는 싫고 좋고의 표명 자체가 없다. 둘 다 당장 돈 부족에 시달림도 있었지만, 머지않아 이러다가 잘릴지도 모른다는 두려움이었다. 아니, 우리 둘이 잘리기 전에 우리의 모태인 M이 잘려버릴지도 모른다는 불안이었을 수도 있었다. 그렇게 되면 일시 잘렸다가 다시 구제되는 경우의 수조차 없어진다. M이 이런저런 경로를 통해 입수했다고 한 바에 의한다면, 제출한 보고서들이 이렇다 할 이슈를 생산할 능력이 없었다는 이유였다(―그러니까, 이것은 순전히 M의 말일 뿐이지, 그 진위는 알 수 없는 것이었다.). 우리 셋이 매일 벌이는 회의는 '이것도 아니다, 저것도 아니다, 제출해본들 뭐가 달라지겠느냐!'라는 무기력의 점철이었지만, 이런 회의를 하는 시간만큼은 불안·두려움에 비켜선다는 것에서 어쨌든 그랬던 것 같다.

그러던 어느 날 '공무원 증원과 개혁'이라는 제목이 붙은 내 조카 마크의 보고서 초안 하나가 M의 메일로 왔다. 내게는 낌새도 얘기도 없이 M에게 온 것도 이상했지만, 단지 스스로 선별한 또는 요청에 의해 적시된 자료만 제공해왔던 마크가 느닷없이 보고서 초안이라니? M으로부터 그 메일을 다시 받아 읽어 본 나는 혼돈에 빠졌다. 이 초안의 주장과 그 의도대로 되면 얼마나 좋을까! 하면서도 한편으로는, 초안의 주장이 현실에 비춰 지나친 파격이 아닌지, 이 초안이 정말 마크의 주장대로 효과를 낼 것이지, 아니면 오히려 역효과나 문제를 초래하는 것은 아닌지, 그게 뭔지는 모르나 조카의 뜻이 혹 다른 어떤 것을 향하고 있는 것은 아닌지… 등으로 긍정과 부정으로, 또 서로 다른 종류의 부정이 서로 비등한 세력으로 내게서 다투고 있었다. 그러나 어느 쪽의 가정이든, 이미 권력자인 M의 손아귀에 들어 가버린 초안이다! 어쨌든 마크의 주장은… 공무원 증원의 문제로 궁지에 빠진 정부·여당을 살려줄 획기적 이슈가 될 것이며, 그렇게 되면 대형의 수당이 나올 것으로 점친다는 것이었다. 대체적 여론이, 장기간 걸쳐 엄청난 돈이 든다는 야당의 주장에 노골적인 동의를 하는 것은 아니지만, 결국 야당의 진단과 달리 볼 수 없다는 점 그 자체는 인정할 수밖에 없어 침묵으로 야당의 주장을 따르는 상황이라며, 그 상황을 뒤집을 묘수라는 것이었다. 그러니까, 정부·여당의 공무원 증원의 프로젝트에 대해, 무관심한 여론을 끌어오고 묵시적·명시적 등을 돌린 여론을 뒤집을 계기를 던진다는 것이었다. 그런데, '대형의 수당'이라는 표현은 오히려 내게서 떨어지지 않는 찜찜함이나 불안의 그 무엇으로 남았다.

그래서 완전히 뒤집힌 여론의 구둣발에 밟힌 야당과 언론이 백기를 들 것이라며, 마크가 내어놓은 그 초안은 〈이 나라 국민들에게는 공무원에 관한 두 개의 생각이 충돌하고 있다. 상반된 두 축이 대결하고 있으면서, 둘 다 해소되기를 바라고 있다. 현 정권의 공무원 증원 자체에는 반대하지 않거나 더 많이 증원하기를 바라는 자들도 많으나, 일정한 조건의 전제가 없이는 절대 안 된다는 것이다. 저 일정한 조건은 국민정서의 다른 한쪽 축이다. 그러면 그 두 개의 축이 뭔지 본다. 국민정서의 한쪽 축은 치안, 소방, 우편, 근로감독, 탈세조사, 환경감시 등은 물론이고, 일반 직종의 공무원 증원도 원한다. 복지의 경우는 대폭의 증원을 마다치 않는다. 그중에는 복지가 새로운 성장의 동력을 창출할 수 있는 마지막 남은 탈출구라는 소위 '생산복지'로서, 복지와 성장 두 마리 토끼를 잡을 멀티 복지의 형태로 전환한 후, 복지 분야의 공무원을 대폭 증원해야 한다는 주장에 동조하는 자들도 있다. 이렇게 해서라도 이 심각한 일자리 부족의 문제도 해결해야 한다는 것이다. 로만의 공무원 숫자가 같은 수준의 나라에 비해 턱없이 적다는 것에서도, 공무원을 증원해야 하는 근거가 있다는 것이다. 국민정서의 다른 한쪽 축은 '대체 철밥통을 어찌하겠다는 것이냐?!'라는 것이다. 그놈의 공무원만 되면 월급이 알아서 통장에 찍히지, 대충 눈치껏 일해도 정년까지 쫓겨날 염려 없지, 주5일 근무와 정시 퇴근에 설령 연장근무가 있더라도 수당이 따따 붙기, 우이 휴직이니 언치니 모조리 누릴 수 있지, 지식들 학비가 보조되는데다 끝내주는 결혼조건을 취득하지, 정년 후 퇴직하면 국민연금의 몇 배나 되는 연금이 꼬박꼬박 나오지, 또 공무원 했다고 이런저런 낙하산 타지, 설령 이 나라가 부도나도 공무원의 월급·연금은 배신하지 않지… 나이 먹은 자들 중에 과거 공무원 하다 어떤 이유로든 그만두었거나, 일찍이 공무원이 아닌 다른 쪽에 기웃거린 자들 많이들 이젠 후회를 넘어 '저 보물단지를!' 하며 통탄하고 있는 지경이다. 이러니 공무원 되기가 하늘의 별따기가 되어버렸다. 오죽했으면 10년 20년 다니던 회사 때려치우고 공무원 한다고 공부하는 자들이 있고, 50대에 죽으라고 공부해서 9급이 되는 일은 이젠 특별할 것도 없다. 모조리 비정규직이고 개인사업 덤볐다가는 일이 년 만에 말아먹고는 빚쟁이가 되어버리니, 그 좋은 대학 나와 공무원 하겠다고 난리도 아닌, 요즈음은 심지어 대학을 나와 본들 전혀 알 수 없다며 아예 적지 않은 고등학생들이 공무원이 되려는 바람도 불고 있다. 지난 정부의 조치로 인해, 사기업뿐만이 아니라 공무원 조직과 학교에도 비정규직이 넘치는 실정이다. 현 대통령은 저 비정규직들을 정규직으로 전환하겠다는 선거공약을 내걸었지만, 지금 이 정부의 전환조치가 실제로는 그리 먹히지도 않고 있으니, 공공부분 비정규직들 중 상당수도 지금이라도 공무원시험에 도전할 수밖에 없는지를 고민하고 있다. 이것이 다른 한쪽 축인 '일정한 조건'을 낳는 모태로써, 요구되는 증거다. 국민은 명시적 요구는 하지 않고 있다. 정확히는 대부분은 저 조건을 걸어야 한다는 것까지는 의식하지 않고 있다(—극히 일부는 의식하지만, 그럴 수 있는 배경이 없다.). 즉, 대부분 국민은 무의식의 형태이지만, 저 전제조건을 분명히 요구하고 있는 것이다. 공무원 증원에 관한 반응으로서 국민의 침묵, 소극적 반대, 적극적 반대, 빈정거림, 못마땅함, 복잡하거나 모순된 말들… 이 모든 것들은 그 양태는 달리하지만, 저 조건과 하나로 무의식적 연결이 되어 있는 것이다. 밀접한 관계, 더 정확히는 직접의 관계에 있다. 근원으로서 저 조건의 반영현상들, 즉 저 조건과 인과관계에서의 반영들이다. 이 일정한 조건의 요구는 '숨은 여론'이다. 무의식의 형태로든 뭐든 여론이 숨어 있을 때는, 반드시 그만한 이유가 있다. 그 여론의 실행이 가능하지 않다든지, 실행에 나서면 그 개인의 삶이 위험해진다든지… 하여튼 분명 뭔가 존재하는 것이다. 그 숨은 여론은… 공무원이 가진 특혜를 제거하라! 그 특혜를 그냥 둔 채의 증원은 부당하다, 특혜는 눈감은 채 증원으로 인한 치적으로 표밭을 키우려는 짓은 권력의 나쁜 속성이다, 모순을 감추고 화려함으로 속이는 통치술법이다, 결국 너희가 누리는 권력은 우리가 속아 부담하게 되는 세금을 수단으로 한다…. 이런 불공정과 부정의에 관한 분노다. 저런 심층의 조건과 분노를 캐어내고 있느냐의 여부가 바로 정치적 함량의 바로미터다. 저 조건과 분노는 가치의 발견에 관한 문제이다. 정치는 숨은 가치를 발견하는 일이 가장 중요한데, 지금 위정자들은 아는지 모르는

지 거의 전혀 아니다. 결국, 공무원의 증원은 공무원의 특혜를 없애는 내용도 포함되어야 한다. 그렇게 국민에게 제시하고 동의를 구해야 한다. 그 내용은 일단… ① 공무원을 대폭 증원한다. 우선 치안, 소방, 교육, 복지 부분부터 실천한다. 복지의 실질화, 청년실업의 해소, 인성교육의 강화 등 다목적이다. ② 공무원연금과 국민연금을 하나로 통합한다. 이것은 당연한 정의를 찾아 제자리에 두는 일이다. ③ 공무원의 신분을 15년이나 20년 주기로 종료하는 것으로 한다. 이 결단이 없는 전제에서 다른 보완만으로는, 다시 소모적 분열과 분쟁과 절망에 빠지게 되어있다. 결국, 문제를 해결할 수 없다. 이렇게 하더라고 국가운영에 아무런 문제가 없고, 오히려 생명을 불어넣는다. 공무원 되는 것이 청년 삶의 목표가 되어버렸다는, 그 국가적 소모도 해소하게 된다. 그리고 대통령만 바뀌었지 실제로 바뀐 것은 없다. 아무리 개혁적인 정부가 들어서도 지금도 그렇지만 실무 공무원이 바뀌지 않는 한 어렵다. 관피아, 모피아, 검피아, 경피아, 세피아, 정보피아, 군피아… 수많은 피아들이 대기업의 갑질과 부정에 대해 침대축구의 방식으로 대응하고 있고, 자신들의 이익과 관련되는 개혁은 홀딩하고 있다. 대통령과 장관은 한때이지만 자신들은 영원하다고 이심전심으로 뭉쳐 개혁을 막고 있다. 이 정권이 벌써 1년이 되었으니, 이러다가 결국 실제로 중요한 개혁은 좌절된다. 우선, 경제부처, 세무부처, 사법부처, 정보부처 등의 힘이 있는 조직의 중간급 공무원을 당장 대거 교체해야 한다. 그 반발은 여론의 힘으로 제거하면 된다. 그들을 몰아내어도 필요한 인재는 서로 오겠다고 할 만치 이 나라에 사람이 넘치고도 넘친다.)라는 요지였는데, 초안 전체는 온갖 소리가 들어 있는 것이 유난히도 길었다.

결국… 저런 내용에 의해 여론의 전폭적 지지가 일어나면, 그때는 여야 가릴 것 없이 모든 정당과 의원들도 반대의 목소리를 내지 못하게 된다, 그럴 명분이 전혀 없다, 여론이 지지하고 정치권이 반대를 못 하는 상황,

이것보다 좋을 것은 없다. 뭐가 걱정인가…! 이런 것이었다. '공무원 대폭
증원'에 '연금통합'과 '공무원신분의 단축'이라는, 선명한 독창성과 절묘
하기가 그지없는 그림에 M은 눈이 동그래졌다가는 바로 박수가 쳐대었
다. M의 전 환호에는, 단지 '대형의 수당'에 관한 기대치만 있는 것이 아니
라, 열망해온 안정적인 직업으로부터 그의 박탈과 그 상실감이 깊은 분노
와 원망으로 각인되었던 바였을 것이었다. 단지 '못 먹은 감 찔러나 보기'
라고 하기에는, 그의 삶 자체에 내려앉은 '안정된 직업'을 향한 희원에도
불구하고 그것이 불가능하다는 원망이 터뜨리는 울부짖음의 그 무엇을 말
이다. 나는 이미 그 뭔가에 걸려, 김빠진 박수로 따라갔다. 내가 계속 모호
하면서 억지스러운 것 같은 동의의 태도를 보이자, 캐스린이 "언니, 어디
아파요."라고 했다. 나는 정말 아프다는 것인지 뭔지 모를 "응, 좀 그렇기
는 한데…."라고 했다. 이어 뭔가의 두려움이 점점 나를 잡아먹고 있었다.
해서 나는 M에게 이 초안은 일주일 이상 시간을 두고 함께 검토한 후에,
제출할 보고서를 완성하자고 말했다. 보통은 문장의 배치, 문장에 대한 극
히 일부 수정·삭제·추가, 오탈자의 교정이 요구되는 정도일 뿐 거의 완
성된 상태로 초안이 제시되기 때문에(—마크의 이 초안도 그랬다.), 예외가
없이 셋이서 하루 이틀이면 제출할 보고서가 완성되었다. M에 의해 처음
부터 우리 중 누구든 사실상 완성된 상태의 초안을 제시해야 하는 것으로
결정이 있었고, 실제로도 그래 왔다. 그럼에도 내가 일주일 이상의 시간을
거론하고 있으니, M도 캐스린도 '대체 무슨 엉뚱한 소리야!'로 성질을 뿐
었다. 무엇보다, 당장 돈에 궁한 그들은 받아들일 수 없음이었다.

　나는 딱 사흘만 검토한 후, 그다음 하루 동안 보고서를 완성해 바로 제
출하자고 타협안을 제시했다. 사실은 나 자신에게도 분명하지 않은 이유를
가지고 이 정도는 관철하겠다며, M과 캐스린이 대체 무슨 소리인지 알아
듣지도 못할 중언부언으로 역시나 나 자신도 잘 모르는 온갖 이유를 대었

다. 캐스린은 못내 불만이었지만, M은 이번 한 번만 수용하겠다고 나의 타협안대로 결정했다. 당시 내 마음을 나 자신도 알 수 없었지만, 어쨌든 마크의 안 제출에 관한 긍정과 부정이 뒤엉켰음은 분명했다. 그러니까 그때 나의 전체적인 심정이란 것이 모호하다고 표현하는 것조차 모호한 그 무엇이었다.

*

한편으로, 마크로부터 나온 '공무원 증원과 개혁'의 보고서가 제출되기 전에도 '미투(MeToo 나도 당했다) 운동'은 확산 일로에 있었다. 여기저기서 터져 나와 언제 끝날지 알 수 없었다. 캐스린은 자신이 훨씬 전에 이미 거론했던 '미투운동'과 관련한 보고서를 이번 보고서가 제출되기 전에 먼저 제출하자는 주장을 했다. 전에는 시간이 부족했고 보고서로 주장할 의외성이 찾기 어려웠지만, 이번에는 그 의외성을 주장할 이유나 근거가 있다는 것이었다. 또 큰 수당이라는 그 의외성을 건질 실익이 크기 때문에 시간을 할애할 가치도 있다고 했다. 그녀는 이렇게 말했다.

―지금 일어나고 있는 양상들이라는 것은, 이 정도라면 이건 인민재판이 아니에요? 어떤 식으로든 가해자로 지목만 되면, 어떤 사안이든 찍소리 못하고 죄인이 되어버리니 말이에요. 뭐가 진실인지 모호한 고발이 막무가내로 터지는데, 이건 이렇고 저건 이렇고 하는 지목된 자의 대응은 아예 끼어들지를 못하고 있잖아요. 15년 20년 전에 있었던 피해라며 익명으로 어디든지 폭로해도 언론이고 네티즌이고 무조건 죽일 놈이라는 난리법석의 판이니, 지목된 자가 뭐라고 변명을 해요. 그런 일이 없었다거나, 기억

에 없다거나, 오해라든가, 사실과 달리 과장되었다거나⋯ 그게 뭐든 한마디라도 하게 되면, 뻔뻔한 놈이라고 몰매가 날아오니 말이에요. '미투운동' 그 자체를 탓하는 것이 아니에요. 분명 오리발을 내미는 가해자도 많을 것이지요. 아는 대학 선배 한 사람도 이번에 가해자로 지적되어, 어쨌든 교수의 자리를 내려놓아야 할지도 모른다는 소식이 들려요. 피해자라는 여자가 익명으로 무슨 온라인 커뮤니티에다가 10년도 넘은 학생시절의 일이라며 폭로를 했다고요. 아직 언론에는 알려지지 않은 상태인데, 그 선배는 처음부터 그런 일이 없다고 반박했고, 그것이 진실공방으로 나아가던 중에 커뮤니티 회원들이 그 선배를 질타했고 급기야는 학교에서 그 선배에게 압력이 들어왔다고 해요. 학교에서⋯ 명백히 성추행하지 않았다는 증거를 대지 못하는 이상, 지금 '미투'의 상황에서 진위를 따질 것이 아니다. 한 사람 때문에 학교의 명예가 추락할 위기다. 이렇게 진실공방이나 하고 미적대다가는 조만간 그 대학은 대체 뭘 하고 있느냐는, 봇물 터지는 비난에 봉착하게 된다. 그 여자를 만나 적절히 끝내라. 지체하면 할수록 상황은 악화한다. 일단 휴직을 하라⋯. 등으로 학교에서 압력을 가하고 있다는데, '적절히 끝내라.'라는 것은 아마도 돈을 주고 입을 막으라는 것으로 보여요. 지목된 측에서 '명백히 성추행하지 않았다는 증거를 대야 한다!'라는 것, 이것이 대체 말이나 되나요? 제기하는 쪽에서 증거도 없이 뭐든 폭로만으로도 지목된 쪽에서 증거를 대야 한다는 것이 말이에요. 굳이 법적 원리를 따지지 않더라도 훼괴한 일이 아닌가요?! 그 선배 어려운 집안에서 오랜 세월 엄청나게 고생해서 전임이 되었고 이제 부교수까지 되었는데, 그 결실이 이렇게 하루아침에 날아 가버려도 괜찮은가요? 물론 진실은 알 수 없지만, 이런 따위의 마녀사냥이란 것은 정말 아니에요. 솔직히⋯ 쥐뿔도 없으면서도 나도 한 미모하고 빠질 만큼 빠졌다고 해서는, 언니도 알듯이 여기저기 같지도 않은 직장에서 상사들한테 치근덕거림이란 것을 더러 당해왔지만, 그래도 그게, 사람의 일이라는 것이 구체적인 사정에 따라 다른 것은 다르게 구별해야 하는 것도 맞잖아요. 어쨌든 간에, 이 '미투운동'으로 지금껏 돌아가는 것은 마치 빗나간 개혁독재나 프롤레타리아독재와도 같은 꼴이에요. 그래서 우리가 저런 부당함을 밝히는 보고서를 제출하자는 것이에요. 지금껏 폭로된 사례들을 모아 최대한 면밀한 분석을 하면 분명 설득력이 있는 보고서가 나온다고 봐요. 뭐가 공평한지, 뭐가 정의인지에 대해 모두들 미처 간과한 점을 지적하는 거예요. 일단 저가 자료를 모아 기초분석을 할게요. 이 보고서야말로 정말 숨은 진실을 밝히는 것이고, 우리의 보고서에 필요한 의외성을 제대로 포착한 것이 되고 말 거예요.

M은 '미투'와 같은 것은 가해자는 물론이지만, 피해자의 경우에도 사정에 따라서는 자신의 입장을 충분히 피력할 수 없는 국면이 없지는 않을 것이기 때문에, 캐스린의 주장 자체가 일리가 없다고 할 수는 없을 것이라면서도, 이런저런 강변으로 배척했다. 이 와중에 가해자로 지목된 자를 위한 변소를 한다는 것이 먹히기나 하겠느냐는, 보고서를 아무리 잘 작성해도 인권위원회도 어느 언론도 관심을 가지지 않을 것임이 빤할 것이 아니겠느냐는, '장강의 뒷물이 앞물을 밀어낸다!'라는 것이 이미 실행된 듯이 기울어져 거침없는 진군을 하는 이런 상황에 언론이든 뭐든 누가 감히 반동에 나설 것이냐는 말이었다. 그럼에도 캐스린이 계속 자신의 주장을 물고 늘어지자, M은 좀 더 시간이 흐른 뒤의 상황을 보자는 것으로 빠져나가고 있었다. 그러던 중에 '공무원 증원과 개혁'에 관한 마크의 보고서 메일이 옴으로써, 캐스린의 주장은 더는 고개를 들지 못하고 수면 아래로 내려갔다.

나는 텔레비전에서 처음 성추행의 폭로가 있었을 때는 모두들처럼 가해자로 지목된 자에게 '개새끼!'라는 화살을 날렸지만, 그 폭로가 그 후 '미투운동'으로 발전하면서 뭐가 뭔지 모를 혼란이 내게 끼어들었다. 그때 캐스린이 주장하는 바의 보고서에 대해 M의 결론에는 동의하면서도 혼란스러울 뿐이었다. 그 후 시간의 경과에 따라 본능, 본질, 근원, 권력, 역사, 모순, 길항, 발전, 분열 등이 가세해 더욱 엉켜버린 내 혼란 그 자체를, 처음 캐스린의 변소도 완전히는 내치지 못한 채 아래에서 길게 퍼질러져 버린 바와 같이 여전히 모순, 혼란, 무질서의 난파선을 어거지로 정리하고 있었을 뿐이었다.

언론과 자본이 함께 엮여 폐쇄된 회로 '내부 갑질'로 일어난 곳이 문화계였고, '폭탄주'가 자긍의 상징이었던 검찰에서 역시 '내부 갑질'이었다. 해서, 사실은 그리 놀랄 일도 아니었다. 저 폐쇄회로와 폭탄주의 문화는 능률, 관행, 마초, 일방통행, 폭력 등이 표출되는 한 방식이었으니, 그렇다. 갑남을녀들은 '성폭행'도 언론을 타기 어려운데 비해 갑들은 '성추행'만으로도 이슈로 부상함에는, 우리 모두의 내면이 권력의 폭력을 두려워하면서 동시에 흠모하고 있음에 있었다. 바람은 개별적 분별에 친하지 않고, 표면의 평화 안에 깊어져 온 피로와 분노의 로만 국민은 오랜만에 포획한 '갑들 중에 상위의 갑들'이라는 먹잇감이라도 물어뜯어야만 했다. 성추행·성폭행 그 자체뿐만이 아니라, 이것도 독자적 근원세력으로서의 폭력이 아닌가 싶었다. 가해자로 지목된 측에서는 각자 계산이나 입장에 따라 침묵, 변명, 항변, 사과, 사죄를 선택했다. 추가 폭로나 변명에 대한 질타가 들어서게 되면 다시 사과를 했다. 물론 대체로가 법의 망은 촘촘히 답사한 후의 사과였다(— 한 생애의 시간 안에서 쌓아온 탑이 한 방에 무너져버린 것은 어쩔 수 없지만, 이 또한 지나가리라, 그때는 법과의 다툼이다, 라며!). 무엇보다 수십 년 눈감아온 언론의 갑작스러운 경쟁적 민주주의 장사노릇이 판을 키워가고 있었다. 어쨌든 터져버린 '미투'의 바람을 감당하기에는 어림도 없었다. 이런 태풍의 자장 안에는 가해자의 변명은 설령 그것이 진실이더라도 먹히지 않는다. 10년 20년 전에는 설령 '친근감 표시'의 관행이었던 진실도, 권력과 폭력의 산물이었다고 규정되는 새로운 거대국면에서는 그 과거 시대적 의미체계조차 그 진실은 돌봐지지 않는 탓이다.

로만에서의 성추행이나 성폭행의 근원은 어디서 온 건가? 공존이 아닌 위계질서화, 효율과 승패의 매몰, 해결이 수단으로서 널리 폭력, 탄력적 관계 맺기와 담론차원의 대화능력의 부족에서 찾는다. 이러니 폭력에 의한 과제·갈등의 해결에너지가 발동되어 왔다. 백번의 말보다, '까라면 까!'라는 한 번의 폭력이 편리했다. (늘어지는 대화·토론으로 인한 언어유희나 과정의 함정에 빠진 일들은 다른 측면에서의 문제다.) 대화의 의식의, 대화의 소재의, 대화의 기술의 부족… '대화의 소재의 현저한 부족'에서부터 폭력이 우선하고 폭력을 생산하게 하는, 로만의 풍요한 토양이었다. 직장이든 어디든 여자에게 '오늘, 예뻐졌네!'라는 유형의 말 외에는 할 줄을 몰랐다. 언어의, 대화의 소재가 달리 없었다. 문제의 본질은 성폭행이나 성폭력이 아니라, 성농담·성희롱이 매개된 대상이 된 다음에야 관계의 망에 입장할 수 있는 여자가 있었다. 성농담·성희롱은 이미 그 안에 인격을 짓밟는 본질을 전제하는 것이므로, 저것은 필연으로 성추행 성폭행으로 이어지게 되어 있었다. 교육도 환경도 'A이면 B이다.'라는 조건식에 걸렸으니, 폭력의 방식이 아니면 이상할 만치 필연이었다.

한편으로는, 남성의 성적 욕구는 그 기본이 바로 '즉각적·충동적·폭력적 기제로써 DNA' 그 자체로부터 비롯된다. 정서적·점진적 합일을 전제로 하는 여성의 그것과는 달리, 동물적 욕구 그 자체만으로도 완성도를 가진 에너지다. 인간이면서도, 성에서는 동물로 분리된다. 난해하다. 사회적 권력과 결부되는 경우에는 더욱 난해해진다. 또 한편으로 나는 생각했다. 남자와는 달리 여자는 왜? 치마를 입는지, 딱 붙어 몸의 곡선을 살려야만 하는지, 연예인들의 무슨 행사 때는 더욱 그렇지만 아슬아슬할 정도로 가슴을 노출하는지, 낯짝과 유방에 기어이 칼을 대어 모두 똑같은 모양새가 되려고 난리인지, 그 얼굴과 머리카락과 손가락과 몸을 향해 그렇게도 시간과 돈을 투입하는지, 저런 것들이 근세 이후 인간에게 주어진 자유가 여자에겐 자기 몸의 표현으로써만 실현되는 외에는 달리 길이 없었다는 건지…? 나는 가끔은 생각을 했었다. 남성의 즉각적·폭력적 성(性) DNA 와 마찬가지로, 여성의 미화욕구의 DNA인가? (물론 어떤 이유나 강변을 앞 세우든 간에 역사의 과정에서 보면, 세계를 향한 인정투쟁·권력투쟁에 있어 유효한 경험칙이나 관습으로서 여성의 내면화임은 누구나 안다.) 그럼 어찌할 것인가? 여성의 미화욕구의 DNA가 남성의 폭력적 성(性) DNA에 불을 지를 기제임에 관한 그 자체는 부인할 수 없음이니, 이를 어찌할 것인가? 또 있다. 툴툴 털어버리는 남성과는 달리 여성은 생체적·생리적 그 조바심·복잡함과 함께, 때론 영원의 딜레마이듯 생명의 잉태라는 운명의 감옥에 갇힐 수도 있다. 이리되면, 저 현저한 두 에너지(남성의 즉각적·폭력적 성(性) DNA, 여성의 미화욕구와 정서적·점진적 합일 및 운명의 감옥일 수도 있는 잉태라는 결과 값)가 지상에 함께함은 분명 조물주의 거대하고도 치명적인 실패에 다름이 아니다. 어찌해야 하는가? 왜곡이나 억압이 없이는 탈출구도 없는가? 불행히도, 이 21세기 현재 인류가 진화한 정도로는 그 자연스러운 극복은 도저히 어렵다. 남성의 성 DNA와 담론차원의 대화능력의 현저한 부족상태의 사회임은 전제로 하는 바에는, 정말 어찌해야 하는가? 간명한 방법은 없다.

그렇지만 뭔가 해야만 한다. 흔히 인간은 미래를 위해 현재를 희생할 것을 요구받는다. 그래서는 아니 된다. 미래는 또 다른 현재이다. 현생 인류의 삶을 놓치는 것은 역사의 잔인함을 방기하는 짓이다. 또 한편으로는 인류의 진화 내지 역사의 발전은 상당 부분이 쏠림의 바람에 의존하는 바로써 역설의 합리이므로, 바로 쏠림의 바람인 '미투운동'과 같은 바람을 잡아야 한다. 역사의 발전과 인간의 진화는 합리성이나 정합성에는 어긋나는 방식으로, 정확히는 일부 자에 대해서는 희생제의의 방식으로(ㅡ '미투운동'의 표적에는 과장과 오류에 의해 피를 보는 자도 포함될 수밖에 없는데, 역사적 전환의 운동시기에는 저 희생을 변호할 공간이 없게 된다!), 그렇게 모순과 혼란과 격동이 뒤엉킨 상태의 바람이 휩쓸고 간 다음에, 역사는 발전과 진화의 결과물을 내어 놓는다는 진실을 받을 수밖에 없다. 개별적 인간에게는 한편으로의 부당이나 잔인이 운명으로 간다. 남녀 성 본질의 차이, 가능한 한도의 자유 확장, 인간이라는 사회적 동물의 통제가능성… 저 충돌하는 것들 안에서 정당한 세계를 찾아야 하는 실제의 측면에서도, '미투'와 같은 바람·외압에 의한 해결은 어쩔 수 없는 요청이다. 어쨌든, '미투'의 바람에도 엄밀히는 '폭력의 기운'도 개입하지만, 폭력·과장·오류의 요소가 개입하지 않는 '바람'은 불가능할 뿐만이 아니라, 그 폭력·과장·오류의 요소를 규명하다가는 전체로써 인간의 진화나 역사의 발전은 절차가 가진 악마의 함정에 잡아먹혀 버린다. 성희롱이든 성추행이든 성폭력은 전체로써 폭력문화의 우산 아래 있고, 그 폭력문화가 존재하기 때문에 가능해짐은 우리 모두 안다.

한편으로 사회를 규정하는 에너지로써 폭력은 대항하는 자가 개별적 하나일 때는, 명예훼손으로 걸든 2차 폭력으로 기를 죽이든 어떤 수단을 통해서든 무력화를 시도한다. 그 시도가 먹힌다. 반면 대다수가 대항하면 그 폭력은 일어나지 못한다. 이것은 폭력의 정권도 일정 수준 이상의 군중의 지속적 저항에는 무릎을 꿇는 이치와 그 궤를 같이한다. 그 저항도 폭력의 정권이 가진 물리력 그 자체에는 이기지 못하지만, 그 '일정수준 이상'이 되면 그때 비로소 죽어 있던 '정의의 힘'이 살아 가세하기 때문이다. 저 힘을 두고 사람들은 평소에는 죽어 있다가도 상황을 지배하거나 그럴 것이라는 바에 따라 일어나는 '내 안의 거인'이라고 부른다. 그러나 널리 구제되어야 하는 자는 (저런 '광의의 갑들 중의 을'도 물론 포함하지만) 세상이 언론이 외면하는 '99% 을'이다. 저런 갑들의 '미투'가 소환하는 '바람'의 전파력에 승차해서라도, '99% 을'의 자유도 그 확장을 얻어야 한다. 슬프더라도 현실에서는 그럴 수밖에 없다.

한편으로, '미투'가 뜨겁게 지속되는 결과는 필경 여성의 사회적 지위 획득에 불리한 효과도 가져온다. 증거 없는 고발이 가져올 명예훼손이나 무고의 늪을 말하자고 하는 것이 아니다. ('사실'을 말해도 명예훼손이 되는 것에 대해서는, 머리 아픈 '법이 무엇인가?'와 관련되므로 여기서 떠들 것은 아니다.) 직장에서 '오늘 예뻐졌네!'라는 언어가 성추행으로 몰릴 수도 있다거나 악마가 될 수 있는 상황에서는, 그 직장을 지배하는 남자는 어떤 요령을 동원하든 여자가 진입하거나 크는 것을 막으려고 하게 된다. 여자라는 존재는 '얼굴도 함부로 쳐다보면 아니 되고, 말조차 가려 하는 등으로 이리저리 불편할 뿐이고, 힘든 일은 시키기 어렵고, 땡! 하면 집에나 가려고 하고, 출산휴가니 뭐니 사생활이 우선이고, 직장을 연성화로 만들어 직장의 동력을 잃게 하고, 남자보다 이기적이다!'라는 생각에 이르게 할 것이다. 잘못된 관행의 치유에는, 저렇게 인간적 곤란함이나 회피하는 반동의 에너지도 낳는다. 그래서 관계의 형식화와 배제의 문화가 커간다. 그러나 저런 현상은 체질변화에 따른 비용으로, 피할 수 없다. '미투'의 운동에서 저런 비용을 우려하거나 두려워하면, 저 운동은 그만큼 힘을 잃게 되고 성과의 축소로 수렴된다.

또 한편으로, 로만에서의 성적인 수치심·죄의식을 유발하거나 갖는 것들을 가만히 따져보면(―성희롱, 성추행, 성폭행, 성폭력 중 어느 것이었느냐에 따라 그 정도가 다르지만), 관련되어 걸려 있는 것으로는 그 어떤 것들이 분명히 존재한다. 우선은, 선정적 문화와 야동이 범람하는 현상 그 자체가 그것을 말하지만, 저런 것을 들키지 않게 훔쳐야지만 즐길 수 있는 현실도 그렇다. 자유연애의 토양이 존재하지 않음의 반영이다. 누군가 성적 자기결정권(―이것도 그 문화의 성격에 종속되는 것이어서, 간단치 않다!)이 침해되지 않은 한에서는 예를 들어 20대와 60대의 남녀가 스스럼없이 자연스레 상대방에게 '당신을 사랑한다, 당신과 동침하고 싶다!'라고 할 수 있어야 한다고 주장한다면, 저런 자는 로만에서 '미친 연놈'이 된다는 진실이 그것을 말한다. 로만에서의 수치심과 체면의 문화는 본질이나 자유의지로써 인간의 실현을 억압한다. 인류가 사회적 통제가능성을 향해 끌어들였다고 볼 '일부일처제'가 기본적으로 인산의 본질을 억압하고 있지만, 로만에서의 체면과 욕망의 분리라는 모순은 또 하나의 억압을 생산한다. 다음으로는, 로마의 체면문화가 로만의 자본주의와 결합해서는 돈이 체면을 대신하게 하는 기능이 되어버려(―로만에서의 돈은 단지 물질적 가능성만이 아니라, 체면과 품위와 같은 정신적 소득도 함께 취득게 하는 기능이 있다!), 더욱 수단·방법을 가리지 않고 돈벌이에 몰두하게 하였다. 마지막으로는, 개인이 아닌 집단에서는, 그것이 인문예술계든 권력기관이든 어느 분야든 체면이라는 가면을 쓰지 않았다. 특정의 폐쇄된 집단·패거리 내에서의 폭력적 환경은 수치심·체면의 문화적인 가면은 쓴 판으가 없게 해주었다. 폭력이 추동력이 승인되는 환경에서는 가면을 쓰면 오히려 '촌놈'이나 무능한 놈이 된다. 도둑질도 함께하면 죄의식이 엷어지는 것과 비슷하면서도 다르다. 로만에서 남성의 성농담·성희롱은 가장 편리한(―또는 유일하거나 달리 방법을 모르는) 여성에 대한 소통의 방식이다. 그런데 직장이나 특정의 조직에서는 성농담·성희롱을 어떻게 구사해내느냐는 남성의 직업적 능력이나 권위를 인증하게 하는 차원으로까지 가버렸다. 그러니 직장이나 조직 내에서의 위력에 의한(―위력이나 위계의 지배를 받으면서 이익의 향유로써 화간이나 저항의 포기를 포함해) 성추행이나 성폭력도 필연의 하나가 되었고 하면 너무 나간 떠벌림인가?!

*

건물 뒤쪽 하수구를 살펴보던 나는 M에게 빨리 오라고 소리를 질렀다. 봉고차 옆에서 담배를 피우고 있던 M은 못들을 리가 없는데 꼼짝하지 않았다. 더 날카로워진 나의 수차 부름이 있고 나서야, M은 "아 씨, 그 정도면 됐지, 또 무슨 꼬투리를…"이라더니 어기적대며 왔다. 국회에서 쫓겨난 후 건물청소 대행회사의 봉고차를 몰고 다니며 나와 M 둘이서 한 조로 건물 청소를 하고 있었는데, M은 종일토록 내 잔소리를 듣고 있었다. 회사가 청소위탁을 받은 건물마다 일주일에 한 번씩 건물의 계단과 외부를 청소하는데, 여기서도 우리가 배당받은 건물의 수에 따른 보수를 받는다. 국회에 보고서를 제출하는 것보다 말할 것도 없이 힘이 들고, 그 보수라는 것도 형편없이 낮아 M은 정말 마지못해 일하는 형평이었다. 게다가 돈이 없는 상태에서 국회 별관 옥탑층 주거에서 쫓겨났으니, 우리는 할 수 없이 쪽방 고시원으로 들어갔다. M은 몇 달만 버텨 월급이 쌓이면 이곳을 그만두겠다고 했지만, 현실적으로 가능치 않음이니 알면서 저지르는 허언에 지나지 않을 것이었다. 어쨌든 M의 조바심은 이제 겨우 한 달이 가까운데 커가고만 있었다. M은 혹시라도 그 보고서와 관련해서 국회에서 연락 온 일이 없느냐고, 뜬금없는 말을 꺼냈다.

　　—M 씨, 제발 정신 차려요! 대체 언제까지나 이러려는가요? 우리가 거기서 쫓겨난 지가 얼마인데, 아직도 미련을 갖고 있다니! 그렇게 쓸데없는 것에 빠져 있다가, 실적에 밀리거나 실수해서 이 회사에도 있을 수 없게 되면 어쩌려는 거예요?

　　—누차 말했지만, 그렇게 쫓겨났다고만 볼 것은 아니라는 거예요. 옥탑층에서

나가라는 공식 통보가 없었다는 것은, 그러니까 예를 들어… 갑자기 전기와 수도가 끊긴 것은, 점검과나 그 위의 어느 부서에서 자기들 사이에서 뭔가 이견이 있었고, 그래서 어느 한 쪽이 성질을 못 이겨 그냥 불 지른 것에 지나지 않다든지… 하여튼 완전히 희망을 버릴 것은 아니라는 거요. 그렇게 어렵게 잡은 기회를 두고서는, 지금 이런 청소 따위나 한다는 게… 내 말은, 꼭 그렇게 쉽게 포기할 것이 아니라는 거요. 내 생각으로는, 그 보고서가 인권위원장까지 올라가기 전에 어느 중간에서 어느 직원이 서랍에 넣어두었다가 깜박 잊어버린 채로 있다든지, 또 뭐냐? 인권위원장의 손까지 가기는 했지만 보고서 내용이 전혀 생각지 못했던 파격이어서, 그래서 더 고민하고 더 다듬고… 발표 후 있을 여론의 동향을 면밀히 계산하기 위해 충분한 시간을 두고 미리 시뮬레이션을 하고 있는 중이라든지… 정치라는 것이 원래 사안이 중차대하고 난해하면, 그런 절차가 필요하듯이 말이오.

보고서는 나 몰래 예정된 일정 이전에 점검과에 제출되어버렸다. 캐스린이 부추김을 받은 데에다가 스스로도 안달이 난 M이 제출해버렸다. 제출의 사실을 알게 된 나는 스스로도 모호했던 바였기도 했지만, 그 둘이 그 보고서를 두고 단말마 희망의 끈이라고 여겼음이니 뭐라고 할 수도 없었다. 보고서 제출 후 정권의 최대 현안을 해결한 공로의 대가가 엄청날 것이라며, 나를 도와준 어린 여자까지 포함해 우리는 술을 마시고 노래방을 가는 등으로 미리 자축을 했다. 나는 마지못해 함께했지만.

그런데 그 보고서가 점검과에 제출된 지 일주일이 되도록 아무런 소식이 없었다. 나는 모호했지만 적어도 그들 마크와 M과 캐스린의 주장대로라면, 연금통합과 공무원신분의 단축을 포함한 공무원 증원에 관한 것이었으니, 정부·여당이 이게 웬 떡이냐며 여론에 불을 지르려고 당장 발표했을 것인데 말이다. 만약 형식적으로라도 검토가 필요해서 발표는 늦어지는 경우라고 하더라도 달라지지 않을 것이었다. 하루도 참지 못해 안달이 나 검토 중이라는 방식으로 언론에 브리핑하거나, 하다못해 은근슬쩍이라도 흘렸을 터니 말이다. 그런데도 방송이고 신문이고 모조리 촉수를 세워 매일 확인을 해도, 그 보고서와 사돈의 팔촌만큼이라도 닮은 보도 따위는 단 한마디, 단 한 줄도 없었다. 아흐레 되던 날 갑자기 옥탑층의 전기와 수도가 끊어져버렸다. 무슨 일인가 해서 건물관리자에게 알아보아도 자신은 모르는 일이라고 했다. 그러면서 다시 공급하는 문제에 대해서는 무슨 말인지 얼버무려버렸다. 이리저리 알아보다 해결이 되지 않자, M은 매튜와 어렵게 통화를 해서 자신이 처한 사정에 대해 토로를 했다. 매튜의 길고도 복잡한 얘기는 무슨 정치적 함수라고 들릴 수 있는 소리 같았는데, 도움이 되지 않았다. 전기와 수도가 끊긴 옥탑층에서 사흘을 버티다가, 결국 우리는 그곳에서 나왔다.

이미 보았듯이 나는 이 보고서 제출에 관해 불편과 우려가 없지는 않았으면서도, M과 캐스린의 환장(換腸)에 편승하면서 동시에 끌려갔다. 성공의 가능성도 경우의 수로 두기는 한 것이었다. 나는 목마른 돈의 해갈에 걸려, 가능성을 고사시키고 말 요소들을 제거하지 않았고, 합리나 당위가 먹힐 수 없는 요소들을 애써 외면했다. 정신을 잃고 있었음을 부인할 수 없다.

이제 지난 후 내 멋대로 그린 객관적·물리적 진실에 근거해 읽은, 실패의 경우의 수로써 내가 읽은 〈우리가 그곳에서 일하게 된 경위는 여당의 의석수가 과반수에 미치지 못한 사정이 중요한 이유이다. 달리 이유를 찾기는 어렵다. 어림이 없을 정도로 크게 부족한 의석은 아니지만, 협상이 아니라 숫자에 의해 정치가 결정되는 상황이라는, 현실이 그렇다. 정부·여당에 관한 여론의 지지가 높은 사정이 오히려 야당의 비협조와 깽판을 강화시키고 있는 것이다. 우선은, '집토끼'의 결집을 도모해야 한다. 다음으로는, 야당의 지지율이 계속 땅을 기고 있더라도 상당기간 어차피 버린 몸! 해서, 향후 자신에게 불리하게 작용할 각종의 개혁입법과 예산이라도 차단하거나 걸레로 만들어놓아야 한다. 그것이 현재로서는 미래 농사를 위한 최대치로써 필요하다. 야당 자신이 집권했던 지난 정권의 실정이 너무나 커서 (—임자 없는 돈이 된 세금을 빼먹는 온갖 비리로 실세였던 자들이 줄줄이 쇠고랑을 차고 있듯이) 어차피 여론을 끌어올릴 수단이 없는 것이지만, 원래 여론이라는 것이 시간의 경과에 따라 배신의 선수로서 춤추는 바에는, 당위나 정의도 입맛에 따라 해석하고 삼키거나 내뱉는 대중의 본질과 결부되는 바이니, 따라서 어느 시대이든 '대중은 개돼지'일 수밖에 없다는 평가를 기억해야 한다. 저 평가는 인권의 부인이라든가 괜한 비아냥거림이 아니다. 다만, 정치권역이나 각종의 지배권역에 든 자들(—어떤 형태로든 관여하고 있거나 노리는 자들도 당연히 포함해)은 대중을 향해 '민도가 높은, 수준 높은, 민주주의에 대한 의식이 높은' 따위로 치켜세우는 포장을 할 수밖에 없다. '대중은 거짓말을 처음에는 부정하고 그다음엔 의심하지만, 되풀이하면 결국에는 믿게 된다.'라고 일찍이 내뱉은 나치 선전상 괴벨스의 지식미적 교훈은, 이 나라 로만에서도 그 역사를 지배해왔고 미래에도 적어도 100년 200년은 정치적 여론형성의 공공연한 비법이자 황금률로써 제 기능을 톡톡히 할 것이다. 대중은 복잡하거나 어려운 것은 모른다. 지극히 제한된 삶의 조건 아래 그런 것을 알 여유가 없다. 그 대상이 정치든 상품이든, 그때그때 표피와 이미지와 목소리에 매달린다. 저렇게 다수당인 야당과 수구들의 개혁에 관한 저항과 훼방이 워낙 심하다 보니, 정부·여당 누구의 의지인지는 모르나 보잘것없는 우리까지 끌어들인 것이었다. 그래서 우리의 보고서가 언론에 나게 해서라도(—우리가 제출한 보고서의 내용이 수정되거나 그 톤이 완화되어 우리가 모르는 자의 이름으로 독자투고의 형식이나, 'A 씨에 의하면'이라는 식으로 취재원을 밝히지 않는 방법으로 몇 번 신문에 게재되었다.) 조금이라도 유리한 여론의 형성에 보태고자 하는 목적이었다. 저들이 M에게 준 돈은 우리에게는 결코 적은 돈이 아니지만, 저들에게는 '껌값'이다. 그리고 한편으로, M이 이 일을 시작할 당시 법원이 새삼 '불구속수사의 원칙'을 내세우는 듯이 한 태도가 정부·여당의 불안을 가중시켰다는 점과도 관련이 있다고 본다. 무슨 말이냐? 현 여권이 지난 정권의 비위에 법을 거는 방식을 개혁의 중요한 견인차로 삼고 있었고, 그에 따라 지난 정권에 부역했던 법원·검찰이 그 지난 정권의 실세들에 관한 배신의 방식으로 개혁에 동조해 왔는데, 법원이 중간에 지난 정권의 비위행위자들에 관한 구속영장을 기각하거나 석방을 하는 방식으로 다시 현 정권에 배신하고 있는 듯이 하는 상황이었으니 말이다.

그런데 이런저런 이유로 해서, 우리의 이런 일은 원래 오래갈 수 없었다. 내부 분열이든 뽀록날 위기든, 그렇다. 아마도, 가만히 보니 우리가 더 이상은 그리 효과적인 보고서를 생산하지 못할 것으로 판단하고 있던 차에, 이번 보고서가 정부·여당에게 지극히 불편하고 튀는 것이었다는 사정에 의해, 그렇게 우리가 배척되었다고 본다.

다시 돌아가, 그 보고서의 제출로 인해 우리가 쫓겨났다고 보면, 그것은 두 개 경우의 수로 정리된다. 다만 어느 경우든 '잘 해보려고 노력하는 새 정부이고 그래서 국민의 지지도 높은데, 너는 그렇게 미리 안 된다고 생각을 하느냐?'라고들 할 수 있다. 그렇지만 바뀐 대통령과 그 정당이 애쓰고 있고 그것을 다수 국민이 응원한다고 해서, 이 보고서가 주장하는 과제가 성사되기는 어려웠다. 간단히는 불가능했다. 된다고 생각은 이 나라 로만의 2천 년 역사를 한칼로 지우겠다는 것이나 다름이 없다. 그 두 경우의 수를 본다.

그 하나는 국회든 정부든 어디에서든 그 보고서가 채택조차 못 하게 된 경우다. 공무원의 대폭증원, 연금의 통합, 공무원신분의 단축… 이것들은 정부·여당 내에서도 하나로 조합이 될 수 없다. 공무원들과 공무원노동조합이 벌떼로 일어난다. 공무원 가족도 있다. 공무원들은 모가지를 걸 정도로 투쟁에 나선다. 반면, 국민은 그냥 개혁에 동조하는 수준이지 저 벌떼와 같이 적극 일어날 자는 거의 없다. 게다가 공무원은 뭔가 특별한 대우를 받아도 된다는, 국민들에게 오랜 세월 내면화된 그 의식도 쉽게 떨어지지 않고 작용한다. 즉, 저런 의식의 완전한 소거는 피투성이가 되는 격동의 사건과 엉클어져 수차 뒹군 후에야 이뤄진다. 어쨌든 공무원 본인들은 100%의 직접 손익의 문제지만, 국민 개개인들은 전체국민의 1/n이며 간접 손익에 지나지 않는다. 느낌과 위기의 성격과 거리가 전혀 다르다. 법안 마련, 공청회, 노조와의 합의, 여야의 밀고 당기기 등 수많은 절차를 거치다 보면, 피로에 빠져 동력을 잃게 되고, 설령 성사되더라도 몇 달 내로 될 리가 없다. 잘 되어도 2년이든 3년이든 걸릴 건데, 그러면 이 정부의 다른 개혁과제들은 저것에 묻혀 실종되어 버린다. 그 무엇보다도 이것이 앞으로의 모든 선거에 어떤 영향이 미칠 것인지 알 수가 없다. 야당도 그렇겠지만, 정부·여당이 자신에게 유불리를 짐지기란 극히 어렵고, 불리하게 작용하는 경우에는 망할 정도의 지경으로 되어버릴 수도 있다. 상당 부분이 5%나 10% 이내에서 결판이 나는 선거를 염두에 두면, 감히 이런 모험은 감행할 수 없다. 정권재창출이라는 미래 과제에도 치명상을 입을 수 있다. 정부·여당 내부에서 이 보고서는 폐기되었다. 정부·여당이라고 할 것도 없다. 국회인권위원장, 아니 그 아래 가장 하부 조직인 점검과에서 폐기되어 위로 올라갈 수도 없었다. 어느 하부 조직에서 폐기한 사실을 설령 정책실장이나 인권위원장이 알았다고 하더라도, 그것을 어찌할 수가 없었다. 정권이 바뀌어도, 하부의 공무원조직이 가진 관행의 에너지는 거대한 힘으로 따로 제 길을 가게 한다. 해서, 나는 우리가 제출한 보고서는 점검과 안에서 폐기되었을 가능성에 방점을 둔다.

다른 하나는 그 보고서가 여론의 지지를 점치더라도, 그 이전에 국회에서 실패해버린 경우다. 이 경우는 그 이유가 의외로 간단하다. 여론이 일어나더라도, 대부분 국회의원들이 적당히 넘겨버릴 가능성과 관련된다. 여론을 다른 곳으로 유도하거나, 상당 부분 잠재우거나, 아니면 여론에 귀 닿아도 그리 크게 우려하지 않아도 될 이유는, 예를 들어… 너무나 크고 복잡한 사안이라서 여야의 협상 · 잠정합의 · 결렬 · 협상을 거듭하면서 시간이 늘어져 버린다든지, 반발하는 이해당사자인 공무원노조의 입장과 너무 많은 조율이 필요하다는 점을 조장한다든, 이런저런 현실적인 문제로 이번에는 이 정도로 개혁하고 나머지는 다음 회기에 다시 시도하겠다든지 해서 사실상 종료시켜버린다든지… 얼마든지 나올 수 있고, 어쩔 수 없었다고 볼 수 있는 외양으로도 만들어질 수도 있다. 이렇게 험난하거나 불가능하다는 경험칙이나 가정에 의해, 달리 선택의 여지가 없는 바로써 미리 포기해버린 것이다.)라는, 선택밖에 없었다.

내 조카 마크는 왜 그 초안을 M에게 줬는가? 그는 내가 나중에야 읽은 실패의 경우의 수를 미리 계산한 것인가? 그 경우의 수를 계산했을 수는 있지만, 그렇더라도 그가 설마 그 계산의 값을 감행까지 했을까? 나는 이 문제에 있어 마크를 두고, 널리 인간이라는 일반과 분명 다른 성정을 가진 마크라는 특수 사이에서 판단을 중지할 수밖에 없었다. 판단이 불가능했다. 그러나 어쨌든, 그 보고서의 과제보다 덜 난해했던 것들도 좌절된 예가 로만의 역사에는 덕지덕지 붙어있다. 그 보고서는 채택조차 되지 못은 경우가 되었고, 따라서 당연히 우리는 쫓겨났다.

7

법률상담카페

M이 다시 일을 시작한 곳은 무료법률상담을 해주는 인터넷 카페다. 이름
은 '피전무료법률도우미'다. 법률사무소가 아닌, 법률전문가 자격을 가지
지 않은, 비전문가가 무료로 법률문제에 관해 답변해 주는 곳이다. 주로
법률사무소나 법률 관련 공적·사적 단체에 근무했던 자, 기업체에서 법
무를 담당했던 자, 법학전공자로서 실무경험이 많은 자, 쟁송을 엄청 많
이 한 자가 답변하는 곳이니, 굳이 변호사라든기 법률전문가 여부를 따질
것은 크게 없다. 로만에 이런 형태의 법률카페가 더러 있다. 회원수, 조회
수, 질문과 답변의 수, 다루는 법률의 영역, 카페매니저와 스태프의 수 등
으로 보아, 이곳보다 큰 곳이 있을까 싶을 정도로 활발하기가 그지없다.
뭐 이렇게 까지나! 할 정도로 특히 이런저런 사회활동까지 두드러진다. 대
단한 카페구나!

청소대행업체의 일을 못하겠다고 입에 달고 있던 M에게 내가 "그렇게
하기 싫으면, 당신이 좋아하는 매튜 씨에게 부탁해 보든지…."라고, 김빠진
소리를 흘렸다. M이 매튜의 도움을 받아 그만두더라도, 나는 청소 일을 그
냥 한다는 것이 아니었다. M을 통해 나도 청소 일을 벗어나려는 것임을 M
도 당연히 안다. 어떤 기준으로 보든 M보다는 내가 매튜에게 더 가까울 것

임에도, 나는 매튜와 직접 소통하는 것을 피한다는 사실에 대해, M은 익숙하기까지 하다. 어떤 형태로든 누군가의 개입을 통한 나와의 소통을 이루는 매튜에 대해서도, 익숙하기는 마찬가지다. 다른 일이나 사실의 성취를 위해서나 그 과정에 내가 곁가지로 결부되는 식이어서, 엄밀히 말해 소통이라고 할 수도 없다. 어쨌든 나와 매튜 사이가 왜 저런 식의 소통인지에 대해, M은 처음에 잠시 의아했을 뿐 더는 관심이 없다. M은 나의 저 하나마나 한 듯이 툭 치고 지나간 권유에 만세를 불렀다. 권유라고 할 것까지는 아니라는 외양이었지만, 그것은 M이 고대해 마지않던 것이었다. M은 다시 매튜에게 부탁하고 싶음이 간절하나 면이 서지 않았지만, 매튜가 나를 구제하려고 M을 또 도울 것임은 알고 있음이다. 매튜가 나를 직접 거론치 않더라도, 거기에는 M이 나도 함께 구제해야 한다는 뜻이 내포되어 있음을 매튜도 M도 모두 알고 있음이다.

핑계든 근거든 어쨌든 힘을 얻은 M은 바로 매튜에게 전화를 했다. 매튜가 자신이 잘 아는 어떤 재단법인이 운영한다는 이 카페에 대해서는 잘 모른다고 하면서도, 이 카페의 운영사무실에 연락을 해보라고 했다. 그러면서 매튜는 일단은 자신에 대해서는 말하지 말고, M이 변호사라는 사실만 제공하라고 했다. 그래도 채용이 안 되면 다시 자신에게 연락하라고 했다. 그리고 덧붙이기를 이 카페에서 시키는 대로만 해도 살 만할 것이니, 욕심을 내거나 다른 것에 정신을 빼앗기지 말라고 했다. 당부인지 명령인지, 그랬다. M은 그 당부를 이해할 수 없었거나 흘려들었다. 어쨌든 M은 이 카페를 직장으로 잡았다. 그 힘들고 하기 싫었던 청소 일에서 벗어났다. 정말 날아갈 것 같다. 더구나 법률 관련되는 일이니 제대로 된 구제였다.

무료로 인터넷 법률답변을 하는 곳에서… 왜 보수를 지급하는 답변자를 채용하며, 무료로 굴리는 곳에서 무슨 수입이 있어 사무실을 두고 사람을 채용하는 것인지, 답변은 집에서 해도 될 건데 굳이 사무실에 매일 출근하라는 건지…? 당장 돈이 궁한 M은 저런 것을 따질 입장이 아니다. 돈의 출처는… 카페회원들로부터 고맙다든지 어쨌든 선의로 나오는 돈이며, 정모나 번개 모임에서의 참가비 및 찬조금을 쓰고 남는 돈이며, 무척이나 적극적인 불우이웃 돕기 돈에 추가로 붙여준 수고비라든지, 눈물이 뚝뚝 떨어질 만치 안타까운 사연에다가 생계가 어려운 사정에 있는 카페회원을 위한 행사에서 나오는 돈이며, 카페운영에 보태라는… 등등으로 다양하게 소액들이 투척되고는 있었지만, 그래도 그렇지 저 돈으로 이 카페 운영비에 충분할까 싶기는 했다. 어쨌든 위 돈들의 그 사용내역서와 영수증의 인증샷을 그때그때 카페에 올리고 있었다.

카페는 2명의 공동매니저에다, 스태프가 10명이나 되었다. 스태프 중 답변을 하는 8명 외에 2명은 위층인 카페운영실에서, 이런저런 인생타령의 수필이라고 보거나 넓게 보아서는 카페운영에 관련된다고 볼 글을 올리고 있었다. 이상하고도 특이한 구성이었기만, M은 이나 크고 다양한 기능을 수행하는 카페이다 보니 '그럴 만도 하군!' 했다. 답변을 하는 8명의 스태프가 5층 사무실에서 파티션으로 칸막이가 된 자리에서 일하고 있다. 누가 봐도 여지없는 일반회사 사무실과 같다. M이 답변을 시작한 지 얼마지 않아 인기가 치솟으며 질문의 양이 폭발해서, M은 그 양을 도저히 감당할 수 없었다. 이런 사정을 고심하던 카페 운영실에서 M을 위한 보조를 붙여주겠다고 했다. M은 매튜가 원하고 파비안이 기다리는 때가 이렇게 일찍 왔음을 알았다. 해서, 자신이 알아서 보조를 구하고, 그 보조의 보수는 자신이 주겠다고 했다.

M은 '당신이 굶어 죽을 그 상황을 내가 해결해주겠다.'라는 듯이, 자신의 보조자 될 것을 내게 제안했다. 그때 나는 이틀만 생각할 말미를 달라고 했

다. M은 기이하고 납득할 수 없었다. 당연한 예상이 빗나가버리고 나니, 이상하면서도 '저 여자를 놓치면 절대 안 돼!'로 불안에 빠졌다. 그 이틀이 지나기까지 두 달인가 싶었다. 이틀 후 나는 보조를 하되, M이 카페로부터 받는 보수의 내역과 금액을 내게 밝힐 것을 조건으로 걸었다. 지난번 보고서 일과 같은 식으로는 할 수 없었다. 이리되면 둘 다 거절의 위험을 가진 상태인 셈이지만, M이 나의 조건을 지우고 자신을 관철할 수는 없을 것이었다. 결국, M의 보수의 내역과 금액을 밝히고 전체 중 35%를 내게 주는 것으로 되었다.

이렇게 내가 M의 새로운 일에 투입될 당시, 다시 마트 캐시를 하고 있던 캐스린이 자신도 이 일에 함께할 수 없느냐고 내게 졸랐다. 캐스린이 투입되면 내 수입이 줄 것은 빤한 것이었지만, 장기적으로는 반드시 그렇지만은 않을 것이었다. 그래서 나는 당분간 캐스린에게 현재 그녀의 수입 정도만을 주는 것으로 하고, 셋이서 손발 맞추며 길게 보자며 캐스린의 뜻을 M에게 피력했다. M은 지금은 아니니 두고 보자고 했는데, 결국 끝까지 캐스린은 함께하지 못했다. 어차피 함께할 수 없게 된 것이지만, 지나서 보니 M은 당시 이미 캐스린과 함께할 마음이 없었던 것으로 볼 것이었다. 이제야보니, M은 당시 이미 여자로서의 캐스린에 대해 뭔가 피하는 것이 아니었던가 싶다. 사실상 홀몸과 다름이 없었던 데다가, 자신보다 훨씬 젊은 캐스린을 왜 피하는가? 저 당연하다시피 하는 의문과 관련해서 그 실체를 지금도 알 수는 없지만, 10년이나 지나 다시 로만에 온 그에게서 한 가지 달라진 것이라면 그가 어떤(—통상의 경우와는 달라서 내가 알 수 없는 어떤 조건이나 전제를 가진) 여자에 관해서는 관심이 없어져 버린 건가 하는, 나로서는 단지 저런 정도 안에서 그를 이해할 수밖에 없다.

카페운영실은 일주일 동안의 답변의 수, 답변의 속도(—질문이 올라온 후 답변이 붙기까지의 시간), 조회의 수, 답변에 대한 댓글 수와 그 내용의 실제, '좋아요'의 수 등을 종합한 평가점수를 한 달간 모아, 그 점수에 해당하는 수당을 월급의 형식으로 매달 지급한다. 모든 답변자에게 공통으로 적용하는 평가의 매뉴얼에다가, 개별적 실제가 가진 기여도에 따라 운영실의 의견이나 판단이 보태어진다. 나도 M과 책상을 나란히 두고 함께 일했다. 나의 역할은 주로 M이 답변하는데 필요한 각종의 법령, 판례, 논문, 해석, 해설, 실무자료, 기타 참고할 정보 등을 신속히 인터넷이나 책에서 찾아 M에게 넘겨주는 일이다. 나도 어쨌든 통상인은 넘는 정도로 법을 알지만, 속도와 정확성을 위해 틈나는 대로 법을 공부하며 귀찮아하는 M에게 수시로 물어대었다. 이 모든 것에는 밥그릇의 크기라는 절대 사실이 깊숙이 내려있음이다.

자신의 보수 내역과 금액이 내게 알려진다는 M의 불만과 자신의 보수가 어쨌든 M의 보수에 종속된다는 나의 불만은… 둘 다 넘치는 일 때문에 그런 것을 생각할 거를도 없었지만, 그 넘침에 비례한 돈을 받는 것이니 '세상에, 다시 이런 기회가 있었다니!'라며 우리 둘은 일에 혈안이 되었다. 바로 위층에 있는 카페운영실 사람들은 대중없이 스태프 사무실에 와서, 음료를 나눠주거나 '쉬어가면서 하세요!'라는 정도의 말을 할 뿐이다. 다른 스태프의 말에 의하면 자신도 자세히는 모르지만, 카페운영실 멤버들은 전직이 법무법인·법원·검찰이며, 연금을 받는다든지 소유한 건물의 월세를 받는다든지 해서 아쉬울 것은 없고, 나름의 뜻이 있어 용돈 정도를 받으면서도 봉사차원에서 이 카페에 관여하는 것으로 안다고 했다. 고급승용차를 타고 다니나 늘 티 내지 않으면서 넉넉한 태도인 그들이니, M은 부러우면서 그런가 싶었다.

첫 월급 통장에 송금을 한 자의 이름이 재단법인으로 되어 있었다. 무료

법률서비스는 그 재단법인의 목적사업 중의 하나였다. 물론 매튜가 말한 그 재단법인이다. 이 재단이 수행하는 많은 종류의 사회봉사 사업에 이 무료법률서비스도 그 하나였다. 이 재단이 이 카페를 운영한다는 표시가 카페에 작게나마 있었지만, 어느 회원이 설령 그것을 본들 기억에 남길 것도 아니었다. 카페 전체가 통상의 무료 온라인 커뮤니티와 그리 다르지 않게 굴러가고 있으니, 어디에서 운영하는가 하는 것은 관심을 둘 것이 없는 셈이었다. 나와 M의 통장에 돈이 쌓여 갔고, 여덟 달이 지났을 때 내가 M에게 아파트를 매입하자고 했다.

─통장에 계속 그대로 돈을 두기는 아까운 것 아네요? 투자가치 있는 아파트를 파악해두었어요. P시내 M 씨는 35평짜리, 저는 27평짜리로요. 서민들 거주지여서 그리 비싸지도 않고, 상시의 수요가 뛰어나 가격상승가능성에 의문이 없고요. 이 정부가 들어서고 지금까지 P시에서 대충 15% 내지 25%가 뛰었어요. 20%면 돈이 얼마예요? 보통 월급쟁이 알뜰히 살아 10년은 모아야겠지요. 제일 비싼 곳인 프리뷰 구역의 아파트는 10년에도 어림 없고요. 가만히 앉아 10년, 15년 저축한 돈을 버는 현실이에요. 지난 정권 때 그렇게 집값 띄어도 오르지 않더니, 집값 오르는 것을 용납지 않겠다고 엄포 놓은 이 정부에서 이렇게 되어 버린 거예요. 다주택자가 집값 불안의 주범이라며 그 다주택자를 잡는다는 정책들을 시행했지만, 결과는 이렇게 되어 버렸어요. 왜 그런가요? 이 정권은 착각하고 있어요. 최고의 두뇌들이니, 착각이 아니라 1주택보유자들과 묵시적 담합인가 싶을 지경이에요. 마치 피차 알면서도 엉뚱한 소리의 논리조작으로, 이 수도의 아파트값이 오르게 해서 내심 즐기는 것만 같으니 말이에요. 정책을 결정하는 자들이 바로 돈 되는 부동산 보유자들이니, 실제로는 내용도 실현의지도 없으면서 마치 속임수와도 같은 체면치레로 토지공개념이니 일자리 창출이니 하고 있다고 판단하는 것이 우리 같은 쭉정이가 당하지 않는 거예요. 어느

정권이나 경제민주화를 내세웠고 그 생각에 차이가 없지는 않았지만, 지나서 보면 결과적으로 돈이 돈 버는 기본을 더욱 강화한 것이었어요. '결과적'이었다고 양보할 수는 있겠지만, 권력을 받은 자들은 결과를 책임지는 것이고, 무엇보다 현재를 사는 자들의 죽고 사는 문제이기에 '의도'로 평가되어야 쭉정이가 멍청하지 않은 각자도생이라도 놓치지 않을 수 있는 거고요. 어쨌든, 다주택이 아니에요. 1주택이 더 근원이에요. 적어도, 아파트값이 비싼 수도 P시나 큰 도시에서는 다주택자의 문제가 아니에요. 전체 수효를 거의 점하는, 오히려 1가구1주택이 문제예요. 하나의 주택이지만 그 하나만이라도 몇 번만 뛰고 나면, 엄청난 돈을 벌어버리는 데에 모든 근원이 있는 거예요. '사는 집 하나가 있는데 그게 오르든 말든 그냥 살 집이고, 그런다고 해서 팔고 이사 갈 것도 아닌데… 무슨 문제냐!'라는 흔히 하는 소리에 모두들 찍소리 못하는데, 저런 것에 바로 무서운 함수가 숨는 거예요. 피차 명시하지 않더라도 큰 불로소득을 집어먹어 버리는 아주 편리하고도 거대한 방식이 되는 거예요. 효과를 기준으로 해야 하므로 평가적으로는 고의에 해당하지만, 이런 가치 평가가 가능한 로만의 현격이 없기요. 필요한 민도(民度)가 어림없이 부재하기 때문에, 반박은 생각하지도 못하고 속아 넘어가는 거예요. 그런데 로만의 두뇌들이 정말 저것을 모를까요?! 1가구1주택이라면서 온갖 세금을 감면해주는 것은, 아무리 양보를 해서 봐주더라도 적어도 평가적으로는 거대한 결과적 음모가 되는 거예요. 1가구1주택에 대해서도 세금을 매겨야 한다는 주장이 없는 것은 아니에요. 학자든 뭐든 제대로 된 생각을 가진 자들이 어느 날 갑자기 모조리 없어지지 않은 이상, 왜 그런 사람들이 없겠어요. 그렇지만 정치인, 경제전문가, 세금전문가, 언론 대부분이 저 말이 나오기가 무섭게 온갖 논리로 벌떼로 달려들어 저 말을 죽여 버려요. 저들이 왜 저런 논리에 매몰될까요? 의도나 음모인 경우도 있지만, 뭔가 잘못된 것 같으면서도 자꾸 부인하다 보면 어느새 그 사람의 생각도 그렇게 되어버리는 현상이 있잖아요. 어쨌든 그래서, 국민들은 예외가 없다시피 1가구1주택에 대한 세금 부과는 뭔가 이상하거나 악으로 이해하는 거고요. 그 이해가 너무나 견고하고 광범위해서, 당연한 정의의 관념으로 정착했을 정도예요. 부정의가 정의로 둔갑해 진지를 구축해버린 것이지요. 사정이 저러하니 정부든 국회든 1가구1주택에 대한 세금부과의 제도는 감히 생각지도 못하는 거예요. 그러니까 다른 그 어떤 정책으로도 해결불가능이고요. 이렇게 쉬었다가 뛰었다가를 반복하며 야금야금, 결과적으로는 전체적으로 크게 뛰어가는 거예요. 돈과 관련된 모든 영역에서 악화가 양화를 구축하는 이런 현상은 로만에서는 앞으로 100년 지나도 벗어날까 싶은 걸요. 특히 인구밀도가 높고 상징성을 가진 수도 P시의 경우 저 학습효과 때문에라도(─국가의 수도에 내 소유의 부동산이 있다!), 1주택보유자들의 집값에 관한 집착이 대단할 수밖에 없어요. 작년 이맘때 6억 5천 했다면 지금은 8억, 8억 5천 하는 식이에요. 가만히 앉아 일 년에 1억 5천이나 2억을 버니, 환장하는 거고, 그래서 어떤 정당을 지지하고 평소 생각이 어떻고 하는 것들과는 전혀 별개로 노는 거예요. 그리고 1가구1주택에 특혜라는 것은 명의신탁을 은근히 조장하는 것도 되지요. 핏줄이든 뭐든 가까운 사람의 이름을 빌려, 그래서 전부 1가구1주택으로 쪼개어 빠져나가라고 길을 알려주는 것이지요. 1가구1주택이라는 것이 이렇게도 쏠쏠해지는 것을 그냥 두고는, 다주택자를 잡는다는 대책은 헛물켜는 것에 지나지 않아요. 절대 해결되지 않아요. 전혀 다른 정책이 아니면, 적어도 이 나라 수도 P시에서는 일시적인 주춤 외에 아파트 불로소득은 필연이에요. 지난해 블록체인 원리의 하나라며 로만을 요동치게 했던 '비트코인'이라는 것도 그랬지만, '귤이 회수를 건너면 탱자가 된다(橘化爲枳).'라는 말을 증명이나 하듯이, 어떤 좋은 것도 로만의 땅에서는 모조리 투기판이 되어버리는 것으로, 본질에서부터 뒤집어져 버려요. 이익이 있는 곳에 세금이 부과되는 기본은 별개로 하고, 대체 국가와 은행 같은 제3자의 개입이 없이 정상적 돈의 유통이라는 것이 가능할까요? 꿈같은 소리죠. 로만은 물론이고 현재의 인류로는 불가능하다는 건데, 만약 가능하다면 그건 인류가 '공존의 이념'을 실현한 것이 되어, 그렇다면 지구상에서 모든 전쟁도 일어날 이유가 없어지는 상태인 거지요. 자, 이제! 우리가 왜 아파트를 사야만 하는지를 알겠죠. 지금 우리가 아파트를 사지 않는 것은 그 어떤 이유로든 무의미한 것이 되어버린다는 것이에요.

M은 '또 가끔씩 느닷없이 괴상해지는 여자의 개똥철학이네!' 하고는, 아파트를 사는 것은 좋다고 했다. 다만, 나의 말대로 정부가 만약 그 전혀 다른 정책이라는 것을 써버리면, 우리가 아파트를 사는 것은 아니지 않느냐고 반문했다. 아파트값의 완전한 폭락은 아니더라도, 투매해야 할 만치 큰 하락의 위험을 뒤집어쓸 수도 있지 않느냐는 우려였다. 이에 대해 나는 〈그 정책이라는 것은 이 정부가 쓸 수 없다. 훗날 다른 정당이 집권도 마찬가지다. 아파트가 거래 대상으로서 메리트를 죽이는 것이라 그런 정책은 대번에 위헌이라는 공세도 받겠지만, 집권자 스스로 그런 제도를 만들려는 생각은 갖지 한 수도 없다. 당장 가계부채의 폭발로 대형은행이 무너지고 그에 따라 로만이라는 국가 자체가 휘청거려버린다는 선험적 진단 앞에, 모두들 그런 앵무새가 되어 앵앵거림 앞에, 그런 정책은 어림도 없다. 어쨌든 다주택자를 없애 모든 국민이 1주택자가 되게 하겠다는 생각 자체에서부터 빗나간 출발이고 모순이다. 어떤 권력도 의도적이든 아니든 저런 근본에서부터 멍청하거나 나쁜 사고체계에서 벗어날 수 없기에, 우리가 아파트를 사야 하는 것이다.〉라는 둥으로 여러 말을 했는데, M은 내가 1가구1주택에 대해 문제를 제기하는 것부터 말 같지도 않았지만 '그 개똥철학'을 다시 확인했을 뿐 그러려니 하고 지나갔다. 나는 다시 말을 이었다.

―M 씨가 매입하는 그 아파트는 다른 사람들하고 같이 사용하는 거예요. (M

이 "뭐요? 내 아파트인데, 누구 맘대로 누구랑 같이 쓴다고요?"라고 했다.) 그 큰 아파트를 그냥 혼자 쓰겠다는 거예요? 대체 지금 생각이라는 것이 있기나 해요! 내 것 27평은 월세를 놓고요. M 씨가 매입할 35평은 M 씨, 나, 그리고 캐스린이나 누구 한 사람 더해서 세 사람이 방 하나씩 쓰는 거예요. 사정에 따라서는 물론 방 하나에 두 사람이 들 수도 있고요. (M이 황당하다며 "아니, 그게 지금 무슨 말이오?!"라고 했다.) 내 말 끝까지 듣기나 해요. 그래야지 지금 일을 집에서도 같이 호흡을 맞춰 잘해낼 것이 아니에요! 퇴근시간 가깝게 나 퇴근 후 올라온 질문에도 빨리 답변해야죠. 빠른 답변이 돈이잖아요. 전기 · 수도 · 오물 이런 비용은 같은 비율로 공동부담이고, 밥 · 빨래 · 청소 같은 가사는 M 씨는 면제예요. 이제 돈 좀 번다고 칠랑 팔랑할 것이 아니라, 모아야 할 게 아니에요. 돈 모아 파스란에 있는 가족도 데리고 와야 할 게 아니에요.

M은 "가족요?"라고 하고는, 달리 말을 잊지 못했다. 두 아이를 맡고 있는 아내에게 생활비는 계속 보낼 것이지만, 가족을 데려온다는 것에 대해서는 생각조차 없었던 같았다. M이나 아내나 둘 다 돈으로 인한 오랜 시달림이 준 부정적 효과라는, 원래 부족했던 부부라는 정서가 돈에 시달리며 훼손에 이른 끝에, 피차 다시 함께 산다는 것 자체에 마음을 두지 않는 것으로, 나는 그렇게 여겨졌다.

— (무심결에 나온 거지만 어쨌든 괜히 가족을 거론했나 싶어) 아, 알았어요. 가족을 데려오든 말든 알아서 하고요. 어쨌든, 남자가 혼자 살며 늙으면 초라하고 추해지고 냄새나는데, 돈이라도 있어야지요. 돈이 있어야 나중에 늙어 누가 돌봐주든, 실버타운 같은 데라도 갈 게 아니에요.

M은 '그러는 너는, 왜 재혼하지 않느냐!'라고 하려다가 그만둔 것 같다.

그나저나, 저대로라면 월세 받아먹는 저 여자만 남는 장사잖아! M은 정말
이지 옛날 법률구호센터에서 같이 일할 때의 나를 떠올리며 '지독한 계집,
그때나 지금이나 저 돈독은 이겨낼 수가 없네!'라고 보나 마나 그렇게 여겼
을 것이다. M은 따지지 못했고, 아파트 사용의 방법은 내가 제시한 대로 되
어버렸다. 우리는 아파트를 각 매입했다. 대출 원금에 따른 매달 이자의 정
도가 현재 우리가 버는 돈의 수준에 비해서는 부담이었지만, 실적을 올리
는데 매진할 것이므로 우리는 통상보다는 많은 대출을 일으켰다.

어차피 로만의 국민은 빚의 힘으로 살아간다. 로만의 주택의 실제 주인
은 은행인 셈이다. 늘 넘치는 재정적자의 정부도, 담보대출에 마이너스 통
장까지 개인도 부채에 의존해서 굴러간다. '부채공화국'이다. 정부는 부지
런히 징세의 실적을 올려야 한다. 개인의 주택담보는 어차피 장기대출이어
서 팔 때는 그 은행채무도 같이 넘어가는 것이니, 일부의 자들을 제외하면
원금은 그리 문제가 되지 않는다. 무슨 대출이든 매달 갚아야 하는 이자가
문제다. 무슨 빚이든 빚은 인간을 순치시킨다. 매달 갚아야 하는 이자는 분
명 정의감에 따른 인간의 분노를 잠재우게 하는 기능을 가지고 있다. 매달
갚아야 하는 빚을 위해 급급한 자는 분노를 할 여유가 없고, 그 이전에 삶
자체가 빚쟁이라는 죄의 의식과 등식이 되어 기가 죽는다. 로만의 과거에
는 권위적 위협에 의해 국민이 순치되었고, 오늘의 로만은 채무라는 보이
지 않는 손에 의해 순치된다. 돈을 흠모하면서 돈에 의해 말랑말랑해졌다.
권력자들의 무슨 기획이 아니라, 돈이라는 합리적 도구에 의해 그렇게 되
었다. 어쨌든 우리도 이자를 그것도 매달 힘겨운 수준으로 갚아나가야 할
것이지만, 어떻게든 버티어내고 말 것이었다.

M은 신이 났다. 자신의 전문분야인 법에 관한 답변을 하는 일인데다가,
회원들로부터 영웅까지는 아니더라도 쏟아지는 갈채를 받고 있으니 신명

이 미쳐버려 펄펄 날아다녔다. 매월 같은 날, 그것도 점진적이지만 올라간 돈이 통장에 어김없이 꽉! 찍히니 더욱 그랬다. 잔소리꾼인 나의 끊임없는 간섭이나 질책이 귀찮고, 돌직구로 나아가다가 장애를 만나 좌충우돌을 하고, 사무실에서도 집에서도 넘치는 일로 정신없이 바쁘지만… 사람 대접 받고 돈이 되니 말이다. 그런데 한편으로는, 대출금 이자, 파스란에 보내는 돈, 생활비 등을 감당하는 데 문제가 없을 것으로 판단되자, 좀 편해지고 싶다는 생각이 M 안에서 스멀스멀 기어들었다. 이젠 그래도 되지를 않느냐는 것이다. 어느 수준의 월급이 안정적으로 계속 나오는 상태라면, 군이 지금과 같이 너무 힘에 부치게 일할 필요는 없지 않느냐는 것이었다. 제때 출퇴근이 되고 휴일은 아주 자유로운 상태와 함께, 그 안정된 상태가 지속되는 직장이 바로 나의 뜻이 아니냐는 것! 답변을 원하거나 그렇게 보이는 것만 골라 답변한다 해도, 적당한 수입과 자유와 안정의 지속이 가능하다는 말인 것이다. '그나저나 문제는 파비안에게 말을 꺼내야 하는데, 돈독이 든 계집한테 어찌 먹힐 수 있을까! 온갖 잔소리에, 철이 없으니 어쩌니 할 것이 빤하다.' M은 잠깐 생각하더니 말을 접었다. 시간을 두고 상황을 좀 더 봐야만 했다.

8

위험한 로린

어느 날 메일로 누군가 카페회원이라며, M에게 자신의 법률문제에 대해 자문을 구하고 싶다고 했다. 카페에서 글로 표현하기에는 사안이 너무 복잡하고 난해해서, 직접 만나 하나하나 묻고 싶다는 뜻을 전화번호와 함께 남겼다. 카페에서 글로 답변하는 것 외에는, 어떤 방식으로든 답변이나 상담을 하면 아니 된다는 것을 채용의 조건으로 했다. 저 조건을 위반하면 해고의 사유가 될 것 같은 말이 있었는데, M은 '까짓것 오히려 잘됐디!' 했디. 온라인 답변보다 직접 상담이 훨씬 힘들고 피곤하니 말이다. 눈앞에 사람이 있으니 이것저것 가려야 하고, 답변과 설명도 적당한 정도에서 빠져나가기도 만만치 않다. 법적 어려움에 부닥친 자 앞이니, 때론 부담되는 위로의 태도도 보여야 한다. 질문자의 얼굴을 직접 보는 것은 이리저리 성가시고, 사안이나 사람에 따라서는 못할 짓이다. 카페에도 직접 상담은 별도의 전화로 요청하라는 취지의 공지가 있다. 스태프 사무실의 전화가 아닌 것으로 보아, 카페운영실에서 누군가 받아 처리하는가 보다. M은 카페에 공지된 전화를 알려주며, 그곳에 알아보라는 회신메일을 보냈다. 그랬더니 카페의 그 공지를 몰라서가 아니라, M에게 직접 상의하려는 뜻이라는 메일이 다시 왔다. 그리고 추가로 이런저런 말이 붙었는데, 규모가 있는 사건으로 느껴졌고, '^^* ~~'와 같은 부호를 사용하는 것도 그렇고, 표현의 방식으로 보아 여자임에 틀림이 없을 것이었다. 그것도 젊은! 믿지 않음은 물론, 솔직히 당겼다. 한 번씩 더 메일이 오간 후, M은 저쪽에서 알려준 P시내 커피숍으로 나갔다. 기대만큼은 아니었더라도 M에게는 넘치게도 젊은 여자가 기다리고 있었다.

M이 커피숍을 들어서자마자 여자는 M을 안다는 건지 의자에서 일어섰다. 여자는 어려운 걸음을 해줘서 고맙다며 허리를 꺾어 인사했다. 인사 후 상체를 세우는데 긴 금발이 회오리 바람을 일으켜 M을 말아 넣어버렸다. 여자의 유난스런 하얀 피부와 푸른 눈이 쏜 신경전달물질은 M을 매직으로 몰아넣었다. 그 젊다는 것을 따질 것도 없었다. 돈에 쫓겨 '혹하는 여자'조차 제거되었던 긴 시간이 이젠 물러간 사정이었다는 것인지, 그랬다. 커피가 나오고 여자는 뭐라고 말하는데, 여전히 매직의 상태에 걸려 있는 M은 '뭐라고 하셨죠?'를 남발하고 있다. 여자도 이윽고 M의 상태를 아는 듯, 미안하다고 했다. M은 저 '미안'을 자신을 나오게 한 것에 대한 표시인 것으로 알고는, "아, 아니에요. 오늘은 일이 많지 않아, 별 어려움 없이 나왔으니 말이에요."라고 했다. 여자는 "아, 다행이네요."라고 하고는 넘어갔다. 여자의 이름은 '로린'이었다.

로린은 용건인 사건에 대해서 말했다. 하나하나 이어지는 여자의 말은 '이렇게까지 정리된 말을 하는, 이 여자 뭐야?!'였으니, M은 이번에는 의아함과 함께 다른 것으로 매직의 상태로 드는 듯했다. 어느 수준 이상의 법리를 모르면, 사실을 말해도 이 여자와 같이 법적 요건사실에 관련된 사실만 선별해서 말할 수는 없는 것이다. 분명 카페에서 질문하는 자들 수준의 언어가 아니다. 이 사건을 가지고 여기저기서 많이 묻다 보니, 질문을 위한 효과적인 사실관계의 정리를 익히게 된 것일 수는 있다. M은 로린이 말하는 중간에 몇 번 되물을 것이 있었지만, "예, 아 예" 하면서 일단 듣고만 있었다. 정말 무척이나 복잡하고 난해한 사안이었다. 그리고 대기업의 사건이 아닌 것치고는 큰 사건이었다. 로린의 말이 어느 정도 진행된 후부터 M은 사실관계에 관해 확인한다며, 수차 법리적인 촉수를 슬쩍 끼워서 되물었다. 그랬다. M도 물론 더 깊은 법리는 따로 검토해야 할 것이지만, 로린이 이 사건에 대해 스스로 상당할 정도로 분석해낼 수준에 이른 것은 아니었다. 그러니까, 일이 년의 경력을 가진 법률사무소 직원 정도이거나, 더 높게 가정해주면 일반인과 법률전문가 사이 어느 지점에 있다거나, 그랬다.

M은 법률검토가 많이 필요하고, 소송과정에 전문적인 대처가 필요하고, 불의타(不意打)를 배제할 수 없고, 사건이 작지 않고, 뭐도 하고, 또 뭐도 하고… 등의 사정이 있는 사건이니, 변호사를 찾아 맡길 사건이라고 했다. 여자 냄새 때문에 나왔지만, 사건의 성격과 규모가 이 여자의 냄새를 거두어가는 것이 못내 아쉬웠다. 그러자 로린은 건조하게 "그냥 도와주시면 안 될까요?"라고 했다. 변호사를 선임하라는 M의 말을 알아들었을 여자인데, 그냥 도와주디니? M은 그냥 이렇게 될 것도 아니지만, 그 이전에 사건의 성격과 비중에 비춰 변호사에게 맡기는 것이 좋다고 다시 확인해주듯 말했다. 로린은 자세를 곧추세우더니 말을 꺼냈다.

— 변호사 선임의 필요, 그것 자체는 이해합니다. 그러나 변호사에게 맡겨버리면 소송의 과정을 체크하기 곤란한 측면이 있고, 또 좀 어려운 점이 있더라도 연구해가면서, 이 사건과 같이 많이 난해한 경우에도 전문가가 그때그때 서류를 작성해주고 본인도 연구하는 등으로 직접 소송을 하는 경우도 있죠. 그리고 저 모든 경우가 변호사 비용과도 관련되는데, 반드시 그게 전부인 것은 아니고요. 어느 수준에 이른 사람이라든지, 나아가 그것에다가 누군가의 측면 지원을 받을 수 있는 경우에는, '내 손이 내 딸이다!'를 선택할 수도 있고 실제로도 그런 당사자가 더러 있고요. 그래서요. 이 사건도 M 씨가 소

장을 비롯해 그때그때 서류를 작성해주시는 것으로요. 필요한 내용이 기재된 준비서면 등의 서류가 법원에 들어간 후에 그것이 법정에서 진술되는 방식으로 진행되는 것이 로만의 민사재판이니 그럴 일은 별로 없겠지만, 필요에 따라서는 말에 의한 조력도 해주시면 되고요. 그러면 당연히 수고비, 그러니까 보수에 관한 얘기가 나와야지요. 보수는 변호사가 하는 통상적 서류 작성비의 50% 수준에서 정한 후, 서류 작성 때마다 지급받는 것으로요. 다만 이 사건의 경우에는 35%로 하는 것으로요. 퇴근 후 하시면 되고, 저 정도이면 지금 M 씨가 받는 월급의 수준이 무색할 수가 있지를 않은지요?! 정 뜻이 없으시면 어쩔 수 없지만요.

이 여자는 누구인가? 그냥 재판의 경험이 있다는 정도가 아니다. 한 치의 빗나감도 없이 따박따박 늘어놓는 말의 완성도 앞에서 M은 어안이 벙벙하다. M은 이 여자에 대한 궁금증과 의문이 너무 많이 일어나버려, 대체 뭐부터 되물어야 할지를 모른다. 무엇보다 '다만 이 사건'과 'M이 받는 월급'이라고 했다. '다만 이 사건'이라는 말은 이 사건 외에도 있다는 말인가? 그렇다면 이것이 이 여자의 사건이 아니라는 말인가? 자기 뜻이 먹히게 하려다 보니 그냥 나온 말인가? 'M이 받는 월급' 운운은 더욱 놀랍고 기이하다. M이 받는 월급의 수준을 이 여자가 어떻게 안다고, 저런 말인가? M은 담배를 피웠다가, 손으로 얼굴을 비볐다가 할 뿐 무슨 말을 할지 모르고 있다. 그런데 로린은 M이 저런 아노미 상태로 빠질 것을 미리 계산해두었기라도 한 듯이, 커피를 한 모금씩 마시더니 "서두를 것 없어요. 천천히 말씀하시면 되죠."라고 했다.

로린이 말한 저 50%는 M의 숱한 궁금증과 의문을 밀어내어버리고 있다. 그 정도의 돈이라면, 지금 카페에서의 일은 단순히 말하면 노예의 수준인데… 궁금증과 의문이 어디로 사라져버린 M은 급히 "이 사건은 무지 복잡하고 난해하니, 더욱이 50%가 되어야지요!"라고 해버렸다. 그러자 로린은 태연히도 "사건이 크기에 비례해서 그 비율도 내려가는 거죠. 그렇지 않으면 불합리하니까요. 그래서 이 사건은 35%도 많은 수준이고요."라고 받아쳤다. 아, 여자는 정말 누구인가? 변호사 수임관행을 꿰뚫고 있다니! 무릎을 꿇었다. 만에 하나라도 이 여자가 이 제의를 거두어 버리면, 굴러 온 돈을 걷어차는 것이 된다. M은 그렇게 하겠다고 했다. 로린은 첫 사건 수임을 기념해 저녁식사를 하자고 했다. 첫 사건? 아, 긴가민가했는데, 그렇군!

M은 식사 중에 내 전화를 받았다. 답변해야 할 질문이 쌓여 있는데 퇴근 후 바로 집에 오지 않고, 어디에서 뭐 하고 있느냐는 잔소리였다. M은 로린을 의식하지 못하고 "이제 그딴 것, 하지 않아도 돼!"라고 소리를 질러버렸다. M은 집에 가기 싫었다. 그 이유가, 이 여자를 통해 지금보다 훨씬 큰돈을 벌 수 있다는 기대 때문인지, 이 여자가 누구인지 알아야만 한다는 건지, M은 스스로 알지는 못했다. 아니면 복수의 이유가 엎치락뒤치락하는 건지도 모른다. 나는 '그딴 것 하지 않아도 된다.'라는 말이 무슨 소리냐고 따지는 전화를 또 했다. 로린이 일어나면서 "부인에게 얼른 가셔야겠네요."라고 하자, M은 로린을 붙잡으려는 듯이 손을 내밀며 "아, 아니, 괜찮아요!"라고 했다. 일어난 로린은 M의 간절함 따위는 들리지도 않는다는 듯이 카운터로 갔다. 커피숍을 나와 로린이 봉투 하나를 건네주었는데, 소장 작성 대가의 절반을 먼저 주는 것이라고 했다. 그리고는 사안을 정리한 문서와 증거서류를 M의 메일로 보내어 M이 작성한 소장을 메일로 받아 본 후, 나머지 보수를 지급한다고 했다. 무슨 규정이 그렇다는 듯이 그랬다. 로린과 헤어진 후 봉투를 확인한 M은 "어떻게 하든, 카페 답변을 줄일 수밖에…"라고 중얼대었다.

M은 로린으로부터 사안의 자세한 내용과 증거서류를 받았는데, 그것이 카페에서 질문으로 올라온 사안인 듯했다. 카페를 뒤지니 역시 그 사안이었는데, 그때 M은 '웃기는 인간, 무슨 질문이 이래?' 하고는, 기분 나쁘지 않을 만치로 해서 적당히 답변하고 넘어갔다. 질문이 제대로 되지 않았거나, 너무 복잡하거나, 지나치게 큰 사건을 만나면 M은 질문자의 기분이 나쁘지 않으면서 적당히 넘어가는 방법을 쓰는데, 이는 M과 같은 법률가의 공통적 대응방식일 뿐이다. 물론 실제 변호사로서 사건을 맡을 때는 다른 사정은 다 좋아도, 돈에 망설이거나 인색하거나 까다로울 것 같은 자도 저와 같은 취급으로 따돌려 버린다. 이 사건에 대한 당시 카페에서의 질문은 앞뒤가 맞지 않았을 뿐이지, 이렇게 복잡하고 큰 사건인 줄은 몰랐다. M은 이 사건을 언제 처리하느냐를 따져보다가, 나한테는 몸이 안 좋다고 하고는 일찍 잠자리에 들어버렸다. 근래 들어 일에 몸을 사리는데다가 종일 멀쩡했던 M이었는데, 그렇잖아도 불만이 늘어왔던 나는 더욱 M이 못마땅했다. M은 내가 깊이 잠든 새벽에 일어나 사안과 증거서류들을 맞춰가며 사실관계의 정리에 들어갔다. 절반의 정리도 되지 않았을 때 방문을 두드리는 소리가 났다. 이어 내가 "왜 방문을 잠그고 난리예요? 어제는 밀린 일도 하지 않았는데, 대체 어디가 아프며, 뭐예요?"라고 방아를 찌어대었다. M은 날이 샌 줄도 몰랐던 것이다.

　나의 잔소리와 불만이 늘어만 가는 가운데, M은 로린으로부터 시간을 두고 새로운 4건의 일을 더 맡았다. 3건은 M이 소장부터 쓸 사건이었고, 1건은 본인이 직접 소송을 수행 중이던 피고의 입장에 선 사정이었다. 어쨌든 4건을 감당하자니, M은 어느 하루도 저 일들에 손을 대지 않을 수 없다. 그러면서 동시에 나의 돌멩이가 뒤통수로 날아오는 것을 감수하면서 나 모르게 해야 했다. 할 수 없이 M은 모두 잠든 심야에 저 일을 하다가는, 이미 바짝 붙은 것 같은 나의 의심 때문에 PC방에서 작업을 하다가는, PC방에서 증거서류를 쌓아두고 법률문서를 작성해보니 대체 게임들이나 하고 있는 인간들이 '웬 별종!' 하며 기웃거린다. 너무 힘들어 '차라리 이 짓을 파비안에게 털어놓아야 하나?'라는 생각이 불쑥불쑥 일어나지만, M은 그럴 때마다 "안 돼! 안 돼!" 하며 자신을 쥐어박았다. '이 일은 카페에서의 질문과 같이 파비안의 도움을 받기에 적당하지도 않지만, 무엇보다 파비안이 알게 되면 돈독이 오른 그 계집이 무조건 덤벼들 것이고, 그 결과 수입의 상당부분이 또 그 계집에게 넘어가 버린다.' M은 그 외에도 그게 뭔지 모르지만 나와 이 일을 같이하는 것이 못내 내키지 않았다.

그 후 로린으로부터 추가로 2건이 더 들어온 다음 어느 날 저녁, 결국 나한테 발각되고 말았다. 퇴근 후 내가 동네 시장에 장 보러 갔을 때, M은 자신이 방에서 그 작업을 하던 중 피곤을 못 이겨 잠깐만이라도 쉰다며 침대에 누웠다가는 잠이 들어버렸다. 그 사이 내가 집에 와서는 M이 작업 중이던 서류들과 컴퓨터 화면을 보았고, 그동안 맡은 사건에 대한 수임료의 기준과 받은 돈과 사건의 진행상태와 기타 필요한 사항을 메모한 문서까지 보아버렸다. 모든 것을 고스란히 들켜버린 M은 변명의 방향과 범위를 잡을 수가 없다. 그런데 무슨 일인지, 나는 긴 한숨을 내쉬었을 뿐 의외로 전혀 건조하게 물었다.

― 메모된 로린이라는 그 여자는 어디까지, 얼마나 따라붙은 상탠가요?

'지금 이 여자는 대체 뭐가 궁금한 거야? 이미 모든 것을 알아버린 이 여자가 묻는 저것이 뭔지?' M은 알 수가 없었다. '어느 쪽을 선택해서 대답한들, 결과는 달라질 것은 아닌데? 에라 모르겠다!' M은 로린과는 그런 관계가 아니라고 했다. 그런데 말하고 보니, 왜 자신이 '그런 관계'에 관해 나에게 대답해야 하는지는 더욱 모르겠다는 표정이다.

—쓸데없는 얘기 말고, 그 메모에 기재된 일 외에 더 있는지, 그 여자가 그 일을 맡기는 데에 얼마나 밀어붙이고 있는지를 실토하란 말이에요?

'이 여자는 말하는 투로 보아 내가 무슨 짓을 하고 있었는지를, 구체적이지는 아니더라도 이미 알고 있었다는 건가? 그럼 왜 지금까지 나를 단죄하지 않았다는 말인가!' M은 알고 있었던 같은데, 왜 그랬느냐고 조심스레 되물었다.

—분명 뭔가 하고 있었던 것으로 보였죠. 구체적인 것은 몰라도 조만간 밝혀지리라고 여겼으니, 불안 가운데 잔소리를 하면서도 기다렸죠. 이제 이렇게 알게 되니 역시나 불안했던, 아니 위험한 일이네요. 그 사안들을 보니, 태반이 카페에서 본 것 같네요. 맡아놓은 것 외에는 더 이상 받지 말아요. 매튜씨도 그랬다고 했지요. 카페에서 시키는 일만 하라는, 욕심을 내거나 다른 것에 정신 팔지 말라는, 그런 다짐을요. 지금까지 감이 없나요? 당신은 참! 나도 구체적인 것까지는 모르지만, 그 카페요, 겉으로 보이는 것이 다가 아니라고 봐요. 그곳에서 원하는 것을 넘어서는 것은, 그런 것에 우리가 기웃대면 안 된다는 거예요. 생각을 정리한 한 다음 더 말할 테니, 더는 안 돼요. 알겠어요? 당장요!

나는 저녁식사를 준비하러 M의 방에서 나오면서 다시 "당장요!"라며 못을 박았다. M이 로린을 만나 이 상황을 상의하려고 전화를 하니, 로린은 M이 알아서 해결해야 한다고 했다. 만나는 것 자체가 안 된다는, 거부가 아니라 그러면 안 된다는 것이었다. M이 그래도 만나 얘기는 해야 하지 않느냐고 부탁조로 나왔으나, 로린은 완곡했으나 역시 그럴 수 없음을 분명히 했다. 두 사람이 직접 만나면 안 된다는 로린의 태도는 이미 2번째 건의 서류를 받을 때, 그녀가 분명히 했다. 대신 전화, 팩스, 메일, 폰 전송, 택배, 등기우편, 오토바이퀵서비스 등으로 소통하고 자료를 주고받으면 된다고 했다. 그때 M은 그래도 만나서 소통해야 할 필요가 있지 않느냐고 했는데, 저 말이 이건 사무가 전부였는지는 물론 의문이다. 오늘은 특별한 상황이라는 이유를 내걸었지만, 로린의 대답은 마찬가지였다. M은 이런저런 궁리 끝에 집에서 그리 멀지 않은 소호사무실에 작업공간을 마련했다. 이젠 아무리 눈치껏 하더라도 도저히 집에서는 할 수 없게 되어버린 데다가, PC방은 너무나 불편했던 탓이다. M은 퇴근 후와 휴일에는 이 핑계 저 핑계로 그리고 요령껏 나의 추적을 따돌리며 소호사무실로 갔는데, 어느 날부터 갑자기 나의 추적이 없어진 걸 알아챘다. 그리고 그때부터 한동안이나 내 잔소리와 불만이 사그리 없었다. 그러던 어느 날 난 무슨 결심을 한 듯이 아파트 거실에서 M에게 말을 꺼냈다.

— 내가 항복했네요. 그렇게까지 말을 안 들으니, 어유! 이젠 밖으로 그만 돌고 집에서 하세요. (갑자기 M은 환호와 동시에 나를 와락 껴안았는데, 나는 뿌리쳤다.) 마냥 좋아라고 할 것이 아니에요. 무덤을 파는 짓인지, 나도 모르겠어요. 운이 좋아 안 들키면 다행인 거고요. 그러면, 그 일에서 나온 수입에 내가 받을 배당은 어느 정도인가요?

'병 주고 약 주고, 기어이 다시 병 주는 계집!' 이리 생각되었지만 M에게 있어 나의 배당요구 그 자체는 놀랄 일은 아니었다. 문제는 '나에게 줄 배당이 어느 수준이냐!'였다. 중간의 어느 지점에서 타결될 것이니, 선수를 치는 것이 우위에 설 전술이다. M은 수입의 20%를 제시하고는, 내 입을 주목

했다. 아니나 다를까, 나는 40%로 되받아쳤다. 그러면서 나는 법률문서의 작성 중 사실의 정리부분까지 내가 부담하겠다는 조건을 들이밀었다. 저 조건을 수용하면 내 요구대로 가야 한다. M은 사실의 정리도 법리와 관련 되어 이뤄져야 하니 그럴 수 없다며, 그러면 25%로 하겠다고 했다. 서로 수 차 밀고 당긴 끝에 그 조건을 수용하는 것으로 해서, M이 마지노선으로 쳐 둔 30%를 넘겨 35%로 타결되었다. 저 타결 후에는 지급의 시기에 대해 다 시 티격태격했다. 내가 돈은 어느 시점에 줄 것이냐고 하자, M은 매월 말일 에 지급하겠다고 했다. 이에 나는 돈이 들어올 때마다 바로 받아야 한다고 했는데, 주장이 아닌 당연함이며 절대 양보할 수 없다고 못을 박았다. 역시 나 '지독한 계집!'이라는 M의 항복과 동시에, 결국 그렇게 되었다. 이제 새 로운 돈벌이의 기회까지 얻은 나이지만, 떨쳐내지 못한 '무덤'은 무엇인가? 나는 그 위험을… 부인한 것인가, 예방이 가능한 수단이 마련되어 있다는 것인가, 조카 마크로부터도 그랬듯이 어찌할 수 없다며 M의 운명의 시간에 승차해버린 것인가, 무덤이 열리기까지 시간을 지연하며 최대한 돈을 모아 야 한다는 것으로 타협한 것인가?

*

로린과 카페로부터 받는 돈이 쌓여가던 어느 날, 카페운영실 옆방인 재단 사무실에서 M에게 차나 한잔하자는 전화가 왔다. 그곳은 재단의 분사무 소의 하나로써, 어쩌다가 카페운영실에 볼 일이 있어 왔을 때도 M은 관심 도 없었던 곳이었다. M이 그곳으로 가니, 나이 든 사내가 M을 포옹하기까 지 하면서 반갑게 맞았다. 좌석이며 태도며 행색으로 보아 하급자로 여 겨졌다. 나이가 든 자라서 중급자인가도 싶었지만, 직책이 계장보다 밑인

'주임'인 것으로 봐서도 역시나 하급자일 것이었다. 그는 M의 활약이 카페와 재단에 큰 기여를 하고 있다느니, M이 이젠 완전히 로만의 사람이 되었다니, 그래서 M이 파스란으로 돌아갈 필요가 없을 것이라니, M이 카페에서 일하는 사실은 그 자체로써 M에게도 재단에게도 나아가 로만이라는 국가에게도 복 받은 일이라니, 카페에 답변하는 근무시간 외에는 남는 시간 많으니 문화생활도 즐기라느니, 직장도 이만하면 그만이니 파스란에 있는 처자식과 빨리 합치라느니, 답변만 하고 카페와 관련되는 다른 일은 하지 않기로 한 약속을 혹시라도 잊지는 말라느니, 애로사항이 있으면 언제든지 말하라느니… 라는 칭찬과 권유와 주문을 아주 말랑말랑하게도 늘어놓았다.

카페와 관련되는 다른 일? 냄새를 맡았다는 건가? 아니면, 장래 있을 수도 있는 가능성을 전제로 노파심에서 확인해 두는 것에 지나지 않는가? 냄새를 맡는 것은 거의 불가능하다고 보지만, 설령 그렇다고 하더라도 거절할 것이 아니다. 카페에 질문으로 올라온 사건이라는 이유로 해서 만약에라도 시비를 걸면 〈그 일은 카페에 아무런 손해를 끼치지 않는다. 내 직무는 카페에서의 질문을 전제로 하는 것이다. 카페 밖에서 일어난 일은 그것이 무엇이든 카페운영진이 간섭할 일이 아니다. 그럴 권리가 없다. 고용계약상 해석될 금지에 로린으로부터 받는 일도 포함된다고 주장하면, 기본권과 직업선택의 자유와 근로관계법에 정면으로 저촉되어 그 부분은 무효다. 만약 해고라는 사태로 악화되면, 그때는 해고무효소송으로 문제를 삼겠다.〉라는, 나름의 대응책을 M은 생각해 두고 있다. 그곳을 나오던 M에게 노인네는 M의 어깨를 감싸며 귀엣말로 "회사의 구조조정에서 이 늙은이가 옷 벗는 일은 없도록, 도와주시라는 얘기예요. 그런 일이란 있을 수 없는 것이고 충분히 알아들었을 분이지만, 기우겠지만요!"라고 말했다. 이 노인네가 지금 무슨 말을 하는 거지? M은 사내의 '옷 벗는 일'이라는 말에는 편치 않았으나, 자신 때문에 그럴 일은 없다며 염두에 두지 않았다.

M이 운전하는 퇴근길 승용차 안에서, 조수석에 앉은 나는 그 주임으로부터 무슨 말을 들었냐고 물었다. M의 대답은 들은 나는 좌석에 몸을 버렸고, 혼잣말이 듯이 "아, 간단치 않네. 어찌하든 최대한 오래 버티어야 하는데…"라고 했다. M은 뭘 그렇게 사서 걱정이냐며 자신이 마련해둔 대응책을 설명하고는, 그러니 그 노인네의 말 따위는 괘념할 것 없다고 했다. 나는 상체를 앞으로 당겨 "그런데 로린 씨는 어떻게, 어떤 방법으로 카페회원의 일을 자신에게 오게 만든다고 해요?"라고 했다. M은 보나 마나 포착된 카페회원에게 메일이나 쪽지로 끌어들일 것이니, 굳이 묻지 않았다고 했다. 이런 경우는 묻는 것이 오히려 서로를 불편하게 한다며. 나는 좌우로 고개를 흔들고는 "그게 그런 식으로 얼마나 먹힐지는, 글쎄…"라고 하고는, 황급히 "로린 씨는 어느 노인 변호사 계좌로 돈을 받는다고 했는데, 그럼…으, 아니 됐어요."라며 더 하려던 질문을 죽여 버렸다. 로린이 카페에서 돈이 될 것 같은 질문을 올린 자에게 접촉한 후, 그 접촉이 성사되면 그 의뢰인이 사실상 개점휴업인 어느 늙은 변호사의 계좌로 송금토록 하고, 그 돈에서 로린 자신의 수입을 뺀 나머지를 그 변호사와 M에게 나눠주는… 이런 식일 것으로 나는 추측했으나, 메일이나 쪽지로 일을 성사시킨다는 것은 수긍이 가지 않았다. 하여튼 나는… 로린에게 뭔가 다른 특별한 수단이 있을지 모른다든가, 로린으로부터 받는 일의 계속 여부는 어떤 모르는 함수와 관련된 것 같아 쉽게 어떻다고 할 수는 없다든지, 부정적 표명으로 M의 의지를 꺾는 것은 결국 내게 손해가 된다든지… 머릿속이 이것저것 엉켜버렸다.

*

M이 그 주임을 만나고 열흘쯤 지나서부터, M과 내가 탄 퇴근길 차량을 따라붙는 까만 승용차를 나는 느꼈다. 두 남자가 탄 그 차는 우리 차가 아파트 입구에 이르면 그냥 돌아갔다. 멀찍이 떨어진 추적이었고 무슨 위협 같은 것은 없었다. 나는 그 사실은 M에게는 말하지 않았다. 그 추적이 있고부터 나는 그 주임이 말했다는 '옷 벗는 일은 없도록'이라는 것이 부쩍 걸렸다. 뭘까? M에게 그게 뭔인 것 같으냐고 물으면, 보나 마나 '아직 있지도 않은 회사의 구조조정에 미리 엄살을 부리거나, 때를 모르는 늙은이가 욕심 내는 것일 뿐이지!'라는 식일 것이었다. 그러고 보니 사무실에서도 전보다는 더 빈번하게 카페운영실이나 재단 사람들이 M의 주위를 오가거나, M에게 밑도 끝도 없는 소리를 툭 던지고 지나간 것 같다. 로린이라는 여자는 누구인가? M을 직접 만나지 않는다는 원칙에는 이해가 가지만, 그래도 뭔가 영 서연치 않다. 카페이 너네인 큰리을 통한 메인이ㅏ 쪽지로 법률사건을 맡기게 만든다는 것은, 너무 엉성하다. 그 가능성이 너무나 낮다. 네티즌들이 그렇게 단순하지 않다. 메일이나 쪽지로는 상대방이, 대면이나 전화와는 달리, 반응의 부담을 갖지 않기 때문에 더욱 그렇다. 스팸으로 취급하고 그냥 삭제해버릴 수도 있다. 그럼 로린이라는 여자는 정말 무슨 비법이 있다는 건가? 그런데 한편으로는, 카페나 재단이 로린과 같은 행위에 대해 신경을 쓸 이유는 없지를 않은가? 만약 그럴 이유가 있는 전제에서 로린과 같은 존재를 알게 되면, 그녀를 카페에서 강퇴를 시킬 것이다. 물론 카페는 아직 로린의 존재를 모른다. 아, 그리고 다시 생각해보면, 재단의 다른 사업에서 나온 수익을 카페를 위해 투입한다는 것도, 새삼 뭔가 개운치 않다. 비영리단체가 실상은 돈벌이에 미쳐있는 일이야 비일비재한 것이 이놈의 세상이지만, 이 카페에 다른 뭔가가 있을 가능성을 배제할 수 없다. 있다면, 그

'뭔가'가 뭔가? 사익을 좇는 것이라면, 결국 돈인데? 카페에서 나올 돈이라고는 푼돈에 지나지 않을 텐데? 재단의 사업수익으로 카페 스태프들의 월급을 지급하는 것이 정말 사실일까…? 내 머리에 불현듯, 이 의문들에 관한 실마리를 가질지도 모른다는 자가 불쑥 기어올랐다. '매튜'였다. M을 이 카페에 소개한 그는 이 카페는 물론, 이 재단에 관한 뭔가의 정보를 갖고 있을지도 모른다. 나는 지나는 말로 M에게 물어, 매튜가 어디에 적을 두고 있는지 확인했다. M과 같이 매튜를 만나느냐를 생각하다가, 혼자가 안전하다는 결론이었다.

인터넷을 통해 알아보니, 그가 석좌교수로 있다는 대학은 P시 외곽에서도 한 시간은 가야 할 곳에 있었다. 내 기억에는 없는 대학이었다. 대학을 나오지 않으면 뭔가 부족한 자로 이해되고 제거내지는 로만에서 우후죽순으로 대학이 생겨버려, 저 대학의 존재를 모르는 것에 이상할 것은 없다. 매튜에게 '석좌'라는 자리를 준 대학? 어쨌든 널리 알려진 전국적인 인물이라는 것에 숟가락을 얹어 '지잡대'에서 조금이라도 벗어나야 하는, 저렇게 못하면 자꾸 밀리고 학생도 채우기 어려울 것이니 별스러울 것이 없다. 그나저나, 매튜는 정말 정치적 영향력이 없어진 것인가? 그의 정치재개가 쉽지는 않을 것이라는 정도는 나도 알고는 있지만, 관록과 재력과 언변과 뒤집기의 능력이 상당한 그다. 저것들의 잠재는 언제든지 폭발을 대기하고 있는 휴화산일 수 있다. 스스로 때를 기다리며 또는 만들며 있을 것만 같다. 능히 그러고 있을 것만 같다.

매튜를 마지막으로 만난 것이 아득하지만, 내 집안에 대한 그의 부채감은 지워지긴 어려울 것이다. 물론 내가 먼저 그에게 도움이나 구조의 손을 내민 일은 없다. 굳이 말하자면, 그에 대한 내 오빠의 정치적 지원에 대한 부채감이다. 그게 전부는 아닐지라도, 그렇다. 오빠가 그렇게 무너지지 않았으면, 매튜가 더 일찍 국회의원이 될 수도 있었을 것이고, 만에 하나 그의 정치적 입장이 방어되었을지도 모른다. 당시 뭔지 모를 정치의 함수로 인해 현실적으로는 불가능했을 것으로 보더라도, 오빠의 몰락에 대해 그도 아무것도 하지 못했다는(─ 하지 않았다고 본다면, 그것은 당시 현실과는 전혀 아닌 욕심인가?), 그 책임이 없는 심정적 부채도 있을 것이다. 카페와 나아가 필요하면 재단에 관한 정보를 얻으려고 그를 만나지만, 어쩌면 그는 내가 눈치껏 들어가라고, 내가 모르는 희망이 될 다른 어떤 계기 하나를 내 앞에 슬쩍 내려놓을지도 모른다.

　교수연구실로 전화하니 P시내에 있는 문화센터에 강연을 나갔다고 했다. 강연 후에는 달리 일정이 없어, 그곳에서 바로 퇴근할 것이라고 했다. 나는 바로 지하철을 타고 문화센터로 갔다. 문화센터는 지하철에서 나오자 가까이 있었는데, 무슨 일이지 건물 앞에는 각 10여 명씩 두 패가 시위하고 있었다. 시위자들의 손에 들려있는 판자에는, 한 패거리는 '좌파독재 개혁은 부추기 마라!'라는 붉은 글씨가, 다른 한 패거리는 '개혁에 물들지 하지 마라!'라는 푸른 글씨가 각 쓰여 있었다. 아마도 양쪽 다 인터넷주소가 적힌 것으로 보아, 인터넷정치커뮤니티에서 나온 자들 같았다. 1인 시위와도 같이 조용했는데, 의무감에 나왔다는 듯이 맥 빠진 인상을 짓는 자들도 있다. 매튜의 정치적 태도에 비춰 있을 수 있는 일이었기에, 나는 별 관심 없이 강연장으로 들어갔다. 2백 석은 될 것 같은데 뜻밖에 빈자리가 없을 정도다. 남자보다 여자가 더 많았고, 주로 30대로 다들 나름 반반한 직장을 가진 게 아닌가 싶다. 내가 빈자리를 찾아 두리번거리고 있자, 진행요원이 안내해 줘 그곳에 앉았다. 출판기념회를 겸한 강연이었다. 수개월 전에 출간된 책이었으니, 우려먹는 출판기념회인가? 돈 있는 매튜가 그까짓 인세 때문은 아닐 것이고, 역시나 책이 자신을 알리는 지렛대의 하나이지 싶었다. 옆에 앉은 여성한테서 그 책을 빌려 죽 훑어보니, 단지 자료를 편집했거나 구호성 문장은 아니었다. 만만찮은 소제목들, 촘촘한 줄 간격, 많은 인용과 주석… 학술적이듯이 한 글을 수필의 형식으로 쓴 것이 아닌가 싶었다.

아무리 수필형식을 빌었더라도, 호흡이 긴 책은 내동댕이쳐지는 이 로마에서 저런 책이 먹히기는 어려울 텐데, 싶었다. 지금 매튜가 파워포인트로 강연하고 있는 것도, 그래서 그럴 것이었다. 배부된 팸플릿을 보니 하나의 주제 아래 모인 문제들은 아니지 않느냐 싶었다. 정치적 출구가 막힌 매튜의 안간힘이 빚어낸 결과물인지, 아니면 특이하고 복잡한 매튜의 본래 생각과 욕구가 그대로 반영된 것인지 싶게 알 수는 없었다. 홍보가 무척 많이 된 것 같고, 청중은 '돈과 학력을 가진 젊은 좌파'가 많은 것이 아닌가 싶었다. 국회의원을 한 정치인이어서인지 적당히 시쳇말도 썩는 등으로 청중을 요리하고 있다. 그렇지만 주장의 의외성과 당의성 탓인지, 청중들은 완전히 빗장이 풀리지는 않는가 보다. 짧은 박수와 어색한 웃음. 매튜는 왜 이런 청중동원인가? 이름값으로 고액의 강연료도 가능할 것이지만, 돈 많은 그이니 정치적 모색의 하나일 것이다.

한 시간 가까이 되었을 때 행사진행자가 곧 20분 정도의 질문과 답변이 있고, 그 후에 30분 정도 매튜의 책 사인행사를 한다고 알렸다. 매튜를 만나려면 적어도 아직 50분이나 남았다. 행사주최 측의 진행솜씨가 상당히 무르익은 데다, 청중들도 정리된 질문을 날리는 관계로 많은 화두가 소화되고 있었다. 두 사람의 질문만 더 받는다는 진행자의 안내가 있었을 때, 나는 강연장에서 빠져나왔다. 곧 책의 서명이 들어가면, 대략 40분은 더 기다려야 매튜를 만날 수 있다. 안 만날 수는 없나! 나는 여기까지 와서도, 정말이지 매튜를 만나는 것으로부터 한없이 도망가고 있었다. 화장실을 다녀오면서 그냥 돌아가 버릴까 하던 중, 강사대기실이라고 표시된 방이 보였다.

문이 열린 그곳에는 한 사내가 의자에서 조는 듯이 앉아 있었다. 내가 들어서니 사내는 놀란 듯이 하고는 무슨 일이냐고 말했다. 말은 공손했다. 스스로 의식하지 못할 만치 들어와 버린 나는 머뭇거리다가 그럴 일이 있다며, 그가 매튜의 강연에 관련된 일을 하느냐고 되물었다. 그는 재단의 직원으로서 매튜의 강연 행사를 지원하기 위해 나왔다고 했다. 일종의 행사진행 요원이라는 말이었다.

나는 멀리 섬에서 와서 강연을 들었다며 매튜를 개인적으로 알아 온 겸에 인사라도 나누려는데, 이곳에서 기다려도 되는가 싶어 들어왔다고 말했다. 사내는 소파에 앉으라고 하고는, 커피를 타주면서 매튜를 어떻게 아느냐고 물었다. 허! 이럴 때 뭐라고 대답을 한다? 매튜가 국회의원일 때 그의 요청으로 입법에 관한 프로젝트를 수행한 일이 있다고 했는데, 순간, '아, 재단의 직원이라면 이 자로부터도 뭔가 나오겠지!' 하며, 행사안내 팸플릿을 보면서 그냥 중얼대듯 묻기 시작했다.

— 팸플릿에 주관이 재단, 후원이 주식회사, 협찬이 대학과 법무법인으로 되어 있네요. 이곳들이 모두 매튜 의원님과 관련이 있나 보지요. 오늘 강연 내용이나 그 분위기를 보아, 의원님이 정치를 포기한 것은 아닌 것 같네요. 저가 관심 가질 수밖에 없는 정치인이시다 보니, 어떤가 싶네요. (까짓것! 카페에 대한 정보를 캐는 것으로 바로 들어가자!) 재단에서 운영하는 법률상담카페의 활약이 대단하던데요. 제 동생도 법을 전공하고 또 법률사무에 종사한 일도 있어요. 그 동생이 그 카페의 답변자로 취직하고 싶어 하는데, 의원님을 만나 그 문제도 알아보려고요. 잘은 모르지만, 의원님이 재단의 일에도 많은 관여를 하시는 것 같으니까요. 그 카페가 직장으로서 어떤지, 싶네요? 의원님한테 도움을 청하기 전에, 미리 관련한 사정을 알아두는 것도 좋을 것 같아서요.

사내는 심심해서 죽겠는데 말동무가 생겨 다행이라는 듯이, 어쨌든 자신보다는 젊은 내게 매혹된 것인지, 술이 술을 먹듯 말이 말을 낳듯 묻지도 않은 내용까지 주저리주저리 늘어놓았다. 나로서는 의외의 정보였다. 풍성했다. 그렇지만 내 궁금증을 푸는 결정적인 것은 없었고(―물론 나 스스로도 그 궁금증이라는 것이 구체적으로는 뭔지 모호한 탓에 답답하기는 하지만, 어쨌든 뭐든 쑤셔 하나라도 더 풀어야 했다!), 또 도움이 된다고 싶은 부분은 주변부를 도는 것으로 모호했다.

어쨌든 사내의 말 중에 내 결핍을 메워준 부분은 〈대학은 매튜가 직을 둔 곳이니 물론이고, 재단은 여러모로 관여하고 있고, 법무법인은 재단의 송사를 비롯해 재단과 이리저리 주고받는 것이 많다. 후원회사는 재단에 가장 많은 출연을 했고, 재단과 이런저런 관련을 가지고 있다. 그의 정치적 입지가 죽지는 않은 것이라면, 어쨌든 서로서로 필요한 것이 아닌가. 개인이든 단체든 누구든 기회는 가지려는 것이 세상의 뜻이 아닌가! 특히 대외적 업무가 많은 재단으로서는, 발이 넓고 상징성이 있는 매튜와 같은 인물에게 각별할 수밖에! 그의 정치재계에 대해선 보기에 나름이겠지만, 재력과 독특함이라는 그의 무기는 그를 언제든지 정치적으로 재생케 할 것으로 본다. 그 카페는… 글쎄, 그 카페는 재단으로서는 필요하면서도 부담이 되는 곳인데, 긍정과 부정의 양 측면을 가지고 있다. 처음 만들었을 때의 목적에 여전히 기여는 하고 있으면서도, 그것에서 몇 년 전부터 재단도 어찌 못하는 문제가 생겼다. 그 문제라는 것이, 재단이 초장에 잡았으면 모르겠지만 이젠 쉽지 않아 보인다. 사실… 재단은 관여하는 각자 입장이나 욕심에서 보면, 임자가 없는 조직과도 같다. 우선은 돈을 출연한 기업이 많고, 돈이 아니더라도 예를 들면 매튜와 같이 명성이나 대외지명도로 사실상 출연한 자들도 많다. 그 돈이나 지명도를 출연한 자들이 공식·비공식으로 재단에 영향을 미치고 있고, 생각이나 입장이 다른 만큼 재단의 운영에 대해서도 주장들이 다르고, 마찬가지로 그 카페에 대한 호의의 정도도 각자 다른데… 특히 문제는 다른 곳에 있다. 그 카페가 독자적 힘을 가져버렸다는 것이다. 재단의 이사회든 이사장이든 그 누구도 쉽게 어찌할 수 없는 것으로, 쉽게 보아 공룡 같은 것이 되었다. 예를 들어 재단의 이사 중 몇이서 그 카페에 대해 문제를 제기하면, 그 카페가 정면으로 도전하는 것은 아니더라도 이런저런 재단 관련 영향력이 있는 자들이 나서서 그 문제의 제기에 제동을 건다든지 갑자기 익명의 어디로부터 재단 자체나 그 이사들의 이런저런 부적절하거나 부적법한 것들이 거론되어 나온다든지… 그래서 어쨌든, 그 카페는 재단의 산하 기구의 하나이면서 독자적 실체가 되어버린 측면이 상당한데… 예를 들어, 이것은 재단의 사람이라면 비밀도 아닌 비밀이지만, 그 카페 운영진들이 그곳을 통해 사익을 챙기는 것만 해도 '재단 자체에 무슨 큰 문제를 야기하는 것도 아닌 바에는, 그런 정도는 이 로만에서는 그냥 넘어가는 상식으로 보는 것이지!'라는 것으로서, 그러한 수익의 사적 귀속이 오히려 재단의 동력에 보탬이 될 수도 있다는 것이(―아, 물론, 일어서 밀어먹는 짓에 대해 이심심심으로 관통한다는 것이지, 저런 것을 명시적으로 지지한다는 말은 결코 아니다!) 재단 구성원들의 정서라면 정서가 아닌가도 싶다. (순간 나는 덜컹 걸리는 것이 있어 "방금 '사익'이라고 했나요? 그게 구체적으로 무슨 말이죠?"라고 내뱉었다.) 아, 그거, 그 카페가 하는 일들과 관련해 몇 가지 있는데, 그중에서 나와 가까운 자의 경험도 있고 해서 내가 좀 아는 것이기도 하지만, 카페의 법률적 질문 경우를 예로 들면, 질문의 사안이 본인이 직접 처리하기 곤란하거나 꼭 그렇지는 않은 사안이더라도, 카페 안팎에서 그런 사안들을 가지고 나름대로 돈들을 만지는 것이 있는데, 개개인으로 볼 때는 적지만은 않은 액수일 것이지만(―물론 카페 밖의 자들은 미미할 것으로 보지만) 얼마나 많은 자가 어느 정도의 돈을 만지는지는 그들도 본인의 것만을 알 것으로 본다. 적어도 돈에 관련해서는 그들 간에 소통의 한계가 분명할 것이니, 그럴 수밖에 없다고 본다. 다시 말하면, 개별적이고 구체적인 사정에 따라 돈의 크기가 다를 수밖에 없다는, 소통을 전제로 하는 분배에는 친하지 않다는 본질 그 자체에 따른 것이다. 그러면 동생이 그 카페에 취직하는… (정말 뭐가 온 것 같아 내가 "잠깐요! 질문을 수단으로 안 팎에서 돈 번다고 했나요? 밖에서도 그러는 사람이 있다는 건가요?"라고 물었다.) 밖에서도 기회를 만들 수는 있으니, 없을 리는 없다. 물론 그것도 카페운영자들의 고민거리에는 들 것이지만, 하여튼 그렇다. 어쨌든, 동생이 그 카페의 답변자로 취직하는 것을 굳이 말리지는 않는데, 그렇다고 큰 기대를 할 것은 아니라고 본다. 실적을 계속 올릴 수 있고 그래서 오래 안정적일 것으로 여길 수는 있지만, 1년이나 감각이 느려도 2년이 지나지 않아 절대 쉽지 않다는 실상에 봉착할 것이다. 물론 그곳에서 커서 다른 곳으로 이동하는 자들도 있지만, 그런 경우는 극히 드물고 어쨌든 다들 그리 오래 못 버티는 것으로 안다. 물론 그 돈이라도 받아야 하는 절박한 사정이어서 어떻게든 버티는 자들도 더러 있지만, 결국 그들도 거의 3, 4년 이상 버티기는 어렵다. 카페의 저런 사익 챙기기와 같은 사정에 대해서는, 매튜는 지금 말한 정도까지는 물론 모를 것이다. 그 정도 위치에 있는 사람이 저런 자질구레한 것까지 관심을 가질 리가 없으니, 말이다.)라는 정도의 요지였다.

내가 정말 알고 싶은 사항인 '밖에서 챙기는 사익은 어떤 방법으로 이뤄지느냐고?'라고 묻자, 사내는 당신의 동생이 그것을 하고 싶다는 뜻이냐고 되물었다. 내가 경우의 수를 그냥 물어본다고 하니까, 사내는 그거야 각자 능력이기는 한데 그 방법이라는 것은 잘 생각해보라고만 말했다. 이어 사내의 핸드폰이 울렸는데, 매튜의 행사가 곧 끝난다는 연락으로 강의실로 가야 한다며 대기실을 나가버렸다. 매튜를 만나는 것을 납덩이로 뒷걸음이 치고 있었는데, 사내의 말로써 매튜를 만날 일이 없어져, 차라리 다행이었다. 내 이름을 밝히지도 않았으니, 매튜가 내가 온 사실도 알 수 없다! 로린이 일을 만드는 데에는 '단지 메일이나 쪽지라는 수단을 넘어, 다른 특별한 뭔가 있다는 건가?'라는 것에 대해서는, 나를 이곳에 오게 한 저 의문의 해소에는 물론 도움이 되지 않았다. '그 방법이라는 것은 잘 생각해보라.'라고 한 것은, 그 말투로 보아 그런 것까지 말해야 하느냐는 뜻이 분명했다. 사정을 봐가며 로린에게 직접 듣는 방편을 찾아야겠다. 혹시라도 매튜와 부딪힐까 해서, 나는 바삐 그곳을 빠져나왔다.

*

그 늙은 주임이 이번에는 나를 보자고 하더니, 명령하듯이 당장 중지하라고 했다. 나는 시치미를 뚝! 떼고는, 옥타브를 높여 "중지라니, 뭘 말씀인가요? 알아듣게 말해야지요!"라고 받아쳤다. 그러자 그는 M에게 이미 경고까지 했는데, 새삼 그것을 지적해야 아느냐며 위협하듯 나왔다. 나는 "그 래요?"라고 했는데, 다음엔 무슨 말을 해야 할지 모호했다. "그래요, 그, 그 래요…."만 남발하다가, 역시 시치미를 떼며 대체 무슨 말인지 M에게 물어는 보겠지만, 그렇더라도 그게 뭐든 난 모른다고 하고서는 일어섰다. 그러자 노인네는 갑자기 나긋해서는 "아, 성격도 급하시네. 자자, 일단 앉아 우리 타협을 하지요."라고 했다. 내가 다시 앉자 사내는 고개를 죽 내밀더니 "당분간, 짧으면 2달, 길면 6달만 말이오. 오래 근무하실 분들이니, 그 정도야 어렵지를 않지 않소."라고 했다. 2달이나 6달 후에는 우리가 계속해도, 이 늙은이가 회사에서 잘리지 않는다는 말인가? 그렇잖아도 상황의 탐색도 필요했던 나는 물었다.

　—그 기간 이후에는 신상에 문제가 없다는 말씀인가요? 그런데요. 연세야 있
　으시지만 어쨌든 하위직에서 회사의 중요한 사정에 대해서는 '자세히는 모

르실 테죠. 왜 우리가 그쪽 말대로 해야 하는지는, 그렇지를 않아요?!

─물론 나는 재단이나 카페의 깊은 사정까지는 모릅니다. 그렇지만, 피비안 씨! 작은 사업을 하다가 결국 망하고, 어찌어찌 하다가 정말 어렵사리 들어온 직장이에요. 여기서 나가면 달리 할 게 없어요. 국민연금인지 뭔지 몇 푼되지 않고, 늦게 본 아이가 앞으로도 몇 년은 더 학교에 다녀야 하고, 마누라는 몸이 그래서 뭘 하고 싶어도 못하고, 이 도시에서 나 혼자 벌어 세 사람 산다는 게… 그런데 다행히, 짧게는 2달이나 길게는 6달 후에는 내가 다른 부서로 옮길 수가 있을 것 같아요. 어떻게든 그렇게 해야지요. 이 자리는, 자식뻘이나 되는 사람들에게 지시받는 것이야 각오한 것이지만, 지금 맡은 이 일이 정말 내 능력으로 감당키 어렵네요. 잘은 모르지만, 지금 이 문제와 관련해서는 이리저리 귀동냥으로 들은 것은 있어요. 카페운영실에서 이런저런 고민이 많은 것 같은데, 결국 결단을 하지 않을까! 하는 느낌요. 그러니까 그쪽에서 사무실 일만 하면, 지금이라도 자연히 카페와 그것으로 타협되는 것을요. 이러다가는 결국 무슨 사달이 날 것만 같아요. 그러니까, 반드시 내가 특별히 부탁해서만이 아니라, 그쪽을 위해서라도 일단 당분간 중지한 후, 그다음에 알아서 다시 판단하는 것으로요. 제발 그렇게 해주세요.

문화센터에서 들은 그 직원의 말이 전부 진실일 수는 없다. 사실에 관한 근거와는 유리된 그의 주관이 개입했거나, 내 모르는 그의 어떤 추상적 의지가 실렸을 수도 있거나, 깊은 생각 없이 제 기분에 그냥 떠들었을 수도 있다. 그렇다면, 이 카페가 재단이라는 거대한 조직을 배경으로 하는 점을 무시해서는 안 된다. 이런 조직이 결단을 해서 권력을 행사해버리면, 그다음은 장담할 수 없다. 또한 단순한 M만 믿고 있을 수도 없다. 그렇지만 동시에 문화센터에서의 그 사내가 재단이 이 카페를 함부로는 어찌 못한다고 했던 점도 계산에 두어야 한다. 이 카페의 운영실에서 일단은 이 노인네를 통한 압박의 방식으로 해결을 도모하고 있다는 것인데, 대체 운영실이라는 것은 누가 좌지우지를 하는 건가? 운영실이 우리를 공격하면서도, 그 사익 때문에 운영실의 관계가 내부에도 균열과 알력이 있다는 건가? 문화센터에서의 그 사내의 말에 따르면, 그럴 수 있다는 것이 된다. 어쨌든, 당장 오늘 내일 무슨 일이 일어나는 것은 아닐 터니, 일단 운영실 쪽에서 어떤 움직임인지 상황을 더 지켜봐야 한다. 그 후 3주 동안 로린으로부터 2건이 더 넘어온 후에 그 늙은 주임이 보이지 않았다. 알아보니 멀리 지방으로 좌천되었다는 말도 있었고, 좌천되었다가 너무 험한 일이라서 퇴직했다는 말도 있었다.

6층 운영실에서 다른 직원이 M을 불렀다. 그는 M에게 더 이상 그만두지 않으면 그냥 두지 않는다는, M이 다친다는 협박성 요구를 했다. M은 그 일은 카페가 간섭할 수 없는 M 자신의 권리에 속한다며, 그에게 '웃기지 마라!' 투의 말을 보냈다. 그러자 그는, M이 하는 짓이 카페의 명예를 훼손하는 행위라는 것을 모르고, 그 역시 비아냥거림이 투로 받았다. M은 카페의 명예를 훼손하는 것이 아니라, 오히려 어려운 사람에게 기회를 마련해주는 것이라고 했다. 갑자기 그는 M에게 삿대질하며 파스란에서 온 협잡꾼이라고 소리를 질렀다. M도 허접한 협박이나 하는 한심한 놈이라며 같이 소리를 질렀다. 이후 둘 다 목소리 높여, 그는 M의 부도덕을, M은 그의 월권을 각기 문제로 삼으며 떠들었다.

그 후 사흘이 되는 날 출근하니, M의 징계를 검토 중이라는 카페운영실의 문서가 책상 위에 있었다. 징계에는 해고도 포함될 수 있고, M과 나에 대해 일단 카페에서 잠정적 강퇴조치를 했다는 내용이 있었다. M과 내가 카페에 들어가 로그인을 해보니, 정말 둘 다 강퇴되었다는 메시지가 떴다. M이 카페운영실로 가서 따지자, 모두들 이상하게도 아무런 반응을 하지 않고 슬그머니 피해버렸다. 카페에 들어갈 수 없으니 우리는 할 일이 없어졌지만, M이 그래도 출근은 해야 한다고 해서 나도 같이 사무실에 나왔다. 그리고 다시 사흘이 되는 날에는 M에 관한 징계심의일이 곧 지정될 것이므로, 심의일의 통보가 있기 전에 의견서나 해명서를 제출할 수 있다는 카페의 문서가 M에게 왔다. M은 〈내가 어떤 행위를 했다고 카페가 주장하는 일을 설령 사실로 가정하더라도, 그게 뭐든 나의 행위는 카페의 업무와 아무런 관련이 없고, 카페에 어떤 손해를 끼친 바도 없다. 그럼에도 그것에 대해 카페가 간섭을 하고, 사용자인 카페가 근로자인 나의 노무제공을 방해하거나 거부하고 있다. 따라서 카페의 나에 대한 징계는 부당하다. 만약 징계가 결정되면 법적 불복을 하겠다.〉라는 요지와 함께, 징계심의일자가 잡히면 자세한 주장을 추가로 제출하겠다는 의견서를 제출했다. 그러던 중 월급날이 되어 통장에 돈이 찍히기는 했는데, 예상금액에 절반 가까이 부족했다. M이 운영실에다가 왜 부족하냐고 따지니까, 운영실 직원은 주당 실적을 따지는 봉급체계이니까 강퇴 후의 2주간은 빠진 것이라고 했다. 당연한 것을 두고 따지는 M이 오히려 이상하다는 투였다. 이에 M은 카페가 일방적으로 강퇴를 시켜 일을 못한 것이므로, 2주간 치를 뺀 것은 부당하다고 따졌다. 그러나 그 직원은 M의 주장을 어디 개가 짖느냐는 듯이 무시해버렸다.

더는 봉급이 나오지 않을 것이고 일을 할 수도 없는 상태인데도, M은 법적인 의미도 있으니 일단 어떤 형태로든 출근은 해야 한다고 주장했다. 그에 따라 우리는 적당한 방식으로 일단 출근은 계속했다. 그런데 곧 있을 것이라던 징계심의일이 정해졌다는 통보는 없는 가운데, 같은 방의 카페 스태프들이 전과는 달리 M과 나를 외면하거나 비아냥거렸다. '그렇게 뻣뻣하면 부러질 수 있는데, 적당히 하지!'라는 식의 말을 툭툭 던지는 식의 조롱이었다. 그런 날이 열흘이나 계속되었다. 나는 불안하면서 동시 이상했다. 카페가 스태프들을 통한 우회적 공격을 하면서도, 징계의 절차를 통한 공격은 없는 것은 뭔가? 그냥 이렇게 할 일이 없도록 해놓고 우회의 공격을 하면, 오래 버티지 못해 포기할 것으로 계산한 것인가? 저들이 계산한 그 포기는, M이 그 과외의 작업을 그만둘 것으로의 포기인가? 아니면 M 스스로 퇴직을 해버릴 것으로의 포기인가? 저들이 기대하거나 계산한 것이 그 어느 것인지 알 수 없으면서, 다만 불안만 커갔다. 어찌해야 하니? M은 법으로 카페와 싸우겠다고는 하지만, 그것은 모호한 상태의 시간이 늘어지면서 부너져가던 자가 내뱉는 단말마일 수도 있을 것이었다. 이런 상태에서의 법 따위는 아군이 될 수 없다. 책상을 치워버리지는 않았으나 대응의 설정이 부재한 이 상황은 법이 침투할 수 없는, 법을 압도하는 폭력이다. 어쨌든, 저들은 뜻은 무엇인가? M과 나는 불안 위로 불쑥 올라온 후, 우리의 시간을 지배해버린 답답함을 어찌할 수 없었다.

*

그렇게 상황의 의미를 몰라 불안하고 답답했던 가운데, 로린으로부터 만나자는 연락을 받았다. M에게 직접 만남은 금기로 설정한 사람한테서 온, 만나야 할 유일자로서 만날 계기를 생각하고 있던 자로부터, M이 아닌 나에게 연락이 온 것이다. 로린이 자신이 설정한 금기를 깨고 스스로 먼저 내게 연락한 바에는, 그냥 두면 위험할 수 있다는 상황이라고 본 것이었다. 그 닥친 상황이 빚을 경과를 미리 손보아야 하는데, 로린 혼자의 손에 해소될 상황은 아니라는 것이었다. 기술적으로는 혼자 가능하다고 하더라도, 공동의 이익이라는 모태로 인한 비용을 그녀 혼자 뒤집어쓸 수는 없는 것이었다. 로린, M, 파비안… 이렇게 각자 손을 보태는 것이 그 모태와 양립하는 것이다.

로린이 전한 상황은 이러했다. 로린이 카페를 통해 유도해낸 어떤 여자와 사건수임을 협상하던 중에, 카페운영실 남자직원 하나도 그녀와 만나고 있었다. 그 과정에 그녀는 그 직원에게 무심결에 같은 사건으로 로린과도 얘기 중임을 발설했다. 그녀는 내심 로린과 그가 제시한 조건을 비교하며 말하다 보니 모순되거나 횡설수설했고, 뭔가 느낀 그는 그녀를 유도했다. 외부 침입자의 사건 빼가기를 경계해왔던 그에게 자기 계산에 빠진 그녀가 걸려버린 것이다. 로린은 그녀에게 자신의 조건이 더 좋고 법적으로도 유능함을 강조하는 한편으로, 혹시라도 카페 쪽에서 접촉이 있으면 속지 말라고 다짐해놓았다. 물론 사건이 작거나 고객의 유형에 따라서는, 단지 암시만 해놓기도 한다. 그러나 암시든 다짐이든, 미리 제어할 수 없는 것이 미래의 상황인지라 보장은 없다. 이 사안에서도 그랬듯이, 사건이 너무 큰 경우에는 더욱 보장되지는 않는다. 작은 사건이면 카페 쪽에서 설령 외부 침입자의 존재에 대한 심증을 가지더라도, '그래, 그 정도 잔챙이야 너 먹어!'라고 넘어갈 것이지만, 이 사건은 너무 컸다. 게다가 그녀는 쓸데없이 의심이 많았고, 너무 계산에 빠지는 제 꾀로 인해 멍청했다.

로린은 카페 쪽의 사람들이 가진 라이선스가 없기 때문에(―로린이든 카페 쪽이든 다 같이 변호사법 위반의 불법이지만, 그 불법의 세계 안에서는 경제적 이유에서 적법과 불법으로 나뉘고 그에 따른 이익의 양이 차별을 가진다!), 그 라이선스의 값을 공제한 만큼은 염가로 법률용역을 공급해야 한다. 이 사건에서의 로린과 그 직원 사이만이 아니라, 카페의 내부자와 외부자라는 틀에서의 차이라면 사정은 모두 마찬가지다.

그 직원이 그 멍청한 여자의 동선을 추적함으로써 기어이 로린이 그 사건의 외부침입자임을 확인해버렸다. 그는 로린에게 그 사건을 포기할 것을 강권했다. 그리고 앞으로 로린이 만들 사건에서는, 로린이 자신에게 일정

비율의 지분을 지급할 것을 요구했다. 이에 대해 로린은 분명한 대답은 하지 않고, 일단 대답할 시간을 달라고 요청해 두었다. 로린은 그의 요구를 받아들일 생각이 없었다. 그렇게 하고 싶지 않은 것이 아니라, 카페 운영실의 사정을 아는 로린이 볼 때 그렇게 할 수 없었다. 어차피 발각될 가능성이 열려 있었고, 그렇다면 차라리 이참에 어느 개인이 아니라 카페운영실 자체와 협상을 해야 할 일이었다. 이번에 그와 협상을 해놓은들, 앞으로는 카페운영실의 다른 구성원들의 문제제기 가능성이 없어진다는 보장이 없는 것이다. 카페운영실의 구성원들은 그들의 월급이 유지되는 한도에서 서로 협조하는 것이지, 이런 과외 수입의 영역에서는 그들끼리도 경쟁해야 하는 것이니 말이다. 하나의 질문자를 두고도 그들 서로 매수경쟁을 하게 되고, 독식이 되든 나눠 먹기가 되든 어쨌든 모든 것이 경쟁의 자장 안에서 정보와 힘의 산물로써 타협일 수밖에 없다. 이것은 그들의 합리주의고, 그들이 따르는 민주주의다. 내부에서 포획될 질문들조차 경쟁으로써 협상일진데, 로린과 같은 외부침입자라는 먹잇감은 더욱 그들 사이에서 첨예한 경쟁의 협상거리가 될 수밖에 없다. 만약 그들 간의 협상이 끝끼기 좁혀지기 어려울 만치 조건을 건 외부침입자라면, 그들은 그 침입자에게는 어떻게 해서라도 보호 밖에 두자는 결론으로 갈 수밖에 없다. 어차피 그들 모두에게 소득이 없게 만든 외부침입자에게는, 그들 조직 자체의 보전이라는 하나의 선택지만 남는다.

로린이 내게 연락을 한 데에는, 의사결정을 지배하는 사실상 힘이라든가 상황에 대한 인식이라든가 하는 것이, M보다는 내 쪽에 더 있을 것이라는 판단이었을 것이었다. 그렇지만 나는 로린의 뜻과는 달리 M과 같이 나갔다. 상황의 긴장도가 법을 더 아는 M도 같이 들어야 할 것으로 여겨졌다. 로린의 인상이 꼭 어디선가 본 것만 같았는데, 언제 어디서 본 누구인지는 기억나지 않았다. 나는 기억을 살리지 못한 채, 지체할 것 없이 어떻게 해서 일을 만드느냐는 남은 의문을 해소해달라고 요구했다. 로린에게는 예정된, 묻지 않아도 이젠 털어놓아야 하는 질문이었다. 로린은 전후의 배경을 포함해 말했다.

—어떻게 일을 만드느냐를 알면 오히려 피차 불편하다는 판단에서 M 씨도 알려 하지 말라 했는데, 이젠 상황이 되었으니 얘기해야죠. 그 재단의 다른 부서에서 근무했어요. (나는 '아, 내가 생각할 수도 있었던 얘기네!'라고 싶었다.) 그 부서는 카페운영실과는 분리된 방에 있었으나 내부의 문 하나로 나뉜 구조라, 완전한 분리는 아니었어요. 원래 하나의 큰 방인데 필요에 따라 가변적인 벽을 만들고 문을 단 것이니, 밖과의 출입은 같은 문을 사용했지요. 그러니까, 자연 카페운영실 사람들과는 서로 알고는 지낼 환경이었죠. 그런데다가 저의 업무에는 카페운영실을 지원하는 업무도 포함되어 있어, 저는 그 운영실 직원들과의 소통도 이뤄졌던 것이었고요. 그중 운영실 어느 한 여직원과는 직접 업무를 소통하는 관계였고요. 그 직원은 저보다 한참 어렸고, 저를 많이 따랐죠. 그녀의 업무 중 하나가 카페회원에 관한 신상문서를 관리하는 것이었어요. 그 카페가 단지 온라인커뮤니티가 아님은 물론 아실 테고요. 회원의 수가 엄청나기도 하지만, 특정 재단법인의 홍보를 주목적으로 하는 등으로 특이한 카페죠. 그런데 말이에요. 돈에 관한 일이 특이하게도 수행되고 있었어요. 자세히는 모르지만, 몇 명씩 나누어진 형태의 점조직으로 구성되어 수행하는 것으로요. 그러니까 그들도 저와 같이 카페 질문 중에서 영양가가 있다거나, 손길을 뻗으면 넘어올 가능성이 있다고 보거나, 전화가 와서 방문상담 등의 요청이 있다거나 등등으로 작업을 하는 것을요. 성사시키는 빈도나 사건의 크기로야, 저가 낚는 건 새 발의 피에 지나지 않을 것이고요. 유리한 정보에 대한 접근환경, 정보의 양, 정보에 대한 분석력, 정보관리의 체계, 정보를 통한 일의 성사가능성, 이미 상대방이 가진 신뢰도… 등 모든 것에서 저와는 비교할 것도 없

으니 말이에요. (막 나온 것 같은 구체성이 사라져버릴까 조바심에서, 나는 "다른 것은 천천히 하더라도, 우선요! 메일이나 쪽지로는 절대 쉽지 않을 건데, 어떻게 그렇게 물오른 사건을 많이 끌어들일 수 있었는지요?"라고 급히 물었다.) 그건, 카페가 회원가입의 조건으로 그럴 수 있도록 설정해 놓은 거지요. 가입할 때 무조건 핸드폰번호를 기재하도록 했고, 주소는 임의적으로 하되 웬만하면 기재하도록 장치를 만들어 놓았어요. 단지 카페가 아니고 공익을 목적으로 하는 재단의 선행을 위해 필요하다. 재단이 운영하는 카페이니 개인정보를 절대 걱정할 일이 없다. 질문 중에 정말 안타까운 사연은 전화로 답변을 주는 것이 좋은 경우도 있다. 재단이 시행하거나 관여하는 사업이나 행사에 참여의 기회를 우편으로 알릴 일이 있다…. 등등을 회원가입의 조건으로요. 그러니 전화는 물론, 주소도 대체로 기재되고요. 카페가 실제로도 공익적 활동을 하는 것을 회원이라면 쉽게 알 수 있고요. 이제 아시겠죠! 그 여직원으로부터 입수한 카페회원 연락처가 역할을 한다는 것을요. 전화번호와 주소를요. (내가 그렇게 알려고 했지만, 사정이 저러했다면 알기는 어려웠구나) 어쨌든 카페운영신이 한 지원이 이게 알게 되었으니, 그래서 저가 오늘 보자고 한 건데요. 사실을 알아야지 저가 제안할 것에 동의할 수 있을 테니까요. (나는 "그런데, 왜 이제야 발각이 되었지요?"라고 물었다.) 저가 핸드폰번호를 바꾸고 이름을 가명으로 사용했으니, 이번과 같이 저쪽에서 의뢰인의 뒤를 밟지 않는 이상 저의 존재는 몰랐던 거예요. 이번에는 그 의뢰인의 동선을 추적해 저와 만난 현장에서 저를 보아버렸고, 그가 저의 얼굴을 아는 것이니, 그렇죠. 어쨌든, 어떤 경위로든 언젠가는 저쪽에서 알게 될 일이었고요. 그래서 저의 제안이 뭐냐면요. 우리가 문제를 제기하면 어차피 저쪽도 불법이라는 그 자체의 부담은 가질 거니, 그래서 적당한 선에 합의를 요구한다는 거예요. 피차 가진 불법이 전제되어 타협하는 건데, 더 아쉽고 불리한 우리가 일부를 넘겨주는 타협이죠. 우리가 카페라는 저쪽의 수단을 이용하는 이익을 고려해, 우리의 수익 중 일부를 저쪽으로 넘기는 것을요. 지금으로는 이게 가장 좋은 계산이 나오는 방법이고요. 괜찮죠!

달리 거부할 이유는 없었다. 그러나 이번에 그럭저럭 넘어가더라도, 이 수입이 그리 오래지 않아 끊어지면? 당장의 생활비에다, 대출받아 마련한 아파트의 매달 내어야 하는 이자는? 아파트를 잃는다? 앞이 캄캄했다. 혼잣말이듯이 나는 "이제부터 가입하는 카페회원의 연락처는 모르게 되네요!"라고 했다. 그런데 로린은, 반드시 그런 것은 아니라며 조심스레 입을 열었다.

— 이번에 그럭저럭 넘어가서 별일이 없다고 봐야죠(—설령 잘 넘어가지 못하게 되어도, 완전히 막히는 것은 아니지만요.). 앞으로 상당기간도 그렇지만, 먼 장래에도 그리 큰 문제는 없는 것으로요. 물론 수익이 느는 속도가 느려지고 일의 양에 대한 수익도 줄 수는 있겠지만, 그래도 할 만할 거예요. 그러니까, 카페에 답변만 하는 경우보다, 이것이 더 크다는 것에는 여전할 것을요. 이해를 돕기 위해 다른 얘기를 좀 할게요. 아주 오래전 어떤 목표를 두고 공부하다가, 집안에 사정이 생겨 그만 여기저기 취직을 했어요. 그중 한 곳이 판·검사 출신들이 있는 법무법인이었어요. 그때 자격자 제도가 지독하게 법대로 정착되면, 그 직원들은 착취될 수밖에 없구나! 하고 생각했어요. 물론 현직출신 변호사라 월급이 좀 더 되었지만, 그것도 그리 별것이 아닌 반면, 변호사와 직원 사이는 10배, 20배, 30배, 상상을 초월했지요! 다른 직원들은 그들이 변호사이니 그러려니 했겠지만, 저는 그 불합리함에 참을 수가 없었어요. 직원들도 대학을 나오고 다들 나름 공부도 했는데, 변호사냐 아니냐는 차이로 인해 그렇게까지는(—판검사 출신이라는 것이 붙은 경우는 더 그랬지만) 도저히 터무니가 없었어요. 그래서 비록 저가 여자고 뭐고 간에 이를 악물고 사건사무장이 되었고, 그걸 하다가 또 다른

일을 하다가, 현재는 이 일과 같은 식으로 벌어먹게 되었고요. 한편으로요. 이렇게 인터넷이 발달해서 사람들이 돈 들지 않고 자신의 법률문제를 해결하려고 덤비는 경우가 많아져, 결국 변호사들·법무사들 일거리 감소로 수익이 주는 것이 앞서 자격자 제도가 지독하게 법대로 정착된 경우의 불공평을 줄이는 것이라고 봐요. 또, 과거 정부에서 인터넷을 너무 키워 이젠 음원이나 법률과 같은 무형의 자산이 공짜로 소비되는 현상이 원론적으론 문제가 있더라도, 가수나 변호사 같은 사람들에게 불로소득이라 할 엄청난 수입을 가져가게 하는 것을 차단하는 것도 결국 불공평을 완화하는 것으로 보고요. 그렇게 하지 않으면, 저 같은 자는 사람으로 살 수가 없어요. (M은 관심이 없다는 듯이 듣고 있었지만, 긴장이 없지 않게 듣고 있던 나는 우선 "로린 씨, 잠깐요. 아까 먼 장래에도 문제가 없다는 식이었는데, 신규 회원을 잡는 것은 어렵게 되는 데도 장래에도 괜찮다는 건, 납득이 되지 않네요. 뭐죠?"라고 했다.) 아, 그건 그냥 넘어가 버렸네요. 신규 회원의 연락처는 카페직원 누구든 잡아 입수하면 그만이라는 거예요. 목돈이 들어가야 하고, 성사되기끼기 간단치는 않지만요. 이쨌든 근본적으로는, 회원연락치의 유출을 카페가 완전히 막을 수는 없어요. 카페운영진들도 그런 현실을 감안하고, 그것을 계산하는 가운데 운영하는 것이고요. 그렇게 카페 안과 밖에 나눠 먹는 것, 그렇게 돈이 나뉘는 거죠. 그렇게 돌아가는 것이 이 영역에서의 '분배의 정의'죠. 꼭 저가 그렇게 이해를 해서만이 아니라, 그렇게들 인정하는 전제에서 가능한 실제가 형성되고 있고요. 그렇더라도 카페 안쪽의 사람들이 훨씬 유리한 것이고요.

아, 무서운 여자이구나! 로린의 얘기가 진행되면서 다시 '이 여자를 분명 어디서 봤는데, 그게 언제 어디서였든가?'라는 생각에 빠져있었다. 아마도 내가 그 옛날 호텔에서 청소원으로 있을 때였던 것 같다. 세월이 너무 흘렀지만, 그때 본 인상의 바닥이 많이 남아 있는 것 같다. 이 로린이 당시 호텔레스토랑 지배인이었던 엘린과 많이 닮은 점에서는, 더욱 그 기억 쪽으로 모아진다. 이름에서도 하나의 가능성을 보태고 있다. 이 로린이 재단에서 일했다고 한 것에서도, 그 엘린과의 친분관계에서 매튜가 이 로린을 위해 힘을 썼을 가능성을 배제할 수 없다. 그때 맏딸이었던 엘린의 아래로 동생이 셋이 있었는데, 그중 막내라는 여학생이 가끔 호텔에 왔다. 그때 청소원들이 '없던 집안도 한 사람이 출세하니 집안 전체가 살아나고, 엘린 지배인은 여동생을 대학까지 보내네!'라는 말을 수군거렸다. 당시만 해도 남자도 그랬지만, 여자가 대학에 가는 경우는 관리의 집안이거나 부자만이 가능했다. 지방에서는 말할 것도 없고, 수도 P시에서도 여자가 대학에 가는 일은 드물었다. 그 여학생이 언니 엘린에게 수차 놀러 왔을 때, 청소원들 사이에서 '대학에다가 똘똘하고 딱 부러지는 성격이니 나중에 뭔가 하고 말 거야!'라는 말도 있었다.

이 로린이 그때 본 엘린의 동생일 것으로 추정하지만, 지금은 로린에게 물어 그것을 확인하지는 말아야 한다. 이 로린이 취한 지금까지와 오늘의 태도에서도 읽히듯이, M과 나의 엘린과 매튜와의 관계가 밝혀짐은 단순함의 집중효과를 죽이는 것이 된다. 당장 이 로린과의 협상에 관련해서도 나 스스로 무장해제를 저지르는 것이 된다. 이러한 식의 긴장 관계는 로만에서 널리 인간의 상수(常數)일 뿐이다. 자신과 타인에게 동시에 적용되는 검열이자 배려이며 그것이 널리 상식(常識)으로 무르익어, 이젠 각자 견인을 해야지 관계를 파괴하지 않는 조건이 되었다. 어떤 이유로 관계가 가까워지든, 나를 함부로 들어내어서는 아니 된다. 로만의 그 옛날에는 신분이 만든 긴장의 관계였고 이제는 돈이 만드는 그것일 뿐, 그 긴장의 요청은 마찬가지로 견고하다. 로만의 이것은 단지 불신의 차원이 아니라, 그것을 훨씬 광범위하게 넘어서는 바로써 관계의 조건이다. 로만에서 삶의 조건을 몸서리치게 겪어 온 내가, 지금 덜컹 로린에게 나를 드러낼 수 없다. 물론 로린

과의 사정에 특별한 무엇이 도래하는 경우에는, 그때는 그것 때문에 드러
낼 것이다. 그러나 그럴 경우의 수는 없을 것이다. 카페 쪽과 협상 이전에
M과 내가 로린과의 협상이 먼저 있어야 한다. 만만찮을 것이다. 그러면 카
페와의 협상은 그 대상이 누구인가? 협상할 대상이 특정되어 있느냐고 내
가 물으니, 로린은 우물우물하다가는, 입을 열었다.

— 카페회원 명부에 대한 관리지시는 한 사람이 한다고 해요. 그 여직원은 다
른 직원들은 어쩐지 모르고, 카페에서 사건을 만드는 일에 대해서도 피상적
으로만 알 뿐이고요. 일단 지시한다는 그 사람을 접촉해야지요.

— (로린도 아는 것이 없네. 저렇게 쉬울까 싶어 나는 한숨을 쉬고는 말했다.) 카페에
서 사건화를 하는데 관여하고 이익을 먹는 자가 어느 범위까지인지, 몇 명
인지, 누구인지… 모르는 거네요. 그쪽의 실체는 모르는 점도 있고, 저들의
공격도 구체화된 것은 아니니… 바로 협상안을 제시하는 것보다는, 저쪽의
이중을 좀 더 끄집어한 후에 제시하는 건 어떨까 싶네요.

이쪽에서는 공을 넘기면 요리는 저쪽의 사정이다. 그렇지만 다수가 얽혀
외부에서 알 수 없이 돌아갈 카페운영실의 사정을 전제로 해야 한다. 로린
도 내 말의 취지를 수긍은 하는 것 같다. M은 줄곧 무슨 생각에 빠진 것 같
더니, 갑자기 생기를 보이고 있었다. 일단은 먼저 지금 이곳에서의 꼴과 닮
은 파스란의 관행에 승차했다가 비참하게 되어버린 기억이 반추되었다. 그
리고는 '그곳에서 만연했던 자격자의 명의대여와 리베이트가 이미 로만에
서도 상당하구나!'라는 생각 끝에, 살아남음의 공간을 새로 발견했다. 여유
가 없는 자에게 생존의 기술이 옳고 그름보다 먼저 간 것이니, 이상할 것이
없다. 저 관행이 가져다줄지도 모를, 차라리 M에게 행운의 기회일지도 모
른다는 것이었다. 아니, M으로서는 눈에 번쩍 띄게 하는 매혹이었다. 그 매

혹의 실현가능성을 점치기 위해서라도, M은 로만의 현재 법률용역 시장의 유통형태를 알고 있을 로린에게 모조리 물어야 했다.

　— 로린 씨! 지금까지 얘기는 잘 들었는데… 이런저런 것들을 좀 알아야겠네요. 먼저, 만에 하나 나중의 법적 분쟁을 대비키 위해서라도, 그러니까 우리들의 법적 책임의 정도를 점치는 데 필요한 로만의 법무 용역이 어떤 방식으로 이뤄지는지, 그 형태를 알아 둬야겠어요. 같은 법이라도 그 나라의 관습이나 환경에 따라 책임의 방식이나 수위가 크게 다르니까요. 우선은 우리의 효과적인 선택을 위해서 필요하고요. 그럼, 먼저 알아야 할 것으로, 카페에서 나온 사건이 저 외에 다른 곳으로도 나갔나요?

　로린은 사안, 사람, 수임료, 기타 구체적 사정에 따라 그럴 수밖에 없지를 않느냐고 했다. 이어 둘의 문답은 〈그럼 복잡하거나 난해하다고 싶은 사건은 서류만 작성하게 하는 것이 아니라, 그러니까 아예 변호사가 선임하도록 했을 수도 있겠는데, 어떤가?—모든 것은 사정에 따라 그에 맞게 가는 것이니 그것도 그럴 수밖에 없지를 않느냐!—그런데 설령 복잡하거나 난해하지 않더라도 수임료가 큰 사건은 어떻게든 전관출신의 변호사에게 보내려고 했을 것 같은데, 그건 어떤가?—수임료가 크면 리베이트도 같이 크니 그런 건데, 그건 파스란에서 변호사였으니 M의 그곳에서의 경험으로도 그렇지를 않느냐?—물론, 그랬다. 그러면 로린과 같이 카페에서 사건을 뽑아 작품을 만드는 사람이 따로 더 있느냐? 있다면 얼마나 되는 것으로 보는가?—있기는 하지만 적어도 나와 같이 그곳에 근무했다는 연이 있지 않은 이상, 카페 밖의 다른 자들은 질문자의 구체적인 정보를 모른다는 엄연한 한계가 있다. 다른 카페나 온라인커뮤니티도 사정은 크게 다르지 않을 것이다.—로만에서 변호사·법무사의 명의대여 및 사건이 수임되는 각 양상은 어떤가? 등기시장은 어떤가?—우선, 등기와 같은 것은 법무사든 변호사든, 그들 자격자보다는 사무장이 그 시장을 장악하고 있다고 봐야 한다. 매뉴얼화가 될 수 있는 성격의 일이니 더욱 그렇다고 본다. 그 매뉴얼화의 가능성이라는 성격은 곧 시행될 전자등기로 인해, 등기시장의 독과점화라는 새로운 현상이 도래할 가능성을 배제할 수 없다고 본다. 저 독과점화는 물론 대략 십여 년은 지난 후로 볼 것이지만, 자본을 가진 일부의 자들에 의한 등기시장의 독과점화는 피하기 어렵다고 본다. 송사의 사건수임 실태는 너무 다양하고 복잡한 현상에 대한 질문이다. 그래서 단순화해서 그것도 일부만을 말할 수밖에 없다. 특히 형사사건에서 더욱 그렇지만, 사람들이 마음에 드는 변호사를 막상 찾으려면 쉽지가 않다. 변호사가 많아졌다고는 하지만, 내가 사건의 중심에 서게 되면 대체로 그렇게 된다. 물론 대기업이나 부자는 '전관'이라는 기준의 선택에서 유리하기 때문에 얘기가 다르기는 하다. 나와 같은 입장에 있는 자들은 변호사 사무실 안팎에 있는데, 물론 안에 있는 자들이 어쨌든 안정성과 기회에 있어 더 좋으니 유리하다. 서면만 작성하는 일은 변호사, 법무사, 사무장으로 대중없이 오간다. 오가다가 서로 내 것이 되며 신경히는 일도 없지는 않다. 내가 더 지이 놓은 농시를 왜 뺏기느냐고 할 만한 상황에서는 날카로워진다. 그러나 내 손을 떠나버린 사건은 어쩔 수 없다. 어쨌든! 로만의 어디든 그런 것인데, 이런 말이 왜 필요한지 모르겠다. 다른 자격자도 대체로 그렇지 않느냐! 사무장 세무사, 사무장 병원이 있듯이 다 그런데 말이다. M은 왜 우리의 책임부터 미리 걱정하는지 모르겠다. 일제단속이라는 것이 없지는 않지만, 우리가 하는 종류는 단속이고 뭐고 할 것에도 들어갈 것이 아닌데 말이다.)라는 요지로 진행되었다.

M은 '아, 묻기를 잘했구나!' 하고, 주먹을 꽉 쥐었다…. 로만의 법률시장도 이미 변했다는 사실을 알고는 있었지만, 로린의 저 설명으로는 내가 아는 것보다 더 나아간 상태다. 저건, 분명 또 다른 기회의 신호다. 파스란이든 로만이든 어차피 변호사 자격을 사용할 수 없는 나인 바에는, 저렇게 비

162

자격자의 법률시장 지배의 상태가 바로 내겐 기회다. 더구나 나는 경쟁할 다른 사무장들보다 법을 더 깊이 파악할 수 있고, 더더구나 어쨌든 '변호사'라는 상징 그 자체의 표시가 가지는 프리미엄을 치고 빠지듯 적당히 써먹을 수도 있다. 그렇지만 또 한편으로는, 파스란에서 나의 실패에서 보았듯이 있을 수 있는 위험들에 대한 많고 세심한 검토도 필요하다. 따라서 현재와 같이 계속 돈을 모으면서, 충분한 시간을 두고 연구를 해야 한다… 여기까지 계산이 끝난 M은 뿌듯한 여유의 탓일 것이지만, 담배를 빼물더니 연기로 동그라미를 그리고 있었다.

나는 M과 로린이 그리 크게 걱정하지 않고 '어떻게 되겠지!' 하는 태도가 못마땅한 것 외에는, 특별히 더는 할 말이 없었다. 그래도 아무런 코멘트 없이 있는 것이 뭔가 어색했던 나는 "로린 씨는 모든 전문분야에서 법대로 자격자 본인들이 장악하면, 그것이 정상화이면서도 동시에 문제가 있다고 했는데…"라고 해놓고는, 부질없는 재탕이다 싶기도 했지만 지금 대두한 문제에 대해 제시할 입장을 찾는 시간이 필요하다 싶어 화장실을 다녀온다며 자리에서 일어났다. 자격자 본인들이 장악한 상황이라는 것은 물론 우리와 같은 입장에서는 상상조차 하기 싫은 경우이지만, M과 로린은 '파비안이 대체 무슨 말을 하려다가 말았는가?' 하고 싶었을 것이었다. 물론 M은 곧 '이 여자가 또 괴상한 개똥철학이 도지려고 했겠지!'라는 생각에 점을 찍고 지나갔을 것이었다.

나는 화장실 변기에 앉아, '매뉴얼화가 될 수 있는 성격으로 인한 지금의 사무장 등기시장과 미래 전자등기의 시장독과점화'라는 로린의 말에서, 새로울 것도 없으면서도 새삼 '무섭다, 슬프다!'에 잡혀 있었다. 산업의 양극화에 종속될 수밖에 없는, 운명과도 같은 개인 내지 가계(家計)의 양극화인가! 라며. 그리고 이어 로린의 말을 복기하듯 〈로린도 경험으로 말했듯이, 그렇게 된다고 해서 다 같이 좋다고 하고 정말 불만이 없어질까? 이 나라 로만은 왕족, 양반계급, 군사계급, 파스란과 하나의 국가였을 당시 관리와 돈이 어울린 계급, 파스란으로부터 독립한 후의 관리계급, 관리계급이 무너진 후 돈을 중심으로 한 복합계급, 돈과 전문가가 결합한 계급, 전문가계급의 지배가 상당 부분은 무너진 전제에서 돈의 힘으로부터 유출한 지배계급… 계급, 계급, 특권층은 없다는 헌법의 규정이 장식이나 속임수에 지나지 않는 바대로 예나 지금이나 그 계급, 계급들… 흘러온 로만의 역사는 대충 단순화하면 저렇다. 자격자 본인들이 장악한다는 것은? 물론 다시 전문가 집단의 카르텔이 지배하는 국가가 되는 것이지, 별것도 아니다. 현실에서의 직업은 지배에 대한 사회적 승인능력이 되어버려, 직업에 따른 대우가 달라져야 하는 것이 공평이고 정의로 수렴되었다. 그러려면 일류대학을 나와야 하고, 변호사·의사와 같은 직업을 가져야 한다. 국가·사회적으로 중요한 일을 소수의 전문가가 중추가 되어 수행되어야 한다… 등등으로 전문가의 자격과 그들의 지식이 '99% 을들'을 무지렁이로 분리처분을 해서, 그들 전문가들이 자본가의 권력지의 손을 잡고, 그 옛날 로민의 충필이니 긴리들과 같이 누릴 깃이지 무슨 다른 것이겠는가. 다행히, 전문가 자신들이 지배하는 세상은 적어도 내가 살아생전에는 다시 오지 않을 것임은 이 나라가 돌아가는 꼴을 봐서 그리 어렵지 않게 아는 바이지만… 이러나저러나 어차피, 마찬가지로 '공존, 역할분담으로서의 직업' 따위는 로만이라는 능력으로는 요원하니…)라는, 대체 이런 생각에 왜 걸리느냐 따위로 뒤엉켜있었다.

　화장실에서 돌아온 나는 다짜고짜 "로린 씨! 우선, 우리끼리는 어떻게든 일단 잠정적으로라도 오늘 정리해둬야지요."라고 말을 툭 던졌다. 화장실에서 일단 불을 질러놓아야 한다는 것으로 내 입장이 정해졌던 것이다. 역시나 M과 로린이 티격태격했고 나도 필요에 따라 M에게 보태었다. 로린의 제안(— 이쪽도 저쪽도 다 같이 불법이지만 이쪽이 저쪽 카페를 이용한 점과 어쨌든 이쪽이 약자라는 점을 고려해, 이쪽의 수익 중 일부를 떼서 저쪽에 주는 것으로 합의를 보자는) 그 자체에 대한 완전한 확정은 없는 상태에서, 그 넘길 돈을 로린과 M이 나눠 부담한다는 것 그 자체에는 어렵지 않게 도달했는데, 그 부담의 정도에서 삐걱대다가 결론에는 이르지 못했다. M의 입장에 종속되는 나도 당연히 로린이 더 많이 부담할 것에 가담했는데, 어쩔 수 없이 조만간 다시 만나 끝내자는 것으로 일단 봉합되었다.

징계를 한다던 카페는 마치 스스로 한 말을 잊어버린 것인지, 계속 아무런 기미도 보이지 않았다. 그렇다 보니 더욱 카페 쪽의 태클 가능성에 대한 촉수가 사라져감과 동시에 우리의 그 과외사업은 언제 무슨 장애라도 있었느냐는 듯이 계속되었고, 출근은 하는 둥 마는 둥 하다가 결국 하지 않았고, 정말이지 징계에 대한 우려도 그 기억도 잊혀갔다. 변함없이 그리고 갈수록 의기가 고조되고 있었던 우리의 상태로부터, 우리는 그런 흐름이 계속된 어느 시점부터는 물론 서로 명시적인 확인은 하지 않았지만 〈아, 저들이 우리가 가져가는 정도로는 그리 큰 손실이 아니고, 그렇다고 오로지 우리들의 존재로 인해 사건을 빼먹는 또 다른 자들이 출현하는 것도 아니고, 무엇보다 징계니 뭐니 문제를 일으켜본들 자신들도 전적으로 온전하다는 보장도 없고, 징계효과의 지속성도 전혀 보장이 없다. 그래서 대충 포기를 했구나!〉라는 정도로, 우리는 상황을 정리하고 있었다고 보아야 할 것에 다름이 아니었다.

*

그러던 어느 날 검찰이라며, 조사를 위해 출두하라는 전화가 M에게 왔다. M이 무슨 일이냐고 물으니, '변호사법 위반'으로 고발되었다고 했다. 변호사법 위반? M은 물론, 다른 위법은 없었기도 하지만, 자신과 저 법이 만날 경우의 수란 카페와의 관련일 것임을 당연히 알았다. 그런데? '고소'가 아닌 제3자가 제기하는 '고발'이라니? 그럴 수는 있지만, 카페나 재단이 피해자라는 주장일 수밖에 없고 또 어차피 카페의 구성원들도 일단은 참고인으로 조사를 받을 것인데, 왜 카페나 재단이 제기하는 '고소'가 아닌가? 어쨌든, 그 이전에 카페가 문제의 제기를 포기한 것으로 알고 있었던 터였기에, 일단은 대체 뭐가 뭔지는 알 수 없었다. 그러나 한편으로는, 조사를 받더라도 로만 법무시장의 전체적인 사정으로 보아 검찰이 구속 같은 것은 물론 할 리가 없었다. 개혁의 외관과는 달리 실제는 여전히 어둠의 법률시장이 생산하는 떡고물을 널리 검찰구성원들도 공유할 수밖에 없다는, 저 전제의 실현이 계속될 것임을 검찰이 아니라 그 누구도 부인할 수도 어길 수도 없는데, 아니 모조리 침묵의 시장에서 느낌으로 감으로 즐길 사정이니, 해서 M은 적당한 대응으로써 넘어갈 것으로의 계산을 포착했다. M은 담당 검사실에 전화해서 고발자가 누구냐고 물었다. 무슨 법무법인이라고 했다. 물론 M은 모르지만, 솜씨를 맡는 등 게다가 밑겁히되고 피비안이 들었던, 지난번 매튜의 강연을 협찬했던 그 법무법인이었다. 어? 이건 뭐야? 시민단체나 뭐 그런 것도 아니고, 같은 어둠의 시장에서 기생하는 법무법인에서 고발했다고? 재단의 고소대리인이라면 물론 의문이 없지만, 고발자라니? 그럴 이유가 없었다. 뭔가 착오이거나 오해일 것이었다. 어쨌든, 조사가 이뤄지면 어찌해야 하나? 카페의 불법에 대해서 고발을 해야 하나? 아니면, 보나 마나 있을 검찰의 합의 종용에 슬쩍 올라타는가? 만약 고발이 없었는데도 고발이라는 트릭이라면 고소를 하지 않을 것을 조건으로 적당히 합의하는 것이고, 정말 고발을 했다면 역시 적당한 합의와 그것을 취하토록 하는 것이었다. 설령 합의가 안 된들, 기소유예가 아니면 약간의 벌금으로 끝날 것이었다.

M은 로린과 상의를 한 후 검찰에 조사일시의 조정을 요청하려고 한다. 로린에게 미리 설명도 하고 입을 맞춘 후, 법을 더 아는 자신이 먼저 조사를 받아 최대한 안전한 터를 닦아놓는 것이다. 그것이 유리할 뿐만이 아니라, 수사는 지랄같이 튀는 생물이라 어떤 불의타가 없으라는 보장은 없으니 말이다. 그런데 로린에게 전화가 되지 않는다. 받지 않는 것이 아니라, 전원이 꺼져 있다. 뭐 그럴 수는 있지 싶어, 몇 시간에 걸쳐 수차 해도 마찬가지다. 이건 혹시? 내가 집으로 찾아 가보자고 했다. P시 달동네 칙칙한 골목에 덕지덕지 붙은 다세대 반지하, 무슨 사정인지 남편과 별거하며 9살 난 아들과 둘이 산다는 로린의 집은 어둠에 갇힌 채 문이 굳게 닫혀있었다. 초인종을 눌러도 인기척이라고는 없다. 어찌 된 건가?

만약에라도, 로린이 체포된 것이라면? 외인(外因)이라는 조건에 걸려버린 경우의 수 외에는 생각하기 어려운데? 그렇지 않고는 체포될 사안은 아닌데! 외인이라면 그것은 보통은 일제 단속인데, 진행 중인 이 정권의 적폐 척결 작업에 걸린 하나인가? 최근에 고질적 법조비리의 소탕이라는 것이 진행된 일이 있었던가? 개별적 처벌 외에 그런 기사는 없었는데? 검찰에 알아봐야겠는데, M은 수갑을 채우라고 스스로 손모가지를 내미는 것만 같았다. M이 머뭇거리기에 내가 검찰에 전화했다. 로린은 중상을 입어 조사가 늦어질 것이지만, 어쨌든 조사가 끝나봐야 안다고 할 뿐이었다. 중상이라는 것이 무슨 말이냐니까, 저쪽은 드물지만 가끔은 있는 일이라고 건조하게 대답할 뿐이었다.

로린이 중상을 입다니? 그런데 그게, 가끔 있는 일이라니? 뭔가 촉수가 온 나는 옆집의 초인종을 눌렀다. 그 집의 여자가 하는 말이 경찰이 들이닥치자, 로린이 커트 칼로 손목을 그었다고 했다. 그리고는 피를 흘리며 쓰러졌는데, 같이 온 경찰이 창문을 부수고 들어와 그들이 타고 온 자동차로 로린을 급히 병원으로 옮겼다고 했다. 응급 처치로 생명에는 지장이 없다는 소식을 들었다고, 여자는 말했다. 아들은 자신이 보호하고 있다가 로린의 언니가 데리고 갔다고 했다. 심장이 덜컹! 했다. 이만한 일로 자살이라니? 그래야 할 만큼 충격이었다는 건가? 아니면 갑자기 경찰이 닥치니 당황하여, 아니면 일단 구속이라도 면할 수 있을까 해서 엉겁결에 저질러버린 건가? 어쨌든 M은 처벌을 받아도 별것이 아니라는 식이었는데, 그러면 M과는 달리 로린의 경우는 처벌의 수위가 다르다는 건가? 아니면, 다른 사정이라도 있었다는 건가? M도 납득할 수 없다고 했다. M은 전혀 예상 밖의 이런 강제수사가 진행되어버렸다는 것은, 로린만큼 불법이 크지 않는 자신도 체포의 가능성을 완전히 배제할 수는 없다는 우려에서인지, 그렇다면 어차피 이렇게 된 바에는 카페의 불법도 터트려버리겠다고 했다. 절차상 차라리 그것이 유리할 것 같다며, 돌아오는 차 안에서 M이 말했다.

집으로 돌아오는 길에 나는 상황에 대한 불안과 의문에 갇혀 있었다. 돌아와서는 내 방에 쓰러져 엘린의 중얼을 끄집어내었더니 흐느낌과 함께 김으로 흘러들었다. 새벽에 잠자리에서 일어나 방문을 잠그고 인터넷을 켜서 검색했다. 날이 밝아 M이 문을 두드리며 대체 무슨 짓이냐고 소리를 질러도, 다만 '혼자 있고 싶으니 그리 알라.' 하고는 검색을 계속했다. 수 시간째 정치와 법조의 기사를 찾아 읽고 또 읽었다. 우유와 빵으로 때우며 검색에서 잡힌 기사들을 읽은 후 컴퓨터를 끄고는, 다시 자리에 누웠다. 다시 찾아든 흐느낌을 물리며 근래 로만에서 진행 중인 〈전임 정권의 무능과 폭력을 물러나게 했던 시민의 분노와, 당연히 다른 기대치에 걸린 새 정권이 탄생했다. 이 '분노'가 전부는 아니었다. 그것의 폭발적 작동이 가능하게 했던 훨씬 오래전 한 시절이 심어준 승리의 기억과, 무너질 당시 집권보수세력의 내부의 엇박자가 틈을 만들어줬다. 또, 늘 그렇듯 이 '기대치'는 단지 구세력의 척결에만 머물러 있지는 않다. 정당한 요청이면서, 세대단위의 시간을 요하는 거대한 욕망이 깊이 스며있다. 그러나 무엇보다 최선의 상태인 '공존'의 실현에 대한 생각까지는 그 저변이 없음이니, 훨씬 못 미치는 미완의 시간이 계속될 것이었다. 전임 정권과 달리 태생적으로 폭력으로써 물리력과 같은 폭력의 법을 행사할 능력이 현저히 부족한 현 정권은, 국민의 뜻과 타당한 법의 힘으로 구태들을 지우고 있다고 주장하고 있다. 그런데 바로 그것이 폭력의 힘이 아니라는 이유 때문에(─적어도 이 로만에서는 정치권력의 작용뿐만이 아니라 상거래든 뭐든 그 진실은 '폭력'이 아닌 것으로 간명히 실현될 것을 기대하기는 어렵다!), 그 모순 때문에, 그 모순을 이익으로 등에 업은 자들이나 엘리트들의 폭력이 늘어나거나 점차 복원되고 있다. 정권을 잃은 야당은 여론에 눈치를 보면서도, 어찌 보면 여론에 의식적으로 역류하며 새 집권세력의 개혁입법 추진에 두꺼운 방탄조끼를 입어왔다. 역시 여론에 눈치를 보던 보수언론도 이 정권 반년도 되기 전부터 정권의 흠집을 잡기에 몰두해 왔다. 진보언론도 다른 각도에서 흠집을 내고 있다. 저 모든 것들의 저변에는, 자신들의 존재감을 잃을 수는 없다는 몸부림이 깊은 뿌리로써 배겨있다. 공존의 기반도 그 뜻도 없는 곳에서는 '내 존재감의 표출'이 없이는, 세상에서 잊힌다는 불안이나 두려움과 함께 무너진다. 다른 것들은 그리 믿을 것이 없다. (수 세기 전부터 이 지구 곳곳을 착취한 기반 위에 선 것이지만, 어쨌든 저 북유럽이나 서유럽의 어느 국가들 정도만 되어도 저 건조한 '내 존재감의 표출'이라는 것을 굳이 끌어들여 규명하지는 않을 것이다.) 여론과 정부·여당, 그리고 오래 묵고 두터운 반동의 엘리트 카르텔… 저 둘 사이에서, 저 둘이 내뿜는 압박을 받아 온 검찰은 스스로 가졌던 존재감 상실의 두려움 끝에 주로는 범야권을, 때론 범여권을 치는 방식으로 일 년을 넘게 버텨왔다. 여론과 정부·여당의 힘으로부터 유래한 지휘부, 반동의 엘리트에 뿌리를 두면서 스스로 유일자의 신화에 몸이 밴, 즉 대부분인 일선 검사들… 저 둘 사이에서 조직의 자기보존 뜻은, 야권을 치면서 여권을 끼워 넣는 방식으로 그들로서는 그들 나름의 최적 화음을 짓고 있다. 이렇게 볼 때, 오늘 기사검색에서 비로소 확인한 검찰의 근래 있어 온 '법조비리척결'의 움직임은 그리 이상할 것이 없다. 일반에는 그리 관심을 얻어내지 못했고, 큰 정치적·사회적 이슈가 매일같이 터지는 시간 안에서 언론의 메인으로 등장하지 않았고, '법조비리척결'이라는 것이 오래전부터 여론무마용이나 일과성에 지나지 않았고, 더구나 비리의 이름값에 끼어들 전혀 깜냥이 아닌 기껏 '카페로부터의 사건 만들기'였기에, 이제 전혀 다른 국면을 보면서도 내가 비로소 안 것이 그리 이상할 것도 없었다. 그랬다. 우리에게는 밥줄이지만 저들에게는 좀도둑 푼돈벌이에 지나지 않는 것이 도맷값으로 빨려들었다. 물론, 그 법무법인은 '고발'의 방식으로 카페나 재단의 뜻을 기술적으로 실행해 주면서 동시에 변호사라는 자격자 집단의 밥그릇 사수의 심부름꾼으로서, '법조비리척결'이라는 명분의 살붙이기 작업의 한쪽 역할자로서도 기꺼이 승차했을 터이다. 그들 변호사도 이젠 단지 간판만으로 누리고 우려먹을 사정은 아니니, 우리와 같은 좀도둑조차 싸잡아 쳐부수어야 한다. 촘촘한 그물로 우리 같은 송사리도 빠져나가지 못하게 해야 한다. 그런 시그널을 보내야 한다. 그래서 무너지고 있는 그들의 성곽을 최대한 방어해야 한다. 일단은, 150만 원 벌이로 가까스로 버티는 자들이 그나마 숨이라도 쉴 250만 원이 될 가능성은 이 정권의 임기 중에는 기대할 수 없다는, 주거비를 대표로 해서 물가만 오를 뿐 99%의 삶은 여전히 탈출구가 없을 것이라는, 모든 것을 규정짓는 저 바탕 위에 죽어 있던 보수 제1야당의 공격력과 지지도가 회복되고 있다. 저 회복의 힘은 국회파행에 대해 여야가 연일 목소리를 높여 '서로 네 탓!'의 여론전에 나서게 하고 있고, 여론은 저 싸움이 워낙 노회한 예술의 경지여서 누구의 탓인지 알 수 없고 혼란스러울 뿐이다. 위와 같은 사정에다가 보태어 다시 확인하면, 영장기각이나 무죄판결이라는 법원으로부터 넘어오는 당혹·자괴와 검찰 내부의 난해한 사정이 보태어졌다. 그 내부의 사정이란 적폐에 칼부림을 요구하는 현 정권에 의해 자리를 얻은 상층부와, 자신들의 오랜 군림이 강탈되는 위기로 받아들이는 나머지 대부분 검사들의 저 요구에 대한 소리 없는 사보타주가 충돌해서 빚어낸 값으로서, 모순되거나 납득하기 어려운 검찰의 수사권행사 안에, 바로 우리의 '카페로부터의 사건 만들기'도 양념으로 초대되었다.)라는 권력의 물리고 물린 작용들이 구색 맞추기로서 생산한, M이 말한 그 '외인'이 그려졌다. 그렇다! 우린 저 칼춤에 걸려들었다. 빼도 박도 못한다!

얼마지 않아 곧 '법조비리척결'이라는 타이틀이 붙은 검찰의 수사가 본격화한 가운데, 이 사건도 곁다리로 편입되어 진행되었다. 로린에 대한 조사로써 범행의 대강이 터져버린 탓에, M과 나의 조사는 별것도 없었다. M과 내가 컴퓨터 본체를 없애고 관련 서류 감추었지만, 검찰이 언제 얼마가 어떻게 건너간 지 로린의 자료와 진술로써 제시되자, 이미 무너지고 있던 우리는 '예, 예'로 주저앉아버렸다. 한 번의 출두로 조사가 끝났지만, 조사 후 바로 M과 나의 아파트가 압류되었다. 불법에 의한 수익의 환수를 위한, 즉 추징보전처분에 의한 압류였다. 로린은 구속으로, M과 나는 불구속으로 각 기소되었다. 재판도 한 번으로 결심되었다. 로린은 10달의 실형을, M과 나는 집행유예를 각 받았다. 기본형과 유예의 기간은 M이 나보다는 무거웠다. M과 나는 아파트가 압류되어 추징이 가능했던 점이 있었지만, 로린보다 불법의 정도가 가벼웠던 탓이다. 로린은 선고 때 이미 두 달의 미결구금이 있었고, 항소하지 않았다. M과 나는 만약 아파트가 압류되지 않고 실형을 받아 감옥살이하는 경우의 수가 있었다면, '당연히 그것을 선택했다!'라는 가정에 시달렸다. 꿈에서도 들이밀고 나올 만큼, 오래도록 지워지지 않았던 가정이었다.

9

정부지원사업체에서

M은 유명 직업중개사이트를 검색하던 중 눈에 띄는 회사를 발견했다. 모집 부분 중 법과 관련되는 직종도 있어 검색했는데, 정부의 자금을 특별 지원받는 기업이라고 해서 특히 눈에 들었다. 모집 분야와 인원이 많았다. 근한 달이나 뒤져도 모조리 '도저히 할 수 없는 일뿐이야!'라고 했던 바와 달리, 제대로 된 자리가 나이 제한도 없는 점에서 전율의 지경으로 왔다. M은 나와 함께, 그 회사의 홈페이지를 비롯해 인터넷을 뒤져 그 회사에 대한 정보를 모았다. 인건비를 중심으로 정부정책의 수행을 위한 각종의 비용을 지원받는 곳이었다. 대표적으로는 한 사람을 고용하면 보수의 몇%, 그 정부정책에 부합하는 사업의 분기별 실적에 따른 몇%라는 식의 지원이었다. 물론 정부는 심각한 청년실업의 해소를 위해, 중소기업의 신규고용에 대해 인원과 기간 등 일정요건에 들면 이미 고용촉진지원금을 지급하고는 있었다. 그렇지만 이 회사는 정부의 구체적 정책과 연관되어 특별히 많은 자금을 지원받는 만큼, 정부의 특별한 관여(—정책, 발상, 지도, 감독, 감사 등)를 받는 것에 M과 나는 매료되었다. 늘 그랬지만, 그 매료라는 것은 안정성이나 그 가능성이다. 정부의 특별한 지원과 관여와 간섭을 받는 만큼은 안정적인 자리일 것이다! 다만, 그 관여와 간섭의 상당부분은 정부의 권한을 위임받았거나 독자적 근거에 의해 P시가 실제로는 행사하는 것으로 되어 있

었다. 그 독자적 근거라는 것이 P시 시장의 공약과는 관련성임이 분명한 것 같았고, P시도 별도로 자금을 지원하는 것이 아닌가 싶었다. 정부든 P시이든 어차피 공적 권력이니, 구분할 실익은 없을 것이었다.

우리는 학력, 경력, 자기소개 등을 인터넷으로 제출했고, 면접까지 보았다. 면접장은 엄청나게 큰 장소였고, 마치 대단한 구직박람회를 방불케 할 정도로 수많은 지원자들로 북적거렸다. 대체로 젊은 자들이었으나, 우리와 같은 중년에 든 자들도 적지는 않았다. 그런데 이상했다. 면접을 보았으면 적어도 며칠이 지난 후에 합격자에 대한 통보가 있을 것인데, 우리는 그날 바로 고용계약서에 도장을 찍었다. 면접하고는 두 시간 후에 발표할 것이라고 하더니, 정말 그 시간에 다른 쪽에서 합격자를 발표해 바로 고용을 확인하는 것이었다. 물론 제출된 서류에 의해 이미 기본이 채점되어 있었고, 뽑는 쪽에서 합격한 자가 전체 지원자의 10%를 넘지 않는다고는 했다. 우리의 눈으로도 10% 이내일 것으로 보이기는 했다. 또 다른 이상한 것도 있었다. 고용계약서에 기재된 채용회사가 우리가 알고 있던 곳은 아니었다. M이 그 점을 지적하니까, 현장의 채용진행자는 "국가적 사업이기도 하고, 사업의 효율을 위해 각기 전문적 함량을 가진 여러 회사가 교호하며 수행하는 것입니다."라며, 한마디로 설명을 해버렸다. 우리가 알고 있었던 곳은 규모가 큰 본사였는데, 그 본사는 얼마나 뽑는지는 모르지만, 실제로는 그 본사의 하청사이거나 협력사인 작은 회사였던 것이다. 그러니까 짧은 시간에 자신들이 구하는 유리한 인재를 많이 동원하기 위해 본사와 협력사를 함께 엮어 복잡하게 채용공고를 낸 것이 아닌가 싶었다. 어쨌든, 정신이 없을 만치 너무 바쁘게 돌아간 현장의 상황도 있었지만, 합격자의 입장에서는 그 어려운 직장을 구했다는 행운 앞에 감히 저런 것을 잡아 시비를 걸 사정이 아니었다. M은 '그럴 수 있겠네!'라고 했다.

우리는 2달째 근무하고 있다. 그동안 '계약직 노동조합'의 끝없는 시위를 보아오다가, 노조의 거듭된 권유에 의해 노조에 가입했다. 처음에는 노조회비의 부담도 있고 불이익이 올까 망설였지만, 갈수록 노조의 지구력과 전투력이 대단하다는 생각이 든 것이었다. 정규직은 결코 아니더라도 만약 무기계약직이라도 된다는 것은, 그렇게만 되면 지금껏 실패가 준 피폐와 불안에서 벗어나는 것이니 말이다.

전체를 조율하고 대표하는 조직체는 우리가 소속된 회사를 포함한 다수 회사의 노조가 모인 연합노조였다. 그런데 조합원은 일부 강성노조가 장악한 회사에는 많았지만, 전체적으로는 대체로 직원의 30% 또는 40% 사이에서 늘었다 줄었다 하고 있었다. 각 노조는 조합원을 늘리려고 안간힘을 쓰고 있었지만, 저 일정비율을 그리 넘지는 못했다. 노조에 가입하는 이유는 대체로들 물론 노조가 주장하고 추진하고 있는 자리의 안정성 때문이었다. 노조는 얼른 보아서는 주로 임금인상을 내세우는 것 같았지만, 그 실제는 단기계약직에서 무기계약직으로의 전환이었다. 정규직으로의 전환도 슬쩍 끼워 넣기도 했다. 저 전환을 쟁취한다며 연구, 주장, 집회, 시위, 사측과의 협상 등을 감행하고 있었다. 사측과의 협상은 쌍방의 입장 차가 너무 크고, 주장도 서로 전혀 다른 것이 많아 번번이 결렬되었다.

노조가 무기계약직을 주장하는 근거는 정부도 그렇지만, 특히 P시의 시장이 두 차례에 걸친 언론과 인터뷰에서 한 말에 두고 있었다. 시장의 저 두 차례 인터뷰가 있기 전에 이미, 정부·여당이 국정목표의 하나로써 공공부분이지만 어쨌든 비정규직의 정규직화를 천명하고는 있었다. 그런데 시장은 P시뿐만 아니라, P시가 운영자금을 지원하거나 공적 성격이 강한 사기업의 경우에도 임기 중 단기계약직을 최대한 구제되도록 하겠다고 했고, 나아가서는 정부·여당과의 얘기에서 합의에 가까운 진전이 있었다고 해버렸다. 다만 후자에 대해서는 시장의 대변인이 오프더레코드, 즉 보도하지 않기로 했다는 주장은 했으나, 노조는 이제 와서 지어낸 핑계에 지나지 않는다고 해버렸다. 어쨌든 정치평론가들은 시장의 입에서 저 말이 나온 사정을 두고… 시장이 비정규직 해소에 열을 올리고 있는 여당 소속인 점, 개혁적 주장이 크게 작용해 당선된 점, 다음 해로 다가온 시장재선거 출마의 뜻을 가진 점, 그 무엇보다 로만 전체의 기류가 비정규직의 범람이라는 문제가 어떻게든 해소되어야 한다는 그 자체에는 이견이 없을 만치 절실한 과제라는 점을 들었다.

한편으로, 드러내놓고 맞불을 놓은 것은 아니지만, 정규직들의 노조 주장에 관한 비판도 대단했다. 우리는 수년을 공부하고 엄청난 경쟁률의 시험에 합격해서 정규직이 되었는데, 간단한 서류전형으로 입사한 입장에서 정규직을 요구하는 것이 과연 공평한가, 그것이 당신들이 말하는 정의인가…! 라는 것으로서, 훨씬 높은 여론의 지지도를 등에 업고 있었다. 여론이라고 하지만 그것을 형성하는 각자에게는 '나는 실직·알바·단기 계약직에서 벗어날 수 없는 현실인데, 같은 조건을 가진 너희들은 왜 근거도 없이 너희들의 현실을 공짜로 해결해야 한다고 떠드느냐?'라는 질투도 끈적이게끔 배여 있었다. 회사는 사실상 저것에 의존해서 노조의 주장을 외면하거나, 무시하거나, 노조와의 협상에는 임하면서도 이런저런 결렬의 카드만 내어놓았다. 저 정규직들의 비판에 대해 비정규직들은… 우리가 정규직이 된다고 해서 너희들이 무슨 손해를 보느냐, 하루아침에 한꺼번에 전환이 아니라 일정을 약속해달라는 것이다…! 라는 대체로의 재반론을 내세웠지만, 그것은 그리 여론의 지지를 받지 못했다. 그도 그럴 것이 구체적으로는 회사의 인건비 부담과 직결되고, 추상적이지만 국민세금의 부담이라는 여론이 큰 산으로 버티고 있음이었다. 그리고 정부·여당과 P시의 입장에서는 비정규직의 해소를 적극 추진하면서도, 이

연합노조와 같은 식으로 나온 것을 실행해 줘버리면 그것이 선례가 되어 감당할 수 없게 되어버리는 탓이었다. 선례를 따를 수도 없지만, 그 이전에 여론과 야당의 뭇매로부터 두려움이었다. 님비(NIMBY, Not In My Back Yard) 현상이라 부르든 어쨌든 여기저기서 비정규직들의 집회·시위로 골머리를 앓으면서, 정부·여당과 시장의 지지도의 급격한 하락에 대한 두려움이었다.

사정이 저렇게 지지부진하였으니 더욱 그랬지만 무기계약직으로 전환될 가능성은 그리 믿을 구석이 없다고 여겨질 즈음에, M이 곧 있을 선거로 새로 구성될 연합노조집행부에 들어가겠다고 말했다. M은 사측이 분규를 회피하는 방편으로 노조집행부 사람 중에서 무기계약직으로 적당히 전환해 줄지도 모른다는 말이 있다고 했다. 초과한 자기긍정이 만들어낸 환영이 아닌가 싶을 정도로, 그 근거는 없었다. 나는 M이 노조집행부에까지 들어가려는 자체에 부정적이었으면서도 말리지는 않았다. 변화의 의지를 기본으로 하는 운동에는 친하기 않은 M이리는 점을 잘 알면서도, 이것뿐만이 아니라 M에게 어울리지 않는 다른 경우에도 나는 M을 말리지 않아 왔다.

러닝메이트인 부위원장을 포함한 노조위원장 후보는 3파전으로 형성되었다. 굳이 구분하자면 강성, 중도, 온건의 3파로 분류될 수는 있었다. 역시나 강성 후보 쪽이 목소리가 크고 선거운동의 열기가 높았다. 선거운동원도 훨씬 많았다. 어느 측에서든 M의 얼굴을 아는 정도이지 M과 친분이 있었던 것이 아니었다. 그렇다면 선거운동원이 많은 후보 측의 경우에는 M이 노조에서의 어떤 직위를 얻을 가능성이 그만큼 낮다는 결론이 된다. 이로써 M의 선택지는 온건 후보 측밖에 없는 셈이었다. 새 집행부를 결정할 표밭인 일반조합원들은 지지의 표명이 없거나 '이 후보도 좋다, 저 후보도 좋다.'라는 식이었지, 어느 후보를 특정한 지지의 표명은 별로 없었다. 이 것은 어느 후보 쪽이 당선가능성 높은지는 알 수 없다고 M이 판단할 이유를 제공했다. M은 선택지가 없는 자신의 사정에 저 이유를 덮어씌워 온건 후보 쪽의 선거운동에 뛰어들었다. 운동원이 된 그 경과는 그쪽에서 M을 받아주었다기보다는 M이 스스로 뛰어들어 죽으라고 그쪽을 위한 선거운 동을 해버리니, 그냥 그쪽 선거운동원이 되어버린 것이었다. 강성 쪽에서 온건 쪽이 당선되면 '어용노조'가 되고 말 것이라는 폄하를 해대는 사정이 었기에, 온건 후보 쪽은 스스로 나서서 자신들의 선거캠프에 생기를 불어 넣는 데에 미쳐있는 M이 반갑기까지 했다. M은 선거에서 이기기만 하면 노조집행부에서 한자리한다는 신념에 동여매어, 선거캠프의 다른 운동원 들과 함께 본사와 하청업체들을 뻔질나게 돌며 요란한 선거운동을 해대었 다. M의 그 열성이 얼마나 뜨거웠기에 나 자신도 불식간에 M에게 은근한 기대를 하고 있었다. M의 노조활동 그 자체에는 어쨌든 부정적이었던 내 가 그러고 있었다.

그러던 중 회사의 비리에 관한 신문의 보도가 있었다. (신문은 취재원 보 호라는 명분으로 제보자를 밝히지 않았는데, 그 신문이 진보성향으로 분류되는 점을 두고 그 제보자에 대해 사측이나 정권의 프락치로 점치는 말이 있었으나, 그 진실은 알 수 없는 것이었다.) 본사와 협력사들에 지난 정권시절 공무원에 서 퇴직해 낙하산으로 들어온 자들이 수두룩한데 하는 일도 없으면서 고 액의 연봉을 받고 있으며, 친인척의 이름만 올려놓는 수법으로 월급을 빼 먹는 간부도 여럿이 있으며, 회사의 물품구매와 용역계약의 과정에 뇌물 이 오가는 일이 비일비재하며, 협력사들은 본사에 뇌물을 바치는 방식으 로 연명하고 있다는 제보였다. 정부와 P시의 지원은 지난 정부 중반에 시 작되었는데, 이 제보로 본사와 협력사들 전체가 걷잡을 수 없이 시끄러워 졌다. P시의 감사와 그에 이은 고발에 의한 수사까지 이뤄지면서, 보도된 사실 외에도 하청단가 후려치기, 단가·수익·원가·마진율에 대한 조작, 보수의 지급이 없거나 법의 기준에 현저히 낮은 보수로 야근·특근의 강제, 부가세와 법인세를 줄이려고 세금계산서와 영수증의 허위 수수, 과장·허위의 실적에 의한 보증기관의 대출보증, 눈감기와 거짓의 내부감사와 인증의 조작 등도 드러났다. 이에 정부와 P시는 본사와 협력사들 전체에 대한 지원의 중지를 결정했다. 추가 감사의 결과 지원금에 대한 누수뿐만이 아니라 사업실적을 부풀리기가 지속적으로 있었고, 목표로 했던 사업도 원래 생산성이 의문스러운 것이었다. 이에 본사는 내부 구조조정을 하는 동시에, 협력사들과 관계를 대폭 정리할 수밖에 없었다. 결국, M과 나와 같은 계약직들은 고용된 회사의 대거 구조조종에 의해 퇴사할 수밖에 없었다.

10

가구수리보조원이 되어

압류된 아파트가 공매로 날아가기까지 기간 동안은 주거에는 문제가 없다. 아파트를 매도하면 어떻게 될까 해서 중개업소에 알아보니, 은행대출금과 압류된 돈 등을 공제하면 그리 남지를 않았다. 그 돈으로는 P시에서 완전히 빠지는 외곽이 아니면, P시로 출퇴근이 가능한 곳은 구하기 어려웠다. 작은 서비스업체들조차 직원을 줄이고 있는 형편이었다. 설령 P시에서 버틴다고 하더라도, M과 내가 받을 임금으로 P시에서의 월세를 포함해 생활비조차 어떻게 감당하느냐는 문제에 봉착할 것이었다. 그렇다면, P시를 떠나 지방 어디든 가서 일해야 한다는 건가? 나는 P시를 떠나겠다고 했지만, M은 그 태세로 보아 어떻게든 P시에서 버티겠다는 것이 역력했다. 오래되었지만 어쨌든 한때 살았던 N시를 생각했다. 급한 대로 그곳 연고의 도움도 받을 수 있을 것 같았다. 내가 N시에 가서 알아보려고 하던 날 M은 처음에는 외면하더니, 막상 내가 채비를 하고 나서니까 이런저런 투덜거림과 함께 따라붙었다.

N시에 도착해 스티븐의 거처에 찾아가니 부엌에서 처음 보는 여자가 설거지를 하고 있었다. 거무스레한 피부에 말이 매우 서툴렀다. 후진국 어디서 온 듯, 로만의 사람이 아니었다. 스티븐의 처라고 했다. 혼기를 놓치고

결혼할 처지도 못되었던 스티븐이 늦게 이 외국여자와 결혼을 했다는 뜻이었다. 여자는 이곳에서의 나의 옛날 얘기를 듣고 나더니, 경계를 풀고 나에 관한 얘기를 남편에게서 들은 일이 있다고 했다. 그녀는 스티븐에게 전화해서 곧 내게 바꿔주었다. 스티븐은 위치를 알려주더니, 안 되겠다며 전화를 아내에게 바꿔주라고 했다. 여자는 "예, 그게 좋겠어요."라고 하더니, 종이에 그곳 약도를 그려줬다.

약도 자체로는 어딘지 대충은 감이 잡히는데, N시에서 멀리 떨어지고 산속에 버려진 곳인 것 같아 찾을 수 있을지 걱정도 되었다. 나는 햄버거, 우유, 콜라를 사서 M이 운전하는 자동차에 오르면서, 지금 가는 곳은 가축사육장이 많았던 곳이라고 했다. N시 다운타운을 벗어나자 피곤을 못 이긴 나는 한껏 하품하면서 의자를 젖혀 몸을 팽개쳤다. 평지이던 길이 갑자기 산길로 접어들었다. M은 가구를 실은 짐차들이 오르내려 핸들을 바짝 잡아 기어오르던 중 갈림길을 만났다. 약도에는 갈림길의 표시가 없었다. 나는 비몽사몽을 하다가는 입을 벌린 채 숨넘어갈 듯 코골 글기도 하고 있었다. 대체 어느 길로 얼마나 가는가? M은 나를 깨우기가 그래서 걸어 내려오던 남자를 잡고 물었는데, 그는 약도로 보아서는 우리가 찾는 가구공장은 모르겠다고 했다. 어쨌든 그곳에 다시 좌측 길로 가면 가구공장이 많다고는 했다. M은 자동차 문쪽으로 떨어진 내 머리를 바로 잡아준 후 좌측 길로 차를 몰았다. 금방 밭과 낮은 임야 위에 허연 시멘트블록으로 지어진 건물들이 즐비했다. 가구와 침대의 이름이 붙은 공장들이었다. 그 공장들 사이에는 철재비닐하우스나 에이치 빔으로 골조를 세우고 천막을 덮어 세운 창고들, 큰 소사육장을 손 본 공장들과 창고들이 듬성듬성 서 있었다. 창고들이 있는 곳으로 진입하려는 찰라 갑자기 고양이가 도로에 뛰어들었다. M은 브레이크를 콱 밟았고, 차는 '끼이익! 덜커덩!' 멈췄다.

벌떡 일어난 내가 창밖을 휘돌아 보고는 "여, 여기가 어디? 여, 여긴 아닌 것 같은데, 잘못 온 것 같은데…"라고 했지만, 나 자신도 여기가 어딘가 싶었다. 나는 스티븐의 처에게서 받은 약도를 들고 차에서 내려, 약도를 봐가며 수차 사방을 살피고는 다시 차에 올랐다. M에게 왔던 길을 되돌아 반대편 길로 가자고 했다. 분명 그래야 할 것 같았다. M이 투덜대며 다시 돌아 차를 몰아 가보니 그 갈림길 앞에 많은 가구공장의 이름이 쓰인 팻말이 땅에 떨어져 있었다. 그 다른 산길을 넘고 넘어서자, 고산지대 도시국가와도 같은 큼직한 평지가 떡하니 버티고 있었다. 저 멀리 까만 물체들이 빛을 받아 뿌리는 반사광에 눈이 부셨다. 가까이 이르니 난장판이었다. 가구공장도 많았지만, 온 밭이며 임야를 창고가 빽빽이 메우고 있었다. 그중 대부분이 창고라기보다는 차라리 높이 서 있는 철제비닐하우스에 가까웠고, 두껍고 검은 천을 동여맨 움막들이었다.

그곳에서도 물어물어 어렵사리 스티븐을 만났다. 그는 나를 보더니 반가워하면서도 표정이 어두웠다. 아, 당신은 오래 고생을 했고, 그 고생이 아직도 끝나지 않아 이젠 이 험한 곳으로까지 밀려버렸다는 건가! 라는 것이었다. 나는 스티븐의 팔을 잡아끌어 M을 피해 저만치 가서는, 이곳에서 가구일이든 뭐든 했으면 좋겠는데 자리를 알아봐 달라고 부탁했다. 스티븐은 그곳에서의 일이라는 것이 몸으로 때우는 것이고 인간적 모멸도 감수해야 한다며, 고개를 좌우로 흔들었다. 이곳에서조차 일할 수 없다면 이젠 어디로 가야 하나! 스티븐은 그곳에서 내가 일하는 것은 거듭 무리라고 했다. 나는 도저히 힘들면 그때 가서 그만두더라도, 무조건 사람이 필요한 곳을 알아봐 달라고 했다. 그와 더 얘기를 나눈 후 돌아온 나에게 M이 무슨 얘기가 그리 기느냐고 했다. 나는 돌아가면서 설명하겠다고 했다. 다시 N시를 향해 출발했고, 나는 이대로 무너질 수 없다며 힘주어 말했다.

― 스티븐 씨는 그곳이 너무 험한 곳이고 보수도 형편없다며, 극구 말렸어요. 우리가 P시에서 무슨 일을 했는지는 모르지만, 설마 그곳보다야 나빴겠느냐고 하더군요. 그렇지만 이젠, 어차피 우리에게는 그곳뿐이에요.

그렇지 않아도 마지못해 왔는데 험하고 어지러운 그곳을 본 M은 핑곗거리가 생겨 잘됐다고 싶었는데, 어차피 그곳뿐이라니? M은 "무슨 말이요? 극구 말렸다면서요?!"라고 내뱉었지만, 나는 그럼 무슨 수가 있느냐고 질책을 했다. M은 구시렁거리는 것 외에는 달리 할 말이 마땅찮았다. 내가 스티븐의 만류에도 그곳에서 살겠다는 데에는, 달리 일자리를 찾는 것이 어렵기도 했지만 그곳에서는 공짜로 주거가 제공된다는 사실에 있었다. 한편으로, 내가 어떻게 살아온 지를 잘 모르는 스티븐의 초과된 우려라는 생각과 함께, 스티븐의 도움을 받은 수 있는 점도 보태어졌다.

나는 이런저런 생각 중에 M에게 〈스티븐의 도움을 받으면서 그곳에 산게 될 것이니, 그에 대해서 대강은 알아두는 것이 필요해요. 원래 단지 가구기술자였던 그가 가구판매업에 뛰어들었다가는 크게 맞았어요. 만드는 월급쟁이와 파는 장사꾼은 모든 것이 전혀 다르잖아요. 여차여차해서 가구기술자보다는 아시아 쪽에서 수입해서 파는 가구장사가 돈벌이가 유리하다는 말에 발동한 거예요. 아파트 팔고 창업자금 대출받고, 그러니까, 그로서는 모든 것을 끌어들여 크게 덤볐던 거죠. 그런데 그것이 말아먹어 버렸다는 거죠. 뭐냐면요, 인도네시아 현지에서 가구 생산과 수출 또는 중간거래를 하던 같은 로만사람한테서 몇 번 정상 거래가 되다가는 조금씩 결국에는 완전히 물을 먹어버린 거예요. 그자는 로만의 가구업계 종사자들을 접촉해서 요리조리 꼬여 침대나 장롱의 대금을 먼저 받고는, 물건은 하자 있는 것으로 보내거나, 슬쩍 걸어둔 다른 조건을 내세워 물건을 보내지 않거나, 주문한 물건 일부는 보내지 않은 상태에서 이런저런 죽는소리로 이유를 달아서는 추가 추문을 유도하고는 그에 해당하는 돈을 보내라든지, 약속을 어겨 자신이 불리해진 경우나 상대방을 조바심에 빠지게 해서 부당한 이익을 보려는 경우에는 연락되지 않도록 잠수를 탄다든지, 하여튼 가지가지 방식으로 거래상대방이 착오에 빠지거나 지치게 해서 돈을 빼갔던 것이지요. 그 사내는 그 현지에서 돈 많은 사장으로 받들어 모셔져, 딸 같은 어린 여자애들을 달고 다녔다고도 하고요. 스티븐이 애를 먹다가 도저히 손해를 회복할 길이 없어 그자를 결국 고소는 했는데, 경찰조사를 거쳐 검찰에서 서로 계산이 다른 주장일 뿐 사기 쳤다는 증거가 없다는 것으로 끝났다더군요. 할 수 없이 물건대금을 반환하라며 민사재판을 걸어 판결은 받았지만, 그건 휴짓조각이었지요. 그자의 로만 국내재산이 있는지 없는지 어찌 알겠어요. 그래서 스티븐은 폐인이 다시피 시간을 보냈는데, 그나마 그 아내가 곁에 있어 영 망가지지는 않았던 것으로 보여요. 인도네시아 여자인데, 바로 그 사기 친 중간거래상이 거래 후 얼마지 않아 두 사람을 맺어줬다고 하네요. 다시 원래로 돌아가 봉급 받는 가구기술자가 되었고요. 그가 그곳에 있다는 것이 우리에게 적지 않은 다행인 거예요.)라는 말을 하려다가는 그만두고, "우리가 그곳에서 살아야 하는 이유는요! 일이 힘들더라도, 주거가 해결되기 때문이에요. 공짜로 사는 집 말이에요. 그곳까지 일꾼들이 오지 않으니까, 가구업자들이 살 곳을 만들어 놓았다고 하네요. 어떻게 하든 그곳에서 고비를 넘긴 후에, 그다음은 그때 가서 보는 거예요. 알겠어요!"라고, 다른 선택은 없다며 못을 박아버렸다.

M은 자신이 내세울 대안도 없었지만, 내가 못 박아버리는 경우에는 거의 그랬듯이 달리 반발을 하지 않았다. 이번에도 보나 마나 '네가 뭔데 그렇게 일방적이야, 못 말릴 계집!'이라고만 했을 것이었다. 뒤따르던 가구점차가 곡예 하듯 우리의 차를 제치고 나가던 찰나, M이 속도를 줄이면서 파비안

을 보니 또 잠으로 내팽개쳐져 있다. 가구차량과, 오토바이와, 화물칸에 검붉은 외국인노동자를 가득 실은 차량을 피하고 굽은 도로를 덜컹대던 중에 간이휴게소에 이르렀다. 주차를 하고 음료 2개를 사왔을 때도, 여전히 나는 잠에 떨어져 있다. M이 깨우자 나는 입이 찢어질세라 하품과 함께 "이제 좀 살 것 같네요."라고 했다. 이번에는 M이 피곤하다며 휴게소 한쪽 끝에 차를 옮긴 후 의자를 젖혔다. M은 몸만 뒤틀 뿐 잠들지 않았다.

일주일 후 M과 나는 그곳 가구단지로 이사했다. 스티븐이 소개한 가구 업자에게 고용된 것이다. 그 업자는 가구를 만들어 팔기도 하지만, 하자가 있는 가구를 손보아 팔거나 가구를 보관해서 돈 버는 데 더 열중하는 자였다. 하자를 손본다는 것은 다른 생산업자들이 만든 것 중 하자가 있는 것들을 싼값에 사들여 고치는 것이니 잔손이 많이 간다. 기술보다는, 갈고 닦고 칠하는 등 구석구석 손이 많이 가는 일이다. 잔손이 많이 가는 일에 보수를 많이 줘야 하는 기술자를 쓰느니, M과 나와 같은 갈 곳도 없는 자를 싼값으로 고용해 잔소리로 때론 윽박지르며 갈고 간다. 비전문가인 소비자의 눈으로는 모를 정도로만 수리하고, 겉 마무리만 때깔 좋게 해서 정품으로 가구시장으로 나간다.

가구보관업은 다른 업자들이 생산 · 구입 · 수입한 가구를 보관하는 창고업이다. 가구수리작업장과 가구보관창고는 하나의 건물을 구성하는 부분들인데, 그 건물은 물론 그의 소유가 아니다. 그곳 일대에 늘려 있는 다른 작업장이나 창고와 마찬가지로, 이 지역 토박이 땅 소유자들이 지어 임대한 것이다. 이 일대의 창고들은 대부분 오래전부터 이곳에 살아왔던 지주들의 소유로써, 십여 년 전부터 점진적으로 들어섰다. 근년에 들어서는 시청에서 창고신축에 대한 허가가 잘 나오지 않게 되다 보니 창고임대료가 부쩍 상승해버렸고, 그러다 보니 이 지역 가구업자들은 '건물주에게 갖다 바치려고 돈 번다.'라는 푸념을 입에 달고 다닌다. 이 가구업자와 같이 일꾼들이 이곳에서 살게 하려고 하는 자들은, 물론 자신의 계산 때문이지만 어떻게 하든 일꾼들이 살 주거부분을 증축해낸다. 정확히는 증축이라기보다는, 기존 작업장이나 창고 옆에 최소한의 살림살이가 가능할 정도로 붙인 건물이다. 증축에 대한 허가도 까다로우니 결국 무허가로 많이 들어서는데, 건물이라기보다는 움집보다 한 단계 나은 정도다.

어떤 곳은 나무나 철재로 골재를 세우고 판지와 비닐을 겹으로 덮어씌운 곳도 있는데, M과 내가 살게 된 곳도 그랬다. 화장실과 세면장도 있는 등 주거의 기본은 갖추고 있었지만, 방이 부엌과 하나의 통으로 되어 있어 M은 '이런 곳에서 살라니!'로 투덜대었다. 나도 주거가 마땅찮아 스티븐에게 방이 두 개라든지 좀 낳은 주거가 있는 업자가 없느냐고 물어보았다. 스티븐은 새로운 업자를 찾는 것이 시간도 걸리지만, 이 업자는 드물게도 수도세와 전기세도 자신이 부담하는 이점이 있다고 했다. 나는 그냥 이곳으로 하겠다고 분명히 해버렸다. M이 "그깐 수도세와 전기세에 때문에!"라고 역시 투덜대었지만, 나는 "그깐 이라니요!"라고 소리를 질러버렸다.

방은 스티븐이 중고 파티션을 구해 와서는 둘로 나눠줬다. 막상 오고 보니, 이미 겨울이 시작이라는 것이 문제였다. 주인이 전기장판 외에 전기스토브를 비롯한 다른 난방기구의 사용으로 인한 전기세는 자신이 부담할 수 없다고 했다. 그러자 스티븐이 정말 추워지면 싼 농업용 면세석유를 구해줄 터니 석유난로를 사용하라고 하고는, 우선은 외풍차단 조치라도 더 해놓자고 했다. 그는 바로 두꺼운 스티로폼과 특수비닐을 구해 와서는, 종일토록 덕지덕지 설치를 해줬다. 가구가 들어오고 나갈 때는 힘이 들었는데, 물건을 들고 발을 옮기는 기술이 아마추어였으니 더욱 그랬다. 하자 있는 가구를 고치고 완성하는 데에는 정말 손이 가는 일이 많아 쉴 틈이 없었다.

시한이 잡힌 일이 있을 때는 밤에도 일을 해야 했다.

M이 주인과 함께 N 시내로 가구배달을 나가고 내가 혼자 일하고 있던 어느 날, 면사무소에서 나온 직원이 주거부분이 불법시설물이라 철거해야 한다고 했다. 한 달 내로 거처를 옮기든지 알아서 하라고 했는데, 한 달 후에는 정말 철거를 할 듯이 말했다. 그리고 그는 사진기로 그 주거부분 안팎을 여러 번 찍은 후 가버렸다. 그 직원의 그 압박이 긴가민가해서 스티븐이 일하는 작업장으로 달려가 대체 어찌 되는지 물으니, 그는 걱정할 것이 없다고 했다. 그는 내가 가진 불안을 제거하기 위해서는 관련한 사정들에 대한 이해가 필요하다고 본 것인지 이것저것 길게도 설명했는데, 그것은 〈그 담당자는 정기적으로 해야 하는 출장복명서를 쓰기 위해 나온 것이다. 불법의 건축물이라고 하더라도(─건물과는 다른 구조물도 마찬가지다.) 이미 지어진 것은 쉽게 철거하지 못한다. 철거에 돌입을 망설이게 하는 이유에는, 건물주들이 지역 주민들이고 면사무소 직원들은 그들의 이웃이게! 후배들인 사정도 있다. 이 지역에서 같은 사정의 건물에 대해 지금껏 실제로 철거를 단행한 일은 없는 것으로 아는데, 만약 그랬다가는 주민들의 원성을 감당할 수 없다는 우려를 그들은 하지 않을 수 없다. '국가가 농민의 삶을 팽개쳐 논농사나 밭농사로는 생계가 불가능할 지경인데, 그럼 굶어 죽으란 말인가?!'라는 식의 원성 앞에, 그들은 어찌하기 어렵다. 그것 외에도 시장과 시의회의원 선거라는 제도가 법대로 실행하는 것을 어렵게 한다. 그런데 한편으로, 시나 면의 입장에서 철거를 감행하지 않고 그냥 두는 것이 반드시 불리한 것만은 아니다. 매년 불법건축물에 대해 부과하는 이행강제금과 과태료 수입이 있다는 건데, 그것도 시로서는 좋은 과외의 수입이고, 무엇보다 이곳의 위반자들은 그 돈들을 제때 제대로 납부한다는 점이 있다. 건물주들은 무허가 건물이 들어서기 전에 미리, 정직한 납세자와 같이 과태료를 낼 것을 계산해 둔다. 다만 요즈

음은 면사무소나 시청에서 불시로 나오기도 하고, '드론' 같은 것이 있어 항공사진으로 쉽게 채증이 되어, 시공초기에 발견되어 무허가로 건축물이 들어서는 것이 쉽지는 않다. 심지어는 이젠 제보자를 보호하는 '파파라치'도 있어 더욱 그렇다. 그런데 사실은 이행강제금과 과태료의 부담을 건물주가 지는 것은 아니다. 작업장이나 창고를 임차하는 업자들이 스스로 필요해서, 그러니까 그들이 건물주에게 사정해서 무허가 건물을 짓게 되는 경위 때문이다. 건물주들은 임차인들의 저 사정을 '아, 그건 내게는 부담이 큰데…' 하며, 못 이겨 베푼다는 것으로 받아준다. 임차인들도 건물주들이 무허가 건물이 들어설 기회를 원한다는 것을 알고 있고, 또 임차인들은 건물주들이 저런 방식으로 받아주지 않으면 서로 불편하다는 것도 알고 있다. 그래서 그 건축비도 임차인들이 부담할 뿐만 아니라, 그들이 앞으로 부과될 이행강제금과 과태료도 미리 임대인들에게 지급한다. 그 미리 주는 금액의 정도는 그 건축물의 크기, 견고성, 건물주의 성격 등에 따라 다르다. 3년에서 5년 동안 부과되는 정도의 금액이 보통인데, 중간에 그 건물을 비우게 되면 대체로 건물주들이 남은 기간에 해당하는 돈은 업자들에게 돌려준다. 그렇지만 약정한 기간을 채우든 아니든, 결국에는 그 무허가 건물은 건물주들에게 이익을 준다. 업자들은 나가면서 그 건물은 철거하지 않고(ㅡ 철거비용을 부담하면서 철거하는 자는 없다.) 포기하는 것이고, 그러면 자연히 그 건물은 임대인의 소유가 되기 때문이다. 그러면 임대인은 그 후에 들어오는 임차인들에게 그 건물까지 포함한 가치에 의해 보증금과 월세를 받는다. 그리고 언젠가는 그 무허가 건물이 시청의 양성화조치로 적법한 건물로 인정되는 수도 있다. 그리고 한편으로, 이곳에 가구공장과 가구창고가 들어서고 사람이 많아진 효과로써 버려진 듯이 했던 땅의 값이 몇 배로 올라 지금은 거래가 없이도 그 오른 값이 그대로인데, 이곳 토박이들의 여유나 공격성은 저 돈으로 환산될 근거인 땅을 가졌다는 사실에서 비롯된 것으로 볼 것이고, 자신들의 땅이 보증하는 현재의 누림을 위험하게 할 수도 있는 도시로 떠날 필요가 없고, 외지인은 이곳에 들어와 뿌리까지 내릴 수는 없다. 어쨌든 창고업자들은, 임대인들에 비해 훨씬 불리하기도 하지만, 업계 전체의 제 발을 찍는 염가경쟁으로 인해(─이것은 심각하다!) 벌이가 만만치 않고 때론 큰 산재사고로 사업을 접는 경우도 있다. 면사무소 직원이 그렇게 냉정히 말해버리면, 정말 뭘 몰라 겁먹고 나가버리는 새가슴의 일꾼도 전혀 없지는 않다.〉라는, 요지였다.

듣고 있는 내가 귀를 모으는 데 반해, 말하는 스티븐은 덤덤하면서도 늘어지고 바람 빠진 투였다. 생계를 위해 몸을 담고 있는 그 땅에서 자신을 더욱 초라하게 하는 바에는, 자신의 무능이 더 많이 공유하고 있다는 듯이 그랬다. 스티븐이 말한 것과 같은 사정은 일꾼들의 임금을 깎아내릴 원인이 될 수밖에 없지만, 그것보다 내게는 이런 시골도 P시와 다를 바 없이 인심이 사나워 뭔가의 불의타가 날아들지도 모른다는 막연한 불안이, 그래서 '이곳에 오래 버티지 못하면 어쩌나!'라는 역시 마연한 두려움이 스쳤다.

M과 내가 이곳에 와서 다섯 달을 맞은 이즈음에는 일머리도 어지간히는 늘었다. 그래서 특별한 경우가 아닌 한 주인의 지시가 없이도 우리 스스로 알아서 작업하고 있다. 그렇지만 둘은 늘 불안이 머리를 쳐드는 것은 지울 수 없다. 험한 일로 인해 무슨 사고를 만날지도 모르고, 무엇보다 이곳에서의 시간 경과에 비례해 오래도록 어쩌면 영영 이곳에 잡혀버릴지도 모른다는 그것이었다. 어차피 더 이상 내려갈 곳도 없고 그렇다고 달리 선택의 여지도 없는 형편에서 우리의 뜻이라는 것이 최소한의 밥은 굶지 않음이니, 따라서 억울하다든지 하는 것은 사치에 지나지 않았지만, 그래도 남은 삶을 모조리 이곳에 버린다는 것은 뭔가 지워지지 않는 그림자를 남기고 있었다. 단조로우면서도 쉴 틈이 없는 시간이 우울한 그림자를 키우

고 있다. 매일이다시피 만나는 토박이들의 무관심과 멸시는 또 다른 성가
심과 우울을 보태고 있었다.

그러던 어느 날 M이 한 사내에게 제압되어 정말 오랜만의 흥분과 어쩌
면 다시 희망을 가진 가운데 번 돈을 빼앗겨버린 일이 발생했다. 잃어버린
왕국의 영광을 되찾은 듯이 했다가는, 역시나 가능치 않은 꿈이 착오로 M
에게 왔다가 사라졌다. 내가 주인의 심부름으로 알고 지내던 마을의 어느
집에 갔다가는, 그 집 할머니가 상속등기와 관련해 뭔가 힘들어하던 사실
을 보고는, 내가 M에게 그 일을 말하게 된 것이 결국에는 화근으로 되돌아
온 일이었다. 남편이 일찍이 먼저 세상을 떠나 할머니는 젊어서부터 과부
로 살며, 없는 살림을 꾸리며 두 아들을 키우고 교육하느라고 죽으라고 고
생을 해왔다. 어지간히도 억척으로 살아온 끝에 10여 년 전에 마을 어귀에
있는 다가구용 단독주택을 이미 장성한 큰아들의 명의로 마련했다. 그리고
는 작은아들에게는 그가 결혼할 때 N시의 아파트를 마련해주었다. N시로
분가해나간 작은아들은 사업을 하다가 아파트를 잃어버리고는, 작은 보증
금에 월세를 살고 있었다. 그런데 할머니는 불행히도 중병이 들어 있던 큰
아들과 함께 다가구용 단독주택에 살면서 월세를 받아 생계를 꾸려왔다.
큰아들은 투석을 하고 대수술을 했지만, 내가 할머니 집에 가기 한 달 열흘
전에 결국 병을 이기지 못하고 죽었다.

작은아들로부터 할머니에게 큰아들 명의의 그 다가구용 단독주택에 대
한 상속등기를 하루도 멀다고 재촉이 있어왔다. 그는 이미 자신의 아파트
를 날리고 월세로 옮긴 지 3년이 된 상태였다. 자신과 아내와 아들, 셋이서
가까스로 버티어오고 있던 나날이었다. 사망 후 6달 안에 등기하면 그만인
데, 그 아들은 형의 사망 후 한 달이 지나자 지체하다 두 달을 넘기면 벌금
이 나온다며 할머니를 재촉해왔다. 큰아들은 미혼으로 사망했기 때문에 할

머니가 단독으로 상속하게 되어 있었는데, 그가 굳이 그 상속등기를 재촉해왔음에는 그만한 사정이 있었을 것이다. 그가 잔금지급일로부터 2달 안에 해야 하는 매매등기를 오해했을 수는 있지만, 그것보다는 다른 이유였을 것이었다. 이미 팔순을 넘긴 자신의 어머니가 언젠가 사망하면 그 주택은 다시 자신이 상속하는데도 그렇게 재촉한 바에는, 어머니 앞으로 빨리 상속등기가 되어야지 바로 담보를 잡든 해서 돈을 쓸 수 있는 것이 아니겠느냐는, 그런 예측은 할머니든 그의 아내든 그 누구든 당연한 경우였다. 그만큼 돈이 궁했고 사업의 재기에 마음이 바쁜 그였다. 그런데 사정은 단순하지만은 않았다. 내가 그 집에 갔을 때 무슨 이유인지 등기를 망설이는 그 할머니의 태도에서, 분명 다른 사정이 있을 것이었다. 할머니는 상속을 증명하는 서류를 떼는 데에 너무 복잡하다는 등 무슨 말인지 모를 것으로 횡설수설했지만, 저간에는 다른 뭔가의 사정이 있었다. 그래서 이러지도 저러지도 못하고 힘들어 하는 것이었다. 내가 그 일을 M에게 무심코 말하자, M은 갑자기 생기를 내더니 자신도 잘 알던 그 할머니에게로 달려갔다. 그리고는 할머니를 몇 번 더 만나더니 등기를 마쳐버렸다. 문제는 그 등기가 할머니의 상속등기에 이어, 손자와 할머니의 친정 쪽 사람에게 가등기된 것에서 발생했다.

며느리는 자신의 남편인 그 아들이 그 집을 어찌할지 모른다며, 자신에게 등기를 넘길 것을 할머니에게 설득하고 있었다. 그러나 할머니는 며느리의 말이 틀린 것은 아니었지만, 그렇다고 해서 그 며느리에게 넘기는 것도 싫었다. 며느리의 뜻을 무작정 거부하기 어려웠던 할머니는 '증여세를 어쩔 것인가!'라며, 저것으로 며느리에게 등기를 넘길 수 없다는 방어를 했다. 그렇다고 해서 자신 앞으로 상속등기를 하지 않고 마냥 둘 수도 없었으니, 할머니의 고민은 깊어만 갔다. 할머니는 M에게 이런저런 복잡하고 모순된 말을 했지만, 결국 M이 포착한 그 할머니의 의중은 이런 것이었다. 등기하고 나면 나는 아들 내외로부터 내팽개쳐질 수 있고, 어떤 이유로든 경위로든 난 살아도 이미 죽은 것이 될 수 있다!

M은 이 사안은 그 해법이 난해하고 연구하는 데에 노력이 훨씬 많이 드는 일이라는 둥으로, 통상보다 큰 비용을 받고 자신이 짜낸 기술적 등기를 해주기로 했다. 아들도 며느리도 불안하고 증여세도 문제인 사정이니, 비용이 몇 푼 들지 않는 가등기를 손자에게 해주는 방법을 제시한 것이다. M은 할머니에게 이것을 비법인 듯이 말했다. 성년이 되기까지는 앞으로 5년이나 남은 손자의 가등기가 말소되려면 그 법정대리인인 아들 내외의 의사합치가 있어야만 하는데, M이 볼 때 그럴 가능성은 제로인 것으로 보였고 할머니 역시 그렇게 인정했다. 게다가 그 손자는 할머니에게 극진했다. 할머니의 이후 여명에는 5년 동안은 아들과 며느리의 의사불합치 힘이, 5년 후인 손자가 성년이 된 때로부터는 그 손자에 대한 굳은 신뢰가 함께하고 있었다. 며느리도 무슨 욕심이 없지는 않았다고 볼 것이지만, 그녀가 남편이 일을 저지르고 말 위험에 대해 극구 두려워해 왔던 사실 그 자체는 할머니도 잘 알고 있었다. 그 며느리는 이혼했으면 했지, 남편이 일을 저지를 수 있는 상태는 절대 용인하지 않을 것이었다. 그런데 등기신청에 들어가기 직전 할머니는 M에게 정말 100% 안전하냐고 다시 확답을 구했다. 살아생전에 자식 내외로부터 유기될 위험이 전혀 없느냐는 말이다. 할 수 없이 M은 다시 궁리해서 추가 수수료를 받기로 하고 정말 100%를 성사시켰다. 가등기를 손자와 할머니의 친정 쪽 사람이 공동으로 하면서도, 거기다가 반드시 양쪽이 함께하지 않으면 말소가 불가능한 '합유가등기'라는 것을 해버렸다. 똘똘한 손자는 M의 설명과 그 취지를 듣고, 금방 감을 잡아 "정말 완벽하네요!"라고 말했다.

그런데! 그 상속등기와 가등기를 마친 후 그 아들이 M을 찾아와, 왜 그런 등기를 해주었냐고 시비를 걸었다. 등치도 산만한 것이 거칠게 나왔다.

말하는 본새나 거동으로 보아 나중에는 어깨들을 동원해 집단 린치도 할 것만 같았다. M에게 이 산속 외지에서 맞아 죽거나 병신이 될 수도 있다는 공포가 스며들었다. 이미 돌이킬 수 없는 등기가 되어버린 결과에 비춰, 그냥 분풀이를 저리도 거칠게 나온 것인가? 구체적인 요구는 없이 윽박지르고만 있었으니, M은 두려우면서도 처음에는 뭘 원하는지 알 수가 없었다. 계속된 위협에 결국, M은 할머니로부터 수수료로 받은 돈을 그 아들에게 돌려줬다. 그제야 그놈은 "어디서 굴러 온 개뼈다귀가 노인네를 등쳐먹다니, 운수 좋은 줄 알어!"라고 하고는 휙 가버렸다. 지친 가구일 중 한때 살아 충만을 줬던 등기일을 해본데다가 당시 사정으론 큰돈을 만지게 되었는데, 결국 자신이 가능성이 없는 초라한 인간임을 다시 확인했을 뿐이었다. 그 일이 있었던 후에 M은 우울함 위에 말 없음을 보태었고 더 무거운 날들이 이어졌다. 그런 M의 커가는 어둠은 마찬가지로 커가던 나의 우울도 더욱 재촉했다.

그렇게 우운이 날든이 두터워거 가던 어느 일요일 소하, 우리는 깁을 니섰다. 이곳에 와서 처음으로 멀지 않은 곳에 흐르는 강으로 갔다. 우리는 강둑에 앉아 봄이 무르익은 하늘로 퍼지는 라디오 음악을 들으며, 강물과 강 건너 저편 낮게 내려앉아 졸고 있는 낮은 산들을 바라보고 있었다. 무슨 감상이나 멜랑콜리가 스며든 것이 아니라, 그냥 멍청히 듣고 보고 있었다. 지친 두 인간과 무심한 사물들이 그곳에 있었다. 곧이어 라디오에서 연예계 소식을 다루는 토크프로가 시작되더니, 그즈음 한창 시끄럽던 유명한 배우의 자살에 관한 얘기를 시작하고 있었다. 30대 초반에 보통사람 평생 벌 돈의 수십 배를 번 배우였다. 대단한 성공을 한 그는 무슨 스캔들이나 네티즌의 지독한 비난이 아닌, 우울증으로 자살했음을 전제로 한 진단들이 이어지고 있었다. 그 진단들은 흔히 그렇듯, 장사꾼 방송이 여론에 호흡을 맞추는 신파와 함께 레퍼토리에 지나지 않은 사고의 합리성을 복원할 것을 주문하는 조언들이었다.

나는 〈정신과의사든 누구든 마음의 여유를 가지라는 헛소리가 아니라, 그의 현재를 던져버리라고 말했어야지! 돈이 넘치는 그에게 현재의 틀이나 환경을 찢어버리라고! 인간은 자신을 굳혀 놓은 거대 프레임을 탈출하지 않은 상태에서는 그 어떤 고민과 노력도 결과를 달리 할 수 없으니, 그의 화려한 직업과 가정을 단호히 내던져버리라고! 한편으로, 그가 로맨티시스트든 나르시시스트든 돈이 넘치는 자는 직업이든 가정이든 버릴 수 있기 때문에, 얼마든지 자살의 유혹을 발로 차버릴 수 있다고. 어찌 되었든 따지고 보면 결국에는 경제의 감옥 때문에 자살에 이르는, 그 대부분 자살자에게는 그 어떤 탈출구도 없다고(—유서라든지 표면상 이유는 달리하더라도, 따지고 들어가 보면 그 근원에는 결국 돈의 폭력이 자리를 잡고 있다!). 가지지 못함으로 인한 죄인에게는 직업이든 가정이든 포기의 기회가 박탈되어 있고, 핏줄이나 가족이라는 결부가 없더라도 직업의 포기 자체가 사실상 자살이나 다름이 없다고. 같은 제 모가지를 버려도 지상에 남는 자들에게, 가진 자는 '허무라는 고급'으로 어떤 형태로든 기억을 남기고, 없는 자는 '춥고 배고프거나 빚쟁이라는 저급'으로 기억 자체를 짜증스럽게 하여… 죽어 저승에서도 가진 자와 없는 자로…〉라는 생각이 어지러이 오가던 중, 라디오를 꺼버렸다.

햇빛에 반짝이는 금빛 강물에 현혹되어 몸을 묻고 있던 M은 "나 어릴 때… 고향 강에서 많이들 죽었는데… 사기로, 오해로, 가난으로 못 살겠다며…"라고 중얼대다가는, 말을 잇지 못했다. 무거운 이 언덕에서 가벼울지 어떨지 전혀 믿을 수도 없는 저 언덕으로 넘어가지 못한 채 M과 같이 저 강물에 빠지고 있던 내 눈에, 순간 그 옛날 영영 떠난 줄 알았던 엘린이 원귀로 강의 물결을 거스르며 몸부림하고 있었다. 우리는 말을 잃고 있었다.

우리의 나날은 모든 것을 집어삼키고도 아무 일이 없다는 저 강물의 침묵과도 다를 바 없음인지, 그 어떤 말을 해도 어차피 우리의 일상인 죽은 시간의 연장에 지나지 않음인지, 우리의 침묵은 더욱 길어져 갔다. 동물의 본능 외에는 그 어떤 설계는 없이 끝없는 일로써만 살아 있음을 느껴야 하는 우리는, 우리에게 모이를 주는 주인의 빠듯한 계산과 토박이 마을사람들의 외면이나 멸시를 향해 그들이 불쾌하지 않을 묘수를 발견하기에 급급하고 그렇게 현재를 버티던 우리는, 그 우리의 모가지는 우리 스스로 어찌할 수 없는 실어증과 함께 저 검어지는 강물 깊이 점차 두텁게 빨려들고 있었다.

  이윽고 내 핸드폰이 울렸다. M과 나는 어지러운 꿈에서 갑작스레 날아드는 비수에 놀라 깨어난 듯, 알 수 없는 저 언덕으로 끌려가다가 '난, 아직 아니야!'라는 듯이 깜짝 놀라며 현실로 돌아왔다. 로린이었다. 나는 처음에는 '로린이 누구지?'라는 착란에 빠졌다. 시기를 따져 보니 이미 출소했을 것이지만, 그녀의 갑작스러운 전화는 내게 경계를 일으켰다. 로린과의 인연 끝에 이곳으로의 추락은 그만두고라도, 그게 뭐든 누구이든 새로움이란 오히려 두려운 나날이었다. 그 누구이든 어떤 이유로든 이곳에서의 '죽은 시간'을 살려준다고 강변하더라도, 이미 만사에 믿음의 뿌리까지 제거되어버린 후 동물의 날들이었다. 그 '죽은 시간' 안에서 하나의 소망으로 남은 것은, 이 동물의 삶만은 부서지지 말아야 하는 것이었다. 로린의 목소리는 하늘을 날 듯 들떠 있었다. 그녀는 이곳의 위치만 확인하고는, 용건은 내일 방문해서 알려주겠다고 말했다.

11

매튜의 선물

다음날 웬 사내와 함께 온 로린은, P시에 사무소를 둔 변호사라고 그 사내를 소개했다. 카페 사건은 이미 종료되어 한참이 지났는데, 변호사가 올 만치 책임질 뭐라도 남았다는 건가? 그런데 로린도 변호사도 전혀 심각하지 않다. 로린은 야릇한 웃음을 가득 머금은 채 나를 위아래를 훑기에 바쁘고, 변호사는 내게 굽실대는 것이 여왕을 알현하듯 한껏 자세를 낮춘다. M과 나는 무슨 일인가, 어리둥절했다. 이윽고 변호사는 가방에서 황색 대봉투 하나를 꺼내더니 내게 주었다. 그리고는 어제 매튜의 장례를 치렀다고 하고는, 봉투에 매튜의 공증서류와 편지가 들어있다고 했다. 편지는 나만 읽도록 되어 있다고 말했다. 나는 공증서류니 편지니 하는 것보다는 '매튜의 장례'라는 것에 잡혀 봉투를 받아든 채 멍하니 있었다. 그의 죽음이라는 것이 실감이 나지 않았다. 나이는 있지만 한참이나 더 살 만치 가졌고 정치적·사회적 뜻이나 욕망도 여전할 것인데, 그런데도 해결할 수 없는 병이라도 가졌었다는 말인가? 교통사고나 뭐 그런 것인가? M이 "공증서류요? 법에 관한 것이니, 내가 봐야겠네."라며 내가 들고 있는 서류에 손을 대었다. 왜 그랬는지 순간 나는 M의 손을 탁! 쳐버렸다. 그러자 가까이에서 뚫어지라 봉투를 보고 있던 로린은 흠칫 놀라며 뒤로 물러났다. M이 변호사를 향해 "공증서류도 파비안 씨만 보는 건가요?"라고 하니까, 로린이 쏜살같이 "그건 아니에요! 편지만요."라고 말했다. 변호사는 공증서류에 대해서는 누가 보고 아니고 같은 특별한 당부는 없었다고 말했다. 나는 방에서 나와 가구작업장에서 봉투를 열었다. 편지봉투와 공증서류가 있었는데, 편지봉투는 풀로 닫혀있었다.

공증서류를 펼쳐 읽어 보고는 너무 놀라 서류를 떨어뜨릴 뻔했었다. 매튜가 내게 자신의 재산을 유언으로 준다는 내용이었는데, 나로서는 상상도 할 수 없을 만치 큰 것이었다. 편지에는 〈가까워야 하나 살아 그럴 수 없었던, 파비안! 나는 이 글을 경어로 씁니다. 이젠 그럴 수밖에 없습니다. 당신의 오빠가 무너지고, 당신의 가족이 어둠에 들었을 때, 나는 딱 한 번 당신을 그리고 당신의 가족을 구원하려고 했습니다. 그때, 이 로만에서의 구원은 아니더라도, 밀항이든 어떤 수단을 쓰던 이 로만을 떠나서라도 살아남기를 바랐습니다. 당신은 나의 그 권유를, 그 기대를 거절했습니다. 당신이 왜 그겠는지는, 비코 '피비안'이라는 인간 그 자체에만 그 이유가 있었습니다. 그때 나는 두 번 다시는 내 손을 보낼 수 없음을 알았습니다. 당신과 당신 가족의 구원에 감히 그 누구도 나서지 않을 것임도 물론 알았지만, 동시에 나 외에 그 누구도 구원할 수 없음도 알았고, 당신 또한 그 누구의 구원에도 등을 보일 것을 알았습니다. 기어이 고난의 시간을 부둥켜안고 언제까지나 가버릴 존재 그 자체가 당신이었습니다. 당신을 처음 본 것은 당신이 대학생일 때, 나의 동지였던 당신 오빠의 초청을 받아 내가 당신의 집을 방문했을 때입니다. 그 후 수년에 걸쳐 한 달에 한 번, 두 달에 한 번, 때론 반년에 한 번… 그렇게 당신의 집을 방문해 당신의 오빠와 그때그때 이 나라 로만의 정치를 경제를 논하고 뜻을 모으는 그 시간 안에서, 당신과도 대화를 나눴습니다. 그러는 사이 스무 살이나 많은 나는 당신을 친구로만 두어지지는 않았습니다. 그러나 나는 당신에게 내 뜻을 보내지 못했습니다. 당신은 나의 그 뜻을 알고 있었고, 내가 그 뜻을 당신에게 보내지 못함도 알고 있었습니다. 당신은 그 이유도 알고 있었습니다. 당신은 물론 그 이유가 나이의 차이가 아님도 알고 있었습니다. 결국, 당신과의 현실의 연은 될 수 없었고, 나는 다른 연으로 처자식을 두었습니다. 당신에게 보내지 못한 이유인 바로 당신 그 자체는, 세월이 흘러도 변치 않았습니다. 지독한 여자, 아니, 무슨 자신만의 종교에 귀의한 인간이었습니다. 그런 당신이 무서웠습니다. 오래도록 섬뜩했습니다. 나 역시 학창시절 '평등, 공존'과 같은 가치에 몰두했습니다. 세월이 흐르면서, 나이가 들어가면서 그 가치에 실현하는 방식은 현실이 대답하는 쪽으로 닮아갔습니다. 남들처럼 나도 그렇게 타협의 묘를 가치로 알아갔습니다. 나의 그 닮아감이나 타협은 살아 영원할 곤궁을 버틸 수 없다는 생물적인 이유가 아니라(―부잣집에서 태어났으니까요.), 그 진실은 인간세계가 늘 긴장하는 바에 관한 이해에 따른 것이었고, 한편으로 내 존재감의 확인을 버릴 수 없었음에 있었습니다. 물론 이 로만에서 나뿐만이 아니라 많이들 그랬습니다. 그 '세상의 진실에 관한 이해와 내 존재감의 확인'이라는 전제에서, 모두들 자신을 이 로만에 투사했습니다. 나를 포함해 그 '평등, 공존'의 가치를 쟁취하려고 젊은 시절 몸을 던졌던 자들 중 많이들, 그 시절 국가의 폭력에 의한 옥살이나 장기간 고난의 대가로, 훗날 제도권 정치에 진입할 수 있었습니다.

(물론 국가에게 살해되거나, 고문으로 병신이 되거나 오랜 후유증으로 병이 되거나, 이런저런 타의나 자의나 운명으로 인해 불행한 삶을 살았거나 지금도 그런 삶에서 탈출이 불가능한 자도 많지만요. 어쨌든 그들 중 많이들 로만에서 소위 일류대학 출신이었으면, 어떻게 하든 정치권을 비롯한 각 분야에서 자신의 사회적 존재를 이뤘을 것입니다. 행정, 입법, 사법, 학계, 언론, 대기업… 이 로만을 지배하는 중심 네트워크 속속들이 많이들 자리를 잡았을 것입니다. 오늘날이 이르러서는 학벌이 삶을 보장하지는 않다고들, 안정되거나 고소득 직업이 학벌과 직결되는 시

대는 이미 아니라고들 하지만, 반드시 그렇지는 않고 특히 지배계층의 세계에서는 학벌은 여전히 절대 전제라고 보아야 하고, 로만의 기본이 완전히 바뀌지 않는 한 결코 미래에도 달라지지 않을 것입니다. 그런데 파비안 당신은 그나마 구제의 가능성인 당신의 그 학벌조차 현실적 이익으로 적극, 아니 전혀 쓰려고도 하지 않았습니다.)

어쨌든 결국 우리는, 개인의 정치적 성취와 함께, 그렇지 않더라도 모두 경제적 성취도 이뤘습니다. 물론 나는, 저것이 아니었어도 '금수저'로 태어났음은 주지의 사실입니다. 그리고 우리는, 일부 보수로 변한 자들 외에는, 대체로 '배우고 가진 자로서의 좌파'가 되었습니다. 나도 '배우고 가진 자로서의 좌파'였고, 그것은 내 삶을 이유 있게 한 힘이었습니다. 나만의 개별적 철학으로 인해 세상으로부터 인정을 받지 못한 점은 있었으나, 분명 나는 그렇게 살아왔습니다. 그런데 당신은 줄곧 저 좌파를 받아들이지 않았고, 지금도 그럴 것입니다. 당신의 그 이유는 정확히는 모르나 나는 내가 가져왔던 저 신념을 이 순간에도, 살아 놓지 못합니다. 그래서 이 글로써 당신이 나를 이해할 것을 기대하지는 않습니다. 내 생전에 가장 긴 편지를 보내야 할 당신이지만, 당신의 삶은 오로지 당신의 것이니 줄여야 합니다. 다만, 당신이 언젠가 말한 '살아 보지 못할 세상이지만, 그 머나먼 미래의 세상을 버릴 수 없다.'라는, 그 당신의 그 뜻은 내게 마지막으로 걸렸습니다. 나뿐만이 아니라 모두들 갖지 않는 당신의 그 뜻이나 신념 그 자체는, 이 상실의 시대에 이미 우리 모두에게 지워져 기억에도 남지 않게 되었더라도, 나는 당신의 불가능의 그 절규만은 그냥 지워버리고 갈 수는 없습니다. 당신의 그 절규가 세상 모두가 버리고 잊어버린 '유토피아'에 지나지 않더라도, 그 하나만은 무겁게 안고 떠날 수밖에 없습니다. 당신이 살아 당신의 그 신념에 사용될지 어떨지는 당신의 자유이고 선택이지만, 나는 다만 이 물질을 당신에게 보냅니다. 이것은 당신에 관한 내 자세나 애증의 변명이 될 수밖에 없지만, 이것은 내 삶에 마지막 남은 나의 자유이고 선택입니다. 이 물건의 존재는 내 처자식들은 모르며, 그들에게는 이것보다 더 많은 재물이 주어집니다. 당신이 이 글을 읽을 때는 나는 주님의 품에 있습니다. 당신에게 신의 가호가 함께하길. 매튜〉라고 쓰여 있었다.

살아남아야 한다며 그에게 가까이 가고 있었으나 내 고집이든 내 의식이든 나 자신도 뭐라고 규명하지 못한 내 안의 그 괴물이 가로막아 그러지를 못했던, 그로부터 온 저렸던 세월이 무엇이었는지 한참이나 생각에 빠졌다가는 결국에는 '판단 중지!'라고 하고는, 다시 공증서류를 읽어 보았다. 나에게 P시에 있는 5층짜리 상가주택과 현금 5억 원을 증여한다는 그의 유언이었다. 변호사가 방에서 나와서는, 귀엣말로 내게 그 건물의 시세가 70억 원 정도 된다고 했고, 증여세와 여타 비용도 모두 매튜가 알아서 처리했다고 말했다. 그리고는 큰 주거부분인 5층 501호는 비어 있고 나머지는 모두 세입자가 있다고 한 후, 세입자들과의 임대차계약서라며 봉투 하나를 더 건네줬다. 곧이어 M과 로린이 따라나왔다. 나는 편지는 호주머니에 집어넣고 공증서류와 임대차계약서를 하나의 봉투에 넣어 든 채, 달리 말없이 고개를 숙인 채 작업장 안을 이리저리 오갔다. 그러다가 벽에 한 손을 짚고 있다가는 다시 오갔다. 뭔가 격동 가운데 일어난 망설임이었다. M은 내가 만에 하나라도 증여를 거부해버리는 것은 아닌가 하는 불안이 일어났다. M이 가끔 경험한 바로써 나의 전혀 엉뚱함에 비춰, 그럴 위험을 완전히는 배제할 수 없었다. 가타부타 없는 가운데 불안스레 바삐 오가는 나의 태도가 계속되자, 순간 M이 내가 들고 있던 봉투를 낚아채버렸다. 그리고는 변호사에게 곧 갈 테니 그가 타고 온 자동차에 가 있으라고 했다. M은 방에 뛰어들어 서랍에서 내 신분증과 도장을 찾아 변호사의 자동차로 가서는, 변호사와 함께 빠져나가 버렸다.

M이 사라진 후 얼마지 않아 내일 돌아오니 아무런 걱정하지 말라는 문자가 내게 왔고, 다음 날 오후 그는 돌아와서 다른 봉투를 내게 던지듯 줬다. 거기에는 그 공증서류와 임대차계약서, 등기권리증, 등기부등본, 통장, 내 신분증과 도장이 들어 있었다. 내 소유로 이전된 그 상가주택의 등기권리증과 등기부등본이었고, 역시 내가 예금주인 것으로 개설된 5억 원의 통장이었다. 로린은 매튜가 왜 유언으로 내게 재산을 줬으며, 더구나 그렇게까지 많은지는 이해할 수 없었다. 핏줄도 아니고 그럴 만한 특별한 이유도 없음인데, 대체 무슨 일인가?! 로린은 그 유언의 규모에 놀람과 함께 의문이 증폭하기만 했다. 나는 아무런 설명도 입장도 말하지 않았고, 다만 혼자 있고 싶다면서 방에 누워 이불을 머리까지 덮어써 버렸다.

다음날 오후 센세이션 한 소문이 날개를 달아 온 마을을 쑤시고 다녔다. 마을은 곧 도가니로 들끓었다. 삼삼오오 모여 '그게 정말이냐? 말도 안 돼!'라는 소리들이었다. 오랜 무시와 멸시를 받아온 M이 나의 재력을 앞세워 보란 듯이 과시함으로써 비롯된 것인데, 로린도 M과 어울리거니 떠로 오다니며 불길을 키우고 있었다. 그것도 내가 증여받은 정도보다 훨씬 크게 떠벌렸으니, 마을사람들은 필경 나를 200억대 이상의 재력가로 알았을 터였다. 다음날부터 내가 그 마을에서 무슨 대단한 사업을 벌일 작정이라는 새로운 소문이 새끼 치고 있었다. 이에 대해 나 자신도 이상하게 놀랐는데, 혹시라도 내가 이곳에 남아 뭔가 할는지 하는 것이 전혀 없지는 않았기 때문이었다. 당연히 이곳을 떠나는 것이지만, 혹시라도 이곳에 남을 것인가 하는 경우의 수도 내게 침입해 있었던 것이다.

어쨌든 그 소문이 있고부터… 이장, 반장, 마을노인회장, 마을청년회장, 마을부녀회장, 마을발전위원장, 마을운영자금확보위원장, 녹지해제투쟁위원장, 성장산업유치위원장, 문중 대표… 등등으로 마을의 방귀깨나 뀌는 자들이 나를 찾아들었다. 찾아온 그들은 지금까지 있었던 그들의 태도에 비춰 상상도 할 수 없을 만치 예의와 정중함과 스스로 낮춤으로, 조심스러우나 대단한 지구력으로 나에게 각자 다른 발상의 사업을 제시했다. 나의 사업을 적극 돕겠다며, 내가 투자할 수 있는 돈의 규모를 이리저리 찔러보며 확인을 하고 있었다. 그들이 권유하는 사업은… 가구에 관한 생산기지·보관창고·유통시설·판매장·전시장·연구소를 모두 가진 어쨌든 가구의 메카, 동물장묘공원, 태양광발전소, 현대식으로 구축된 염소 등 동물사육사업, 펜션사업, 실버타운사업, 기숙학원사업, 노인요양사업… 등등 각기 달랐고, 한 사람이 두세 가지 사업을 제시하는 것이 보통이었다. 그들의 제시가 워낙 진지하고 수익률과 성장가능성까지 구체적이어서, 내가 가졌던 지극히 추상적이었고 단지 하나의 경우의 수에 지나지 않았던, 나의 그 한때 부유했던 선택지가 혼란한 가운데 그들의 의지 안으로 빨려들고 있었다.

나는 그중에서 '태양광발전소'에 좀 더 마음을 빼앗기고 있었다. 로만의 고속도로 변에서 보았던 태양광발전판에 관한 뭔가가 반짝이며 내게 각인되었던 기억에 덧칠해지며, 그랬다. 그래서 나는 인터넷에서 '태양광발전소 사업'에 대해 부지런히 검색해보았다. 태양광발전설비에서 생산된 전기를 전력회사에 팔아 돈을 버는 사업이었다. 일단 새로운 자원개발의 분야로써 현 정부에서 정책적으로 그 추진의 의지가 대단했고, 국가 차원에서 적극 지원하는 사업이라는 말들이 즐비했다. 투자처를 잡기 어려운 저금리 시대에 전혀 새로운 블루오션이라는 공통된 말들도 있었다. 어쨌든 하나같이 좋은 말들인 것은 부인할 수 없었다. 더구나 장기적으로 안정된 수입이 나오는 것이 특히 장점이라는 말이 부각되어 있었다. 시설비용도 내 통장에 있는 돈이면 충분하고도 남았고, 수익률이 대략 연 8%는 된다는 정보였다. 저금리 시대라는 사정에 비춰 그 정도라면 대단하고도 남았다.

그런데 태양광 발전사업이 실제로 실행되기까지 사업성 검토, 시공사 선정, 개발행위와 발전사업의 인허가, 설계, 토목공사와 설치 등 시공 진행, 유지관리 등에 관한 정보는 너무나 복잡했다. 용어도 전문적이어서, 일조량이나 일사량 같은 것 외에는 대체 무슨 말인지도 알 수 없었다. 인터넷의 블로그나 지식인에서 본 저런 내용들 중 더 구체적이고 전문적인 것들은, 대체로 태양광발전설비 시공업체서 올린 것들이라 '장사꾼의 유혹'이라는 감도 들지 않을 수 없었다.

시청에 전화해 발전사업 허가 담당자에 물어보니, 허가 가능에 대해 모호하게 말하는 것이 결국 대답을 회피한 셈이었다. 그러면서 그는 N시에 있는 두 군데 토목설계사무소를 알려주면서 상담을 해보라고 했다. 그가 알려준 토목설계사무소를 방문해서 문의하니, 아마도 될 것으로 보지만 일단 시청에 신청해서 심의를 받아보자고 했다. 그러면서 자신의 토목공사와 호흡이 맞는 태양발전설비 시공업자가 필요하다며, 자신이 그쪽과 협업으로 쭉 깊이 직업하게 된다고 했다. 마치 의뢰가 성사된 듯이 말했다. 이딴 세상인데, 돈 벌기가 그렇게 쉬운가? 나는 분명 뭔가 찜찜했다. 그렇지만 모르는 분야를 두고 쉽게 부정으로 단정할 수는 없는 노릇이어서, 며칠 두고 여기저기 더 물어보고 인터넷 검색을 하고 있었다.

이번 검색에서 태양광발전소 사업에 관한 질문에 대한 답변 중 하나에 자신의 경험이라며 〈태양광발전소? 그거, 절대 비추! 설비의 수명, 유지보수비, 전력구매단가의 변동, 정책의 변경 등에 따라 어떻게 될지 누가 알아! 벼락이라도 맞으면 그냥 날아가는 거지. 이런저런 이유로 동네 인간들이 밤에 몰래 태양광집적판을 망치로 작살내버리면 어떡혀. 태양광발전소 건설업자라는 종자들은 실패하는 경우는 절대 말하지 않잖아. 그들이 미쳤어, 그러게!〉라는, 무성의하고 얼른 보아 장난스럽기도 한 글이 무

슨 일인지 내게 몹시 불편하게 새겨들었다. 할 수 없이 마지막으로 사흘
만 더 검토하기로 한 가운데, 스티븐이 나를 찾아왔다. 소문을 듣고 왔다
고 했다. 그는 내가 그동안 안 정보와 사정에 관한 얘기를 듣고 나더니,
"업자와 아직 계약 같은 것은 하지 않았으니, 일단 다행이네요."라고 하고
는 말을 이었다.

—파비안 씨, 태양광발전소의 사업성에 대해서는 저가 모르지만, 다른 것은
얘기를 해드려야겠기에 왔어요. 저도 세상에 쉬운 것이 어디 있겠느냐는
경험을 뼈저리게 가졌지만, 지금 이곳에서는 이것이 더 중요할 수도 있
을 것 같아서요. 로만의 농촌과 어촌 웬만하면 다 있다고 봐야 하는 건데,
제가 본 경험으로 이 마을도 만만치가 않다 싶네요. 귀농민, 귀어민, 여타
외지인에 대한 단지 경계나 불신과는 다른 차원에서의 갑질과 같은 것이
면서도, 까닥하면 크게 낭패에 빠지는 측면인데요. 참 어려운 문제거든
요. 이장님을 비롯해 마을 직능 대표나 유지라고 할 분들이 파비안 씨를
부지런히 찾아온다는데, 그것도 경쟁적으로요. 물론 파비안 씨도 그분들
을 곧이곧대로 믿지는 않는다고도 하셨고요. 만약 파비안 씨가 태양광발
전사업에 대해 많은 파악을 한 후, 그것을 위한 사업장을 건설할 때 말이
에요. 태양광발전이 아니라 다른 사업인 경우도 마찬가지겠지만, 어쨌든
요. 임야나 농지의 전용허가를 받아 그곳에 사업용 시설을 하려고 할 때,
그 공사가 순조로울까 하는 것이에요. 설계를 비롯해 필요한 인가나 허가
를 마치고 토목공사, 진출입도로, 필요에 따라 부속 주거시설 등을 공사
하기 위해 공장자재가 반입되어 올 시점에서 보죠. 여러 단계 중 어느 단
계에서나 문제가 발생할 수는 있지만, 일단 저 단계에서 보죠. 무슨 말이
냐면요. 저 단계에서 마을 주민들이 그냥 그러려니 하고 가만히 있을까
요? 저것이 들어오면, 주민들로부터 나오는… 마을의 교통에 혼잡이 일
어난다. 마을도로가 파손된다. 마을의 환경이 오염된다. 전통이 보존된

마을이 개발로 인해 이미지가 훼손된다. 소음에 주민들이 시달린다. 몸에 안 좋은 전자파가 나온다. 물을 많이 써서 수원이 고갈된다. 저것의 신축 공사 때문에 인접한 다른 건물이 균열된다. 또 뭐도 무엇도 일어난다···. 저런 목소리들이 유령으로 온 마을을 떠다니지 않는다는, 저런 원성의 플 래카드가 마을 여기저기에 나붙고 시청과 면사무소에 저런 주장과 원성 이 가득한 민원이 들어오지 않는다는··· 보장이 있을까요?! 그러면 시청 과 면사무소에서는 저 민원을 무시해버릴까요? 그게 쉬울까요?! (나는 저 런 정도까지의 현상은 납득할 수 없다는 점과 함께 저런 말을 하는 스티븐에 대 해서도 의아해서 "아니, 태양광발전소인데 무슨 교통 혼잡이니 소음이니 전자파 니 그게 무슨 관련이 있으며, 그리고 정식으로 허가를 받은 공사인데 원성까지를 거론하고, 시청과 면사무소에서 근거도 없는 원성을 어찌 못한다는 식의 말이란 게··· 그게 무슨 말인지, 이런 시골이 무슨 무법천지도 아니고···."라고 거론했다.) 아, 물론 그런 생각이 틀린 것은 아니죠. 그렇지만, 실제는 그렇지만은 않 지요. 작년에도 무슨 혐오시설도 아닌 공장을 신축하려고 공사자재가 들 어오던 시점에서, 그 업체가 고민하다가 결국 포기하고 철수한 일이 있 었는데요. 그 업체와 마을이 싸우다가 협상하다가 또 싸우던 중에, 마을 에서 공사차량이 들어오는 길에 차단기를 설치해버린 거예요. 그러니 쌍 방의 싸움은 더 커졌고, 시청과 면사무소는 그 업체의 하소연에 대해 오 히려 그 업체 때문에 자신들도 힘들다는 태도를 보이다가는 법원에 가서 알아보라고 하고는 더 이상은 입을 다물어 버린 것이, 내몰라 해버린 것 이지요. 그 업체는 주민들에게 재판을 거는 길밖에 없게 되어, 변호사사 무실이며 여기저기 알아보니 그것도 할 노릇이 아니었지요. 재판에서는 이길 것이지만, 그 재판하는 동안 손해가 계속 늘어날 것은 볼 것도 없고, 나중에 공사가 끝난 후에도 계속 주민들과의 갈등이 해결되지 않을 것이 니, 대체 어째요? 그리고 공장이 들어선 후에도 마을에서 온갖 것을 잡고 불법을 거론할 것을 생각지 않을 수도 없는데, 대체 사업체라는 데에다가 뭐든 걸면 어느 한둘이라도 걸리는 것이잖아요. 작은 것이더라도 일단 불법의 형식을 가진 마당에는, 누가 따지지 않으면 그만이겠지만 마을의 계속된 거친 시비에 앞에서 과연 시청이나 면사무소가 모른다고 할 수 있겠어요. 결국, 그 업체는 그 정도에서 손해를 보고는 포기를 한 것이죠. (그렇다면! 나는 "자, 잠깐요! 저들이 환경오염이니 뭐니 하는 것은, 결국 돈을 달라는 것이네요. 그것도 상당히 큰돈을요!?"라고, 누구나 알 뻔한 사정을 이제 알았다는 듯이 말했다.) 그걸 말할 참이었는데, 예, 그렇지요. 후원금이니 마을발전기금이니 해서 받아내는 거지요. 그것도 3억 정도였다는 말도 있고 5억이 넘었다는 말도 있었지만요. 그 업체가 철수한 후에 주민들끼리 또 마을의 단체 사이에 싸움도 있었고요. 서로가 상대방이 잘못해서 그 업체가 가버리도록 만들었다고요. 물론 요구한 금액이 너무 컸던 탓이었지만, 주민들과 마을의 단체가 내부 조율이나 합의도 덜 된 상태에서 엉켜 서로 다른 수준의 금액이 제시되어 버린 것도 그 업체를 떠나게 한 요인이었던 것이죠. 어쨌든, 그 업체도 미리 작업해놓았으면! 그랬으면 좋았을 텐데, 그게 참… (—이미 마음이 떠난 나는 "미리 작업해놓았다는 게 무슨 말…"이라고, 그냥 궁금해서 묻을 뿐이라는 듯이 말했다.) 아, 그거요. 공장 신축을 결정하기 전에 미리 마을의 유지격인 사람들을 만나 식사와 술도 같이 나누면서, 협상을 마무리해놓았어야 한다는 것을요. 이곳에 오래 일해 마을 사람들 모두 아는 저 같은 사람을 중간에 다리로 놓을 수 있었으면 더 유리했을 것이었지만, 그 업체 사람들은 이곳에 아는 사람 하나 없는 외지인이었고 중간에 사람을 놓을 생각도 하지 않았던 것으로요.

인터넷 검색에서 태양광발전소에 대한 부정적 글을 본 바도 있었지만, 스티븐이 오기 전에 이미 내가 한동안 뭔가에 홀려 있었음을 알았기에, 스티븐의 얘기를 특별히 귀담아들을 것까지는 없었다. 다만 이곳 사람들이 터무니없는 돈을 탐하는 저런 것은 이미 로만 어디서나 다를 것이 없을 것이라는 말에서, '증여받은 이 돈으로 대체 어디서 무슨 사업을 할 수 있을까?'라는 것이 내 머리를 무겁게 메우고 있었다. 도시에서는 때깔 좋게, 시골에서는 기괴하거나 거칠게 유인해 코 베어 가는 선수들이 지배하는 현실이라면, 그랬다. 그런데 스티븐의 '마을 사람들 모두 아는 저 같은 사람을 중간에 다리로 놓을 수 있었으면 더 유리했을 것…'이라는 저 말은? 내가 N시에 살 때 '아, 드물게 괜찮은 사람이구나!'라고 했던, 작으나마 여러 번 도움을 받았고 N시에서 유일하다시피 믿고 의지했던, 오래전이었지만 어둠의 권력과 다퉈 감옥도 갔다 왔다던 그 스티븐을, 이 시간 나를 도구로 초대하는 지금의 저 스티븐으로 규정해버린 자는 누구인가? 젊어 압제에 분노했던 스티븐을, 그랬던 그를 휘감아온 오랜 돈의 시간이 지금의 스티븐으로 저렇게 규정해버린 범인인가? 나는 스티븐이 빨리 돌아가기를 기대했지만, 그의 태도는 함께 가구사업을 제대로 해보자는 듯이 하는 것에서부터 언제 끝날지 모르고 있었다. 내가 이곳을 떠날지도 모른다는 불안에 안간힘을 쓰는 것 같았다. 나는 급히 일이 있다면서 일어섰고, 스티븐은 그런 내 신경을 읽은 것인지 어떤지 아쉬움과 당황을 흘리며 들어깄다. '로만의 농촌과 어촌 웬만하면 다 있다고 봐야 하는 건데…'라는 것이, '알든 모르든 모두에게 그건 어쩔 수 없어!'라는 것이, 따지고 보면 새삼스러울 것도 아닌 저 널리 폭력의 그림자를 내가 어찌 이길 수 있을는지, 모호하고 불편하고 두려웠다.

*

버스로, 기차로, 걸으며 그렇게 열흘을 로만의 도시와 시골을 다닌 여행의 끝에, 여행이 아닌 '어쩔 수 없어!'라는 세상 안으로 휘돈 끝에 떨어진 B시, 그 B시에서 수십 년 전에 생겨 전국적 가구시장이 된 곳에 내 발길이 닿았다. 가구를 수리하는 노동을 했던 내 흔적의 탓인가, 그 랬다. 가구점들마다 유리창에 '70~30%', '80~50%' 따위의 홍보물이 붙어 있었다. 로만 어디든, 옷이든 가구든 그게 뭐든 이상 것도 없는 할 인의 표시다. 누구도 믿지 않고 누구도 혹하지 않으면서도 살 사람은 찾아는 든다. 빤한 상투적 할인이라는 생각보다는 '저렇게 다 같이 제 살깎아먹기를 해야만 할 정도인가?!'라는 것에 생각을 할애하는 감상 주의자도 없지는 않을 것이지만, 그랬다. 그래도 그렇지, 발길들이 있 어야 하는 주말 오후에 가구매장들 안은 사람이 보이지 않았다. 가게마 다 주차장들도 텅텅 비어 있었다. 한 가게에 들어서자, 주인인지 종업 원이지 한 사내가 뛰어나왔다. 그리고는 뭘 찾느냐는 따위의 부담을 주 어서는 아니 된다는 학습을 실천하듯, 어디 아랫목에 묻어 놓았다가 가 져온 것인지 따뜻한 캔 커피를 주며, 편하게 보라고만 하고는 저만치서 내 동선을 훔치고 있었다. 그러던 중 누군가 가게 문 안으로 전단지를 밀어 넣었다. 사내는 무심코 볼 뿐이었다. 근처 식당의 홍보전단지였 다. 내가 "가게가 조용하니 물건을 보기에는 좋네요."라고 하니까, "이 곳에서 근 20년을 가구점을 해왔는데, 대기업 가구마트가 들어온 다음 에는 손님이 없어요. 이 단지의 가구점이라면 다들 마찬가지죠. 세일이 고 뭐고 방법이 없어요."라고 했다. 종업원이 아니라 주인이구나. 내 귀 안으로, 당신도 그런 사정이야 알 것이지만 제발 하나만이라도 사라는, 같이 울어달라는 애원이거나 아우성이 쳐들어왔다. 나는 "동네 가게들 도 그렇더니, 가구점도 대기업의 대형가구마트로 인해 힘이 드나 보네 요. 정부에서 골목상권 보호한다고 무슨 뉴스들이 많이 나오던데, 가 구 쪽은 그런 것도 없는가 보지요."라는, 더 세게 울라고 부추겼다. 주 인은, 가구단지대책위의 항의에 따라 정부와 시에서 대책이라고는 내 어는 놓았지만 실제로 도움이 되는 것은 없었다고 하고는, 머지않아 외국 대기업 가구매장도 들어올 것 같다면서 더는 말을 잇지 못했다. '다국적 기업 또는 초국적 기업'이 들어와 국내 대기업 매장과 경쟁하면서, 이 가게와 같은 기존 구멍가게들은 정말 숨통이 막힐 것이고, 그러면 그때는 가게 문 닫는 것 외에 뭐가 있느냐는, 서러움이 익어가다가 운명이 되는 것이지 달리 무엇이겠느냐는 소리였다. 여행 중 어느 식당에서 "근처 편의점 주인이 하는 말이 '3일 법칙'이라는 것이 있다던데, 사흘 동안의 순수입이 가게 월세에 이르지 못하면 그달은 내 몸 판 노임의 정도를 벗어나기 어렵다고 하시던데, 이 식당은 어떠세요?"라고 물었을 때, 그 식당 주인은 "허, 그런 달이 1년에 한 번이야 있겠지요."라고 했는데, 이 가구점은 저 '3일 법칙'을 이기는 경우인가를 물으려다가 더는 잔인을 부추길 수 없었다. 물건을 잘 봤다는 죄를 뒤로하고 나온 나의 발길이 〈가격이 더 비싸고 사람 봐가며 다르고, 카드 주면 그런 거 취급하지 않는다거나 마지못해 받고, AS가 되나, 반품이 잘 되나, 주차장이 제대로 있나, 쇼핑하는데 냉난방이 되어 있기나 하나, 위생적이지 않는 것은 기본에다가 유통기한이 지난 것도 적당히 팔아먹고… 그러면서 죽는소리나 하고 있으니…〉라는, 전통시장이나 골목 가게가 죽어간다는 뉴스에 붙던 그 흔한 인터넷 댓글의 기억에 막혀 우왕좌왕하고 있었다.

비현실적이라는 이유로 해서 외면을 받았던, 어쨌든 일생을 통해 영세 자영업자의 문제와 그렇게도 몰두하고 씨름했던 매튜가 던져준 이 재물을 대체 어찌해야 하는가? 편지에서 이 재물을 두고 '당신이 살아 당신의 그 신념에 사용될지 어떨지는 당신의 자유이고 선택이지만'이라고 했는데, 지금 내가 선택해야 하는 나의 자유나 선택은 무엇인가? 그가 준 이 재물에는 그의 유지(遺志)일 수도 있을, 그가 살아 이루지 못한 뜻일 수도 있는 저 '영세자영업자 문제'도 녹아 울고 있는가? 정규직의 좁디좁은 문을 포기할 수밖에 없는 비정규직의 범람에 대해서는 그가 어떤 생각을 했는지 모르지만, 그가 넘치는 영세자영업자의 문제를 조합의 방식으로 해결해야 한다며 미쳐있었던 바에는, 그가 알고 내가 모르는 무슨 사연이나 원망이 라도 있었던가?

매튜가 던져준 재물이 내가 '어쩔 수 없어!'라던 세상을 기어이 다시 두드려보게 해버린 바로써 나선 이 여행에서, 역시나 새삼스러울 것도 없이 죄 없는 자들에게 공범의 세계로써 로만은 그 어디든 다를 바 없었음에, 예정에 있었던 남은 두 곳을 그만두고 그냥 P시로 발길을 옮겼다. N시로 돌아가려니까 M과, 로린과, 스티븐과, 그리고 유난스럽던 몇몇의 주민대표들이 걸렸다. 두려웠다. 이 로만의 수도 P시에서 이틀이나 사흘은 죽여, 그 죽은 시간의 끝이 지시하는 대로 따라야 할 것이었다.

서점이 모조리 소멸한 나라에서 돈의 권력과 입 맞추며 문화 권력으로 살아남은 대형서점에 들어서니 젊은이들이 북적거렸다. '시민단체'에 관한 정보가 실린 책을 사러 왔으면서도, 내 발은 그 책이 있을 곳을 거부하듯 그 넓은 서점을 배회하고 있었다. 인간은 많으나 모두 고립되어 은폐하기 딱 좋은 인간의 망에 빠짐으로써 내 불편을 잊기라도 하겠다는 듯이, 여기 기웃 저기 기웃하고 있었다. '독자와의 대화'가 진행되는 장면을 십 여 분을 보고 있다가, 불식간에 그 유명세 작가의 멱살을 잡으러 내달리는 나를 느끼고는 황급히 그곳을 빠져나왔다. 인문서적 코너 평대에는 자유민주주의 로맨티시즘과 자기계발을 저급하다며 물리치고 합리적 개혁을 노래하는 책들이 장악하고 있었는데, 여기도 대중영합주의와 소영웅주의의 유혹과의 궁합에 의한 폭력이 점령한 로만을 반영하고 있다는, 그 진실을 도저히 부인할 길이 없었다.

곧 구토할 것 같은 이물의 조짐을 견딜 수 없어 황급히 서점을 빠져나와 무작정 걷는데, 나는 어디로 가야 할지 모른다. 사려고 했던 그 책도 기억에서 사라져 버렸다. 어디로 가야 하나? 지금의 이 나라에서의 시간의 추이는… '개혁은 혁명보다 어렵다.'라는 세상의 경구를 부인할 수 없는 로만의 현재라는(— 경제와 인간의 진화 사이 현저한 불균형이라든가, 분배의 균질이 완전한 균열되었다는 사실과 총화로써 생산력의 성장이라는 엇박자가 필연 지은 모든 로만인의 불화와 각자도생이라든가 어쨌든) 진실 때문인지, 용기 없는 리더들의 저 경구를 앞세운 망설임이나 타협이나 도피인지… 나 역시 스스로 어느 쪽을 서지 못하나 다만 어느 한 쪽으로는 쓰러져야 한다. 매튜가 던진 이 재물이 나, 파비안이라는 특정의 개인에게 떨어진 것인가? 그렇게 정리해도 좋은가? 매튜는 내가 저 재물을 안고서 저 '망설임, 타협, 도피'의 안식처로, 계산은 차가우면서 사람은 대충 좋은 그런 최적의 편한 길로 갈 것을 바란 것인가? 나는 어디로 가야 하나? 조카 마크에게 가야 하나?

12

마크에게 가는 길에

'이 로만에서 살아 달라질 것이라고는 없다!'던 내게 느닷없이 침투해 버린, 그래서 기어이 나를 혼돈에 빠뜨린 매튜가 던져버린 이 재물을 어찌할 것인가? 쉬이 확정되지 않는 저것에 나는 계속 매달려 갈지자를 걷고 있었다. 일찍이 나는 재생불능인 유한의 시간에 굴복했다. 로만이 가진 폭력의 편재(遍在)로부터 '99%의 을들'이 자유로울 것임에 대해, 내가 살아서는 그 기대가 없었다. 그런데 매튜가 던진 저 괴물의 숙제를 끌어안은 여행 끝에, 이젠 나는 편하나 재미가 없는 길을 버리는 연습에 들어설 것만 같다. 로만의 권력층을 불편케 했을 정도로 큰 사건으로 수차 나를 힘들게 했지만, 내가 운명으로 수렴했던 내 조카 마크를 찾는 오늘은 그 연습의 첫걸음인지도 모른다. 아버지, 어머니, 오빠, 올케, 다른 조카, 동생, 그리고 나… 그렇게 내 가족을 통째로 천민의 운명으로 몰아넣어 버렸던 놈이다. 연락해본들 피차의 어둠만 서로 보태는 바이니, 같은 도시에 살면서도 웬만해서는 피차 좀체 연락하지 않았다. 제 몸을 태워 불의와 다퉈버리고는 뒤돌아보지 않고 감옥을 가버리는 놈의 그 성질이 이젠 나이 들어 많이 죽은 것 같지만, 그것이 놈의 기질이라는 그 자체는 지금 내가 놈을 찾은 걸음을 더디게 한다. 나라는 어쩜 호기로울 수 있는 배양환경을 만나, 놈의 그 기질이 또 어떤 방식으로 부활할지 모른다.

버스를 타고 가다 중간에 내려야 했다. 시위대와 경찰의 공방으로 인해 엉망으로 엉켜버린 도로에서 버스가 언제까지나 정체를 벗어날지 알 수 없었다. 다행히 놈의 셋집과는 세 정류장 정도였다. 직전에 한바탕 전쟁을 치른 듯, 물대포를 사용한 듯 바닥이 물기로 축축했고 최루가스 냄새도 가시지 않았다. 일부의 성질 급한 자들이 뜯어내었다가는 던지기까지는 못한 듯이 보이는 보도블록 조각들이 여기저기 흩어져 있다. 쪽수로 채워 이겨야 한다는 것으로의 '평화시위'가 아니면 국가폭력에 빌미가 된다는 두려움에 학습되었던 바가 지난 정권의 시절이었다면, 이젠 저 평화시위가 아니면 시민의 승인을 얻지 못한다는 바로서의 정의(正義)가 계량하고 시민을 지배한다. 반짝 이슈에 걸려 살아나는 '공동체'가, 그 이슈의 밖이나 그 이슈의 종료와 함께 즉시로 소멸하는 공동체의 나라, 그곳이 로만이다. 저런 찰나에 갇힌 공동체가 권력의 갑들로부터도 국민으로부터도 '의식이 성숙한 로만의 시민과 그 민주주의'라고 불린다.

긴장이 유지되는 가운데 채증을 피하려고 마스크를 쓴 시위대와 무장한 경찰이 대치하고 있다. 불법시위로 처벌될 수 있다며, 해산하라는 경찰의 방송이 계속되고 있다. 주권노총, 국민노총, 건설노조, 금속노조, 유통노조, 병원노조, 금융노조, 교원노조, 공직노조, 버스여객노조, 계약직노조, 알바노조, 환경연합, 골목상권연대, 전국임차인연합, 젠트리피케이션파괴동맹, 하도급자연합, 아줌마연대, 전국대학생연합… 등등 법적·임의적 단체의 플래카드가 사람의 숫자보다 더 많을 것만 같다. 큰 기업들 귀족노조의 연합이 깔아놓은 판에, 알바노조와 같이 밀도가 엉성하거나 급조된 노조가 편승한 현장이 아닌가 싶기도 하다. 다른 것들은 그러려니 했는데 '젠트리피케이션파괴동맹'이라는 플래카드가 있는 곳에 대충

30여 명의 사람이 모여 떠드는 것이 눈이 들어 가까이 가보니, 임차인의 노력과 희생으로 생산된 상가의 부가가치를 건물주가 강탈해가는 불로소득은 반드시 파괴해야 한다고 목소리를 내고 있었지만, 로만에 내린 현실과 일반의 경제관념으로는 어림없는 구호로 추락할 것이었다. 저것보다 훨씬 설득력을 가진 불로이익에 관한 환수의 정책조차 경제의 활력이 죽는다는 논리(증거가 없이도 지속으로 반복되는 거짓말이 진실이 되는 힘과도 같다.)에 봉쇄되고 때론 위헌으로 되어버린 경험으로도, 능히 그렇다. 소유권에 반기를 드는 규범이 지배적 권력일 때나 가능한 일이다. 법은 소유권에 봉사하는 도구로써 탄생한 바이고 그에 따라 법이 소유권과 등식인 바에야, 적어도 로만에서는 이 시위의 오늘이 공룡에게 앙탈이나마 할 기회를 받은 현장일 뿐이었다.

이렇게 까닥하면 피를 흘릴 수도 있는 시위는 현 정부가 들어선 후 처음인 듯하다. 억압이 유효했던 지난 정권 시절에는 이런 대규모 연합집회 자체가 어려웠다. 그때 유행했던 1인 시위나 무정형 오합지졸의 시위는 사회적 동력의 형성과는 거리가 멀었다. 대기업사업장에서의 시위는 '귀족노조'라는 비아냥거림에 유기되어 홀로 악다구니에다, 물리적·법적 국가폭력에 갇혀 있었다. 그때 권력은 마음만 먹으면 민사상 손해배상청구권의 행사라는, 시위자 가족의 살림까지 피를 말려버리는 훌륭한 통치술도 행사할 수 있었다. 지나면서 힐긋힐긋 보내는 시민들의 눈길에는, 풀어주니 '물에 빠진 놈이 내 보따리 내놓아라!'라고 한다든가, '타협과 기다림이라는 민주주의를 모르는, 폭력 급진주의자들!'이라는 불신과 배척이 무겁게 내려앉은 것으로 보일 뿐이었다. 집권 권력이 바뀔 것이라는 신호가 두터워졌을 때, 갑자기 그때까지 긴 세월 용비어천가를 지우고 말을 갈아탄 언론과 권력기관의 기회주의를 거론한 시민은 그리 없었다. 기다림의 미덕이 절차의 함정이 될 수 있음을 살피지 않음과 다수에 진입이라는, 인간의 영원한 미궁인 저 두 개의 마(魔)에 걸려있었다.

　단체마다 각기 달랐지만, 시위대의 플래카드 내용으로 보아, 시위의 이유는 간단치 않았다. 여러 문제에 관해 정부의 조치를 요구하고 있었다. 그 요구들은 기술적인 것이 아니라 본질적인 것들이었기에, 현재 로만이 가진 에너지로는 어림이 없을 것이었다. 이 집회·시위와는 전혀 관련이 없이 유리된 로만의 일상, 그 일상에 돌아가 공동체가 없는 로만에서 저 시위의 이유로는 더욱 그랬다. 울며 아우성치는 당신들도, 권력자들도, 나 파비안도… 모두, 이 로만의 땅에 흙으로 묻힌 후 멀고 먼 훗날의 일이었다.

　나는 시위대를 지나던 중에 한 노인이 '옳소, 옳소'와 박수를 받고 있는 일단의 군중에 끼어들었다. 노인이 자신을 둘러싼 시위군중에게 쏟아내는 〈대통령이 바뀌었다지만 국민에게는 달라진 것은 없다. 정부는 이런저런 적폐를 없애고 개혁을 한다며, 구정권의 비위행위자들을 단죄하고 개혁의 정책들을 내세우지만, 서민들의 삶이 실제는 나아진 바 없이 여전히 고 단순히 말하면 눈곱만큼의 개선될 근거도 없다. 죽어나가는 실업자와 비정규직과 영세한 자영업자가 국민의 대부분이다. 그런데도 근본에 손을 대지 않으면서, 여전히 '서민과 중산층'이라는 모호한 말을 한다. 중산층의 숫자는 이미 쪼그라들었다. 말장난 그만하고 그냥 '서민'이라고 구체적으로 말해야 한다. 이 정부가 적폐의 청산을 위해 애쓰는 것은 부인하지 않지만, 그것으로써 99% 국민의 삶이 절대 달라지지 않을 것이니, 답답하다는 것이다. 우리 서민이 원하는 것은 집권세력으로서 실패를 두려워하지 말고, 근본 결단으로써 역사의 평가를 받으라는 것이다. '이것이다!'라며 선택은 하지 않고 지금처럼 이것저것 모조리 고려하다가, '어어' 하다가 임기 중반이 닥쳐버리면, 그때는 이 절망이…〉라는 취지의, 열변을 듣다가 빠져나와 다시 걸음을 옮겼다. 차림과 말투로 보아 지나다가 거드는, 노년에도 '누이 좋고 매부 좋음'의 문으로 들어서지 못하는 자인 것 같았다.

물에 젖어 길바닥에 버려진 전단지를 읽어 보니, 시위현장 근처 어딘가 의 재개발 사업이 그곳 무허가판자촌 거주자들의 저항으로 오래 진행치 못한 끝에, 근래 강제 이주와 철거를 시도한 것이 시위의 도화선이 된 것이 아닌가 싶었다. 그 전에 있었던 단전·단수의 조치가 오늘의 폭발을 예고 한 것이었다. 그 단전·단수의 조치는 지난 정권에 임명된 관리자들의 주 도로 이뤄졌다는데, 그들과 현 정부 사이의 소통엇박자로 인한 실수였을 것으로 보도한 언론도 있었지만, 그 진실은 알 수 없었다. 새 정부와 구세 력 네트워크(一장·차관 미만의 관료집단, 대기업, 언론, 관련 학계 등) 사이의 소리 없는 대결이 이 사태의 모태로 내려 있는 것이 아닌가 싶었다. 당장의 가시성에만 매몰된 언론의 관심 밖인데다가, 주권재민의 뜻을 표방하는 정 권이지만 저 네트워크의 에너지를 넘을 힘과 결단은 지극히 의문일 정도 이니, 결국 99%라고 불리는 로만의 국민은 각자도생에 매달리는 길 외에 는 없을 터였다.

시위현장을 지나 한 블록을 더 가니, 웬 건물 앞마당에 설치된 천막으로 사람들이 북적이며 드나들고 있었다. 천막 안에서 누군가 떠드는 소리가 흘러나왔다. 가까이 가보니 고급승용차가 즐비하게 주차된 옆 공간에 설치 된 천막 안에, 얼른 보아도 부티가 나는 남녀들이 누군가의 연설 같은 말을 듣고 있었다. 아파트 모델하우스가 있는 현장에서 시행되고 있는 분양물건 의 홍보행사였다. 분양대행사 직원이 마이크로 일단의 사람들에게 뭔가 열 을 내어 설명하고 있었다. 로만의 수도 P시, 그중에서도 불패신화의 본산인 프리뷰 구역이 지어질 아파트였다.

그 직원은 그 아파트의 첨단기능에 대해서 목소리 높이고 있었는데, 내가 천막 안으로 들어섰을 때 그의 〈이 정부가 들어서고 수차 부동산 대책이 나왔다. 그때마다 이 정부와 정부에 편향인 오피니언 리더들이 말하기를… 가격상승의 기가 꺾일 것이다. 정부는 지난날 부동산 정책의 실패를 깊이 분석했기에 과거와는 다른 대응책을 보유하고 있다. 정부는 다수 카드를 가지고 있기에 가격의 동향에 따라 하나씩 내어 놓을 것이니 과거의 경험으로 착각하지 마라. 아직 그 카드의 절반도 나오지 않았고, 이후에 꺼낼 카드는 훨씬 강력하고 예리하다. 이 정부는 결코 부동산으로 성장지수를 견인하는 정책을 쓰지 않을 것이다. 로만도 이미 저성장 국가의 유형에 들어섰기에 부동산 가격의 상승은 일시적 현상임을 넘어설 수 없다. 젊은 세대는 이미 부동산의 보유에 그리 관심이 없고 이 현상은 갈수록 심화한다. 출산율 저하에 따른 인구의 감소에 비춰 오히려 아파트 공급과잉의 우려가 현실화되고 말 것이다. 아파트 담보대출로 인한 가계부채의 규모는 국가경제 그 자체의 위험요소이다. 이자율 등 세계경제에 연동되는 이 시대에 껴 가계부채는 이치 히면 낑통아파트를 민들 수 있다는 동동으로 말하지만, 세상의 일은 간단치 않다. 더구나 부동산에 관한 예측이라는 것은 어느 한 시절이나 어느 일부 사람의 희망이나 의지대로 되는 것이 아니다. 자본주의가 시작된 이래 세계 부동산 가격의 지속적 상승의 사실은 단지 역사의 기록이 아니다. 자본주의는 그 자체가 재화의 가격상승 역사이고 부동산이 그 중심일 수밖에 없다. 근대 이후 인간의 삶을 규정하는 절대 이유가 '신분'에서 '재화의 보유'로 서서히 변경되어 오다가, 자본주의가 무르익은 이 시대는 그야말로 '재화의 보유'로 정착되었고, 그 재화는 바로 부동산이 중심이고, 부동산의 보유는 자본주의에서 절대 이유인 자본의 보유와 다름이 아니다. 자산유동성, 대기업이 보유한 사내유보금, 부동산을 통한 부의 형성, 경제적 자유의 확보, 국회의원과 경제부처 국장급 이상을 비롯한 중요 공직자들의 자산보유 형태와 그 정도, 무엇보다 부동산을 통한 부의 성취라는 대부분 국민들의 학습체험(—특히 이곳에 오신 여러분들과 같이 교육수준, 기초체력, 합리적 사고 등이 갖춰진 층에서는 더욱 그렇지만)… 이런 것들이 무엇을 말하는 것인지 생각만 해도 그 대답은 어렵지 않다. 이 프리뷰 구역 아파트의 가격이 같은 수도 P시의 다른 지역보다도 2배 3배를 형성하고 있고, 그 차이가 갈수록 벌어지는 데에는 그만한 실체가 있기 때문이다. 그것은 이 나라에서 가장 비싼 이 지역과 같이, 이미 자본투자의 밀도가 높은 곳은 반드시 차별적으로 발전한다는 것이다. 자본, 인구, 두뇌, 교육, 문화, 첨단의 편의시설, 대기업의 사무실 등이 몰리면서 저것들이 교호하면서 우월한 부가가치를 창출하고 결국 견고한 지속가능성의 에너지가 된다. 그 에너지는 인간의 보편적 희망으로서의 가치도 획득한다. 근래 P시는 이 지역에 거대한 지하도시의 건설을 발표했다. 저것을 두고 단순히 도시발전의 하나로만 보면 아니 된다. 복합환승센터, 쇼핑몰, 전시장, 도서관, 문화센터, 극장, 공연장, 공원 등 모든 시설이 첨단화해서 들어서지만, 눈여겨봐야 할 것으로는 지하 3층까지 햇빛이 그대로 투과되도록 설계가 된다는 점도 있다. 여기서 우리가 주목해야 하는 것으로, 지난 역사발전의 과정이라는 것은 자신의 한계를 극복하는 차원에서 엄청난 국부가 투입되는 저것과 같은 사업에 밀접한 근거를 가졌다는 점이다. 자본의 자기증식 에너지가 장벽을 만나면, 특정지역에 자본의 투입이라는 방식으로도 그 장벽을 부수고 극복해낸다. 저 에너지에는 관료, 자본가, 기업가, 언론인, 학자 등 그 국가의 지배 엘리트 네트워크의 욕망이 살아 불탄다. 저 욕망의 주체들에는 진보나 좌파라고 불리는 자들도 소리 없이 가담하고 있음도 알아야 한다. 삶을 규정하는 절대 이유 앞에서는 그 누구도 자유로울 수 없으므로, 이미 '재화'가 삶의 전제가 된 이상 진보든 좌파든 어쩔 수 없는 것이다. 생존의 조건 내지 사적 욕망의 필연이 너무 커버리면, 이념은 반동으로 몰려 힘을 잃는다. 이념은 일부 고집불통 학자의 책 안에서 죽은 문자로 연명할 뿐이다. 지금은 그런 시대이고, 먼 미래에도 그리 달라지지 않을 것이다. 다시 확인한다. 지금 정부가 부동산을 비롯해 개혁을 한다지만, 정부의 브레인들은 말할 것도 없고 정책을 집행할 그 많은 관료들의 개인자산이 과연 어디에 어떤 형태로 되어 있는지, 그 실제만 알아도 개개인의 선택지가 뭔지 보인다. 권력은 유한하지만, 생존의 조건이나 사적 욕망은 상속화로까지 이어지면서, 그 시간적 한계가 있을 수 없는 것이다. 그리고 또한…)이라는, 침 튀기면서도 진지한 열정의 소리가 언제 끝날지도 모를 만치 계속되었는데, 때론 주변을 살피며 때론 방문객들과 눈을 맞추며 속삭이듯 말하기도 했다.

말하던 중에 수차 멈춰 '이 부분에 질문이 없느냐?'라고 했고, 청중들은 이렇다 할 반응은 없었으나 괜찮으니 그냥 계속하라는 것으로 보였다. 그러면 그 직원은 자신의 월급에 모가지가 걸려 오늘도 수차 뇌까려야 할 주어진 매뉴얼인 듯이 바로 일사천리로 나아갔다. 그는 입만 살았지 이 수도 P시에 땅 한 평이 없을 것 같았다. 어쨌든, 청중들의 침묵에 의한 동의가 뭔가는 알 만했다. 이 나라에서 가장 부유한 지역의 아파트를 가지려는 자들이니, 그들의 신분이나 현재가 그것을 말해 줬다. 수요 대비 땅이 없어 공급이 희소하다는 지역에 투자를 생각하는 자들이니, 그들은 학력과 재력과 정보와 분석력을 이미 가졌다. 그러니 그들은 모델하우스 현장은 가봐야 한다는 정도이면서, 우수한 환경에서 소위 인격을 이룬 자들인지라 그 직원의 설명이라는 절차를 존중해 주는 사정으로 보아야 할 터였다. 차명으로 했든 어쨌든 이미 수채의 집을 가진 자, 분양받아 가능한 빠른 시기에 프리미엄을 붙여 넘길 자, 바로 전세나 월세를 놓을 자, 자식의 결혼 선물로 줄 자, 다른 지역의 집값보다 높은 전세로 살면서 기회를 노리고 있던 자 등이 각자 입장과 다양한 투자의 유형을 가지고 온 터일 것이었다.

다만, 설명의 말미에 그 직원이 〈'아파트값 지키기 운동'이라는 제목 아래, 평에 따라 얼마 이상으로만 중개업소에 내어놓기로 입주자대표회의와 부녀회가 결의했고, 만약 어느 중개업소든 그 이하의 값으로 매물을 등록해 놓은 사실이 발견되면 각자 즉시 경고를 가하고, 그렇지 못할 경우에는 바로 입주자대표회의나 부녀회에 그 사실을 알려야 하며, 이렇게 하면 우리 아파트가 매주 5천만 원이든 1억 원이든 오르는데, 이것은 우리 프리뷴 구역의 다른 아파트도 실천하고 있다.)라는 취지의 유인물이 프리뷴 구역 다수의 아파트 엘리베이터나 적당한 곳에 붙는 현상에 대해 그것이 뭔지 염두에 둬야 한다고 했는데, 이 소스에 대해서는 이미 아는 바임에도 그 폭발력에 관한 신뢰와 함께 그것이 가진 너무 나가버린 타락성이 충돌하면서 엉켜버린 탓인지, 이 말이 있었을 때는 모두들 긴장을 완전히 지우지는 않고 있었다.

내 오빠의 사업이 망하지 않았다면, 내 오빠가 정치권력의 자장 안에서 사업하지 않았다면, 정치가 최고의 선이면서 동시에 가장 지독한 폭력이 아니었다면… 투기를 투자로 이해함에는 저항이 없는, 전체로서의 경제를 왜곡하고 인간관계를 파괴한다고 이해하거나 규정하지 않는, 혹은 투자냐 투기냐 사이에 스스로 다투다가도 개인으로서의 생존조건이라며… 문화와 예술에 친하면서 합리적이고 유능한 인격의 남자를 만나 자식도 역시나 그렇게 키우며 꿈꿨을 것이며… 나도 저들과 같이 지금껏 아파트나 주식과 호응을 해왔고, 앞으로의 삶도 그러했을 것인가? '배우고 가진 좌파'로써 자유와 정의와 민주를 주창하는 자가 되었더라도, 나 역시 투기로 규정됨은 인정치 않았을 것이다. 1% 가능성으로의 부인도 어려울 것으로 싶었다.

저들 방문자들 많이는 10년이나 20년 전 일찍이 그 지역 아파트를 사서 터를 잡았을 것이고, 그 선택의 결과 오늘에 이르러 그렇지 못한 자들이 엎드린 땅 위에 저들의 하늘은 평화의 왕국이 되었다. 직업, 결혼, 부동산… 이런 것들에 대한 선택은 그 사람의 삶을 결정하지만, '선택'이라기보다는 '행운·운명'에도 가깝다. 이것은 인재(人災)의 '행운·운명'이다. 그래서 그것이 행운이든 운명이든 그 부당한 이익을 국가가 제거해야 할 것이지만, 로만은 그럴 생각도 능력도 없다. 실제로 일 해봐야지 할 만한지 아는 것이 직업이고, 같이 살면서 지지고 볶아봐야 제대로 한 것인지 아는 것이 결혼이고, 사서 던져 두어봐야 돈이 되는 것인지 아는 것이 부동산이다…, 라는 일반의 인정이 초래하는 어둠을, 그 어둠을 거부할 능력이 이 로만에는 없다. 행운과 운명의 폭력에 의해 인간계로서 로만의 당위는 질식되어 있다!

저런 당위는 제겨내고 한편으로 어디까지나 현실적으로는, 이재(理財)에 대해 타고난 동물적인 감각을 가졌거나, 어떤 계기를 만나 특히 부동산 투자라는 이재에 대해 제대로 눈을 뜨는 자도 있다. 그러나 저런 것은 일부의 사정이다. 이 지역에 부동산을 가진 자들은 타고난 악마가 아니다. 이 나라를 지배하는 기능주의적 합리주의에 잘 적응을 하고, 이 나라가 요구하는 역시 기능적인 교양은 더 많이 가지고 있다. 그러기에 저들이 부와, 하력끼, 영향력은 견고하고 또 상속을 통해 영속화도 이루고 만다. 저들은 제도의 틈을 잘 읽었고, 바람의 방향을 잘 보았다. 오래전부터 이 나라의 '제도'는 복잡하고 난해한 기능의 구조이기 때문에, 그것이 요구하는 그만한 기능적 지적 능력과 그것을 버티는 지구력을 요구한다.

외국의 예에서 찾아볼 수 없다는 '로만의 아파트 선분양제도'는, 그 어떤 논리로 끼워 맞춰도 결국에는 경제적 부정의를 벗어날 수 없다. 억지인데, 부당이득 내지 사기로써 부정의다. 갑들은 법을 데리고 와서 저 부정의를 해결했다. 부정의인 것을 설득의 이유를 제시해 적법으로 규정해버리고 나니, ('건설자원의 확보'라는 이 이유 그 자체에 이미 침투해버린 부정의가 국가적 폭력의 힘에 의해 은폐된 후) 그다음에는 부당이득 내지 사기로 인한 부의 이동이라는 현실 아래 짓눌려 살면서도 로만의 국민들은 아무런 감각이 없다. 법이라는 도구가 개입해 경제적 부정의가 현실을 지배하게 하는, 이런 마술은 비단 아파트 선분양만이 아니다. 로만 경제를 한때 패닉에 빠지게 했고 또 언제든지 재발하게 할 수 있는 다단계 유통이나 가상화폐 거래 등과 같이, 앞설 수밖에 없는 욕망에 의해 논리적 완전성이 무력화되는 운명의 것들도 결국에는 그 궤를 같이한다.

'바람'은 '거품'으로 대표된다. 거품인지 아닌지도 아는 것도 그만한 지적 능력을 요구함과 동시에, 적당한 거품이라는 시점에 즉시 큰돈을 투입할 능력이 있는 자에게 주어지는 행운이다. 마찬가지로, '무릎에 사서 어깨에 팔라!'라는 황금률도 자본의 보유라는 자격을 전제로 봉사한다. 인구 대비 주택의 부족 때문에 아파트값이 불안하다는 주장은, 자본주의라는 전제에서는 영원한 명언이 된다. 예각의 반박이 들어서기 어렵게 한다. 숫자적 합리성이 오류나 속임수임을 은폐하게 해주기 때문에, 그 합리성이라는 이념이 가진 절대 지위 때문에 '인구 대비 주택의 수'라는 명제에서 갇힌다. 그럴 수밖에 없다. 마찬가지로 주택보급률이라는 통계가 가진 악마적 설득력도 크다. 더 정확히는, '소유권'의 관념이 지배할 수밖에 없는 거대효과다. 다른 유형의 부동산도 그렇지만, 아파트값이 불안할 때는 거의 예외를 찾기 어려울 정도로 '거품'이 개입한 결과다. 이는 모든 투자재화는 거품의 값이 가격상승에 관여할 수밖에 없는 본질 때문이다. 불로소득의 학습효과가 강한 로만에서는, 저 불로소득의 욕망이 그 어떤 발상이나 제도의 정신도 죽여 버리고 먼저 가버릴 수밖에 없기 때문이다. 그 욕망의 결과로써 얻는 이익이 너무 크기에, 그렇다. 수요와 공급의 불균형은 원인이 되지 않거나 아주 작은 원인일 뿐이다. 가격을 쳐올린 거품이 꺼진다고 해서 원래 가격으로 완전히 돌아가지는 않는다. 거품 중 일정부분은 현실의 가격으로 화학적 변화를 하기 때문인데, 이 변화에는 새로운 경험이 가져다준 인간의 욕망도 그 값으로 더해지기 때문에 더욱 그렇다.

저 거품은 경제를 왜곡하고, 불로소득의 부당이득을 형성하고, '1% : 99%'라는 거대한 양극화에 크게 기여한다. 그런데 문제는, 자본주의는 저 거품을 필연적으로 가짐으로써 그래야만 성장한다는 데에 있다. 자본주의의 본질의 거대한 진실이라는, 아니, 진실 이전의 원리로써 이치라는 점이다. 성장의 절대 전제이자, 그 동인이다. 그 결과는 1%만이 아니라, 나머지 99% 중 20%든 30%든 그 일부도 전체로써 성장의 반사적 이익을 얻는데, 이것이 인간을 욕망에 빠지게 하고, 나아가 인간을 자본주의가 요구하는 바에 순치시켜 전체로서의 양극화를 벗어나는 것을 불가능하게 한다. 로만의 위정자와 경제학자 등 엘리트들은 저런 효과와 이익의 구조에 대해, 널리 인정하고 적어도 뿌리칠 수 없는 근본임을 인정한다. 설정 진보적 · 좌파적 의식을 가진 엘리트들도 부정하는 것이 불가능하다. 그것을 부정하면 천부인권으로서 자연권과 같이 되어버린 '소유권의 이념'이 무너지기 때문이다. 엘리트들은 다만 '거품'을 명시적으로 옹호할 수는 없으니, '어차피 그렇게 굴러가게 되어 있어!' 하며 쉬쉬하거나 다른 변죽을 울린다. '소유권'과 '거품'은 필연으로 결부된다. 그 결부로써 상승효과를 낳는다. 이것은 인간의 의지가 아닌, 물리과학이 작동하는 이치와 같다. 저 '소유권의 제도'가 존재하는 한, 내가 바라보는 쪽의 세계는 절대 열리지 않는다. 50년 후든 100년 후든 로만에서 소유권제도 완화의 최대한 한계치가, 그것이 지극에 이르더라도 어차피 '소유권의 거대한 손이 제어하는 세계' 안에서의 그것이다. 멀리 거슬러 가서 보면 중세봉건체제를 무너뜨렸다는 근대의 시민혁명이라는 것이, 사실은 절대왕권의 귀환을 봉쇄해야 하는 입장에서 신흥자본가세력의 '자본가혁명'이었다는 점은 역사의 진실이고 누구나 안다. 그래서 그때 비로소 구체화한 천부인권 · 자연권에 '소유권을 중심으로 하는 사유재산권'이 끼어들어 버렸다. 수백 년이 지난 오늘날까지 인류에게 그 족쇄를 채워온 거대한 비극의 원천이었다. '자본가'의 혁명이라는 역사의 경과에 따른 필연이었다. 근세 이후 인류에는 수많은 인권선언·권리장정·헌법 따위의 제정·개정이 있었지만, 재산권 행사의 사회성을 요구하는 정도였을 뿐 저 비극의 원천 그 자체는 걷어내지는 못했다. 공공복리에 적합할 것이라든가 하는 정도의 저 사회성은, 냉정히 보아 소유권의 횡포를 위장하는 데에 동원된 역할을 크게 벗어날 수 없었다. 저 '소유권을 중심으로 하는 사유재산권'에 관한 신봉과 그 폐기의 금기를 인류는 벗어날 수 없다!!

경제적 부정의를 현실적 정당화로 만들어버리는 욕망의 화신(化身)으로서의 '법', 지극한 불공평과 거대한 기회주의의 원흉임이 명백히 규명됨에도 불구하고 성장의 견인차로써 오히려 방관하거나 조장될 수밖에 없는 '거품', 노력과 능력만큼의 보전이 아니라 재화의 편재(偏在)를 향해 질주할 수밖에 없는 에너지인 '소유권'… 세상을 지배하는 것은 결국 욕망과 제도가 결혼해서 생산하는 거대한 사기, 너무나 복잡하고 난해하고 거대한 과정 안에서 생산되는 것들이어서… 저것을 사기의 관점에서는 털끝만큼의 생각조차 할 수 없는 99%의 인간… 인간의 오감이 진입불능인 저 난해하고 거대한 마술의 영원할 건재와 그 마술이 또 영원히 뿜어낼 폭력 아래 쭈그러든 나는 길바닥으로 철렁! 허물어졌다. 그 무너짐을 버티려고 바닥에 두 손을 짚으며 안간힘을 썼다. 곁에 있던 한 젊은 여인이 왜 그러냐며 나를 일으키려고 했다. 나는 고맙지만 괜찮다며 가까스로 일어났다. 일어났으나 어지러움에다가 어디로 가야 하는지 모른 채, 작고 느린 보폭으로 한 걸음씩 옮겼다. 저 마술의 폭력은 그 누구도 전혀 어찌할 수 없음에, 매튜가 준 재산을 어떻게 사용하느냐에 관한 긴 고민 끝에 이어진 이 탐색도, 오늘 마크에게 가는 이유도 모조리 무의미하게 되어 버렸다. 그러나 무의미나 부조리와 하나가 되어버려도 좋다는 이미 내린 결론 위에 다시 승차할 수밖에 없는 나는, 무너지는 나를 버티며 걸음을 잡아나갔다.

*

조카 마크가 사는 집이 있는 언덕 아래 즐비한 빈민가와 홍등가를 지나칠 때, 홍보물을 나눠 주거나 행인을 따라붙는 호객꾼들이 분주히 오갔다. 전화방, 화상방, 발마사지, 안마, 여인숙 사창, 찻집, 노래방의 '우리 집 아가씨 물 좋다, 안마가 시원하다.'라는 것으로 오가는 사내들이다. 찰거머리로 따라붙던 한 호객꾼이 행인의 뒤통수에다가 "씨팔, 진작 돈 없다고 하지, 좆도 없으면 왜 있는 척해서 여기까지 따라와 헛물켜게 하는 거야!"라고 내지른다. 그 행인은 돌아보는 듯하더니, 위협을 감지했는지 바로 총총걸음으로 가버린다.

나선형으로 도는 가파른 계단을 올라 언덕 위에 낡은 주택들이 모인 동네에 이르렀다. 마크가 세든 집은 동네 끄트머리에 가까운 곳에 위치한 단독주택인데, 그 집 한쪽 방향으로 여러 개의 쪽문들과 방들이 있고, 마크는 끝에서 두 번째 방에서 세를 산다. 북향인데다가 반지하여서 물론 햇빛이 들지 않고, 세입자들이 공동화장실을 사용한다. 보증금도 월세도 P시에서 가장 싼 수준의 셋집이다. 마크는 유통기한이 지난 편의점 제품을 먹으면서, 컴퓨터로 무슨 작업을 하고 있었다. 편의점 알바를 하면서 틈틈이, 인터넷신문사 일을 돕고 있다. 그 인터넷신문사는 그야말로 작디작은 진보언론이다. 마크는 오래전에는 시민단체에서도 일했다.

그것이 당시 어린 마크의 행위였는지 단정할 수는 없지만, 그 옛날 권력자의 동상이 페인트로 훼손된 사건 이후부터 말이 없었던 마크는 대학에 가서는 급진 좌파가 되었다. 마크가 대학생이 되었을 때는 이미 대학도 '가치가 밥 먹여 주느냐!'가 지배한 상태였지만, 무슨 운명이듯 마크는 가치라는 구시대의 썩은 동아줄을 잡았다. 로만의 권력층이 파스란의 권력층으로부터 돈을 받고 교류를 하게 되었다고 폭로했다가 처벌받은 그 옛날의 사건에서도 보듯이, 마크는 정치권력 차원의 부정의에 관해 수차 몸을 던져 문제를 제기했다. 그러나 마크도 나이가 들었고, 무엇보다 오랜 세월 곤궁에 시달려서일 것이지만 이젠 기도 죽고 곧잘 타협도 한다. 그러나 또 한편으로는, 권력에 관해 워낙 뿌리 깊은 불신으로 인해 불식간에 분노가 터져 버리기도 한다. 내가 먼저 마크를 찾지 않고 로만의 이곳저곳을 여러 날 떠돈 것에는, 제대로 분노가 터지면 수습이 불가능한 결과를 초래했던 마크에 관한 기억을 지울 수 없었던 탓이다. 매튜가 준 재물로 인해 전혀 예정에 없던 선택의 모색이 다시 어떤 운명을 결과 짓더라도, 어쩔 수는 없다.

대학 때부터 노동과 알바를 해온 마크는 졸업 후에도 온갖 잡일로 오늘에 이르렀는데, 지금 마크가 돕는다는 인터넷신문사는 마크와 같은 좌파 운동을 해온 자들이 운영하는 곳이다. 임원과 직원을 구분할 것도 없이 몇 명이 되지도 않지만, 워낙 돈이 없는 곳이다 보니 마크와 같이 부정기적으로 돕는 자들에게 의존하는 바가 크다. 신문사의 그때그때 요청에 따라 마크는 현장기자 노릇도 하고, 신문사에 필요한 자료의 수집·정리도 해주고 있다. 그래서 마크의 수입은 편의점 알바와, 저 알바보다 못한 신문사로부터 받는 보수가 전부다. 돈의 현실로부터의 탈출이 절실하지만, 마크는 이 상태를 버티는 것 외에는 달리 길이 없다. 이미 로만에서 정규직의 자리란 제한된 자들에게만 열려 있었지만, 마크의 전력은 로만의 공사조직이 안기에는 불편함이 크다. 권력에 정면으로 도전한 마크와 같은 전력은, 정치권에서 운이 맞아 대박을 칠 수는 있었지만, 마크는 그 전제로써 일류라는 학벌의 계급장은 달지 못했다.

핏줄에 따른 신뢰이면서, 그 신뢰가 진입할 수 없는 내 조카 마크의 세계까지는 나는 모른다. 순전히 저것 때문이 아니라 탐색과정의 하나로써 방문이어서, 마크에게 찾아온 이유를 말하지 않았다. 이후 시간의 경과가 말하는 바에 맡겨야 했다. 다만 나는, 마크에게 증여받은 그 상가주택 중 내가 거주할 501호에 이사할 준비를 해두라고 말했다. 조카 마크는 고모가 무슨 능력으로 그러냐고 물으려는 듯이 하다가는, '고모, 이젠 나아졌나 보지요!' 라는 듯이 엷은 미소를 보냈을 뿐 입을 열지는 않았다. 내가 단지 '501호'라고 했으니, 다세대 건물의 한 세대를 임차했다고 여겼을 것이다.

이윽고 마크는 뜬금없이 "고모, 돈 좀 빌려주시오."라고 했다. 이사를 하려면 석 달 치 밀린 월세를 갚아야 한다는 말이었다. 이젠 물을 필요가 없어졌지만, 나는 주인이 밀린 월세를 어느 정도 독촉하느냐고 물었다. 마크는 다른 집 주인들과는 달리 그리 독촉은 하지 않는다고 했다. 보대이 나는 월세 수입을 위해 이 주택을 매입했다는, 부자동네에 산다는 그자가 지금도 주인이냐고 물었다. 마크는 그렇다고 했다. 일정한 형태로 어느 한 쪽의 이익에만 기여하는 형태로 재화의 유통이 굳어진 상태임에도, 인간은 법의 폭력을 인지하지 못하고 그 기울어진 유통을 당연한 것으로 여긴다. 시대에 따라 그 양상과 정도는 다르지만, 현실의 질서는 널리 폭력에 의해 기울어지고, 법에 의해 그 기울어짐을 적법과 당연한 것으로 굳힌다. 해서 내 사정에 변동이 없었다면 나는, 만약 세입자와 한집에 살면서 일부를 월세로 생계의 보태는 자라면 그럴 수 없었겠지만, 마크에게 차라리 야반도주를 권했을지도 모른다. 아마도 그랬을 것만 같다.

수도 P시의 이런 동네에서는 보증금을 다 까먹고도 월세를 많이 밀렸다가는 야반도주를 하는 세입자가 가끔은 있다. 그런데 이 집주인과 같은 부자들 중에는, 이런 싸구려 동네에 주택을 사서 최대한 방을 많이 내어 월세 수입을 목적으로 하는 투자를 하는 자들도 있다. 저금리시대에 일종의 틈새 투자전략인 셈이다. 싸게 산 집을 수단으로 시중금리를 훨씬 상회하는 수입의 투자인데, 인풋을 대충 짓밟아버리는 아웃풋이다. 이것도 대체로 배우고 가진 자가 발견하고 실행하는 투자전략이다. 이런 경우의 건물주는 어쩌다가 있는 세입자의 야반도주를 그리 우려하지 않는다. 그리 신경 쓰지 않는다. 성가신 민사소송으로 가는 것도 할 짓이 아니지만(─판결을 받더라도, 실제로 돈을 받아낸다는 보장이 없기도 하다.), 그 정도의 손실은 필요비용으로 하더라도 남는 장사라는 결론이다. 쪼개고 쪼개어 월세 놓을 방이 많으니, 전체의 손익계산은 나오는 것이다.

배우고 가졌다는 사실은, 그 자체로써 전체로서의 계산이 능하고 빠르다는 사실과의 등식이다. '돈이 돈을 번다!'라는 말이 괜히 나온 것이 아니다. 이것이 그들에게 재화확장의 원리를 알게 하고, 그들에게 그 확장의 설정을 가능케 하는 과학을 보내주고, 그래서 그들의 희망이자 가능의 지속성이다. 배움과 가짐이라는 두 전제에서, 후자의 전제가 없었던 내게는 살아 생각조차 할 수 없었던 세계다. 나는 밀린 월세를 오늘 중 마크의 계좌로 보내겠다고 말했다. 그리고 인터넷신문사 일은 계속하되, 편의점은 점주에게 빨리 새 사람을 구할 것을 알리라고 했다. 마크는 곧 편의점을 그만두게 되어 곤경에 빠졌는데, 잘 되었다고 했다. 사는 집 월세가 들지 않게 되었다는 이유로는 알겠지만, 잘 되었다니? 무슨 말인가, 마크의 말을 기다렸다. 그만두게 된 이유는 점주가 곧 무인점포로 전환하기 때문이라고 했다. 신용카드로 출입과 계산이 되는 설비가 나와 점주들이 인건비를 줄이려고 무인점포로 전환 중인데, 마크가 나가는 그 편의점도 그렇다는 사정이었다.

13

파비안의 길

나는 P시에 소재하는 증여받은 건물을 또 방문했다. 이미 두 번의 방문을
통해 세입자들을 모두 만나보았고, 내가 살 5층의 501호도 확인했다. 매튜
에 의해 이미 수리가 된 상태였다. 옥상을 전적으로 사용하도록 연결된 사
실상 복층이었고, 고급 내장재에 모든 것이 자동설비가 되어 있었다. 건물
주가 자신의 가족은 제일 위 층에 살면서 아래층들을 관리하고 옥상도 전
적으로 사용하려는 계획에 맞춰 건물을 신축하는 유형이 흔히 있는데, 이
건물은 그런 편의와 경제적 효용성에도 훌쩍 넘어선다. 로망에서 모두의
로망인 '조물주위에건물주'라고 이해하기에도, 많이 다르다. P시에서도 비
싼 동네의 넓은 대지에 들어선 건물로써, 임대된 23개의 호수도 모두 크기
가 상당하다. 해서 매달 받을 월세가 나를 제대로 된 '조물주위에건물주'로
만들 것이지만, 그러고도 다른 뭔가의 구체적인 사정이 남는다. 큰 것과 작
은 것 해서 거실 2개, 방 6개, 화장실 겸 욕실 3개, 대형의 전용 욕실 1개, 고
급칵테일 바의 기능을 겸한 큰 부엌과 또 하나의 작은 부엌, 앞뒤로 넓은
통으로 된 2개의 베란다, 세 개의 창고, 공원과도 다를 바 없이 꾸며진 넓
은 옥상, 그리고 통상 주택에서는 상상하기 어려운 것으로 회의실이라고
볼 구조와 설비를 가진 별도의 방 하나… 매튜의 생전에 한때라도 그의 가
족이 이곳에 살았을지도 모른다. 그렇다면 그의 정치적 회합이 이곳에서도

있었으리라. 가정부와 비서는 별개의 주거로도 볼 만치 별도 설비가 된 복층의 위층을 사용했을 것이다.

대체 이렇게 넓은 집을, 이렇게 많은 방과 설비를 어찌해야 할지 판단이 오지 않았다. 가정적·추상적 설정을 그려보았지만, 그 설정을 채울 것이 살아 있는 생물인데다가, 그 생물들이 점차 구체화될 내 뜻에 이탈하지 않을 것이라는 보장이란 있을 수 없고, 그 이탈에 내가 굳이 나서서 막을 생각도 없지만, 설령 설정이 실현된다고 하더라도… 그렇더라도 집이 너무 넓고 방이 남는다. M, 로린과 그녀의 딸, 조카 마크, 나와 올케가 돌보고 있는 내 아들이 우선의 설정 안으로 들더라도… 만약 나중에라도 파스란에 사는 M의 처와 두 자식, 내 오빠와 그의 가족, 스티븐과 그의 가족까지 넣어야 하는 설정으로 변경되면 이번에는 방이 조금은 부족하다. 옥상에 추가의 공간을 더 넣거나 다른 호수 하나를 같이 사용하는 설정이 있기는 하지만, 그렇다.

그나저나 N시로 돌아가기가 몹시 싫다. 두렵다. M과 로린, 어쩜 스티븐까지… 증여받은 재물을 어찌 운용하려는가? 무슨 사업을 하려는가? 내게는 어떤 기회를 줄 것을 생각하고 있는가? 내게 이런 장기가 있으니 이 사업을 하자… 라는, 그들의 간절한 눈빛이거나 원망의 아우성이 먼저 성큼 다가와 나를 압박하고 있다. 그들이 무슨 권리 같은 없지만, 나는 저 압박에 이른 그들의 지난 시간을 내 기억에서 내칠 수 없다. 이삼일 이곳에서 더 지연하는 가운데 조금은 더 구체화된 설정을 들고, 그때 N시로 가서 그들과 한바탕 전쟁을 치러야 할 것이었다.

P시를 다녀올 일이 있다며 떠난 후 M으로부터 온 몇 번의 전화에서, '준비할 것이 많아 여기저기 다니며 알아보고 있다. 끝나면 바로 돌아갈 것이

니 걱정하지 마라!'라는 따위의 대답만 했다. M이 준비한다는 것이 무슨 사업과 관련이 있느냐고 거듭 물었지만, 단지 돌아가면 말하겠다고만 반복했다. 로린과 스티븐이 M에게 파비안이 뭐라고 했느냐고 묻자, M은 파비안이 P시에서 뭔가 대단한 사업을 준비하는 것이 틀림없다고 대답했다. M, 로린, 스티븐 셋은 모여 파비안이 무슨 사업을 할 것인지 각자 다른 점을 쳤다. 셋은 파비안이 무슨 사업을 하든 그들 자신이 어떻게 기여를 함으로써 그 사업을 성공시킬 것인가에 대해, 몇 날 며칠을 두고 난상이면서도 진지한 토론을 했다.

그러던 가운데 파비안이 대체 무슨 사업을 준비한다는 것인지 모르는 것에 견딜 수 없었던 M은 그 단서를 찾아 나섰는데, M은 내가 이런저런 메모 해오던 노트에서 뭔가를 찾아내었다. M은 그 노트에서 〈① 자본의 지배를 더욱 정교하게 할 유형의 자유와 문화의 범람, 시민은 관심도 없는 일부 자들의 시민운동이나 5년이나 10년에 한 번씩 촛불평화집회, 일시 연성의 항거 외에는 빗장 걸고 고슴도치 제집 짓기에 빠진 로만 ② 증여받은 재산은 그들과 협조하면서 동시에 독자적 사업에 사용—③ 문제는, 사람을 어떻게 구성하느냐…〉라고 쓰인 것을 발견은 했지만, 대체 무슨 말인지 알 수 없었다. M은 로린과 스티븐에게 물어보았지만, 두 사람 역시 해독이 어렵기는 마찬가지였다. 알든 모르든 그들 셋의 관심은 다만 '증여받은 재산은 그들과 협조하면서 동시에 독자적 사업에 사용'이라는 부분에 관심을 집중되었다. 그렇지만 저 '사업'이란 것이 대체 뭔지 확정할 수는 없어 답답하기가 짝이 없었다. ①과 연결되는 어떤 사업일 것은 같은데, 그렇다면 저 ① 이라는 것으로부터 대체 어떤 '사업'이 도출될 수 있는가? 사업이라면 돈 버는 일인데, 대체 어떻게 돈을 번다는 것인지는 도저히 연결되지 않았다. 한편으로, 저 ①의 뜻에 대해, 셋은 각자 자신의 해석을 내어놓기는 했지만, 저것에 관한 파비안의 뜻이 뭔지는 구체화를 하지 않으니, 결국 저것도 답답함을 보탤 뿐이었다.

'문제는, 사람을 어떻게 구성하느냐?'라는 부분에 이르러서는, 무슨 사업이 되었든 저것은 파비안이 이들 셋을 그 사업에서 배제하는 것으로 읽혔다. 그래서인지, 셋은 서로 눈치를 보며 말을 아꼈다. 서로 눈치를 보는 것도 잠시, 파비안이 자신과 가장 가까이 있는 셋을 사업에서 내치다니?! 곧 셋의 불안은 걷잡을 수 없었다. 스티븐은 그럴 입장까지는 아니었지만, M과 로린은 파비안이 괘씸하기까지 했다. 불안하든 괘씸하든 그 전에 파비안의 의중부터 확인해야 하는 M은 조카 마크에게 연락했다. 파비안이 P시로 가서 자신의 조카인 마크를 만났을 것이고, 그렇다면 틀림없이 마크와는 사업에 대해서 분명히 상의했을 것이다. 우리에게는 나중에 알려준다고 했지만, 파비안에게 특히나 각별한 그 조카와는 이미 소통이 있었을 것이 아니냐! M은 바로 P시로 달려가서 마크를 만날까 하다가는, 우선은 폰으로 찍은 나의 그 메모를 마크에게 전송하고는 빨리 그 뜻을 알려 달라고 요청했다.

다음 날 내가 가구작업장으로 돌아온 후, 세 시간이 지나 M의 요청에 답변이 없던 마크도 그곳에 도착했다. 그 세 시간 동안 나는 M과 로린으로부터 그 메모가 뭐냐는 질문과 때론 추궁으로 시달렸다. 나는 '그냥 낙서에 지나지 않는다.'라며 무성의하거나 회피하는 대답만을 반복했다. 그들의 반응으로 보아서는, 나의 그 하나 마나 한 대답은 그들이 불안을 넘어 '공짜로 굴러 온 재산인데, 네 멋대로이냐!'라는 의혹으로까지 넘어가 버리게 했던 것으로 보였다. 의혹이든 뭐든 그럴 권리가 없는 자들의 억지라고 해야 할 것이었지만, 권리의 차원을 생각하지 않고 있던 나는 그것을 문제로 삼고 있지 않았다. 무성의하거나 도피했던 내 대답에는, 물론 나 스스로부터 설정을 구체화하지도 확정도 못 한 상태였다는 이유도 있었지만, 근본적으로는 적어도 추상적이나마 내가 그린 설정의 길에 저들은 도저히 들어설 수 없다는(―저들이 쫓아온 삶과는 도저히 양립할 수 없다!) 문제에 봉착했기 때문이었다. 그렇게 방에서 M과 로린이 공격하고 내가 궁색한 방어를 하던 중 조카 마크가 들어섰다. 마크는 한동안 세 사람 사이에 오가는 상황을 읽고 있더니 나에게 작업장으로 가자고 했다. 둘이서 작업장에서 마주 앉았다. 조카는 폰에서 전송된 나의 그 메모를 보면서 말을 꺼냈다.

―고모, 이 메모를 보고 많이 생각했어요. 하려는 일을 고모 자신도 아직은 구체적으로 확정한 것은 아닌 것으로 보이지만, 그래요. 물론 나도 이 메모의 의미를 정확히는 몰라 단정하는 것은 아니지만, 내가 아는 고모와 이 메모를 연결하면 이런 말은 할 수 있어요. '시민은 관심도 없는 일부 자들의 시민운동, 일시 연성의 항거 외에는 빗장 걸고 고슴도치 제집 짓기에 빠진 로만'이라는, 고모의 저 판단과 비감에 대해, 나 역시 물론 인정해요. 그렇지만, 고모! 그 계산을 시민운동이니 그것에 유시한 일에 시응하는 것은, 난 반대예요. 물론 고모가 계산도 없이 그 큰 재산을 그냥 시민운동에 던져버리지는 않을 것으로… 월세라든지, 또는 월세 중 일부라든지, 고모 스스로도 알듯이 매달 나올 그 돈만 해도 상당하듯이… 그렇게 할 것은 아니겠지만, 어쨌든 난 지지할 수 없어요. 고모 한 사람 더 시민운동에 가세한다고 해서 달라질 것은 없어요. 고모가 가세하든 누가 나서든, 그런 것은 아랑곳없이 로만은 계속 이렇게, 여기저기 국부적으로는 개선되면서 동시에 전체적으로는 타락을 확산해 갈 수밖에 없어요. 전체적 타락이 개별적 · 국부적 개선을 삼켜버리는 것이지요.

우수한 기능과 화려한 디자인의 세상으로 계속 커가겠지만, 그 실질은 부당으로 구성되는 타락일 수밖에 없어요. 큰 틀에서의 방향을 바꿀 수가 없어요. 필연이에요. 제도와 의식 모두에서 불합리가 줄어들고 배려와 풍요가 커 갈 것이지만, 개개인의 언행이나 사적 관계의 형성으로만 보면 합리적이고 윤리적인 것 같지만… 전체적으로 얽혀 생산되는 값으로는, 또 그것이 개개 인의 심층에 뿌리내린 값으로는 모두들 뭔가의 거대한 힘에 체포되어 전체 적 실체는 불균형과 관계파탄의 늪으로 끊임없이 빠져들 수밖에 없어요. 개 인의 자유가 확보된 사회는 좋은 것이지만 지금과 같이 내던져진 자유(―흔 히 '실존의 불안'이라고 부르기도 하지만요.)에다가 심각한 경제적 불균형이 가 세한 상태에서는, 사람들은 어디인가든 찰나적 유혹에 미쳐야 하거나 국제 경쟁에서 우위에 선다는 기치 아래 등장하는 독재적 권력자에게 표를 줘버 리는 일도 언제든지 예비할 수밖에 없어요(―지구 상 여러 강대국에서 이미 보 수정권이나 장기독재정권이 등장했고요).

시민운동이 어떻게 달라지든, 어떤 세력이 집권하든 타락의 질주는 필연이 에요. 흔히 논자들은 보수이념과 자본의 지배가 가져오는 효과로써 타락과 양극화를 거론하는데요. 물론 맞는 말이지만, 과학·기술의 발전이 저것들과 함께 묶여 일으키는 부정적 효과의 값을 계산해봐야 해요. 그러면 정말 이지, 도저히 소망스런 미래는 불가능해요. (핵무기나 첨단무기가 가지는, 재래 식 무기와는 달리 전자적으로 수행되기 때문에, 그것은 또 살인에 관한 자각증상이 제거된 상태이기에, 대량살상의 가공할 위험, 뭐 저런 것을 말하려는 것은 물론 아 니고요.) 나름의 생각이 있는 논자들로부터 이젠 과학·기술은 이만하면 되 었다는 목소리가 없지는 않지만, 어림없어요, 절대! 과학·기술의 발전은 인간의 본능적 에너지 분출인데다가, 내적·외적 경쟁에서의 우위라는 욕 망의 틀에서의 필연이에요. 멈출 수 없어요. 저것의 발전은 미신이나 신적 지배로부터 탈출, 자연의 위협으로부터 방어, 신분질서의 철폐, 자유의 확 보, 인간의 해방, 수명의 연장, 국경의 무효화 및 세계시민화, 투명성 확보, 정보의 공유, 소통의 확산, 각인에게 삶의 다양성 제공, 노동으로부터의 해방, 상품의 풍요, 사무의 편리화, 예측가능성으로서의 삶, 미래의 예측과 그 설계… 등등으로 수많은 긍정이 승인되고, 실제로도 상당 부분에서 그렇기도 하지요. 그런데 가만히 따져 보면 저런 것들이(—물론 유형과 성격에 따라 다시 따져야 하지만요.) 다시 무의미로 전복되어버려요. 기본적으로는 갈수록 삶을 복잡하고 짜증 나게 할 것이고요. 뭐가 유리한지 뭐가 합리적인지 끝없이 따지게 만들고, 수많은 정보와 소통의 관계망이 하지 않아도 되는 수많은 판단과 선택을 하도록 강요하고, 화려하고 다양한 외양의 증가와 함께 개개인의 실제는 불신과 고립과 분열과 우울의 시간에 갇히는 비중이 늘어만 가고(—과학·기술 발전의 성과물 향유에는 모두 대가를 요구하고, 그 대가를 치를 능력은 만인에 대한 투쟁을 통과한 후에 주어지고, 그 향유도 고립적 자기만족의 방식일 수밖에 없어 불만과 우울을 벗어날 수 없어요.)… 그 무엇보다도 '자본과 과학·기술의 결합'은 1:99의 양극의 절대적 모태일 수밖에 없어요. 저 결합의 에너지 자체가 바로 그것이에요. 그 쉬운 예로도, 열린 지식정보 사회가 되었다고 부의 분배가 실현되는 등으로 평등의 사회가 이뤄질 것이리고들 했지만, 지금 뭐예요? 모두가 함께 만든 지식과 정보를 자본의 힘을 가진 포털 같은 것이 집적과 편집으로 모조리 흡수해버렸고, 그 결과 개개인들은 여전히 주변부에 지나지 않고 그 자본은 더 큰 자본이 되어버렸어요. 설령 그 어떤 선하고 유능한 세력집단이 집권해도 저 에너지를 이길 수 없어요. 결국… 500년이든 1,000년이든 머나먼 미래에 타락이 갈 데까지 가버린 후에, 그 임계점을 넘어버린 후에나… 적어도 이 로만은 그때나 가능성이 새로 시작할 것으로….

마크가 처음 반대한다고 했을 때, '너무 긴 세월 고생을 달고 온 고모의 한 개인으로서의 삶을 생각하는구나!'라고 여겼다. 오늘 마크의 말에는 나보다 한 걸음 더 나아간 비관이 담겨있다. 지금껏 내가 알았던 마크가 아닐 수도 있음을 지시하고 있다. 그 무엇보다 이 조카가 반대할 것에는 전혀 예측 밖이었다. 현재와 미래가 어떻게 진단되더라도, 마크의 이런 단호한 반대는 염두에 두지 않았다. 내게 남다르다고 여겼던 내 조카에게 당황했다. 그나마 존재하는 한 사람의 구성원이라고 여겼던, 시민운동이든 뭐든 경험자로서 함께 설계할 자로 계산에 편입해야 할 자의 상실 앞에서 망막해졌다. 서운함을 훌쩍 넘어선, 출발도 전에 예고 없이 맞닥뜨린 좌절이다. 어설픈 감상주의자의 미친 짓이라며 그렇게 손가락질 받으며, 우선 가까운 자들로부터도 따돌림당할 것으로의 전주인 것만 같다. 그런데 마크의 저 말은 납득이 되지 않는다. 상식적으로도 그랬다.

—마크야! 그런데 이 고모가 듣기에는 이상하다. 네가 살아왔던 과거로 보나 너의 현재로 보나, 어디로 보나 너 자신과 지금 그 말은 맞지가 않아. 어쨌든 너는 지금까지 긴 시간을 시민단체와 진보인터넷신문에 어떤 형태로든 참여해 왔는데, 그건 대체 뭐지? 지금 네 말로는 현재도 앞으로도 불가능한 로만이라는 그 진단인데, 말이야. 생각과 진단이 그렇게 분명하다면, 어차피 그렇게 불가능하다면, 그냥 조금이라도 더 돈 버는 일에만 몰두했었어야 하는 것이었잖아. 그랬다면 어쨌든 너의 물질적 조건이 분명 유리하게 되었을 건데… 지금 내가 너에 대해 뭘 모르고 있는 거니?

마크는 스스로도 모르겠다는 듯이 대답했다. 다만, 그 일도 약간의 돈을 주었고 어쨌든 자신도 모르는 사이 습관적으로 그런 일에 관여해 왔던 것 같다고만 했다. 그러면서, 이젠 내 그늘에서 달리 살 수 있다는 새로워진 사정과 관련된 것인지는 모르지만, 앞으로는 그런 일에 관여하는 것을 계속할지는 잘 모르겠다고 했다. 당장 사람을 확보해야 하는 것도 아니었지만, 이 불측의 당황과 혼란 앞에서 조카에게 달리 더 할 수 있는 말이 없었다. 다만, 마크가 어쨌든 우리를 국회에서 쫓겨나게 했던 공무원증원과 관련된 그 보고서 초안을 M에게 보낸 다른 의도가 있었는지 묻고는 싶었다.

우리가 국회 인권위 점검과에서 퇴출되게 하려는 목적으로? 말도 안 된다! 우리가 쫓겨날 수도 있다고 보았지만, 그런 경우에는 어쩔 수 없다? 이것도 아니다. 1%의 그럴 가능성은 배제할 수 없었지만, 당시의 어려운 사정인 반면 성공이 가져다줄 돈을 위해 그 정도의 위험은 안고 가야 했다? 아, 모르겠다… 진실이 어떤 경우인지, 마크가 어떤 경우로 대답할지, 그 어떤 대답이든 그것이 진실에 부합할지… 그 어느 것도 담보될 수 없고 알 수 없다. 기억하기 싫은 실패한 과거에 대해, 말의 칼로서 해부에 덤벼본들 완전한 규명에는 이를 수 없다. 그 이전에 마크가 어떤 경우의 대답을 하더라도, 그 결과로 남는 것은 무엇인가? 그것이 어떤 것이든 묻지 않는 것보다 나을 것은 없다.

나는 그날 밤새를 뒤척이며 자다 깨다 하는 토막잠을 잤다. 마크, 오빠, 올케, 여동생, 내 아들, 죽은 부모, 매튜, 엘린, M과 그의 가족, 로린과 그녀의 딸, 스티븐과 그의 가족, 그리고 숱한 사람들이 밤새 내 안을 드나들었다. 아침에 다시 잠시 들었다가 점심때가 가까운 때 일어나, 비로 마크, M, 로린, 스티븐을 작업장에 모이게 했다. 그들이 모두 모이자 망설임 없이 나는 내 입장을 말해버렸다. 입장이라기보다는 그곳을 떠나는 시점에서 내가 할 수 있는 최대치의 메시지였다. 무엇을 하며 어떻게 할 것인지에 관한 설정이 구체화가 된 것이 아니라, 여전히 시간이 대답하도록 일단 판단의 중지였다.

　—다른 말을 묻지 말아요. 지금부터 내가 하는 말에 응할 것인지 어떨지는 각자의 자유예요. 다만, 한 달 이상은 기다리지 않아요. M 씨, 로린 씨와 아들이 P시의 그 건물 501호에 들어올 수 있는 유효기간이에요. 1년이 지난 후부터는 보증금과 월세를 받겠지만, 얼마로 할 것인지를 다음에 정할 것이고요. 그때 나가든, 부담을 하고 계속 있던 각자 자유고요. 일자리든 일거리든 하는 것은 각자 알아서 찾아서 하고요. 마크도 마찬가지고. 스티븐 씨는

가족과 함께 501호에서 같이 살면서, 지하층 가게 하나를 가구작업장으로 사용할 수 있어요. 작업장은 6개월 후부터는 보증금과 월세를 내어야 하고요. 수제가구를 만들어 판매하는 하는 것이 원래의 꿈이었잖아요. 지금 내가 할 말은 이게 다인데, 나는 오늘 곧 이곳을 떠나 그 건물로 가니까 모두 그리 알고요.

말을 끝낸 나는 바로 밖으로 나와, 화물차와 택시 쪽에 전화해서 어디쯤 오고 있는지 확인을 했다. 스티븐은 바로 그의 아내에게 전화해서, 흥분으로 P시에서 살면서 수제가구를 만들어 팔 수 있게 되었다고 알리고 있었다. 20분이 지나 이삿짐 자동차와 택시가 도착했다. 화물차에서 내린 건장한 사내 셋이서 나의 세간을 그 차에 실었다. 짐이 많지 않아 오래 걸리지 않았다. 차에 짐이 실리는 동안 M과 로린은 '대체 무슨 일인가, 예고도 없이 이렇게 빠져나가는가?'라며 넋을 잃고 보고만 있었다. 조카 마크는 저만치 바위에 앉아 '이상할 것 없어!'라는 듯이, 담배를 피우며 짐이 실리는 모습을 무심코 보고 있었다. 한편으로 몰려온 마을 사람들은 'P시로 가서 대단한 사업이라도 하려는가? 비싼 동네라 월세로 받을 것만 해도 엄청날 거라던데…' 따위로 웅성대고 있었다.

나는 짐이 모두 실리는 것을 보고 바로 아무런 말없이 택시에 올랐다. 두 대의 자동차가 그곳을 떠날 때, 마크는 눈을 지그시 감았다. 로린은 바닥에 주저앉아 멀어지는 차를 보며 "나보고 어떻게 알아서 일자리를 찾으라는 거야. 언니, 너무해!!"라고 앙탈하고 있었다. M은 떠나는 차를 뛰어 따라붙으며 "이 나쁜 계집아, 이건 너무 하잖아! 피도 눈물도 없는 지독한 계집아! 내 마누라하고 새끼들은 어떡하란 말이야!"를 외쳐대다가는, 차가 저 멀리 가버렸을 때부터는 허공에다 삿대질을 해대고 있었다. (끝)

{ 또 하나의 이야기 ^{탈출, 99%을} }

▶공존과 인식

▶▶ 소설 뒤에 이런 장문을 실은 뜻을 미리 알린다. 이 글은 '공존'과 '인식'의 취득을 목적으로 한다. 인간세계의 목표는 결국에는 어떻게 함께 평화롭게 살 것인가, 라는 '공존'에 있다. 어떤 사회든 국가든 그 구성원들이 '공존'에 대한 의식·철학이 얼마나 분명하냐에 의해 결정되기 때문이다. 심각하게 다투는 현실적인 이익의 문제든 보수·진보와 같은 이념에 영향을 받는 문제든, 모두 '공존'이라는 최종의 가치가 배제된 상태로는 화해에 이르지 못한다. '공존'이라는 최종 가치의 명을 받지 않는 상태에서는, 대립하는 에너지가 경쟁에서의 승리나 자기존재성의 확인에 매몰된다. 분열, 소모적 비용, 현혹, 배척, 지배와 피지배, 소수의 부와 다수의 가난 등 모든 부정적 현상에는 바로 저 최종의 가치인 '공존'에 관한 철학의 현저한 부족이나 부재로부터 비롯된다. 특히 상부구조를 지배하는 자를 포함한 '1% 갑'의 긍정적 가능성을 찾을 때, 그들의 '공존'에 관한 의식·철학이 어떠냐를 묻는 것 외에는 담보되는 것이 없다. 그러면 최종의 목표인 저 '공존'을 누가 실현하는가의 문제다. 그것을 따져야 한다. 우선 '1% 갑'으로부터 기대는 어렵다. 그들 스스로 변한 경우는 극히 드물다. '99% 을'의 변화요구와 상부구조에 든 자들 중 일부 사이 복잡하면서도 긍정적인 방정식이 풀리면서 조금씩 '공존'을 확장하는 결과를 만들어 왔다는 것, 저것이 역사의 증거다. 이치적으로

도 일단은 '99% 을'의 변화요구가 존재해야 한다.

▶▶ 문제는 저 '99% 을'의 변화요구가 어떻게 찾아오느냐는 것이다. 바로 기성의 제도와 관습에 관한 '인간의 새로운 인식'이다. 인간은 인식의 동물이다. 인식한 바에 따라 행동한다. 인식한 바대로 당장 행동은 하지 않더라도, 적어도 그 인식한 바가 그의 잠재에너지로는 남는다. 그 잠재에너지는 불평·불만의 에너지로 잠재하다가, 조금이라도 우호적 환경을 만나면 결국 사회변혁의 에너지로 밖을 나선다. 이 인식은 '회의하거나 부정하는 인식'인데, 쉽게 말해 '우리는 속아 살아왔다!'라는 인식이다. 모든 제도와 관습은 어떤 방식으로든 인간에 의해 만들어진 것이지, 절대 필연의 논리법칙을 가진 것은 없다. 그래서 모든 것이 인간이 바꿀 수 있는 대상물인 것이다.

그런데 문제는! 인간에게 저 '새로운 인식'이 주어지는 일이 너무나도 어렵다는 것에 있다. 제도와 관습은 그 시대의 지배하는 가치이기 때문에, 저것들이 그 시공간 아래에 있는 인간에게 내면화가 되어버린다. 내면화가 된 후에는 그것에 반하는 생각이 구성되기 어렵고, 설령 그렇더라도 이번에는 두려움 때문에 어찌하지 못한다. 이상한 인간으로 취급되거나 배척되는 개인이 된다는 두려움인데, 이것은 정착된 제도와 관습이 취득한 폭력의 반영이다. 이래서 제도와 관습의 변화에는 너무나 긴 시간이 소요된다. 현실을 사는 인간에게는 무의미할 정도로, 적어도 세대 단위를 넘어선다. 그 시간의 지연 안에 '99% 을'의 질곡은 상시적이 된다.

그러면 길이 없는가? 단시간 내에 도달할 방법은 없다. 최대의 방법은 가능한 많은 사람이 새롭게 인식하게 할 계기를 주는 것이다. 그래서 이 글은 그냥 당연하다고 여기는 제도와 관습에 대해서, 그렇지 않다는 인식을 얻은 데에 어쨌든 작은 계기나마 주려는 의도다. 인류의 역사는 인간의 인식 변화에 따른 완전성을 향한 끝없는 합리화를 성취하는 과정이다. 인간의 인식은 '새로운 과학기술의 발견과 인문적 눈뜸'에 의해 변화한다. 결국, 이 글은 당연하지 않다는 새로운 인식을 인문적 차원에서 작게나마 성취하려는 욕심의 발로다.

▶후기

소설 후에 길게 쓴 것에서부터 뭔가 이상하듯, 이것은 단지 소설의 후기가
아니다. 소설 뒤에다가 왜 이런 짓인가? 이 소설이 가졌다고 볼 사회구조적
종속관계에 걸린 '을(乙)들'의 서사 및 정치·경제와 삶의 본질적 한계나
비애와의 관계성이 없지는 않다. 그렇지만 저런 것들과 관계가 없이도 이
'또 하나의 이야기'를 싣고 싶은 피가 불쑥 솟아올랐던 탓이다. 소설과는
관련이 없이도 이리저리 떠오른 변죽이디. 전체적으로 당위(當爲), 이상(理
想), 공상(空想) 따위에 한껏 기울어졌다. 그런 전범으로서의 색채가 농후하
다. 이미 내질렀던 같은 정신이나 욕구를 다시 여기저기 반복적으로, 그리
고 중언부언도 한다. 현실과의 타협이나 조율을 유지하거나 견인하려는 의
지라면, 굳이 이 부분을 실을 이유가 없다. 설령 살아 낸 것이 아닐 것이더
라도, 알 수 없는 먼 거리의 별들을 향한 시선을 버릴 수 없다. '망상의 유토
피아'라며 힐난의 돌을 맞더라도 어쩔 수 없다. 이 변죽 앞자리에 이 책에
관해서도 뭔가 말하려는데, 마침 소설 《탈출》의 후기가 오히려 이 책에 더
어울리는 것 같다. 그래서 먼저 그 《탈출》에서의 후기를 이곳에 다시 옮기
고 넘어간다.

▶전 권의 후기 존재의 조건을 찢는 자들

증기기관과 기계화의 1차 산업혁명, 전기의 발명이 가져다준 대량생산의 2차 산업혁명, 컴퓨터에 의한 정보화 및 자동화 생산시스템의 3차 산업혁명, 이어 이젠 사물인터넷·인공지능·가상현실 등이 다른 산업·기술과 융합·결합해 구축하는 이른바 '지능정보사회'라는 4차 산업혁명의 기운이 밀려오고 있다. 일자리 상실에 대한 우려의 목소리는, 과학기술의 발전에 따른 산업의 혁명은 피할 수 없는 운명인 반면 삶은 창출될 새로운 일자리와 여력에 의한 복지의 확대에 의해 오히려 더 풍요해질 것이라는 강변에 묻힌다.

  혁명으로 불릴 만큼 산업의 근본이 탈바꿈할 때마다 인간의 삶은 더욱 노동으로부터 해방과, 풍요와 그리고 공평을 취득할 것이라고 했다. 육체노동의 굴레에서의 해방이, 상품의 대량생산과 서비스의 대중화로 인한 물질적 풍요가, 시간과 공간의 확대로 인한 소통과 자유가 신장한다는 기대를 품은 바의 기술진보 역사이다. 널리 인간을 이롭게 함으로써 인류의 행복에 기여할 것으로의 믿음이다. 4차의 산업혁명 역사의 시대에는 인간의 지능까지 대신할 기계에 의해 인간은 일로부터 더 많은 해방과 자유를, 나아가 사적 소유권과 대립을 넘어 공유의 경제와 공감의 사회를 선물할 것이라고도 한다.

멀고도 먼 인류의 기원을 따질 것 없이 기록화된 인간의 역사가 시작된 지 5,500년이나 흘러 왔지만, 그렇다! 1차 산업혁명조차 거슬러 올라가 봤자 겨우 이백 삼십여 년 전에 태동하였다. 이젠 땅에서는 24시간 내로, 가상의 공간에서는 즉시 세계 어디든 닿게 되고 소통할 수 있다. 정말이지, 현재를 기점으로 봤을 때 단지 몇십 년 안에 집중되어 성취되었다. 역사의 시간은 절대로 균질하지 않음을 뚜렷이 입증한다.

그러나 일천 년 전이나, 오백 년 전이나, 삼백 년 전이나, 일백 년 전이나, 오십 년 전이나, 이 21세기나 '99% 을들'의 삶은 '저 풍요의 이상향'을 점치는 바를 곧이곧대로 받아들이지는 못한다. '1%의 갑들'이 아닌 '99% 을들'은 저 과학기술의 진보가 정말 삶을 해소하는지 의문을 지우지 못한다.

21세기 현재 우리가 이 땅에서 목도하는 비로도 '1%의 갑과 99%의 을'이라는 지형도의 고착화, 공무원과 같은 창의성과는 거리가 있는 직종의 선호, 중산층의 축소와 극심한 양극화, 일자리 부족과 갈 곳 없는 청년의 긴 그림자, 비정규직ㆍ계약직의 일반화, 제 살 까먹을 뿐 출구가 없는 자영업, 여전한 길고 긴 근로시간과 스스로 제 모가지를 버리는 일들, 결혼과 출산의 두려움, 가족해체의 끝장을 보는 독거노인의 급증, 노령화의 질주와 생산가능인구의 감소, 사회적 계급으로 규정지어버리는 기능으로 전락한 지 오래된 교육, 화려한 외피를 입은 채 자기검열로 조각난 대화들의 범람, 지역과 계층과 세대의 불신과 분열, 괴담과 혼란스런 정보로 몸살을 하는 온라인과 소셜네트워크서비스(SNS), 현재의 고통과 사회안전망이 없는 미래의 불안, 부자나라와 가난한 시민, 모든 가치를 규정해버린 돈… 저 무거운 부정의 지시어들을 어떻게 이해를 해야 하며, 어찌해야 하는가?!

이로써 이 땅에서의 역사의 시간은, 진화의 과정이 아니라, 다만 반복을 향한 변주에 지나지 않는가? 역사의 어두운 궤적을 읽어온 인문주의자들의 차가운 이해가 괜한 염세의 비아냥거림만은 아니었다는 건가? '객관적 누림이 아닌 상대적 비교를 통한 나의 규정성'이라는 인간의 본질적 질병에 대한 이해만으로는 그 규명이 부족한, 또는 세계의 운명이듯이 단지 욕망의 값으로만 규명되지 않는 그 무엇이 인간을 체포하고 있다는 건가?

위와 같은 시간과 역사에 대한 의혹의 염과 함께, 그 부정의 시대적 주인공으로서의 '돈'의, 인간의 모든 고민과 지혜조차 무력화하는 괴력으로서의 '자본'의 함의에 생각이 머물다가 이 소설은 비롯되었다. 소설의 인물들은 저마다 가진 자신 존재의 조건으로부터 몸살을 하고 있다. 단단한 저마다의 존재의 조건에 앙탈하며 생존·인정의 투쟁에 나선다. 그러나 소설은, 이 서사의 속편이 이어지면 모르겠지만, 능력의 부족으로 인해 '지능정보사회'에 대한 탐색은 고사하고 '기능적 정보의 공간'에 겨우 진입한 정도에 머물렀다.

반동의 역사를 거부한 촛불이 기어이 무혈의 혁명을 이뤘다. 그리고 새로운 정부가 그 정신을 위탁받았다. '참여정부'의 아픈 경험을 되씹은 결과값으로의 '개혁'의 바람이 일고 있다. 국민들은 그 바람의 신선함과 그 희망의 메시지를 몸으로 받고 있다. 그러나 경험이 현재를 정초하는 선험(先驗)이 되지는 못했던 숱한 역사의 함의를 기억할 것이고, 전체로서 시민의 고통과 욕망이 엉켜서 낳을 어둠의 불가사의는 더욱 기억할 것이다. '역사의 함의'는 좌절된 제도를 메우려는 인치(人治)의 좌충우돌과 한계, 성취된 제도에 대한 반동이나 피로감, 말잔치에 밀려 실기(失期)할 인간의 어리석음, 인간을 객체로 전락시키는 기술로서의 법치(法治)의 위험이 그 대표물일 것이다. '어둠의 불가사의'는 경제나 불측의 외인(外因)으로 인한 실망과 지지의 철회, 논리적 이유가 들어설 수 없는 변덕, 불식간에 들어서 버린 새로운 타성, 그리고 이유 있는 항변 등이 기이하게 얽힌 조합체로서의 그것일 것이다.

소설이 홀로 우는 울타리를 떠나 다시 삶의 도구로써 인간의 나태함에 시비를 거는 문으로 들어설 것인지, '바른말은 하지 말고 이미지 관리에 전력하자!'라는 정치와 '갑들'의 문법에 분노의 마이크가 주어질지, 오래도록 역사를 규정해버린 '이념의 지극한 불균형'을 깨는 빛이 들 것인지, '기술, 제도, 인간의 의식' 이것들이 어떻게 어울려 '돈의 질주'를 달랠지… 그리 크게는 자신이 없는 가운데, 공존으로 진화하고 널리 인간이 이로워질 땅을 향한 인간 의지의 산물을 기다린다. 젊어 먼저 별이 된 사람에게 이 이야기를 바친다.

▶후기의 변명

영국이 해가 지지 않는 나라가 된 근거가 먼저 1차 산업혁명을 성취한, 바로 과학기술의 힘 때문이었다. 일본이 부지런히 과학기술을 키울 때 우리는 그러지를 못했고 결국 일본의 압제에 들어갔다. 과학기술을 어떻게 이해를 하던 현실에서의 세상은 결국에는 저것의 힘에 의해 결판나고 재편되었다. 부인할 수 없는 역사의 진실이다. 따라서 위 후기가 '4차 산업혁명' 그 자체를 하면 아니 된다는 뜻은 아니다. 하지만 다른 현실에 의해 너무 큰 고민에 빠지게 한다. '귤이 회수를 건너면 탱자가 된다(橘化爲枳).'라는 말이 있다. 그 국가 · 사회를 지배하는 가치체계가 무엇인지, 그곳에 공존이 실현되고 있는지 물어야 한다. 공존의 철학과 사회적 실현의 체계는 없는 상태에서 약육강식의 문화가 지배하는 땅이라면, 새로운 산업혁명이 생산하는 부가가치가 누구의 호주머니로 들어갈 것인지를 먼저 따져야 한다는 것이다. 여전히 이 시대 대한민국의 상태로는 불 보듯 빤하다는 진단이다. '부자 나라, 가난한 국민'을 더욱 굳힌다는 공포를 못내 지우지 못한다.

위 후기는 '촛불혁명'의 힘을 받은 새 정권이 막 들어선 시점에 쓰였다. 그런데! 당시 나의 관점은 맹렬했던 '갑들'의 리그가 어떻게 응징될 것인지 보다는, 과연 '99% 을'에게 희망이 도래할 것인가에 기울어져 있었다. 물론 앞으로도 그럴 것이다. 그 희망의 애탐에는… 넘치는 영세자영업자들의 일거리 없음, 비정규직과 청년실업과 같은 광범위한 일자리 문제, 턱없이 부족한 국민연금 외에는 기댈 곳이 없어(이것조차 가지지 못한 자들이 많다.) 비극의 운명으로 된 노후, 사회적 신뢰자산이 없이 불신의 에너지가 추동하는 무한경쟁, 개개인의 사정을 훌쩍 넘어 사회적 부정의 함의를 고스란히 품은 숱한 자살에 관한 우리 모두의 둔감 등에 줄줄이 걸려 있었다. 내 촉수에는 저런 삶의 위기들이 어찌 될 것인지에 모였다.

2016년 대한민국 촛불혁명은 인류사에 기념비적인 사건이라는 진단들이었지만, 내 관점에는 '과연 99%가 구제될 것인가? 나아가 궁극인 '공존'의 기초라도 마련될 것인가?'가 모여 있었다. 생활정치라는 담보 없는 상태에서의 촛불혁명임에는 분명했기 때문에, '경험이 현재를 정초하는 선험(先驗)이 되지는 못했던 숱한 역사의 함의를 기억할 것이고'라는 등으로 회의가 스멀대고 있었다. 숱한 악마적 현실에 비춰 우려되었던 바가 집권 막 1년 지난 오늘에 보이시는 기우었던 측면이 없지 않지만, 역시나 내 판짐이 가졌던 회의는 씻지 못한다.

한편으로는… 자본의 지배, 협치를 통한 공존보다는 적대적 투쟁을 통한 권력의 공고화에 기울어져 온 정치, 민생입법이 어렵거나 누더기로 타협될 국회의석의 분포, '이익으로서의 정치'와 무관심에 기울어진 상태의 시민의식 그 자체가 없어진 것은 아닌 현실… '촛불혁명'이 아니라 그 할아비의 힘을 받은 정권이라고 한들, 어찌할 것인가! 2018년 6월, 이 글을 쓰고 있는 이 시간 답답하고 우울하다.

▶▶ 이 소설의 변명

▶▶ 소설《탈출》은 N시에서 수도 P시로 가던 산길에서 발생한 교통사고로 산 아래로 추락한 M의 머리에서 흘러내리는 피가 계곡의 바위를 적시고 있다는 것으로 끝난다. M의 삶을 그따위로 비참하게 끝내버리네! 라는 비정함과 함께, 더 이어질 것 같았던 서사가 갑자기 끊어져 버렸다. 더 나아간들 희망을 말할 수 없었다. 희망의 스토리를 설정하는 일은 진실이 아니었다. 그것은 스스로 타협이거나 속이는 일이었다. 다만 시간의 경과 뒤에는, 일어날 수도 있는 다른 진실의 문을 폐쇄하지는 않았던 것 같다. 좁은 문이지만 그 가능성도 열어 놓은 셈이었다. 그 가능성이 이 책《탈출, 99%을》의 집필에 이르게 했다.

이 책에서도 스토리 자체는 비극이다. 인물들이 가졌던 직업들(국회 단기계약직, 청소부, 온라인 법률 질문에 대한 답변 및 불법의 법무수임, 일반회사 계약직, 가구수리 잡부)이 조악한 현실에 내몰린 것이었거나 일부 기대치가 없지는 않았지만, 모조리 실패로 끝났다. 마지막 가구수리 잡부의 시간에 이르러서는 자살 외에는 달리 출구가 없다는 임계에까지 떨어졌다고 봐야 할 터이다. 그러나 파비안은 세계에 관한 비감이라는 자신의 진실 안에서도 소설 말미에 투척되어온 매튜를 계기로 희망의 문을 연다. 그러나 역시,

세계에 관한 비감을 확인시켜줄 어둠의 예감으로, 이 희망은 명백하지도 간단치도 않다. 그러면서 세계는 인간의지의 산물이라는 그 자체의 진실은 버려질 수 없다. 소설에서의 '폭력'은 만유(萬有)에 내린 그것이며, '99%을'은 그 만유의 폭력에 맞서 어찌해야 하며, 궁극에는 '공존(共存)'에 이를 것인가? 지난한 투쟁이 후세에 그 영광을 넘기고 희생제의가 되는 우주적 질서로부터는 어떤 구제가 가능한가? 근본 화두인 저 질문은 침묵이거나, 가끔은 파비안의 어지러운 생각 안에서 떠돈다.

인물들의 실패는 환경에 결부되어 있다. (소설은 개인의 능력이나 운명을 따지는 것은 지엽적이거나 무의미하다는 듯이, 그 요소들은 영향인자의 지위를 가지지 못한다.) 만약 세 번째 책이 집필되고 불분명하나 어쨌든 이 책 말미의 흐름에 따른다면, 그때는 그의 비감을 근거 지울 많은 어둠과의 투쟁이 될 것 같다. 그러나 재물의 보유, 즉 현실화의 가능성을 얻은 자의 개인적 누림이라는 유혹에 시달릴 수도 있다.

▸▸ 이 책은, 읽기에 불편하다거나 관심을 떨어뜨리게 한 전 권《탈출》에서의 요소들(비문의 사용, 꽉 막힌 암울한 스토리, 가상의 공간 등)의 간섭을 받으면서 집필되었다. 비문의 배제나 한국에서의 큰 이슈가 재료로 소환된 점 등이 그 예이다. 다만, 《탈출》에 대한 독자들의 리뷰(예스 24)는 M의 서사 외에 파비안에 관한 읽음은 엿보이지 않았다. 〈쇼생크 탈출〉과 같이, 흥미로운 사건을 기대했던가? 호흡이 긴 독서는 곤란하다는 시대성을 새삼 확인했다고 하면 너무 나간 것인가? 어쨌든 이 책의 집필에는 도움을 주었다. 이 책에도 소설화에 친하지 않은 정치·경제의 썰이 즐비하니, '뭔 소리를 하는 거야!'라는 불만과 질책이 있을 것이다.

▶▶▶ 소설 일반에 대한 아쉬움의 변

▸▸ 이 소설은 그 재료든 그것을 드러내는 방식이든 한국에서의 소설의 전형에 따르지 않는다. 단지 짧은 후기가 아닌 '또 하나의 이야기'라는 이상한 짓거리도 그렇지만, 그렇다. 소설의 전형이란 것이 어디에 있으며 장르가 파괴된 시대라는 강변이 아니다. 문학의 현실도 어차피 상행위에 체포된 마당이니, 이름 없는 자의 소설에 비단옷을 입혀줄 평론가는 물론 없다. 소설로써 마치 정치·경제의 싸움을 건 듯이 덤빈 바이니, 평론기의 논평이 무슨 의미일 수도 없을 것이다.

변화는 본질·당위·정의(正義)에 비켜있거나 반하는 모습으로 가동된다는 점, 역사의 격동기에는 상황을 지배하는 다수가 본질·당위·정의에 비켜있거나 반한다는 그 자체를 모르거나 부인한다는 점, 저 모르거나 부인한 바의 모순에 의해 다시 절망(선민의식의 도그마로 인한 배제와 분리, 적당히 나눠먹기, 반동의 초래 등 다양한 절망)에 빠질 수 있다는 점, 역사발전의 실체가 저런 형태의 과정을 필연이듯이 거친다는 점, 저런 현상이 정의의 관념에 어긋난다고 떠든들 무슨 쓸데가 있느냐는 점… 등으로 해서 '물 들어올 때 노 저어라.'라는 진실의 바람을 타야 한다고, 파비안이라는 인물은 가끔 자문하듯 떠든다.

▸▸ 한나 아렌트가 역사적 사건에서의 특별한 악행을 널리 인간의 모태로써 '악의 평범성(Banality of evil)'을 포착했거나 설정했다면, 이 소설에서 거론되는 '널리 폭력'은 모든 분야에 모두의 일상에 내린 어둠이며 지배의 모태이다. 인류가 이뤄야만 하는 마지막 당위인 '공존'은 '널리 폭력'과 투쟁의 역사 안에서 힘겹게, 많은 경우 후퇴나 반동과 함께 껴안고 뒹굴면서 그 확장을 얻는다. 소설은 '99% 을의 삶'을 주목하는데, 그 삶은 결국에는 경제와 함께 정치가 규정하는 큰 손안에 있다. 정치를 생각하는 소설은 여기서 작가 '조지 오웰'을 소환한다.

조지 오웰은 '나는 왜 쓰는가'에서 인간이 글을 쓰는 동기로 네 가지(―① 순전한 이기심, ② 미학적 열정, ③ 역사적 충동, ④ 정치적 목적)를 거론했다. 이 시대 한국에서 소설을 포함한 인문적 글쓰기 내지 책의 출간 현상을 차가운 망치로 두드려 보면… '③ 역사적 충동'은 폭압의 과거를 회고하는 정도로, '④ 정치적 목적'은 어떤 이유로든 없거나 기괴한 추리나 판타지의 형태로, 결국 전통의 '② 미학적 열정'이 유지되는 가운데 '① 순전한 이기심'과 어울리거나 은폐하면서 상업적 욕구가 맹렬히 커가는 형태임을 부인할 수 있을까.

①, ②, ③, ④ 모두 나름의 정당성과 이유는 있다. 그러나 구체적으로는 각 시대의 부름에 따라(가치의 균형을 성취해야 하는 당위에 따라), 어느 것이 더 살아나는 것으로 재편되어야 한다. 동시에 삶이 무엇인가 하는 것은 어디까지나 구체적 시공간이 가진 요소들에 관한 진단일 수밖에 없다. 구체적 시공간이 가진 환부와의 피 흘리는 투쟁에서는 비켜서 버린 문학은 '99% 을'의 삶과 유리되거나 문화놀이 내지 말장난으로 전락한다. 21세기 한국문학이 초라하다면, 저 '정치적 목적'의 결핍에서 비롯된 것은 아닐까. (여기에서 '정치적'은 물론 사회적 지향과 체질개선의 의지 내지 이념의 활성이라

는, 사적 삶까지 아우르는 바로써 가장 넓은 의미에서의 그것이다. 정치 자체만이 아니라, 어떤 형태로든 사회성을 가진 서사나 관점이다.) 오웰은 '정치적 글쓰기'를 선택했다. 물론 문학이니 다른 요소인 ①, ②, ③이 가진 기능이나 풍요도 당연히 함께했지만, 그렇다. 조지 오웰의 뜻은 그의 유명한 말인 "어떤 책도 진정한 의미에서 정치적 편견에서 자유롭지 않다. 예술은 정치와 무관해야 한다는 견해 자체도 하나의 정치적 태도다."에서도 넉넉히 엿볼 터이다.

▸▸ 소설이 왜 예민한 현실의 정치와, 권력과, 경제를 천착하는가? 세상을 지배하는 영역인 정치·권력·경제의 세계에 눈을 감거나 지나친 방론에 머무는 인문이 무슨 의미인가를 묻는다. 그래서 이 소설에 옮겨진 전 권의 후기에서도 "소설이 홀로 우는 울타리를 떠나 다시 삶의 도구로써 인간의 나태함에 시비를 거는 문으로 들어설 것인지"라는, 기대가능성이 어려울 것이라는 회의를 가지지 않을 수 없었다. 세상을 지배하는 에너지에서 비켜나 삶을 탐색하는 소설은 그 인간적 고뇌에도 결국에는 자기위안의 미시적 세계에 함몰된다. 그렇게 되게 되어 있다. 더구나 자본의 지배라는 현대의 환경 아래서는, 소설이 '널리 인간을 이롭게'를 훼손하는 상업적 수단을 통한 자기연명으로 간다. 그렇게 가게 되어 있다.

너무나 복잡하고 난해한 현대의 정치·권력·경제의 현상, 쉽게 손이 가는 압도적 소셜네트워크서비스(SNS), 강력한 유인자인 영상문화 등의 지배 아래 인간이 대체 무엇을 할 수 있는가?! 한편으로는 하루하루 사는 것도 팍팍하다. 해서, 사유와 긴 호흡의 문화수단인 소설로는 저런 지배적 현실에 정면으로 대결할 수 없다고, 그 이전에 저 현실을 읽어낼 코드도 없다는 강변이 나올 만하다. 그러면! 다시 소설이 말잔치로써의 자기위안과 상업적 합리성이라는 폭력의 우산에 계속 갇혀 있을 수밖에 없다는, 그 닫힌 환원론을 어찌할 수 없다는 허무를 걷어낼 수 없다. 미학적 접근이 쉽지 않은 정치 · 권력 · 경제 영역과의 다툼을 가짐으로써 창작물이라는 소설의 고유성이 훼손되는바 모르지 않지만, 그런 아쉬움을 가질 수 없다. 독자의 호불호가 어떠하든, 설령 훼손의 염이 떠나지 않더라도 삶의 실체를 선택일 수밖에 없다. 돈과 거짓 신화의 악마는 정치적 무관심이나 외면이 일상화된 사회를 탐한다. 정치에 관한 무관심이나 외면이 팽배한 곳은, 바로 재벌과 '1% 갑'이 '99% 을'을 현혹하고 다스리기 딱 좋은 환경이다.

▶▶▶▶ 현실에서의 단상들

이 집필이 완료되던 전후에 국가적이거나 사회적인 함의가 큰 사건이 줄을 이었다. 만만치 않은 국가적·사회적 과제를 품고 있는 이슈들이다. 사물의 본질과 함께, 우리 모두 공범자라는 불편한 진실이 지배하는 심층을 보게 하는 일들이다. 본질과 진실의 회복과 치유에는 오랜 시간에 걸친 부끄러움, 손해, 분노, 용기, 고발, 인내를 요청한다. 지극히 제한된 삶의 조건에 걸린 인간은 저 회복과 치유의 과제는 인지하지 못하거나 애써 외면한다. 내가 동의하거나 그렇지 못한 파비안을 통해 소설에서도 소환된 재료도 없지는 않으나, 손에 잡히는 대로 이 땅을 지배한다고 보는 것들에 대해 그 단상들이다. 주관에 기울어진 생각들이다.

미투운동

미투운동(Me Too movement)은 잘나가던 인간 몇몇을 하루아침 파렴치로 만들어버렸고, '팬스룰'이라는 신종 자기검열의 전선을 생산했다. 2018년 '한국판 미투'는 일종의 문화혁명 수준으로 치솟았다. 정치권력에 관한 타격의 양상으로 불이 붙을 정도였다가 음모론까지 고개를 쳐들었다. 이 대폭발의 근원이 무엇인가? 서열과 남성 중시의 유교문화권이면서도 동시에 적어도 아시아권에서는 상대적으로 정의의 관념을 더 내면화하고 있는 민족성을 가졌다는 점, 삶의 질곡이 임계점이 이르렀을 때는 수차 저항권을 행사했던 역사적 경험을 가진 점, 전자적 기술의 보유와 SNS의 활발한 사회적 기능이 수행되고 있는 점, '촛불혁명'의 정신을 따르지 못하는 현실에 대한 불만이 이 '미투운동'에 발화되었다고 볼 수 있는 점, 지방선거를 앞둔 시즌인 점, 보수야당이 궤멸한 반면 높은 지지율을 가진 중도진보세력이 집권하고 있는 점, 여성의 사회적 성취와 자신감이 커온 점, 운동의 대의 그 체제에 대해서는 남성도 대체적 동조와 변화의 필요를 인정하고 있는 점… 결국 집적된 사회적 분노들이 폭발성을 가진 국민성과 결부된, 이런 것들을 생각하게 한다.

혁명은 아픔도 함께한다. 혁명의 시기에는 반동이나 가해자로 지목된 자는 그 삶의 이유를 잃는다. 전체적으로는 진실의 여부와 관계없이도 자신을 변명할 수단이 봉쇄된다. 변명할수록 그의 공간이 축소된다. 이럴 때 책임의 양을 목숨으로 대신해버리는 초과행위의 슬픔도 생산된다. 저 초과행위를 차단하는 힘은 오직 그의 가족만이 지기고 있다. 모든 것으로부터 배척되기 때문에, 가족의 품만이 마지막 출구로 남는다. 너무 큰 충격의 경험이기 때문에, 가족이 안아줘도 그가 자신의 흠을 망각할 수는 없다. 겉으로는 어떤 변명을 하든, 생명을 버릴 수도 있는 충격과 대비해서는 그렇다. 가족의 긴장된 촉수만이 저 초과행위의 늪으로부터 그를 구제한다. 조민기 씨의 명복을 빕니다. 물론 그의 가족을 염두에 둔 것은 아니다. 인간의 얼굴을 한 정의와 공존의 실현이란 변혁기 운명으로 떨어진 삶도 구제하는 것이니, 가해자 가족도 케어(Care)하는 사회적 정신도 필요하다. 하지만 2018년 현재 한국인의 분노 정서가 가진 성격에 비춰 먼 훗날의 일이다.

모든 이슈를 집어먹어 버리고 끝이 없을 듯이 했던 것이 어느새 염증도 안고 구르다가, 어김없이 계절이 바뀌듯 이젠 우리에게 잊혀 가고 있다. 그러나 한철 뜨거웠던 저 경험은 분명 우리를 새롭게 한다. 인간계는 대충 그래도 좋다거나 당연한 것으로 여겨온 것을 그렇지 않다고 새로운 인식을 하게 된 계기를 통관하며 진화한다. 해서, 성농담과 성추행이 마치 하나의 생활이었던 과거는 분명 잘못이었고 나아가 사회적 응징도 따를 수 있다는 인식의 취득, 그것이 우리에게 각인되는 성과다. 적어도 여성의 성적 수치심을 일으켜 결국 인간의 기본권을 짓밟아왔던 악마의 관행은 2018년 몇 달의 난해한 행군을 지나면서 크게 소멸할 것으로 볼 것이다.

재벌의 지배자에 대한 처벌

2018년 2월 있었던 삼성의 이재용에 대한 집행유예 석방이 가진 함의는 어느 특정 판사의 법해석에 머물지 않는다. 우리 모두를 지배하는 많고도 거대한 규정성과 화두(話頭)를 가지고 있다. 현재를 넘어 먼 미래까지 규정할 것으로 볼 국가·사회적 에너지다. 1심이 인정한 증거를 2심이 배척한 것에 대해, 결론을 내려놓고 그것에 증거판단을 맞추었다는(—2심에서 '징역 3년, 집행유예 5년' 이내가 가능토록 했다는, 즉 1심까지 포함하는 의심인 '3·5 법칙'대로) 능히 예상된 비판도 있었다. 진실이 아니라는 얘기는 아니다. 3심에서 깨어질 것이라는 예측이나 의욕도 많은데, 물론 그렇게 될 가능성도 있다. 한편으로 저 2심 후, 다른 1심에서는 같은 중요 증거에 대해서 유죄의 판단을 하고, 최순실은 물론 안종범·신동빈에 대해서도 통상의 예측에 비춰서는 중형의 실형을 선고했다. (이곳에서 한 얘기와는 별도로, 오늘날의 '롯데'가 있기까지 그 정경유착이 어떤 형태로 어느 정도였는지는 독자가 따로 알아보라. 한국의 재벌을 비롯한 '슈퍼 갑들'에 대해서는, 공소시효가 없는 역사의 법정이 살아 있어야 함을 새삼 실감한다.) 이렇게 되면 뭐가 뭔지 헷갈린다. 일단, 판사 사이의 철학의 차이를 배제할 수 없고, 권력이 보수에서 진보로 넘어온 상황에서의 혼란의 여진과 관련된 것으로 볼 수도 있다.

그러나 그 설득력은 많이들 가진 관념의 현재로부터 발견된다. '재벌의 총수는 오래 감옥에 두는 것은 곤란하거나, 이상하거나, 뭔가 불편하다!'라는 우리의 뿌리 깊은 관념, 또는 표면으로는 그렇지 않으나 우리의 무의식에 내려앉아 끈질기게 버티는 그 관념이다. 그리하여 '이재용이 근 1년을 감옥에 살았듯이, 신동빈도 국민정서에 부응하는 차원에서 몇 달은 감옥에 갇힌 후 항소심에서 나가라!'라는, 가정으로서 하나의 설정을 하게 된다. '재벌의 총수를 감옥에 두는 것은 곤란하다'와 '유전무죄 무전유죄'라는 두 개의 충돌하는 국민정서 사이에서의 혼돈이자 타협이다. 이는 물론 법이 정치지형이 만들어 놓은 요청에 종속되는 현상으로도 이해할 수도 있다. 다만, 만약 촛불이 다시 일어나 진행 중이었다면 저런 타협은 선택되기 어렵다. 그때는 다른 헤게모니가 가동되는 지형이기에 그렇다.

'국민의 법감정'의 측면에서 다시 본다. 적폐청산의 의욕이나 그 여진이 없어지지 않았음에도, 이재용의 석방에 대한 반발의 여론은 그리 크지 않고, 언론은 신동빈에 대한 실형과 법정구속에 대해서는 뭔가 측은함을 보였다. 저 측은지심은? 돈을 기준으로 하면 자본가와 '99% 을' 사이는 대충 10배나 100배 정도의 금액에서 비슷한 형량이 나온다는 진실을 확인해주는 바이기도 하다. '국가경제에 큰 영향을 미치는 재벌총수에 대한 형량의 고려'라는 주장을 비아냥거리는 정도에 머무는 상태, 재산에 있어 법인과 그 구성원 개인을 그리 분리하지 못하는 경제관념의 미숙상태, 부당하거나 부정한 돈의 유통에 관련한 이해나 수용의 차이(— 개인은 도덕적 관점에 재단되는 반면, 자본가는 돈의 배치 관점에서 수용) 등으로… 자본의 폭력에 대한 두려움과 그 흠모를 그리 크게는 극복하지 못하고 있는 우리 의식상태임의 반영임에 다름이 아닐 터이다. 돈이 '원수'이고 돈이 삶을 규정하는 바이니, 저 프레임은 견고하다. 그러나 '공룡 삼성의 지배자도 처벌되었다는 사실!'에 대한 경험의 취득, 저 우리의 경험이 어떻게라도 이 나라 역사발전에 연결될 것은 틀림없음에 주목을 한다.

기회의 평등, 결과의 평등

문재인 대통령은 취임사에서 '기회는 평등하고, 과정은 공정할 것이며, 결과는 정의로울 것이다.'라고 말했다. 진정성의 전범으로 느껴지는 그가 아닌 다른 사람이 저렇게 말했으면, 나는 웃어버렸을 것이다. 어쨌든 슬픈 일이다. 기회가 평등할 수 없고, 과정이 공정할 수 없고, 결과가 정의로울 수 없는 나라이다. 앞으로도 한참이나 달라지지 않을 것이다. 구체적으로는 무기불평등이 심각한 탓이지만, 그 이전에 저럴 수 있는 이념이 부재한 나라이다. 굳이 말하자면 '공존의 이념'의 현저한 부재이다. 기회의 평등이냐? 결과의 평등이냐? 이것은 어려운 화두이다. 보수주의자는 기회의 평등으로 기울어지기 쉽고, 진보주의자는 결과의 평등으로 기울어지기 쉽다. 논리법칙이나 도덕적으로는 기회의 평등이 가치이고, 결과의 평등은 폭력이다. 물론 누구나 수긍할 결과의 평등이 실현되면 가장 좋다. 그러나 결과의 평등이 구체화하기 위해서는 '공존의 이념'의 현실화인 복지와 사회적 급여가 담보되어야 한다. 각설하고, 하나의 진실은 기억해야 한다. 우리는 가능하지 않은 기회의 평등을 가능한 것으로 전제하고, 기회의 평등을 생각하거나 말한다는 진실이다. 결과의 평등에 관한 이해가 과연 어떤 것이냐에 따라, 기회의 평등에 관한 실질적 판단도 가능하다.

동물의 죽음

동물의 죽음은 물리적 변화에 지나지 않는 하나의 현상일 뿐인가? 생명 상실의 슬픔인가? 2017년 6월 16일 이탈리아 대법원은 〈요리되기 전의 산 바닷가재를 얼음과 함께 보관하는 것은 그들에게 정당화할 수 없는 고통을 안겨주는 것이다. 고급식당이나 슈퍼마켓 등에서는 실온의 산소가 함유된 수조에서 바닷가재 등의 갑각류를 보관하는 것이 일반적이며, 갑각류를 얼음과 함께 놔두는 것은 관행에 어긋난다. 그러나 바닷가재 등을 산 채로 삶는 행위는 관행과 통념에 어긋나지 않기 때문에 문제가 없다.)라는 취지로 해당 식당에 대한 벌금을 인정하고, 소송을 제기한 동물보호단체에 소송비용도 지급할 것을 명했다. 이 보도에 대해 대한민국의 네티즌들은 대체로가 '산채로 쪄먹는 것과 뭐가 다르며, 식용동물의 처리 방식 중 하나에 지나지 않는 것'이라는 취지였다. 어이없다는 반응이었다. 지금 '동물학대에 대한 각성'의 핏대를 세우는 것이 아니다. 우리가 당연하다고 여겨왔거나 전혀 인식조차 못 했던 관습이나 '갑을의 구조'에 대해, 그건 그렇지 않다는 발상을 할 수 있느냐를 묻는 것이다. 그런 발상과 그 담론화의 진입이 가능한가? 하는 것이 사회적 진화의 관건이기 때문이다. "현대 문명의 위기는, 기술 문명이 토끼 같이 달리는데 비하여 정신문화는 거북이걸음으로 뒤를 따르고 있는데 있다."라고 한 아놀드 토인비의 지적과 같이, 현재보다 고양된 의식의 진화에 관한 절실함이다.

원흉은 이념의 불교형

▸▸ 인간이 자신의 이념성향을 말할 때, 그가 가진 생각이 그대로 표출되는 경우는 드물다. 뭔가 침윤해서 사실과 다르게 진보나 보수 어느 쪽으로든 더 간 상태로 표출된다. 그 뭔가는 '그 국가사회에 드리운 지배적 이념'이다. 예를 들어 프랑스에서는 사회주의적 의식의 표출은 전혀 이상하지 않고, 사회주의자가 아니면 오히려 이상한 시절도 있었다고 한다. 그러나 대한민국에서 '사회주의'라는 단어는 그 자체가 불경이 된다. 결국, 이것이다. 프랑스든 한국이든, 사람의 이념표출에는 '그 국가사회에 드리운 지배적 이념'에 크게 간섭을 받는다. 적어도 다른 쪽으로 한두 단계 꺾이는 것이다. 그래서 한국에서는 정치적 성향이나 이념을 표출할 기회가 있을 때는(―통상 이런 표출을 회피하는데, 이 회피 자체도 저 지배적 이념에 간섭을 받기 때문이다. 그렇지만 지배적 이념의 공격으로부터 자신을 방어하기 위해 어쩔 수 없

이 표출해야 하는 상황을 더러는 만난다. 이런 상황, 참! 불편하고 슬프다!) 많이들 '나는 중도나 중도보수쯤 될 것 같다.'라고 말한다. 이런 경우 그 절반은 진보적 의식의 보유자이다. 남북분단, 미국적 정서의 일반적 지배, 신자유주의… 이런 거대한 우산 아래서는 매카시즘의 공격으로부터 자유로울 수 없다. 정치인은 말할 것도 없지만, '종북좌빨'의 딱지로는 갑남을녀도 숨쉬기가 피곤하다. 텔레비전 토론에서는 물론 심지어 술자리에서조차 솔직하기 난감하다. 또, 자본주의도 사회주의도 둘 다 독자적인 진실이면서도 어느 한 쪽으로 기울어지면 위험하다고 하는 말에도, 이미 지배적 이념의 간섭이 침투해 있는 것이다. 그러니 이 나라에서의 진보는 북유럽의 중도에도 미치지 못한다는 말이 나온다. 이런 환경의 경우 가장 불행한 일의 하나가 바로 진보정당이 설 자리가 없다는 진실이다. 저것이 이 나라에 슬프고 긴 그림자를 남긴다.

▸▸ 일자리 나누기 정책의 실질적인 실현은 '공존의 철학'을 전제로 한다. 저 철학이 이미 그 국가·사회 전체의 토대로 되어 있는 상태에서나 가능하다. '공존'이 전제될 때 용인되고, '공존'에 균열을 내는 사정을 용납지 않는 이념을 보유한 땅에서 가능하다. '북유럽의 모델을 너무 맹종한다. 우리 고유의 것을 개발하고 발전시켜야 한다!'라는 소리도 있지만, 특출하게 잘난 민족이나 국가 같은 것은 없다. 모두 어떤 이념이며 무슨 환경이냐의 문제에 종속될 뿐이다. 인류의 역사적 경험으로 성취한 바를 살피는 것이 정합적이다.

현실적으로 자본주의와 사회주의가 어떻게 결합을 해야지, 긍정의 효과를 내느냐는 문제다. 자본주의에 너무나 기울어진(그것도 악성의 신자유주의 전형이다.) 우리로서는 북유럽과 같은 정도로 사회주의가 결합하도록 고민해야 한다. 인간세계는 운명적으로 이념의 종속물일 수밖에 없다. 하여, 다른 대안들은 아무리 끌어온들 쓸데없는 것이다. 그렇지만! 단지 이념만으로는 버틸 수 없거나, 분열되거나, 폭정으로도 가버린다. 그렇게 된다. 함께 해야 하는 다른 요소는? '일정 수준 이상의 지식(교육)과 돈(경제)'이다. 저것들이 함께해야 한다는 전제이다. 사물의 구조와 성격을 읽을 수 있어야 하므로 지식이 필요하고, 이념이 정립에는 합리적 절차를 감당해낼 비용을 요구하므로 경제가 필요한 것이다. 교정을 기다리는 지식은 기초 환경으로서의 그것이므로, 인문적 측면이 부족한 양적·기능적 지식이어도 된다. 따라서 문맹률이 높거나 양적·기능적 지식조차 없는 국가에서는 불가능하다. 경제도 불균형의 상태이더라도 국가의 경제총량이 일정 수준 이상이면 된다. 양적·기능적 지식과 불균형의 경제가 인문적·사회주의적 이념에 의해 교정되는 것이다. {구소련과 동구유럽의 공산주의가 실패한 것도 별것이 아니다. 저 '지식과 경제'라는, 기본체력으로서 저 두 필수요소가 현저히 부족한 상태에서 이념 혼자 춤추었기 때문이다. 자본주의든 공산주의든 생물인 인간의 역사에서는 언제든지 폭력을 생산하기 때문에, 저 폭력을 교정하거나 제거할 기능으로서의 지식이 필요한 것이다. 이때의 지식은 빗나간 현상이 이미 구조를 읽고 해소에 나설 수 있는 '집단지성으로서의 지식'이다. 그리고 경제가 부족하면 개별 지성이 결합하기 어렵고, 설령 결합하더라도 그 지구력의 한계로 결국 어렵게 된다. 하루하루가 버거우면 아무것도 안 된다! 결국, 공산주의 그 자체로는 죄가 없다. 구소련 등 가능하지 않은 미숙의 땅에서 하겠다고 덤빈 것이 죄였다. 마찬가지로 자본주의의 부정적 기능을 교정할 함량을 가지면, 자본주의도 그 자체로는 죄가 없고 인간에게 기여하는 체계가 된다. 다시 정리하면 개개인이 어찌할 수는 그 국가의 이념·체계는 그 개개인의 생활양식, 경쟁의 원리, 생각 등 모조리 그것을 좇게 만들고 그것을 향하는 내면화가 이뤄진다. 이리하여 그 이념·체계가 우연이었다는 생각을 하기 어렵고(─이념·체계라는 것은 그 시공간의 역사적 상황이 결과지은 것일 뿐이지, 필연이 아니다!), 그것이 문제를 야기하거나 폭력을 행사해도 합리적 의문을 갖지 않거나 오히려 그것에 잘 보여 살아남으려고 한다.) 2018년 현재 대한민국의 교육수준과 국가의 경제총량은 이념의 교정이 가능할 정도로 되었다.

이 나라에서의 '4차 산업혁명'은 일자리 문제를 더욱 곤란에 빠뜨릴 것이고, 그들만의 리그로써 '누구 좋아라고 저것이었느냐!'라는 곡소리를 보탤 것이라는 우려를 떨쳐내기가 쉽지 않다. 이 나라가 가진 이념의 양태와 정도로는, 새로운 유형의 산업혁명으로 생산될 돈의 폭력을 좇을 사회적 에너지를 말이다. 오늘날 북유럽 국가들이 성장과 분배, 저 두 마리 토끼 모두를 잡은 데에는 그 이유는 뜻밖에 간단하다. 국가·사회 저변에 오래전부터 단단하게 침윤한 사회주의적 기반이 풍부했기 때문이다. 그 기반이 맹렬한 세계자본주의의 행패를 다스릴 수 있었다. 저 기반이 존재했기에 노동자의 입장이 크게 반영된 노사공동체가 될 수 있었고, 직업 사이 보수액의 차이도 일정 한계 내로 설정됨이 가능했다. 우리는 직업이 비극의 원천인 신분질서로서의 기능으로 크게 기울어져 있고, 저들은 직업이 공존의 실현에 중요한 기초인 '역할의 분담기능'을 상당 부분 성취해 있는 것이다. 저들도 그렇지 않았다면 같은 선진국이라면서도 양극화의 전형인 미국과 같이 되었을 것이다.

▶▶ 대한민국은 '이념의 불균형'의 힘으로 고도성장을 했고, 동시에 저것으로 인해 그 대가가 '1:99의 땅'이 되었다. 모든 가치가 '이념의 현저한 불균형'에서 생산되고 저 불균형의 마력에 의해 조율된다. 모든 원인과 결과의 모태다. 이 21세에 이르러서도 그렇다. 보수 쪽으로 너무 기울어진 운동장이다. '99% 을'의 보수성과 진보정당의 약체는 오랜 이념의 불균형이라는 밭에서 계속 생산된 것이다. 국정농단 사태와 촛불의 열기, 2017년 대선의 정국을 거치면서 상당한 진보로 돌아섰다는 진단이 있다. 여론전문가들과 오피니언리더들이 하는 말인데, '자기위로'이거나 전체로서의 규정요소

를 잊은 진단일 뿐이다. 이 책은 '99% 을'이 당연하다고 여겨온 사물의 현상에 대해, 그렇지 않다고 생각을 전복하고 반발하도록 부추기는 데 열중한다.

▸▸ 2018년 6월 '궁중족발 임대차 사건'의 보도가 있었다. 〈김씨는 보증금 3,000만 원, 월세 약 263만 원, 임대차기간 1년으로 2009년 5월 서울 종로구 서촌에서 궁중족발 영업을 시작했다. 이후 맛집으로 소문났고, 2015년 5월에 월세 약 297만 원으로 인상했다. 2015년 12월 건물의 새로운 소유자 된 이씨가 2016년 1월 보증금 1억, 월세 1,200만 원으로 요구했다. 김씨는 거부했고 이씨는 싫으면 나가라고 했다. 김씨는 너무 올린 월세가 부당하고 자신에 의해 월등히 상승한 점포가치에 따른 권리금을 가질 수 있어야 한다는 입장이었고, 이씨는 월세 1,200만 원은 시세 수준이라는 입장이었다. 이씨는 2016년 4월 명도소송을 제기했고, 상가건물임대차보호법이 규정하는 계약갱신의 한계인 5년을 넘긴 김씨는 소송에 패했다. 이씨는 판결에 의해 2017년 10월부터 2018년 6월 4일까지 12차례에 걸쳐 강제집행을 시도했지만, 김씨는 그때마다 임차인 단체 '맘편히장사하고픈상인모임'의 도움을 받으면서 집행을 막았다. 집행의 과정에 지게차가 동원되었고 김씨 손가락 4마디가 부분 절단됐고, 2017년 11월에는 김씨가 몸에 시너를 뿌리며 저항을 했다. 급기야 김씨는 2018년 6월 7일 이씨를 찾아가 차로 들이받으려 시도하다가 망치를 휘둘러 상해를 입힌 혐의로 구속되었다.〉라는 것이 사건의 요지였는데, 여러 사실에 대한 김씨와 이씨 사이의 주장은 달랐다. 여론, 즉 네티즌들의 반응은 '보통 임차인들이 누리기 어려울 만치 오랜 기간 장사를, 그것도 근래는 시세의 1/3 이하일 정도로 싼 월세로 장사를 해왔다. 저렇게까지 손해를 감수할 건물주는 없다. 그럼에도 임차인은 판결의 집행을 방해하고, 그것도 모자라 건물주에게 폭력을 행사할 정도로 욕심을 내었다. 언론은 불공평하게 임차인의 편을 든다.' 등으로 임차인을 비

판하는 쪽으로 기울어졌다.

공급자가 많아 매출이 힘 드는 것 못지않게 너무 높은 월세 때문에 버티지 못한다는 진실에 대해서는, 이젠 이 나라 사람이면 모두 알고 있다. 그리고 인테리어비용, 권리금, 젠트리피케이션(Gentrification)에 대해서도 알고 있다. 저런 문제에 대해 시민단체는 줄기차고 강력하게 해결을 주장하고 있고, 정부와 여당도 상당한 수준에서 밀고 있다. 자영업자들의 고통과 눈물이 이 나라 방방곡곡을 무겁게 짓누르고 있다. 사정이 저러한데도 10년의 계약갱신청구권과 임대료인상의 제한 등, 상가임차인 보호를 위한 개정안이 보수정당의 반대로 국회를 통과하지 못하고 있다. 왜 그런가? 서구선진국에서 당연한 저런 것들이 왜 이 나라에서는 되지를 않는가? 결국에는 큰 틀에서 이념의 반영으로서 여론에 종속되기 때문이다. 이 사례에서 임차인에 대한 비판의 여론은 옳은 것이면서도, 사례의 경우뿐만이 아니라 전체적으로는 우리의 현실에서는 '옳다'가 아니라 저럴 수밖에 없다는 것이다. 임대인과 임차인 사이 주장이 다른 점과는 관계없이 기본 프레임에 의해 저럴 수밖에 없다. 국민 일반이 가진 이념의 자장이 가진 한계다. 여론 대부분은 특정의 시공간이 가진 지배적 이념의 범주에서 약간 나아간 정도를 드나들며 형성되기 때문이다. 우리는 빨리 저것을 이해해야 한다.

주택이든 상가든 임차보증금, 월세, 임차기간 등은 국민 태반의 삶을 규정하는 근본요소들이다. 그럼에도 불구하고 여론의 이해와 분노의 스펙트럼이 자본의 합리주의이라는 이념이 규정하는 한계를 극복하지 못하는 것이다. 공존과 관련하여 그 국가·사회를 널리 지배하는 이념이 〈'공존'은 반드시 성취되어야 하는 상태이며, 개인의 노력을 넘어 그 국가적 인프라와 그 지역의 도시화 등에 의해 생산된 부가가치는 공동의 재산이라는 '공존의 개념'〉이 구축될 때, 그때 비로소 삶은 가능성으로 진입한다. 우리는 저 차원이 높은 이념을 거의 '전혀!'라고 할 정도로 가지고 있지 않다. 이러니 정부와 시민단체가 강한 추진을 하고 널리 국민이 부당함을 알고 있어도, '부당하게 누리는 1% 갑과 질곡의 99% 을이라는 폭력의 상태'를 마치 태초에 조물주가 설계한 운명인 듯이 어쩔 수 없다는 체념으로, 마치 우주의 법칙인 듯이 합리적인 것으로 이해하면서 살아가고 있는 것이다. 진보 정당들의 제도권 진출이라도 빨리 이뤄지면 그나마 일정 부분의 희망을 품을 것인데, 이 역시 이 나라 국민이 가진 이념의 단순성과 한계로 인해 난망이다. 물론 국민이 가진 이념의 한계는 그 원천에서는 국민 개개인의 탓이 아니다.

이익에 체화된 시민과 기득카르텔에 갇힌 '선한 권력의지'의 딜레마

▶▶ 문재인 정부는 출범 후 1년이 지나기까지, 선한 자의 주춤거림에 관한 우려가 현실화되지는 않았다. 민주주의의 실현에 대한 견고한 의지에다 참여정부의 경험이 힘입은 바인가, 어쨌든 그랬다. 그래도 '옳음의 딜레마'는 제기되지 않는다. 상식, 합리, 교정, 펼치적 민주 동으로 이해되는 '옳음'이다. 저것은 악성의 자본주의를 극단적으로 편식해버린 부정의 기능과 길항한다. 이 부정의 기능을 너무나 오랜 세월 탐식해버린 결과, '돈만이 삶을 담보한다!'라는 신념체계가 우리 모두에게 고착되어 버렸다. 적어도 이 점에서는 보수만이 아니라, 진보 성향의 사람들도 그리 크게 다르지 않다. 이 부정의 값은 돈만이 아니라 상식, 의식, 이념까지 결정해버렸다. 사적 이익으로서의 시민의식의 일반화이다. 이런 의식은 전체로서의 돈, 욕망, 사적 유리함을 잃지 않는 한계 내에서만 '옳음'을 비롯한 모든 가치를 재단하거나 허용하는 왕국이 된다. '옳음'의 집권자는 저 이기적 왕국의 값을 계산에 넣지 못한 채 나아가야 할 운명이다. 5년 단임의 권력으로는 저 거대한 왕국의 병을 치유한 후에 나아갈 수는 없다. 게다가 임기의 초반이나 전반에 승부를 걸어야 한다는 기본도 있다. 그렇다! 저 왕국의 배반가능성을 배

태한 채 전개될 수밖에 없다. 시간의 경과와 함께 언제든지 발톱을 내밀 배반의 왕국이다. 개혁의 발목을 잡을 왕국은 따로 또 있다. 다들 알듯이 '갑들의 카르텔'이다. 보수야당, 보수언론, 검찰, 관료, 대기업 등이 그것이다. 견인해온 유리한 체계를 잃지 않으려는 자장으로서의 카르텔이므로, 여기에서 '관료'에는 하급의 공무원도 포함된다. 새 권력은 이 거대왕국(악성 자본에 학습된 시민의식 + 갑들의 카르텔)에서 무엇을 얼마나 실현해낼 것인가? 이리저리 긴 망설임의 그늘이 남는다. '선한 권력의지'에 덕지덕지 붙은 딜레마가 지워지지 않는다. 권위주의적 정권은 말을 듣지 않는 자들에게 '폭력'의 행사로써 해결한다. '노태우 정권'까지는 물리적 폭력을 실행한 후, 법률적 폭력으로 정리했다. 그 후 '이명박근혜'의 시절에는 어쨌든 민주화가 된 후의 환경이었으니 법률적 폭력이 실행과 정리를 담당하면서, 필요에 따라 물리적 폭력이 가세했다. '물리적 폭력의 개입'이 결국에는 담보이기 때문이다.

▸▸ 무슨 말을 하려는가? 현 집권세력은 물리적 폭력은 물론, 법률적 폭력도 행사하기 어렵다는 현실과 관련된다. ("比 두테르테 취임 1년. 지지율 75%의 '초법적 살인자'"라는 2017년 6월 30일 기사의 네티즌 댓글들을 보면… 사회정화라며 무지막지한 권력의 폭력을 휘두르는 두테르테와 같은 통치방식에 박수를 보내는 글들이 상당하고, 나아가 저런 통치를 그리워하는 기류도 꽤나 높다. 익명의 공간이니 내지름이 더 보태어졌을 것이지만, 어쨌든 대한민국은 87년 시민항쟁 이후에는 더 이상 저런 통치는 불가능해졌다. 그래서 '이명박근혜'의 권력도 저렇게는 꿈꾸지 못했고, 법률적 폭력에 저강도(低强度)의 물리적 폭력이 가세하는 방식으로 갔다.) '왕국'의 거대한 환경 아래, 노무현 정권도 그랬듯이 물리적 폭력도 법률적 폭력도 행사하지 못하고, 끝없는 타협이라는 미로에서 헤맬 수가 있다. 그래도 뭔가는 해야 하니, 이런저런 수치를 맞추다가 모조리 어중간한 스탠스로 가버릴 수 있다. '옳음'이라는 정신이 끝없이 생산하

는 자기검열의 딜레마에 빠진다. 그러는 사이 집권세력에게 레임덕의 시기가 거대한 입을 벌려 다가온다. 이 '왕국'은 거대한 에너지이고, 기민하고 교활하기까지 하다. 그래서 〈언론은 보수·진보 가릴 것 없이 문재인 정부에게는 참여정부 때와 같은 행태의 난타는 하지 마라. 보수든 진보든 한 나라의 역사발전 차원에서 전체로서 계산한 값을 비교한 결과를 염두에 두라. 일부 부족에 대한 과잉의 비난으로 더 많은 장점까지 죽여 버려, 결과적으로 '99% 을'을 수렁에서 꺼내지 못하고 역사발전을 지체케 할 어리석음을 범하지 마라. 지나고 보면 결국 전체로서 얼마나 개혁되고 발전되었느냐는 문제로 귀결된다.〉라고 주문하고 싶어도, 저런 것이 먹힐 리가 없음과 그 없음의 허망함이다.

2018년 8월 말 현재에 이르러서는, 적어도 현재의 기준에서는 현 집권세력은 매우 아쉽고 또한 불안하다. 불공평, 부당이득, 침체, 질곡의 결정적 규정인자이자 거대한 근본모순의 덩치들(재벌, 널리 공조직 등)에 대한 결단은 하지 못하고, 돈을 풀어 현안을 해결하려는 데에 비중을 두기에 그렇다. 상황에 따른 개정이 확장집행 그 자체를 탓하는 것이 아니다. 현 집권세력도 '소명을 받은 자의 근본결단의 부재'라는 한계를 반복하는 것 같아, 아쉽고 답답하다. '촛불에너지'의 뜨거운 추동의 계속이 가능했던 집권의 시작과 함께 바로 근본결단을 할 수 있었고, 해서 그때 그 결행을 했어야 했다. 그러나 때란 선택의 문제이므로, 이제라도 근본결단의 역사적 결행이 있기를 바란다.

영화, 강연 그리고 촛불, 21세기 한국의 가능성과 한계를 읽는 키워드

▸▸ 웬 뜬금없는 영화? 괜한 것이 아니다. 이 나라에서의 영화는 긍정적인 측면이 없지 않으나, 그리 간단하지 않다. 그 진실은 이 나라 한계의 하나를 보여준다. 수백만에서 1천만의 관객을 동원한다. 인구 대비 이 정도라면 분명 이상하다. 가히 미쳤다고 해도 그리 크게 틀리지 않다. 왜 이렇게 많이들

영화를 보는가? 영화의 품질이 올라갔고 마케팅의 힘이 미친 측면이 없지 않지만, '다른 이유'가 지배적이다. '다른 이유'에는 사적 정서(―취향, 오락, 시간 때우기 등), 인문적 정서, 공적 정서(―역사와 현실에 관한 분노, 각성, 참여 등)도 포함되어 있다. 그런데! 이 나라 '인문적·공적인 정서'라는 것에 대해, 냉정히 따져 볼 필요가 있다. 영화에는 '책'과 같이 호흡이 긴 사유가 들어설 수 없고, 영화라는 도구로는 본질적으로는 인문적·공적인 정서를 담기에는 지극히 제한적이다. 금방 알 수 있는 것으로는 호흡이 깊은 고전소설을 영화화했을 때 정말로 요약본보다도 못할 정도로 엉성함을 벗어나지 못한다. 원작소설을 읽은 후 영화를 보면 하품이 나올 정도여서, 사람에 따라서는 영화를 끝까지 보지 못한다. 반대로 소설을 보지 않은 상태에서 영화를 보면, 그 원작소설에 대해 '전혀!'라고 할 정도로 알 수 없다. 작가가 힘들게 전개하는 미묘하고 복선적인 정서나 권력의 지형, 즉 소설에서 표현된 가장 중요한 부분이 영화의 수단으로는 되지 않는 것이다. 다만, 영화를 본 후 원작소설을 읽는 경우에는 영화가 일정 부분 역할을 한다. 그런데 영화를 본 후 더 잘 알려고 호흡이 깊은 원작소설을 읽는 사람이 과연 몇% 가 될까? 수동적으로 두세 시간 즐기는 것을 넘어, 그 몇 배의 시간을 인내로 버티겠다는 사람이 얼마나 될까? 영화 보기라는 편한 수단으로 '널리 문화권력'에 편입된다. 교양인의 세계에 승차하는 티켓으로서, 그 인정의 기준으로서 영화의 소비가 강제된다.

▶▶ 더구나 인문적·공적인 정서도 이미 '상품화'가 되어버린 현실이다. 순수한 글쟁이 영역에 있는 자들도 존재감의 획득을 향해 온갖 종류의 미디어를 타려고 미쳐 있다. 그 예로 '강연'이 있다. 가히 '강연전성시대'이다. 공급자도 수요자도 책보다는 강연이 남는 장사다. 책의 인세보다 강연료가 크고, 강연을 위한 수단으로 책을 낸다. 이런저런 짜깁기나 신파로도 '작가'가 된다. 뛰어난 독자성·창작성이나 심오한 사유체계는 오히

려 시장에서 먹히는 데에 장애가 될 수 있다. 수요자는 인내와 땀을 요구하는 책보다는, 그냥 받아들이기만 하면 그만인 강연을 통해 지성을 얻는다. 그렇게 얻는다는 관념에 학습되어 있다. 이래서 강연시장이 책 시장을 자신의 수단으로 만든다. 진실은 '돈 놓고 돈 먹기'와 '외피를 통한 교양놀이의 공모'의 실현이다. 그 뜨거웠던 '촛불의 시민의식'에도 이미 이런 '상품화'가 침입해있다. 따라서 그 정신이 오래 견인되지 못한다. 영화를 본 후에나 촛불의 시민집회를 마친 후에는 '스마트폰의 세계'로 회귀한다. 거기까지다. 영화이든 인문적 · 공적 정서이든, 그것들이 생산하는 값이 그러하니 일상의 삶에 침윤하지는 못한다. 역사 진화라는 영향성 차원에서의 관찰로는, 그 연결지수가 지극히 느슨하거나 단절된다. 결국, 영화든 강연이든 오늘날 대량적 파퓰러 지적 수단은 일정 한계까지는 시민을 깨어나게 하면서, 동시에 거대 자본의 이념의 순종자 내지 추종자로 수렴되도록 기여를 한다. 그러니까, 오늘날과 같이 대량적 파퓰러 지적 수단에 길드는 대중은 합리와 지성과 공분의 의식을 얻지만, 저것들의 실체는 이익관계의 상황에서 자기보존의 견고함을 부술 수는 없다는 것이 된다. 이익관계의 상황은 하루하루 따져야 하는 삶에 걸리므로, 일시가 아니고 상시적이다. 개별 주체의 자기보존 한계를 넘을 수 없어, 궁극으로서의 '공존의 상태성'과는 거리가 먼 각자의 뿔뿔이 찢어져 외로운 섬으로 남는다. 엄밀히 말하면, '만인의 만인에 대한 투쟁의 상태'가 때깔이 좋은 포장의 모습으로 전면적 지배하는 것이 된다. 저 저간을 알고 나면, '느끼한 버터냄새'가 난다. 그러나 한편으로 저런 불만은 완전히는 정당하지 않다. 역사발전의 길고 긴 물리적 시간성의 점, 민족분열이라는 원죄와 악성 자본의 지배가 하나의 함수로 묶인 나라인 점, 적어도 부정의를 향한 집단의 분노는 살아있는 역사(4·19, 5·18, 8·7, 촛불 등)의 나라인 점… 등으로부터 그렇다.

비정규직, 영세자영업

오늘날에는 '천부인권'이 어떻게 이해되어야 하는가. 국가의 존재 이유에서도 그렇고, 헌법적 관념에서도 그렇고, 현대국가에서는 기본적 삶의 보장을 근거로 삼는 이념으로서 이해되어야 한다. 따라서 누구나 자신의 직업행위를 통해 저축은 어렵더라도 적어도 생계는 큰 걱정이 없어야 한다. 그런데도 현실에서는 저 기본조차 어려운 '을'이 너무 많다. 세계 10위 근처의 경제력이라지만 직업행위로써 살기 어렵다는, 애쓴 일로써도 생계가 힘든 사람이 넘치는 국가라니! '헬조선, 이게 나라냐!'라는 비아냥거림이나 분노가 괜한 것이 아니다. 저 기본이 어려운 알바, 계약직, 비정규직이 넘친다. '동일노동 동일임금'의 실현이 언제 가능할지 가늠할 수 없다. '99% 을'의 불신과 원망이 국사사회의 성장과 성숙에 발목을 잡는다는 진실 앞에 모두 고개를 숙이는 날은 언제 올까? 한편으로, 21세기 대한민국에 있어 영세자영업자들의 삶은 미래가 없다. 비정규직보다 더 심각하다. 이 부분에 대해서는 해결책은 그만두고 그 논의조차 형편없다. 현재 수준의 '대기업의 골목상권 진입제한이나 업종제한'의 정도로는 어림이 없고, 구체화된 '사회적 대타협'이 요청된다. 자본주의가 외면하거나 외면하기 딱 좋은 '각자가 사업자'라는 기본 때문인가? 전혀 다르면서도 혁명적 발상이 아니면 해결이 안 되는 문제다.

소득주도성장, 최저임금

▶▶ 소득주도성장의 정책은 그 효과의 전망에 상당한 부정적 도전을 받고 있고, 최저임금의 인상 조치에는 대체적인 원성과 나아가 곡소리도 들린다. 일부는 정치적 입장에 따른 목소리일 수도 있지만, 대체로는 엄연한 현실인 것 같다. 소득을 주도로 하는 성장드라이브와 최저임금의 인상 그 자체는 옳다. 그러나 저런 것은 혼자서 성취되는 것이 아니다. 필연적으로 결부되는 요소들의 상태가 과연 어떠한가를 따져야 한

다. 수요가 턱없이 부족할 정도로 넘치는 자영업의 수와 임차물(점포, 사무실, 창고 등)의 과도한 월세의 부담이 개선되어야 한다. 더 나아가 사회안전망의 부실(초라한 실업급여, 월 100만 원에도 되지 않는 국민연금 등), 널리 공직과 대기업 종사자의 우월적 수혜(직업의 안정, 고액보수, 연금 등), 과도한 수출의존과 내수시장의 빈약, 대기업·고소득자의 낮은 세 부담, 국민의 절반에 가까운 수의 소득세 면제의 상태(1년에 10만 단위에서 1~2백만 정도로라도 부담할 수 없다는 건가?! 이것만 실행되어도 재원에 크게 도움이 되는데, 이것이 안 되는 것에서 이 나라의 많은 근본을 읽게 한다.)… 등의 사정들이 어떤가도 깊이 따져야 한다. 세원의 부족을 대표적으로 해서 저런 배경적 요소들이 부족한 상태에서는 소득주도성장과 최저임금의 인상은 그 동력을 얻기가 만만치 않으리라고 본다. 위와 같은 결부되는 요소들은 이해충돌 집단 사이 대타협을 전제로 하고, 저 대타협은 그것을 가능케 할 이념을 전제로 한다. 따라서 한 시절 대리권을 수여받은 정도의 집권세력으로서는 쉽지 않은 일이다. 그렇지만 바로 그 쉽지 않다는 이유 때문에, 역설적으로 정치와 정치적 힘량과 정치적 결단이 요청되는 것이다.

경제와 '99% 을'의 언어화의 결합

▸▸ '인간은 세상을 살 만한가, 행복한가? 미래에는 희망을 가져도 좋은가?'라는 것은, 결국에는 '99% 을의 의식이 무엇인가?'라는 상태성에서 물어야 한다. '99% 을'이 가진 의식의 방향, 숙성도, 견고성, 지속성을 물어야 한다. 집권세력이 아무리 빼어나도 전체로써 국민의 의식이 아니면, 결국 어렵다. '99% 을'의 의식은 환경과의 함수관계로써 지체·후퇴를 함께하며 진화한다. 역사는 절대치로서의 물리적 시간으로 구성되지 않는다. 역사의 시간은 그 시대 '인간의 의지'가 무엇이냐에 의해 조율되고, 인간의지의 산물이다. 인간의 의지는 '아는 만큼 보인다.'라는 진실과 같이

'지식'에 의해 빛을 얻는다. 지식이 발견과 각성의 기반이다.

▶▶ 그런데 여기서 중요한 점은! 이 '지식'은 단지 양을 넘어 '언어화'가 가능한 것이어야 한다. ('언어화'는 없이 '양의 지식'이 넘치는 곳, 그곳이 바로 세계에서 가장 높은 학력을 가진 대한민국이라는 나라이다.) 그 언어는 삶을 규정하는 요소들에 관한 '담론'에 참여 가능한 것인데, 그런 수준에 이르러야 한다. 권리, 인권, 정의, 이념, 권력구조를 파지하고 따질 수 있는 바로써 언어이다. 사람이 살 만한 공존의 국가도 '언어화된 지식의 활성'을 전제로 하는 것이다. 저것과 함께 그 국가의 '경제'가 일정 수준 이상일 것을, 즉 '언어'와 '경제'를 양대 축으로 가져야 한다. 저런 언어가 나서야 투쟁과 대화 끝에 결과물을 생산한다. 즉, 국가 전체 경제가 가진 총량이 조율되어 평등과 공존의 실현이다. 러시아 공산혁명이 실패한 반면, 북유럽 여러 국가가 사회주의적 민주가 성공한 예가 그랬다. 그 근거 구조는 저렇게 의외로 단순하다. 그런데! '돈과 갑들의 능력'이 저런 의식과 언어의 성장을 교란하는 기제로 작동한다. '무혈혁명'의 예는 인류사에 예외적이었다는 점과도 관련성을 가진다.

시민의식의 실체적 변화는 너무 오랜 세월이 걸리니 '상부구조'의 효율화와 민주화를 통해야 한다는 주장에 대해서는, 여기서는 '99% 을'에 집중하는 것이다. 즉, 제도라는 상부구조의 혁신에 따른 시민의식의 변화를 부인하는 것이 아니라, 지금 저것에 대해 가타부타하는 것이 아니다. (중국, 베트남 등의 경제성장에 대해서는 어떻게 이해할 것인가? 우리도 개발연대를 거치며 저 길로 왔다. 고도성장 모델인 점은 역사적 사실로써 부인할 수 없다. 주권재민이 탈락한 상태에서의 선택과 집중이 가져다주는 효과인데, 현실과 당위를 복잡하게 따져도 선택의 문제로 수렴되어 버리는데다가 여기서 언급하기에는 너무 길다. 싱가포르와 같은 강력한 국가통제의 부국도 있는데, 도시국가라는 개별성 등 역시 따질 것이 너무 많다.)

'비교하는 운명'의 치유와 극복

▸▸ '인생은 고행'이라는 시쳇말이 '어떤 불변의 진실'을 근거로 한 것이라면, 인간은 대체로 행복할 수 없다. 그 '어떤 불변'에는 '인간은 타인과 비교하는 유전자로 태어났다는 진실'이 있다. 절댓값인 삶의 종료 외에는, 살아 이것보다 분명한 인간의 진실은 없다. 역사적 시간의 경과와 함께 객관적 풍요는 크지만, 저 '비교하는 유전자'에 갇히는 불행이다. (소나 개에게는 없는 불행의 유전자이지만, 인간만이 역사로서의 시간을 만드는 동력이기도 하다.) 인간은 그렇게 타인과의 상태비교를 통해 차이나 차별도, 행복도, 미래가능성도 느끼고 규정한다. 각자의 불만의 지수가 이웃이나 타인과 차이로부터 가지는 주관적 느낌이 삶의 바로미터다. 그 시대가 가지는 객관적 진화의 정도가 아니다. 눈에 보이고 귀에 들리는 바를 욕망의 그릇으로 재구성하는 존재이다. 바로 그런 존재로서의 인간이다. 아무리 부인해도 저 함수를 탈출할 수 없다. 이럴 수 없다. 쉽게 말해 '깅북'이 '깅남'을 의식하지 않으면 불행하지 않지만, 의식하지 않는 것은 불가능하다. 그렇게 불만의 존재이자 불행의 화신일 수밖에 없다. 100년 200년 전 임금님보다 객관적으로는 더 좋은 의식주를 누리면서도, 현재에 관한 상태비교를 할 수밖에 없는 인간의 불만과 불행은 어쩔 수 없다. 그런 운명으로 타고났다.

▸▸ 그런데! 인간은 저런 운명을 그냥 수렴치 않는, 모순의 존재다. 불행의 염과 함께, 그것에 반하는 희망을 버리지 못한다. ('역사는 발전이 아니라 반복회귀일 뿐이다.'라는 염세적 입장에 대해서는, 선택의 운명을 타고났다는 이유로 인해 인간은 저 염세는 논할 권한이 없다.) 희망을 버리지 못한다는 것은, '인간은 희망을 버릴 권리가 없다!'라는 진실을 생산한다. 이 진실도 인간의 운명이다. 이 운명이 '세계는 인간의지의 산물'이라는 진실을 다시 생산하게

하고, 이 진실은 다시 인간의 모순을 구제한다. '99% 을'에게 '1% 갑'은 객관의 폭력이다. '갑'은 기득권인 자신의 객관을 스스로는 파괴하지 않는다. 절대! '세계가 인간의지의 산물'일 때, 그 의지의 주체가 '갑'이었느냐? 아니면 '을'이었느냐? 이것을 물어야 한다. 그 국가 · 사회의 상태는 그렇게 결정된다.

새로운 권력자 팟캐스트

▸▸ 근년에 이르러 팟캐스트가 여론의 지형을 흔들고 있다. 10% 내 차이에서 권력의 지형이 결판나는 현실에 비춰, 여론의 지배에 상당한 지위를 점했다. 개인방송이라지만, 상위의 팟캐스트들은 공중파나 종편의 영향력과의 투쟁을 덤비고 있다. 라디오방송의 재송출을 팟캐스트를 통하는 것도 더러 있지만, 권력투쟁의 수단인 점에서 달리 볼 것이 없다. 저 팟캐스트를 통해 유명세로 커서 공중파나 종편의 토론패널이나 진행자가 되기도 할 정도이다. ('정치' 외의 팟캐스트들은 거의 명함을 내밀지 못하고 있는데, 정치 팟캐스트가 아니면 우수한 콘텐츠를 가진 것들도 한참 뒤로 밀려난다. 가벼움, 님비근성, 다수에 진입하려는 대중의 욕망 등이 그대로 반영된 증거여서 안타깝고 화가 나지만, 그 상세는 생략한다.)

▸▸ 그런데 팟캐스트의 앞순위를 민주당을 지지하는 그것들이 모조리 장악하고 있다. 더 정확히는 소위 '문빠'의 그것들이다. 2018년 6월 6일 14시 현재 시점에 보면… 김어준의 뉴스공장, 김용민의 정치쇼, 새가 날아든다, 이박사와 이작가의 이이제이, 이동형의 뉴스정면승부, 닥표간장, 송은이&김숙 비밀보장, 지적 대화를 위한 넓고 얕은 지식, 수다맨들, 이진우의 손에 잡히는 경제, 정영진 최욱의 불금쇼, 정치신세계, 프로파일러 배상훈의 CRIME, 법륜스님의 즉문즉설, 시황맨의 주식 이야기, 김현정의 뉴스쇼, 김프로쇼, 컬투쇼 레전드 사연 BEST 252, 백반토론… 20위까지 이렇게 되어

있다. '문빠'의 그것들이라는 점에서는 1년 전과도 다를 바 없다.

　비정치 팟캐스트의 경우도 태반이 그 바닥에는 '문빠'의 정서가 짙다. 민주당 지지나 '문빠'의 그것이 아니면, 20위가 아니라 100위 안에도 보기가 어렵고, 아예 없는 건지도 모르겠다. (민주당 지지나 '문빠'라는 것 그 자체라든가, 저 팟캐스트들 사이에서 민주당 유력인사 중 지지파가 갈린다거나, 서로 패권경쟁을 하는 현상이라든가… 하는 것들을 문제로 보는 것이 아니다.) 저들을 중도로 볼 때 보수와 진보는 출입금지라는 프레임을 구축해놓고, 다양성과 민주를 떠들고 있다는 셈이 된다. 아픈 것은 진보정당이나 진보성향의 것조차 들어설 공간이 없는 현실이다. 그나마 제도권 정당인 '정의당'조차 고개를 내밀지 못하는 정도이다. 팟캐스트를 지배하는 환경이 그렇다. '새가 날아든다'에서 논객 '황진미'가 퇴출된 일이 그 반영이지 싶다. 황폐한 진영논리의 전체주의가 되어버린 것 같다. 서글프다. '6·13 지방선거'를 일주일 앞둔 이 시점, 정책이 실종된 가운데 민주당이 모조리 집어먹어 버릴 것 같다. 민주당 지지 중 그 일부가 진보정당으로 넘기는 것이 결국 '진회의 공존'의 실현에 훨씬 큰 동력을 가진다는 점을 모르거나 거부하는 현실, 이것이 구체적 아픔이자 슬픔이다. (두 거대 정당이 승자독식을 해버리는, 현 악마의 선거제도에 대해서는 별론으로 하고) 진보정당이 의회의 10% 의석만 가져도 30석이고, '99% 을'은 저 30석과 함께 희망을 농사지을 수 있다.

　▶▶ 촛불혁명에 이어 새로운 정권이 들어선 성과에는 분명 많은 복합적인 요인이 있었다. 흔히 그렇게 탄생하는 집권세력에 대한 낭만적 기대와 결국 염증으로 돌아서는 여론 현상이 일어날 시점이었던 점, 집권세력의 지지를 버리게 하는 상수의 문제인 일자리·일거리·사회안전망의 현저한 부족과 개선가능성에 관한 절망의 점, 보수정당에서 유래를 찾기 어려울 정도로 벌어져 버린 그들 내부의 파국적 분열, 박근혜 세력의 기이한 통치

행위와 정치적 대처능력의 미숙 등이 중요한 요인이었지만, 범 민주당 세력의 상승적 조합도 상당한 몫을 했다고 보아야 할 터이다. 그것은 '범 전통적 노빠'가 가진 윤리적 토대와 '범 나꼼수'의 세력의 전략이 합체한 힘이 피워낸 영향력이었다. 팟캐스트는 '범 나꼼수'의 세력의 에너지를 전파하는 중요 수단이었다.

그러나 팟캐스트를 무기로 커온 권력은 이젠 전체 권력의 지형을 재편하고 있다. 팟캐스트 자체의 거대권력화 및 그 권력이 공중파까지 점령함으로써, 범 민주당 세력권역에 균열을 일으키고 있다. '범 나꼼수' 세력이 커지면서 '전통의 노빠' 세력과의 갈등이다. 정당 내부에서의 정파 간 투쟁과는 물론 다르고, 세력 사이 이념적 주장이 명백히 다르게 나타나는 것도 아니다. (다만, '범 나꼼수'의 세력을 계급투쟁의 이념을 유지하는 '구좌파'로, '범 전통적 노빠'의 세력을 계급투쟁의 이념과는 결별한 '신좌파'로 각 분류할 수 있을지는 의문이다.) 그 균열은 포스트 대권주자라는 포커스와 만나 뚜렷한 징표를 보인다. 물론 포스트를 노골적으로 거론하지는 않는다. '범 나꼼수' 세력은 이재명을 미래권력의 중심으로 하는 것 같은데, 이재명이 그들 세력이 확산하는 수단이기도 하다. (이 글 작성 후에 있었던 이재명과 은수미의 조폭연루설과 그 공방은 미래권력을 향한 투쟁을 표면화하고 있다. 이재명에 대한 공격이 보수 야권보다는 범민주 내에서 더 강하게 이뤄지고 있다는 점에서, 특이하면서 동시에 여러 가지를 시사한다. 단지 경쟁의 과정으로 이해하기에는 이미 무디어진 변화의 기운을 더욱 죽여 버리는 데에 보탤 것 같다.) 어느 세력이 대한민국을 위해 이익인가? 판단이 쉽지 않다. 어느 세력의 우위로 귀결될 것인가? 이 역시 판단이 쉽지 않은데, 현 정권의 남북관계를 중심으로 하는 외교적 성과와 함께 무엇보다 향후 국민경제가 어찌 되느냐에 크게 영향을 받을 것이다.

촛불, 선거, 북미회담, 북한

▶▶ 2018년 6월 선거의 결과는 대한민국의 현주소를 극명하게 규정한다. 진보세력(정의당, 녹색당, 민중당, 노동당 등)은 발을 붙일 수 없는 땅이라는 진실을 다시 확인해줬다. 절망이다. 진보세력은 그 많은 대표(광역단체장, 기초단체장, 보궐 국회의원, 교육감) 하나도 갖지 못했다. 지방의회 의원의 진출도 형편없다. 집권세력은 촛불의 정신과 직접 연결되는 진보세력과의 연정을 하지 않았으면서도, 촛불의 화력을 받은 선거에서 모든 수혜를 가져갔다. 대구·경북을 제외한 전국이 민주당의 그물에 포섭되었다. 촛불의 세(勢)가 적폐와 구태의 지움을 넘어 평등과 진보를 향한 걸음이었으므로, 그렇다면 진보세력에 하다못해 10% 정도의 자리는 주어짐이 이치적 귀결이었는데도, 그랬다. 수구·보수의 거대정당인 한나라당이 역사적 책임으로 침몰한 자리를 왜 중도 집권당이 전부를 가져야만 하는가? 상식에도 반한다는 이 느낌의 정체가 뭔지, 이 합리적 의문이 뭔지, 대체 어디가 탈이 난 것인지 기어이 여기서 점검해야만 한다.

어쩔 수 없이 〈① 촛불의 세는 각성된 시민의식의 형성은 없는 상태에서의 일시적 분노의 표출이었다. ② 진화가 훨씬 덜된 대중은 다수나 힘이 있는 권역으로 진입하려고 욕망이 강한데, 역시나 그 욕망을 실현했음을 증명해 준 선거였다. ③ '6·13' 선거의 영향성을 클 것으로 보아 마땅했던 '북미정상회담'이 선거 바로 전날이었던 사실은 불공정의 룰이 가동되는 가운데 선거였다. '반칙'이었다. 날짜의 선택에 누구의 의지와 관계없이도 그렇게 평가됨이 정의에 부합한다. 과거 보수세력의 '북풍'의 부당과 같은 평가를 받을 당위성이지만, 저 엄연한 반칙에 대한 거론조차 두려운 분위기다.〉라는 진단이 합당하지만, 많은 경우 역사는 합리적·도덕적 기초로 작성되는 것이 아니기에 저런 진단은 그리 의미가 없다.

▶▶ 촛불의 세는 〈① '이명박근혜'의 집권으로 인한 억압과 실정과 부패가 깊어져 온 점, ② 특히 생활경제의 지속적 악화(99% 을의 일자리와 일거리의 소멸)로 인한 불만과 두려움이 커온 점, ③ '친위쿠데타'를 감행할 수는 없는 시대였던 점 ④ 상당한 수준에 이른 인터넷과 SNS(Social Network Service 교호 네트워크 서비스)에 의해 소통과 결사와 집회를 촉진하고 유지할 수 있었던 점, ⑤ 동양권으로서는 권력의 폭정에 관한 저항적 유전인자가 강한 국민성과 그 저항권의 행사를 승리의 경험으로 가진 점 등〉의 조건들의 기본적 환경 위에, 〈⑥ 기회를 포착한 '범 진보세력'이 기술적으로 집회와 그 분위기를 잘 키워온 점 ⑦ 무당의 간섭을 받았다는 소문이 돌 정도로 제1 권력자의 기이한 통치행태에 따른 반대효과(분노에 따른 저항감 외에도, 조롱감(권력의 폭력으로부터의 두려움을 완화시키는 기능)과 자존감·쪽팔림(소수인 골수 지지층 외에는, 지지 세력의 일반이 이탈되게 한 기능)이 추가된 에너지로써 가세한 점, ⑧ 집권 보수당의 분열과 착오의 점(박근혜가 가진 인간에 대한 불신의 염과 정치적 역량의 한계, 한나라당 내 '비박' 온건 보수세력의 착오(아직은 가치로써 보수에 대해서는 그 이해가 없음과 다수에 쏠리는 정치적 속성을 벗어나지 못함의 상태로서의 한국 대중의 한계까지는 계산치 못함)), ⑨ 특히 언론을 선두로 검찰, 법원, 헌법재판소 등이 변화된 대세를 따른 기회주의적 자세전환 등〉의 특이하면서도 최적인 조건들로 결합한 결과 성공이 가능했다.

▶▶ 그러나 '99% 을'의 삶이 어찌 될 것인지에 대해서는 근본적인 동인(動因)구조의 함수를 봐야 한다. 무엇보다 '권력의 폭정에 대한 저항적 유전인자가 강한 국민성'이라는 긍정의 조건은 '각성한 시민의식의 형성은 없는 상태'라는 부정의 조건에 의해 다시 규정되는데, 2018년 6월 현재 실제로 그렇게 되고 있다. 앞으로도 오래 그럴 것 같다. 단순하고 노골적으로 그리고 뭉텅이로 말하면, '2번 집권 즉 10년이면, 표심은 변덕의 요술을 부린

다!'라는 경험칙에 수렴된 것이다. 그때마다 이런저런 개념적인 용어가 붙는 오피니언 리더들의 분석이 따르지만, '민심의 권태'라는 저 거대 괴물을 극복하기에는 머나먼 훗날의 일이다.

무슨 말을 하려는가? 민주와 삶을 지향한 촛불의 세가 실현되었으면 표가 민주당 외에도 다른 진보세력으로도 상당 부분이 이동했어야 했는데, 위 근본적인 동인구조의 함수로 인해 처음부터 불가능했고, 한편으로 국민의 99%는 저 불가능의 함수나 구조적 모순은 모른 채 표를 행사했다. 이 모순은 '객관화한 음모'이다. 무슨 문제가 남는가? 일자리 없음, 임시직·계약직 등 비정규직의 범람, 가지고 있는 일자리의 불안, 사투에 몰린 듯이 위기의 자영업, 벌이가 없어 두려운 노후 등 삶의 총체적·상시적 위기가 여전할 것이라는 사실이다. 저 총체적·상시적 위기의 집적(위기가 해소되지 않을 것이라는 절망을 포함함)은 결국 언젠가 집권세력에 대한 지지를 철회하게 만든다. {다만, 저 '언젠가'는 외치(外治)의 힘에 의해, 과거 다른 집권세력보다는 늦게 올 수 있다. 외치는 원래 여론을 달뜰 내외도 뒤여집아버리는 기능이 있지만, 현 정권은 북한 정권 및 트럼프 정권에 관련하여 그 성격의 개별성으로 인해 기술적 수단을 추가로 갖고 있다.}

▶▶ 삶의 총체적·상시적 위기의 계속은 그 위기가 해소될 것이라는 희망을 만나면, 그때로부터 위기의 상당부분은 사실상 해소가 시작된다. 희망의 빛은 두텁게 껴입은 옷을 벗고 양지로 나오게 한다. 희망은 의욕을 생산하는데, 긍정의 심리가 규정하는 적극적 경제현상을 말이다. 각성한 시민의식이 형성된 전제에서의 촛불의 정신이었다면, '6·13선거'에서 민주당에 간 자리들(광역단체장, 기초단체장, 광역·기초 의원, 보궐 국회의원, 교육감) 중 적어도 10% 이상(견고한 각성이었다면 20~30% 이상)은 진보정당의 것이었다. 오래전부터 각성된 시민의식이었다면, 이미 국회에서 진보정당의 의석이

30~90석(300석의 10~30%)이 되었다. 양보해서 다음 국회의원 선거부터라도 진보정당의 의석이 그렇게 될 것이다. 진보정당 국회의석이 30~40석만 되어도, 정부·여당은 그 진보정당의 의사를 적극 반영할 수밖에 없다. 유권자의 뜻을 굳이 따지지 않더라도, 그 경우 정부·여당이 함께해야 하는 '캐스팅보트(Casting Vote)'로서의 진보정당이 될 것이니 말이다. 여기서의 '캐스팅보트'는 표결을 좌우할 제3당의 표를 말한다.

그래서 정치권 전체가 실질적인 진보의 방향으로 성큼 이동을, 즉 혁명적 변화로 점진적 출발이나 도약을 하게 된다. 그래서 언젠가는 현재의 민주당 정도의 색채가 보수정당으로, 현재의 진보정당들이 중도 내지 온건진보로 정착하게 된다. 그때야 비로소 자유와 평등, 성장과 복지 등 양 가치의 균형에 의해 사람 사는 세상의 문이 열린다. 그러면 국가·사회를 전면적으로 지배하는 현재의 불신과 사회적 신뢰자산의 부재, '1% 갑과 99% 을'의 견고한 구조, 고용절벽, 자영업의 추락, 물가 및 각종 공과금의 상승, 신분질서 제조기능으로서의 교육, 결혼 및 출산의 기피, 가속도가 붙은 노령화, 사회적 수긍에까지 이른 자살, 턱없이 부족한 국민연금이 명백히 말하는바 사회안전망의 부재 등… 모든 악마적 상태는 상당 부분 해소가 된다.

▸▸ 그런데 우리의 진보정당에게는 저 10%가 어렵다. 300석 중 30석이 그렇게도 좁은 문이다. (설령 선거법이 개정되어 '표의 등가성'이 주어지더라도 '각성이 없는 시민'과 '거대정당들의 나눠먹기 기술'이라는, 저 두 악마적 조건의 결합에 의해 또 절망할지도 모른다. 제대로 된 제도를 실현할 정도로 시민의 의식이 이르렀느냐고 물어야 한다. 배제할 수 없는 진실이다. '제도'는 '의식'에 의해 조정이 되고, '의식'은 관련되는 모든 요소가 주고받은 다음에 나오는 결과 값이다. 제도가 바뀌어도 '이익으로서 정치라는 거대한 기본'은 극복하지 못한 상태에

서는, 결국 자리 나눠먹기에 열려 있다.) 그래서 진보정당은 피눈물이 나고 슬픈 운명일 수밖에 없다. 바로 '각성한 시민의식의 형성'이 없는 상태가 빚는 모순이자 비극이며, 국민의 99%가 저 모순을 모른다는 사실에서는 근본 비극이다.

{이 글 작성 후에 있었던 노회찬 의원의 투신사망은 많은 것을 생각하게 한다. 돈으로부터 자유로울 수 없는 시대에 진보에게는 더 차별적 염결성(廉潔性)을 강제하는 현실, 저 거대한 모순은 기어이 제도권 진보의 상징을 죽음의 방식으로 제거했다. 무엇보다 '이 나라 현실에서의 진보의 실현이란 얼마나 지난한가!'라는 안타까움이다. 그의 삶과 죽음이 어떻게 평가되든, 역사는 적어도 진보의 제도권 진입과 정착을 향한 그의 오랜 노고는 기록해야 한다. (많이들 그를 애도했다. 죽음에 이르기까지 있었을 그의 번민을 공유했기 때문이다. 그러나 저 정서적·윤리적 공유는 현실을 바꿀 철학을 기반으로 하지 않는다는, 그래서 일시적이거나 뚜렷한 한계를 가진다. 진보세력의 제도권 권력 확보가 얼마나 중요한지의 차원으로는 가지 못하는, 기대할 토양이 없음을 알면서도 답답함이다.) 이러고 보니 노무현 전 대통령도 함께 데려온다. 그들 삶의 궤적으로 보아 두 사람 모두 단지 정치인은 아니다. '공평과 정의' 세상의 꿈을 버릴 수 없는 혁명가였다. 그런 기질이나 피가 짙게 묻어난다. 그러나 우리의 현실에서는 살아 불가능의 꿈이니, 그들 내면 깊이 내려앉은 소망스런 삶의 불가능성과 허무의 염도 컸을 것이었다. 국토분단의 모순이 삶을 데려간, 2003년에 별이 된 현대의 정몽헌 회장도 떠오른다. 아팠던 그들의 삶이 어떤 형태로든 이 땅의 성숙에 기여하기를 바란다. 살아 땅에서의 평균율이 무거웠던 '바보님들!', 명복을 빕니다.}

또 단순히 말한다. 한나라당 다수 지배는 99%의 비극, 민주당 다수 지배는 89%의 비극이다. 그 세력 중 누구의 뜻이나 의지와는 관련이 없이 민주당도 필연적으로 89%를 분리하거나 배제하는 모형이며, 저 무서운 진실을 국민의 99%가 모르는 비극이다. 지구상에서 가장 높은 학력과 가장 우수한 정보 소통의 수단을 가진 나라이지만, 특이하거나 기이한 것이 아니다. 구체적 시공간의 독자적 진실이다. 민주당 내에는 진보적이거나 제대로 된 인사도 많지만, 전체로써 민주당의 스펙트럼은 '양극화를 유지하거나 키우는 기능으로서의 자본의 그물'을 그리 벗어나지 못한다. 다른 선진국들은 상당한 수준으로 양극화를 극복했음에도 불구하고, 세계 최강이면서 선진국인 미국은 양극화의 전형인 나라이다. 저 전형을 만든 데에 큰 원인의 하나인 미국의 민주당의 실체를 곰곰이 읽어보면, 그것으로써 한국 민주당도 그리 다르지 않게 읽는 것이 된다.

2018년 8월 현재까지가 지시하는 바로써 이 나라의 미래 흐름을 다시 읽는다. 개별 정책적으로는 합리화와 민주화를 고민하고 시행을 하면서도, 그 결과물들은 또다시 자본의 큰 거물에 갇힘을 반복·영속할 것 같다. 이미 '수정적인, 기술적인 개혁'도 자신의 수단으로 가진 '자본의 괴력'에 이기지는 못할 것이기도 하다. 자본은 자신을 불편하게 하는 저 시행에 동조하는 '널리 10%'에게도 '갑'의 지위를 승인할 것이고, 이로써 '11% 갑과 89% 을'이라는 구도가 영속화할 거대한 위험의 틀이다. 이것이 이 시대 이후 일반적 최대 진실이자 비극일 것으로 보인다. 적당한 개혁과 민주화는 진행되는 가운데, '89% 을'은 일자리 없음, 일거리 없음, 불안, 불신, 질투, 소외, 결혼의 회피, 2세 생산의 망설임이나 포기, 노후의 두려움, 자살… 등으로 온갖 부정적이거나 불리함의 삶을 운명이듯 껴안고 버텨야 할 것이다. '적당히!'는 천상의 힘이 수여한 갑들의 비법이다. 그 비법이 구축하는 세상은 전체적으로는 화려하면서 구체적 개개인은 불행을 인내해야 하는 전형일 것이다.

▶▶ 2018년 2월 특사로 온 김여정은 세계 권력의 무대에 등극했고, 한국인들에게 이미지 메이킹에 성공했다. 품위가 있다든지, 점잖다든지, 적당히 고개를 쳐든 것이 자존심이 돋보였다든지… 이런 이미지에 체포되어 버렸

다. 그가 어떤 표정을 짓고 어떤 언행을 하든 그는 작품을 만들게 되어 있었다. 백두혈통의 실세라는 그 희귀성과의 목마른 조우 때문에 매직의 상태가 되어 버린, 그의 배경인 거대한 폭력의 역사는 지워졌고 그의 짧은 한두 마디에 매혹되었다. 언론은 앞다퉈 부추겼다. 특사의 신분에 대한 통보가 없었던 무례 따위는 아무런 문제가 아니었다. 예술단과 응원단은 한국의 문화현상에는 촌스럽든 말든 자신들의 방식으로 평화공세를 펼쳤다. 이어 김정은은 2018년 4월 판문점에서도, 6월 싱가포르에서도 말할 것 없이 세계의 스타가 되었다. 두 오누이는 이미지 세탁에 성공했다. 남·북 정상회담이 성사된 바에는 집권세력의 철학도 평가를 해야 하지만, 촛불의 힘과 보수야당의 궤멸과 임기초반이라는 조건이 기여한 바가 크다. 보수자본가이면서도 전략적으로 잘 튀는 트럼프의 독특한 캐릭터가 역사의 아이러니로 물꼬를 트는데 가세했다. 물론 나이에 비해 계산이 빠르고 과감한 '김정은'이라는 존재성을 부인키 어렵다. 이어 김정은과 트럼프는 만나기 전에 밀고 당기는 흥정을 계속했다. 양쪽 다 스스로 가진 고유한 존재조건이 갱신될 수밖에 없는 현상들이었지만, 통과의례였다. 통과의례이지만 그 과정에서는 피가 마른다. 둘은 결국 6월 12일 싱가포르에서 만났다. 그 전에 김정은과 중국의 시진핑이 만나 역시 복잡한 계산을 조율했다.

▸▸ 한국도, 북한도, 미국도 사정이 간단치 않다. 우선 한국과 미국은 기본적으로 의사표시가 자유이니 늘 여론이 대립한다. 한국은 물론 남북문제라면 그 어떤 문제보다 여론의 충돌이 크다. 한국이든 미국이든 정치권은 정국주도권, 선거의 염두, 표의 계산, 정당의 지향·이념 등으로 인해 상시 갈등한다. 한편으로 북한은 그들 내부의 갈등은 일단 없더라도, 다른 측면에서는 난해한 사정을 가지고 있다. (물론 북한 군부의 불만을 잠재우기 위해 이러저러했을 것이라고들 말해지고는 한다.) 북한은 중국보다 미국과 가까워지는 것이 세계의 시장에서 유리하지만, 저것이 결코 쉬운 방정식이 아닌 것

이다. 본질적인 어려움은, 즉 마지막에 가서 남는 난제나 한계는 결국 북한이 '세습의 권력'이라는 그 자체에 있다. 북한이 세습의 권력이라는 것은 통일의 진전을 난해하게 만드는 것이지만, 북한 자신뿐만이 아니라 모든 관련 국가들에게 복잡한 함수를 제공한다.

북한의 통일의지는 절대세습권력의 내적·외적 보전을 전제로 한다. 이 전제는 북한민중의 반란을 완전히는 피할 길이 없다는 내적 불가능성과, 어느 시점에는 절대세습을 거부해야만 하는 남한의 입장이라는 외적 불가능성에 충돌한다. 하나의 가능성은 북한의 세습권력이 북한민중의 반란 가능성을 착오하는 것인데, 그러기에는 저 세습의 권력이 영민하다. 베트남 방식의 개방이니, 중국모델의 경제이니 하지만 북한의 사정은 다르다. 저런 모델이나 그에 가까우려면 상당한 개방을 전제로 하는 것인데, 북한은 그렇게까지는 할 수 없다. 그렇게까지는 북한의 세습권력에게 너무나 많은, 그리고 길고 긴 고민이 따른다. '개방의 정도'와 '세습권력에 대한 역사의 단죄가능성' 사이의 긴장과 그 고민이다. 북한은 의식주의 부족, 정보통제, 인권제한, 적대적 안보 등으로 세습권력을 유지해왔다. 인간은 '인식과 가능성의 환경'에 따라 자신을 현현한다. 개방으로 북한인민이 그 인식과 가능성의 환경을 갖게 되었을 때를 가정하면, 북한의 권력층은 민중의 반란을 계산하지 않을 수 없다. 이것이 남북문제의 근본적인 한계이자 함수이며, 될 듯 말 듯의 반복과 짜증을 생산하게 하는 근원이자 난해함이다.

▶▶ 북한의 세습권력의 장기화가 가능했고, 앞으로도 그렇게 함에 기여할 특수한 환경을 살펴야 한다. 1989년 동유럽 국가들의 공산체제 붕괴가 있었을 때, 남한의 식자들은 많이들 북한도 그때 곧 무너질 것으로 떠들었다. 너무나 반가운 충격에 체포되어 북한과는 전혀 다른 그쪽의 사정들(—북한만큼의 완벽히 꽁꽁 묶인 통제국가들은 아니었던 점, 북한처럼 휴전선과 중국·러시아 사

이라는 지리적 폐쇄성에서부터 자신의 국민은 통제하기 딱 좋은 사정은 아닌, 즉 다른 서구 선진국들의 영향을 받을 환경이었던 점, 이미 구소련의 연방해체가 이뤄지고 있었고 상당부분 시장경제가 가동되고 있었던 점, 공산세력과 자유세력 사이 정치적 협상이 수년째 진행되어 왔던 점 등)에 대해서는 곰곰이 따져 보지 않았다. 물론 저런 것을 알면서도 국내용 정치적 계산에 따른 것도 있었을 것이다.

북한을 어떻게 이해하든 설대세습 권력이라는 북한의 사정과 여전히 세계패권국가인 중국·러시아와의 결합성을 기본으로 가진 바이니, 한국의 통일은 독일의 그것보다 훨씬 난해하고 오랜 세월이 요구된다. 그렇더라도 한반도 통일의 난해한 조건도 인간 의지의 산물로써 역사의 과정 안에 있다. 핏줄과 이웃의 죽음에, 누대에 걸치는 전쟁의 상처에, 다시 춥고 배고픈 땅으로의 전락에, 인간세계를 가장 치사하게 만드는 양극화(전쟁은 최악의 양극화를 고착한다.)에 빠지지 않을 길은 긴장의 완화 가운데 나올 수밖에 없다. 인간사에서 난해한 문제는 합리와 정당에 어긋나는 과정을 힘들고 복잡하게 통과하면서 해소된다. 인내, 용기, 지체아 같은 더욱이 요청이다. 북한의 불합리, 부당, 트집 잡기, 때론 허언의 '자주국가' 운운 등에 대해 모른 척해주는 가운데, 소통의 지속성이 관건이다. 개성공단을 재개라든지, 그렇게 하나씩 풀어가야 한다. 북한이 가진 근본모순을 분명히 하면, 남한으로서는 인내 외에는 믿을 길이 없다는 결론에 이른다. (물론, 역사적 관점에서의 북한이 가진 근본모순이라는 것은 세계전략들의 산물, 즉 부정적 외부효과의 결과물이다. 이념이 평계로 끼어든 채 국제권력 게임의 그것이었다.)

▸▸ 6월 12일 북미회담의 결과물을 두고 국내외에서 극명하게 입장이 갈린다. 비판하는 쪽은 기껏 그 정도를 하려고 그렇게 요란을 떨었느냐는 것인데, 물론 비판의 중심은 북한의 비핵화에 담보가 없다는 것이었다. 저 북미회담과 '6·13 선거'의 결과는 흡수통일의 신봉자들에게는 소위 '이민이

라도 갈 수 있었으면!'이라는 정도의 충격이다. 촛불 이후 줄곧 코너에 몰려온 탓에, 많이들 충격이라기보다는 자괴의 염에 갇힌 것이다. 보수정당은 정치라는 권력으로부터 하차할 수도, 달리 변화의 선택지도 찾지 못해 오래 방황할 것이다. 한편으로 핵보유국으로써 북한의 실체는 지울 수 없음을 인정하면서도(대외적으로는 절대 아니라고 할 수밖에 없다.), 한국이든 미국이든 그 집권세력은 각자 가진 고유한 이유에서 다른 너스레를 하고 있다고 많아들 보는 것도 같다. 북한의 핵 보유에 대하여, 한국과 다른 나라들 사이 입장 차이가 현격할 수밖에 없는 진실도 있다. 우리는 '통일되면 북의 핵이 바로 우리 한민족의 것이잖아!'라는 진실 그 자체는 부인할 수 없고, 솔직히는 그 유혹도 절대 적지를 않다. 그러나 어쨌든 숱한 희망, 절망, 불신, 짜증, 망설임, 다시 희망, 절망… 저것들이 오랫동안 반복할 것이다. 그 반복의 근원 중에는 임기가 있는 권력과 영속적 권력 사이의 계산과 협상이라는, 저 근본모순이 상시적 조건으로 존재한다. 한계조건이다. 저 한계는 어렵게 합의를 한들 그 효과의 지속을 보장할 수 없게 만들지만, 협상 자체에서부터 각 당사자의 입장과 태도의 큰 영향인자다. 숨어 가동되는 간섭이다. 집권세력의 성격이나 상황에 따라, 나아가 악의가 없이도 언제든지 국내 정치의 수단이 될 수도 있다.

▸▸ 난해한 문제를 쉽거나 간명하게 푸는 길은 없다. 조물주가 어려운 것은 더 많은 인내와 더 긴 시간을 바치도록, 사물과 세계가 그렇게 되도록 만들어 놓았다. 무엇보다 기억해야 하는 것은 '함께 해결'해야 하는 사이나 사정의 경우에는 만남 자체가 없는 상태가 가장 나쁜 결과를 만든다는 진실이다. 만남이 유지되고 있으면 어쨌든 전체적으로 0에서 플러스로 가게 되지만, 만남이 없으면 0에서 마이너스 값으로 간다. 만남의 개별 단위에서는 불만이나 후퇴인 경우도 있지만, 만남의 계속은 전체로써 플러스를 만들게 되는 것이다. 남북의 과제는 당연히 만남의 계속을 요청하는 성

격을 갖고 있다. 그것도 절대로! 저 만남의 계속이라는 현실과 당위에도 불구하고, 만남이 필요 없다거나 그 자체를 거부하는 정서는 무엇인가? 적화통일이나 흡수통일의 경우 외에는 달리 타당한 이유가 없다. '적화'나 '흡수'는 그 부정적 후폭풍은 물론이지만, 어쨌든 거래 중에 이익을 계산해야 하는 시대인 이 21세기에는 전혀 부합하지 않는다. 더구나 남한과 북한이라는 개별성과 특수한 성격상, 다른 국가나 사례의 이해로써는 패착이 된다. 따라서 만남이 계속될 것이라는 트럼프의 기자회견에서 말에 대해서 한국의 입장에서는 볼 것도 없이 힘을 실어줄 이유와 실익이 있다. 그것이 2018년 11월 미국 중간선거와 재선도전 등 그의 정치적 계산과 결부된 것이더라도, 만남의 계속을 전제로써만 가능성이 열린다는 이치적·객관적·역사적 진실을 우리는 선택해야만 한다. 같은 패로써 북미의 합의사항이 선언적인 것이 지나지 않았다는 불만이나 비아냥거림에 대해서도, 우리는 통과의례로써 대범하게 관통하면 된다. 그래야만 한다. 미국, 중국, 일본, 러시아 등 국제패권과 결부되어 얽혀버린 집구석인 이 한반도에서는, 만남이 계속이 유지되는 가운데 지지고 볶으면서 '미운 정, 고운 정'이 들며, 그래서 어둠을 지우는 것이지 특출한 묘수나 비법이 있는 것이 아니다. 한편으로, 남북정상회담, 북미정상회담, '6·13' 지방선거… 이 모든 것들이 진행되던 시간, 나는 흥겹지 않았다. 미국과 가까워져 북한도 중국과 같은 형태로든 어쨌든 적어도 경제는 신자유주의적 경향의 편입을 가정할 때, 민주당이 압승했다고 해서… 주된 관점인 '이 나라 99% 을의 삶이 달라지는가?'라는 물음에, 그 우울함에 줄곧 걸려 있었다.

세월호 참사

▶▶ 2014년 4월 16일 대한민국 남쪽 바다에 양민학살과도 다를 바 없는 사태가 일어났다. 세월호 참사! 국가·사회적 차원의 지극한 탐욕과 책임의 회피가 구조적으로 깊숙이 스며든 원인에 기인한 것이었으므로, 악의

적극적 행위로서의 학살로 평가됨이 마땅하다. 승객을 검은 바다에 버리고 도망한 선장과 선원들의 사악함은 말할 것도 없었지만, 가장 중요한 존재이유인 국민의 생명보호로서의 국가가 없었다. 국가의 모든 역량을 투입해야 하는 수 시간 골든타임을 그렇게 버린 것은, 21세기 대한민국의 경제적·군사적 역량에 비춰 논리적·합리적 이해를 불가능하게 했다.

사고의 원인을 밝히자며 유족, 야권, 시민단체 등이 무던히도 밀어붙였다. 유족의 의지와 그 지구력은 눈물이 날 정도로 지극했다. 그러나 집권세력은 지연을 넘어 비열한 수법을 동원해 방해로 일관했다. 그럴 수밖에 없었다. 이 경우 저들은 달리 선택의 여지가 없다! 진상의 요구가 단지 사고 자체가 아니라, 신격화한 돈과 그들만의 리그로 빼돌린 자리에 관한 역사의 민얼굴을 보자고 덤볐기 때문이다. 국가·사회의 구조적 부패의 모형을 한 국가가 흘러온 역사적 궤적을 읽는 차원에서 밝혀야 한다는 것이었다. 저것을 까발리는 것은 집권세력을 넘어, 이 나라 전체 기득 네트워크의 옷을 벗겨버리는 것이 된다. 국가를 지배하는 장물(臟物)의 발생구조를 만천하에 드러내고, 이어 그들의 목을 조이는 것이다. 해서, 밝혀질 수 없다. 불가능을 설정한 것이었다. (물론 그것이 뭔지 우리는 대충은 안다. 그리고 새로운 집권세력에서 다시 밝힌다고 하지만, 약간 더 나아가 성과 이상은 여전한 거대 사회구조상 어렵다.) 국가·사회적 부패구조까지는 밝히지 못했지만, 무의미한 투쟁은 결코 아니었다. 역사의 발전은 어떤 목표에 따른 결과가 아니라, 그 과정에서의 일부의 성과와 때론 실패까지 포함하는 경험의 값으로부터 생산되기 때문이다.

▶▶ '세월호 참사'의 후폭풍은 변혁을 요구하는 바람을 일으켰다. 변혁의 과정은 부정의(不正義)나 악마의 힘도 받아 추동된다. 거대한 회오리 안으로 어떤 부정의가 은폐되어버리거나, 때론 부정의가 정의인 듯이 취급받는다. 때론 부정의가 정의와 합체해서 전체의 동력을 더 맹렬하게도 만든다.

거대한 방향성을 가진 대세에 묻혀 인식하지 못하거나, 맹렬한 이슈가 가진 폭력이 두려워 명시적 진술이 되지 않는 부정의다. 두려움은 대세가 가지는 폭력적 세(勢)에 의해 반동(反動)으로 몰릴 수 있다는 그것이다. 소련의 공산혁명, 중국의 문화혁명, 6·25 때 국군과 공산군 사이 양민의 입장을 말하는 것이 아니다. 일상에도 언제든지 침투하는 부정의다. '세월호'의 분노가 일으킨 바람 안에도, 그렇게 묻어간 그 무엇이 없지 않았을 것이다.

참사에 관한 진상의 요구에 부정의라니, 무슨 말을 하려는가? 부당한 피해를 원상으로 회복하는 수단으로는 돈밖에 없다. 국가에 의한 가해자의 처벌 외에, 그 피해자나 유족에 대한 회복의 수단은 보험이든 가해자의 재산이든 결국 돈이 수단일 수밖에 없다. 현실에서는 그럴 수밖에 없다. '죽음의 원인은 다르더라도, 그 배상의 금액은 다를 수 없다.'라는 것은 당위이자 정의이다. 거대한 사회적 이슈가 되거나 집권세력의 책임으로 비난이 커져버리는 사고에서는, 저 정의가 흔히 무너져버린다. 거세지는 언론과 여론의 입박과 지지율 추락에 따른 두려움으로 인해, 집권세력은 어떻게 하든 돈으로 봉합하려는데 급급해진다. '진상의 조사 및 사후 보완대책' 대 '돈'과의 싸움이다. 사회적 부패구조를 포함해 사고의 진상조사와 제도적 보완대책이 어떻게 진행되는 지와는 별도로, 어쨌든 집권세력에게 큰 부담이 된 사고에서는 그렇지 않은 통상에 비교해 어떤 경로로든 훨씬 많은 배상금이 지급된다. 여론과 집권세력의 압박이 두려운 관련 기업의 보상금과 이런저런 성금도 포함되는 등 훨씬 많은 배상이다. '세월호 참사'의 경우 어떤 수준의 배상인지 모르나, 그 어떤 억울한 죽음이든 '죽음의 원인에 따라 배상이 다를 수 없다.'라는 정의가 침해되면 아니 된다. 저 정의가 무너지면 가벼운 욕망과 함께 '망자를 수단으로 하는 관장사'라는 비난·불신이 그 사회에 은밀하고 깊게 배임으로써 분열, 사회적 통합의 저해, 기회주의적 사회화의 촉진 등에 기여를 하게 된다. 저 정의도 그 죽음의 사회적 원인을 규명하는 정의와 함께 살아 있어야 한다. 억울한 죽음에 대한 애도와 함께 저들 정의에 대한 관념이 모두 분명할 때, 그때 비로소 그 국가·사회는 균형과 성숙의 길로 들어선다.

(국가와 청해진해운이 공동으로 책임지는 손해배상의 1심 판결에 관한 보도가 윗글이 작성되고 한 참이 지난 뒤인 2018. 7. 19. 날 있었다. 판결의 취지에 따라 예를 들면, 어느 희생자 학생의 유족이 부모와 오빠로 3인 경우 총 6억 7,000여만 원을 인정했다는 보도였다. 국가의 책임과 배상의 금액에 관련하여 다른 사고들과 형평성의 여부를 중심으로 하는 네티즌들의 의견이 많았는데, 판시와 배상에 관련한 자세한 사항은 보도를 참고할 것이다.)

김광석의 향기가 머금은 분노나 억울함

▶▶ 김광석은 그와 같은 또래의 세대를 넘어, 그리고 그 시대를 넘어 오늘에 이르기까지 각별한 사람으로 살아 있다. 떠난 지 오래된 그가 그렇게 유별나게도 소환되는 바에는 무슨 까닭인가? 우리가 그로부터 무엇을 수여받기 때문인가? 한두 가지가 아닐 것이다. 물론 음악적 재능에다가 그의 목소리가 가진 짙은 호소력과 울림이 그 기본으로 가진다. 그의 노래에는 그외에도 뭔가 색다른 바로써 우리의 삶 자체가 담겨 있다. 대중가요가 대개인 단지 청춘의 애증을 넘어서고 있다. 가사가 그런 경우에도, 삶 자체의 본질적 잉여로써 그리움이나 비애를 품고 있다.

단지 비애만은 아니다. 현실의 폭력에 대한 거부나 저항이 은밀히 함께 예술적 조합으로 스며든 노래도 더러 있다. 오늘날 광폭의 악기와 방송을 현대 자본권력의 하나라고 전제할 때, 저 권력의 수혜를 떠나 현장공연을 주로 한 그의 태도에서도 그 거부나 저항을 엿본다. 청중과 직접 소통을 했고, 단지 기타와 하모니카라는 단순한 차림이었기에 오늘에 이르러 더욱 차별적이다. 오늘날 맞닥뜨린 가치·직업·관계로부터 우리의 결핍이나 소외에 대해, 그의 공연기록에는 그 지극한 우리의 현실을 대신해 울어주는 뭔가도 있다. 그에게는 음악적 성숙을 향해 남다른 각오와 노력을 한 흔적도 있다.

그리고 독보적 울림을 주는 자의 요절로부터 배가되는 안타까움과 애틋함이 있는데, 그의 죽음에 대한 의혹은 우리를 안타까움에서 자꾸만 분노의 정서로 데려간다. 현실적인 근거는 없게 되었다고 볼 사정임에도 불구하고, 우리는 분노와 억울함으로부터 쉽게 벗어나지 못한다. 그 벗어나지 못함에는 뭔가 색다른 이유가 있을 것인데, 우리는 그것을 모른다. 이 글은 단지 그에 대한 감상이 아니라, 그 이유 중의 하나라도 읽으려는 뜻이다.

▶▶ 이상호 기자가 김광석 처 서해순의 명예를 훼손했다며, 경찰이 기소 의견으로 검찰에 송치했다는 보도가 2018년 7월 초에 있었다. 그와 딸의 죽음에 대해 증거 없이 그녀를 몰아세웠다는 경찰의 판단이었다. 유명인 죽음의 사정에 대한 국민 알권리와 합리적 의심이나 법이 허용되는 한계 사이의 충돌, 문제를 제기하는 측의 표현 정도, 예술로서의 영화적 표현의 자유의 한계, 특정 기자의 특유하고 집요한 성향, 김광석 팬덤의 문화현상이 불편한 그녀의 방어태도 등 복잡하다.

어쨌든 그녀를 비판하는 목소리는 길이 막히게 되어 있고, 이미 실제로도 그렇게 보인다. 수많은 사람들의 김광석을 향한 애틋함도, 결국에는 현실의 '합리의 왕좌'에게 무릎을 꿇게 되어 있다. 그녀를 비판하던 분위기는 줄어든 상태이고, 방송이나 팟캐스트에서의 목소리도 그렇다. '증거가 없다!'라는 전제에서는 어쩔 수 없다. 그러나 그럼에도 불구하고 수많은 사람들이 뭔가의 오류와 억울함의 정서를 떨쳐내지 못한다. 그녀를 이치적으로는 비판하지는 못하면서도, 그 정서는 오래도록 그럴 것이다. 혼란스러운 가운데, 스스로 원인을 모르는 가운데 그에 대한 안타까움과 분노 그 자체는 오래 어찌 못할 것이다. 그가 안타깝고 그녀가 미우면서, 그녀에 대한 미움에 붙은 그 무엇 때문에 그에 관한 안타까움과 그녀에 관한 미움이 더욱 커지지만, 논리적으로는 맥 빠지고 때론 혼란스러울 뿐 어찌 못한다. 왜 그런가?

{김광석과 관련한 우리의 정서는 마치 정부가 아무리 노력해도 수많은 사람들이 부동산 재화와 관련한 박탈감을 어찌 못하는 문제와도 크게는 그 궤를 같이한다고도 볼 수 있는, 그래서 사람들이 분노와 짜증과 좌절을 어찌 못 하게 하는 것과도 같은데, 왜 그런가? (우리의 불균형 경제를 전체로써 조망하여 흔히 '1% 갑과 99% 을'의 상태라고들 진단한다. 판단의 기준에 따라 '0.1%, 99.9%'일 수도 있고, 더 세분하여 '1%, 10%, 90%'일 수도 있다. 그중에서 과연 살 만한 나라이냐를 기준에서는 '10%와 90%'로 보는 것이 정직한 판단이다. 이미 중산층의 상당 부분이 무너졌고 패자부활이 어려운 시대의 사정이라는 전제에서 삶의 안정성을 확보했다고 볼 자들을 실질적인 중산층으로 보았을 때, '10%'는 정말 살 만한 나라이고 '90%'는 현재는 물론 미래도 닫힌 상태이다. 이 '10%'는 대한민국의 상태성에 대하여 많은 것을 함의하면서, 동시에 그 성격상 아주 특별한 사회적 에너지가 일어나지 않는 한 해소되기는 어려울 것이다. 아프고 우울한 전망이지만, 진실 앞에 어쩔 수 없다.) 다양한 경제민주화 조치에도 불구하고 그 의도와는 달리(현실과 이념의 상태성 사이에서 다시 따져야 하는 '의도'이지만) 전체적으로는 결국에 저 10%의 이익으로 귀결되는데, '다양한 경제민주화 조치'라는 저것이 어쨌든 다수 국민을 위한다는 형식을 가지기 때문에 훨씬 많은 사람들이 저 귀결의 가능성을 포섭하지 못한다.}

▶▶ 여기서, 우리 모두에게 거대한 규정인자인 '소유권'에 걸린 것을 생각하게 한다. 물론 저것이 전부는 아니지만, 더 깊은 곳에서 단단하게 규정하는, 그 누구도 어찌할 수 없는 저 '소유권'의 제왕적 힘 아래서 굴복하는 우리가 있다. 그 굴복이 안타까움, 굴욕, 혼란이다. 그의 지적 생산물의 값이 구체적으로 어떻게 귀속되는지는 모르지만, 어쨌든 더욱 그 귀속이 그

에 대한 안타까움과 그녀에 대한 미움을 크게 할 수밖에 없을 터이다. 상속제도에 대해 어찌 못하는, 즉 얄미운 법에 대한 불만인데, 여기서 나아가 그의 지적 생산물의 값이 공유재산이 되지 못하는 제도에 관한 의문을 갖게 된다면? 기성의 제도나 당연하다고 여겨온 관습에 관해 의문이나 부정의라는 관념을 갖게 된다면? 그런 사람이 많아지면 말이다. 이런 새로운 인식이 훨씬 많은 사람들에게 집적될 때, 그때 비로소 변화를 향한 모태가 힘이 있는 그 근거를 가진다. 거대 환경인 자본과 소유권의 제도 그 자체는 어쩔 수 없더라도, 지금보다 훨씬 많은 경우가 공공재로 인정될 수도 있는 배경으로써 널리 이념의 발아를 말한다. 그리하여 김광석에 관한 우리의 안타까움이 짜증이나 억울함이 아닌 애도로 나아갈 수 있지 않을까. 일찍 떠남에 배인 것이 허무이든 억울함이든, 이에 김광석과 그 노래도 만인의 공기를 숨 쉬며 한결 편안해질 것만 같다.

결국 길은 '사회안전망'

▸▸ 2018년 8월 삼나무숲 길로 유명한 제주도 비자림로 확장공사로 인해 500m 구간에 있던 915그루의 삼나무가 잘렸다. 제주도지사 측은 이 확장공사에 대해서 〈사회의 기초 인프라이자 주민숙원사업으로써 도로의 필요성도 중요하지만 아름다운 생태도로를 만드는 방안을 마련해야 한다. 삼나무 수림 훼손 최소화 방안 등을 포함하는 종합적인 검토를 통해 합리적인 방안을 마련되기까지 공사를 중단한다.〉라는 취지를 밝혔다. 시민단체·진보정당은 공사 전면 백지화의 입장이고, 지역주민들은 공사가 계속되어야 한다는 입장이다. 시민단체·진보정당은 〈비자림로 확장·포장 공사는 제2공항 재앙의 서막일 뿐이다. 자연경관을 제1의 가치로 지닌 제주에서 도무지 납득할 수 없는 사업이다. 비자림로 공사가 공분을 사는 이유는 제주만의 자연경관을 파괴하기 때문이다.〉라는 입장이고, 청와대 국민청원 게시판에도 공사 중단을 촉구하는 청원이 잇따랐다. 언론보도에 대한 네티즌들도 대체로 〈제

주도에 시멘트질 제발 그만하라. 제주도가 가진 특별한 자연이 없어지면 그곳에 관광할 이유가 없어진다.〉라는 등으로 도로확장에 대해 부정적이다.

　이 도로확장의 문제뿐만이 아니라 제주도 전체에 대해서… 개발을 통한 성장에 신념이 강한 자들, 제주도 지배하는 권력자들, 상당수의 제주도 주민들(지역적 사정에 따라 다르겠지만) 외에는 한국인 대체로가 더 이상은 제주도의 개발에 대해서 등을 돌리는 정서로 보인다. 지역주민들은 〈지역과 제주시를 연결하는 비자림로는 지역주민들이 가장 많이 이용하는 도로이다. 의료·교육·문화시설이 절대적으로 부족한 지리적 조건과 농수산물의 물류이동 활성화를 위한 기반시설로써 필요한 사업이다. 자가용과 렌터카, 대중교통, 화물차 등 수많은 차량이 통과하는 해당 도로는 비좁고, 겨울철 삼나무 그늘로 인해 도로가 쉽게 얼 뿐만 아니라 추월하는 차량 간 위험이 상존하는 등 도로 확장·포장은 주민의 생명권 보장을 위해 꼭 필요한 사업이다. 자연환경보존을 빌미로 지역주민의 생존권을 짓밟는 행위를 중단해야 한다.〉라는 등의 취지를 가진다고 한다. 표현은 저렇지만 단지 '생존권'을 넘어 땅값의 상승을 기대하는 사람도 없지는 않을 것이다.

　이 글은 제주도를 논하려는 것이 아니다. 개발이 막힌 특정 지역 주민들의 생존 문제에 대한 거론이다. 자연·생계계의 보전과 관련해서 말이다. (과거를 사그리 갈아엎어 버리고 삭막한 아파트 시멘트 덩어리가 되어버린, 그래서 그 나라의 전통·고유성이 없어져 버린 거대 환경 앞에서는 무릎을 꿇을 수밖에 없지만, 저것은 별론으로 하고) '자연·생계계의 보전'과 '특정지역의 개발금지' 사이의 문제는 굉장히 난해하다. 성격이 다르지만, 둘 다 보살펴야 하는 절대 가치이기 때문이다. 전자는 굳이 따질 것도 없는 가치이고, 후자는 생존과 공평·정의의 문제이다. 예를 들어, 하나의 마을에도 밭농사 외에는 할 것이 없는(돈이 안 되는) 국도 근처에 땅을 가진 자들과 국도에서 멀찍이 떨어진 곳인 평야지대에 땅을 가진 자들이 있을 때, 수십 년이 지나면서 국도 쪽의 지주들은 온갖 개발로 부자가 되었고, 평야지대의 지주들은 이런저런 이유로 개발이 막히고 땅값도 오르지 않아 삶 자체가 곤경에 빠진 세월이다. 이런 현상은 사실은 하나의 예가 아니라 전국적으로 산재한 현실이다.

경제가 삶을 결정하는 시대에 저 후자의 박탈은 어찌해야 하는가? 같은 마을의 일군(一群)이 가진 땅 값의 엄청난 상승이나 토지보상금의 풍요를 빤히 보는 후자들의 박탈감과 삶은 어떻게 해야 하는가? 그냥 그건 그들의 운명으로 수렴해버리면 그만인가 하는 문제이다. 성장의 밀도를 위해 인정되던 '개발연대'의 시대가 저만치 지나버린, 즉 21세기 대한민국의 정도에서는 어떻게든 해결해야 한다. 서울 어디에는 30평대 아파트가 10억 20억 나간다는 사실과 같은 지역인데도 땅으로 아파트로 큰돈을 번 자들을 빤히 보고 있는 사람들, 수십 년 그리 오르지 않았고 앞으로도 달라지 않을 땅을 가진 수많은 사람들은 어찌해야 하나? 땅은 가졌으되 상대적 박탈을 넘어, 삶 지체가 고통스러운 사람들도 부지기수인 나라이다. 지연의 **보존**과 개발, 이 상반된 두 개의 가치 충돌을 어찌할까? 결국, 그 국가 전체의 이념의 문제일 터이니, 참으로 난해하다. 적어도 삶 자체가 고통에 빠진 사람은 구제되어야 하지만, 평생 나아가 그 자손까지 '흙수저'를 벗어날 수 없다.

상대적이든 절대적이든 박탈감에 대한 불만이, 사실은 삶이 불안한 사실에서 비롯된 것이 아닌지 국가를 간파해야 한다. 평생 나아가 그 자손까지 '흙수저'를 벗어날 수 없다는 인식에 따른 불안이다. 결국, 해법은 '사회안전망'의 존재이다. 저 '사회안전망'이 그 실질을 가진 국가라면, 생존의 불안에서 벗어나고 나아가 상대적 박탈감도 상당 부분 감소한다. 2018년 8월 중순 국민연금 기금고갈의 위험이 강조되며 시끄럽다. 제도를 만드는 자들은 수많은 연구와 방안을 제시하지만, 스스로 '갑'이어서인지 실체인 '용돈 수준의 연금'의 점에 대해서는 그 언급을 회피한다. 국민연금은 월평균 수령액이 40만 원에 못 미친다고 한다. 이것이 '사회안전망'인가. 달리 소득이 없는 노령에 저 돈으로 어찌 살라는 건가? 국민연금 제도에 지배적 영향력을 가진 위정자들, 제도연구의 결과물을 제공하는 학자들, 제도와 관련된 고위관료들… 저들은 자신들은 이미 안전망을 확보했다고 '40만 원에 못 미친다!'라는 비극은 애써 외면하고 엉뚱한 소리들만 쏟아내고 있으니, 정말이지 염치도 없고 낯짝에 철판을 깐 것이 아닌가.

'삶의 사회적 결정인자들'에 결부나 종속되는 '성적 자기결정'

▸▸ 대단한 이슈가 되어버린 '비서 성폭행' 혐의를 받은 안희정 전 충남지사 사건에 대하여, 일부 여성계의 처벌주장이 강하지만 여론의 대세는 화간으로 이해하는 것으로 보였다. 그런 가운데 1심 법원은 2018년 8월 14일 무죄를 선고했다. 학습적 무기력 상태(혐오적인 사건에 직면해 무기력해지고 현실 순응적이 되는 심리상태), 성적 그루밍(Grooming, 성적 의도를 가지고 피해자에게 접근해 먼저 상대의 호감을 얻고 신뢰를 쌓은 뒤 성직 가해 행위를 자연스럽게 받아들이도록 길들이는 것), 노 민스 노(No Means No, 명시적으로 성관계를 거절했는데도 상대방이 행위를 시도할 경우, 이를 성폭력으로 본다는 제도), 예스 민스 예스(Yes Means Yes, 적극적인 동의가 없는데 성행위를 가졌다면 성폭력으로 처벌할 수 있다는 제도) 등이 판시에서 거론되었다고 하니, 재판부가 무척이나 고심한 흔적이다. 물론 '미투'라는 큰 운동의 자장 안에서의 판결이었기에 저런 '관념들'이 나왔을 것이고, 어쨌든 담론의 차원이 거론되었다는 점이 주목된다.

판결 후 여성계의 불만은 고조되고 있는데, 현실화가 가능하지 않은 불만이면서도 무의미하지 않은 운동이다. 이미 보도된 사실들만을 전제로 했을 때, 2018년 현재 대한민국이 가진 환경에서는 이 사건은 무죄 외에 다른 결과가 나올 수 없다. 위와 같은 관념들에 관한 '입법'이 거론되지만, 배경

요소가 부재한 환경에서의 입법은 불로소득의 욕심이면서 동시에 모순을 초래한다. 그러면서도 한편으로는 앞서 가는 입법이 의식과 현실을 개선하게도 한다. (성범죄의 피해자와 뇌물죄 교부자의 진술에 의존하는 현재 판례와 법 실무는, 어쨌든 객관적 진실은 아니라는 점에서도 그렇지만 '증거재판주의'에는 엄연히 반한다. 순결한 법 논리로는 억지이다. 그러나 법은 그 시대가 가진 제 조건을 전제로써 현실을 구제해야 하므로, 위 피해자나 교부자의 진술에 의존함은 불가피한 점이 전혀 없지는 않다. 물론 진술의 구체성, 합리성, 경험칙, 일관성 등을 엄정히 따져야 한다.)

'권력을 가진 자를 통한 자리 등 현실적 이익을 얻는다는 욕망으로 인해 관계를 맺은 것이 아니냐!'라는 식의 네티즌 말들도 있다. 저것을 어떻게 볼 것이냐? 고율의 이자 때문에 돈을 넘긴 피해자의 불순한 욕망이 개입했다고 해서, 사기꾼이 무죄가 되지 않는 것과는 그 성격이 다른가? '성적 자기결정'이 '삶의 사회적 결정인자들(자리나 사업의 수여받음이나 그 계속이나 승진 등, 기타 경제적이거나 권력적 취득의 기회 등)' 앞에서 흔들렸을 때, 법은 저 흔들림에 대하여 어떤 규범적 판단을 해야 하는가의 문제이다. 저 '삶의 사회적 결정인자들'을 보유한 자는 명시적 폭행이 아니어도 저것들을 도구로써 사용할 수 있다. 사용한다는 의식이 없이도, 그 인자들의 보유 자체로써도 성적 누림을 가질 수도 있다. 저 '삶의 사회적 결정인자들'의 수혜가 절박한 자에 대한 '성적 자기결정'은 어떤 기준에서 판단되어야 하는가? '소통'은 그 시대가 가진 제 환경조건에 종속적으로 결부되는 것이어서, 어려운 문제이다. 남녀의 관계를 넘어서는 그 국가·사회 전체로서의 '소통의 실제'가 진화되어야 해결되는 문제이다. 정치적·경제적 토대의 근거를 가진, 실질적 민주화가 가동되는 환경에서 가능한 소통이다. 먼 훗날의 일이다.

▶▶▶▶▶ '법언' 이해의 재구성을 통한 의식의 진화

촛불, 헌법, 그리고 법언

▶▶ 2016년 후반에 일었던 촛불혁명에서부터, 국회의 탄핵, 헌법재판소의 심판이라는 일련의 기념비적 역사가 쓰일 때, 사람들의 관심에 일었던 헌법을 들여다보았다. 더욱이 2018년 지방선거의 기회에 개헌을 한다는 전제가 있어, 까맣게 잊어버린 듯이 했던 헌법이 새삼 나를 불렀다. 그러다가 내게 스멀스멀한 것이 '저 헌법에 대한 인식과 이해로부터 사람들의 의식이 진화할 수 있는가?'라는 생각이었다. 그것은 〈헌법이 잘못된 당연함의 관행을 전복하는 데에 괜찮은 계기나 도구일 수 있다. 그러나 헌법은 현실과는 거리가 있는 장식규범이고, 원래 헌법은 바닥을 기는 현실에 전혀 동떨어져 저 혼자 고고한 이념일 뿐이다. 대한민국헌법도 그렇다. 그렇지만 특히 격동기에는 그 장식의 헌법이 발전적 정신이나 이념을 새로이 인식하게 하는 근거가 되는 역설도 성립한다. 그래서 만약 사람들이 정말 헌법의 정신에 친화될 수만 있다면, 그 헌법이 똑똑한 그리고 성숙한 시민이 되는 데에 일조할 수도 있지를 않은가!)라는 것으로, 헌법을 가까이할 수만 있다면, 그 어떤 다른 수단보다 의식의 진화에 유리할 것이라는 희망 같은 것이었다. 그래서 어느덧 헌법에 대한 글을 쓰고 있었고, 그것이 책으로 세상에 나갈 수 있을 것 같았다. 헌법을 중심으로 해서 하되, 법 일반으로 연결되거

나 확장된 글들이 어지럽게 써져 갔다. 법리의 해석이 아니라 법이 바라보는 세상, 세상이 바라보는 법, 세상의 풍경에 대한 이런저런 잡설이거나 시비를 붙는 것이었다.

▶▶ 집필 후반에 만난 2018년 대통령 개헌안에서, 특히 기본권조항의 진일보가 역력했음에 더 많은 생각을 하게 했다. 헌법의 구성은 권력구조와 기본권으로 대별되나 권력구조는 형태가 다르더라도 실제는 큰 차이가 없을 것이기도 했지만, 기본권이 어떻게 바뀔 것인지에 내 관심이 쏠려 있다. 권력구조의 문제는 단지 정치집단들의 거래에 지나지 않는다는 의미보다는, 바뀐 권력구조도 반드시 만나는 현실과의 타협으로 인해 실제로는 그리 다르지 않을 것이라는 진단이었다.

다만, 개정안 제44조 제3항에 "국회의 의석은 투표자의 의사에 비례하여 배분해야 한다."라는 부분이 있었다. '표 받은 만큼의 의석수'가 되지 못하고 있는 현실에 대한 불만이 깊었기에 저것이 눈에 띄었다. 독일의 정당명부식이 되었든 어찌 되든 '표의 등가성'이 실현되어, 진보정당이 힘을 받아 정치에 새 바람이 일어나야 한다. 다시 확인하지만, 중도 민주당이 정권을 잡는 것보다, 진보정당이 받은 표만큼 의석을 가지게 되는 것이 훨씬 중요하다. 10%를 받으면 30석이다. 사표가 없는 선거제도가 되면 그것 자체가 생산하는 에너지도 가세하기 때문에(—결과의 예측 가능성은 표심을 지배한다.), 진보정당은 그리 어렵지 않게 10%를 넘긴다. 그리하여 그것이 '주권재민'에 기여하게 하고, '1% 갑과 99% 을'의 상태라는 근본 질곡에서 구제되는 데 힘을 받을 것이기에 그렇다. 그러나 역사적 단위의 시간에서 보이는 인간은 다수에 포함되려는 욕망으로 인해, 즉 소수는 외로움 · 외면 · 따돌림이라는 상징질서가 초래하는 그 쏠림으로 인해 더 근본적이거나 큰 가치를 알지 못하거나 선택하지 못하는 어리석은 동물이다.

그런데 개정안의 표현이 우리의 현실이 요청하는 바에 비춰 너무 추상적, 상징적, 단편적이어서 불만이었다. 추상적이어야지 해석의 탄력성에 유리하다고 강변하겠지만, 법의 해석은 어디까지나 그 나라의 환경에 크게 예속된다. 같은 표현의 조문이라도 특정의 국가라는, 즉 구체적 공간이 가진 환경에 의해 얼마든지 달라진다는 것이다. 우리환경에서는 헌법의 조문이 '99% 을'의 권리규정으로 적극 해석되기를 기대하기는 아직은 난망이다. 즉 법의 담지자들이 헌법을 국민의 권리장전으로 적극 해석할 것은 긴 세월을 기다려야 하는 바이니, 차라리 구체적이고도 자세히 규정해놓음으로써 그것으로나마 일단 기본을 벌어놓고, 또 한편으로 법의 담지자들의 자의나 월권을 방지할 실익이 있다.

▶▶ 2018년 3월 20일 발표된 개헌안에는 전문에 저항권의 역사적 사건을 추가하였고(기존 4·19혁명에 부마항쟁, 5·18민주화운동, 6·10항쟁을 추가), 기본권에 관한 조항의 신설이나 개정은… 개헌 필요성(87년 6월 항쟁을 통해 헌법을 바꾼 지 30여 년이 흘렀고, 새로운 대한민국을 요구하는 국민의 목소리는 더욱 커졌음), 기본권 주체 확대(천부인권적 성격의 기본권에 대하여는 그 주체를 '국민'에서 '사람'으로 확대하여 표현), 규정방식 변경을 통한 기본권 강화, 노동자의 권리 강화 및 공무원의 노동 3권 보장(사용자의 관점인 '근로'라는 용어를 '노동'으로, 동일노동 동일임금, '고용안정'과 '일과 생활의 균형'에 관한 국가의 정책시행 의무 등), 생명권과 안전권 신설, 정보기본권 신설, 성별·장애 등 차별개선 조항의 신설, 사회안전망 구축 및 사회적 약자의 권리 강화, 검사의 영장청구권 조항 삭제(검사의 영장청구권에 관한 형사소송법 규정은 그대로 유지), 국민발안제 및 국민소환제 신설… 등의 요지였고, 특히 '토지공개념'에 관해 명시한 것이 눈에 띄었다. 2018년 지방선거 기회에서의 개헌

은 무산되었다. 이후 언젠가 저 정부안이 국회에서 칼질 되어 통과될 것인 지는 모르지만, 어쨌든 '99% 을'에게 우군임에는 틀림이 없었다.

▶▶ 헌법과 법 일반 및 관련한 세상풍경의 글들이 지금까지 그 완성은 못 한 채 어지러이 쌓인 상태인데, 어쨌든 그 분량만은 한 권의 책을 넘을 것 같다. 정리하는 데도 상당한 시간이 걸린다. 그래서 그 집필의 완성은 훗 날을 기약하고, 그 정신의 꿰는 같이 한다고 볼 글인 '법언'에 대해 올린다. '법언에 대한 이해의 재구성을 통한 의식의 진화'라는 이름으로 이곳에 올 랐다.

법은 개별적으로는 합리적이면서, 동시에 전체적으로는 인간의 차별화 의 효과를 생산한다. 계급의 딱지를 붙여 인간을 분리한다. 차별화의 의도 로서의 결과가 아니라, 법 규범이 가진 본질에서 그렇게 생산된다고 봄이 냉정한 판단일 것이다. 해결이자 동시에 갈등 · 분리를 재생산한다. '1% 갑 과 99% 을'의 구조를 재생산하거나, 저 구조의 유지에 손을 보태는 역할지 다. (그 국가의 이념에 따라 저 악마의 본질이 극복될 수는 있지만, 이 대한민국이 가진 현실로는 머나먼 훗날의 얘기일 터니 일단 논외로 한다.) 법의 원칙, 법의 사 상, 법률가 등에 관한 격언인 '법언(Legal Maxim, 法諺)'도 법의 본질로부터 유래된 것이니 마찬가지이다. 모두 훌륭한 에스프리이면서 동시에, 결국에 는 인간을 계급으로 분리하고 길들이는 효과를 생산한다. 여기서 떠드는 것은 '법언' 그 자체에 대한 전통적 이해가 아니다. 그런 이해는 고립된 개 별주체의 자기조율에 머무는 데에 지나지 않는 것이고, 사회적 관계의 구 조의 측면에서는 결국에는 '갑과 을의 분리'에 봉사한다. 이곳을 실은 뜻은 '법언'을 재료로 해서, 작더라도 의식의 확장과 진화를 향한 노림수이다.

사기꾼은 애매한 문언을 사용한다

▸▸ 욕망의 공범으로서 사기피해자

사기는, 큰 이익이 난다든지 높은 이자를 준다든지 하는 식으로 화려한 유혹의 인자를 보내면서, 전체로서는 모호하거나 화려함으로 진실을 은폐한다. 법의 실무에서는 행위 당시에 '그럴 의사나 능력이 있었는가?'를 기준으로 사기의 여부를 따지는데, 실제로는 아무리 봐도 사기인지 아닌지 판단이 어려운 경우도 많다. 민사적인 문제인데도 심리적 압박을 통해 해결하려고 사기라며 고소를 많이 하는 실정인데(一죄의 성립 따위의 법리는 모른 채 대충 '사기 쳤잖아!' 하며 내지르는 고소도 많다.), 저것으로 수사기관이 몸살을 하지만 우리의 경제 구조로는 필연적인 현상으로 볼 것이다. 즉흥적·변칙적 거래가 많고, 사회적 신뢰자산이 현저히 부족한 나라이니 어쩔 수 없다. 오늘날은 말을 별로 하지 않은 사기꾼도 많다. 도심에 화려한 사무실과 고급스러워 보이는 정보의 전시로써 긴말이 필요 없이 불나방들이 달려든다. 이런 경우 이미 착오에 빠진 자에 대한 묵시적 기망일 수 있는데, 이런 것을 '소극적 사기'라고 한다. 피해자의 정서가 순수한 신뢰나 연민이었던 경우 외에는, 어쨌든 사기는 대체로는 피해자도 '욕망의 공범'이다. 통상보다 수익률이나 이자율보다 훨씬 높다는 감언에 빠진 것이니, 그렇다. 국가적·사회적 신뢰자본이 없다는 전제가 있으니, 법적 비난까지는 곤란하더라도 그렇다. 불로소득의 잠재적 욕망, 노동하지 않은 종류의 소득에 경도… 이 현실에서는 경제민주화도 지난하고, 동물의 왕국으로부터의 탈출도 어렵다.

▸▸ 더 큰 것을 지배하는 사실상 사기

그러나 세상을 지배하는 것은 불특정다수를 피해자로 하면서도 법에는 걸리지 않는 '사실상 사기'이다. 그런 사기가 넘치지만, 우리의 도덕관념에는 대충 통과한다. 과학기술의 발달로 인해 그런 사기를 전파할 수단도 널려 있다. 그 기능이 뛰어난 오늘날에는 더욱 그렇다. 우리는 그런 현상을 두고 사기라고 인지하지 않으며, 차라리 흠모의 염을 갖기도 한다. 저 '사실상 사기'의 능력은 가방끈이 길고, 중산층은 넘어 상당한 비율에서는 부유한 자들의 특권이다. 자본을 가진 자들뿐만이 아니라, 예를 들어 넓은 의미에서의 정치인과 개인미디어를 포함한 각종의 언론에 고개를 내미는 자들도 있다. 그들은 국가·사회적으로 중요문제에 대해서도, 본질은 건드리지 않는다. 본질을 은폐하려고 이런저런 복잡한 언어를 구성한다. 합리적이며 신중하게 보이는 자세로 일관하기도 해서, 시청자들은 착오에 빠진다. 모호하면서고 복잡한 언어구성 때문에, 시청자는 답답하면서도 딱 부러지는 비판의 준거는 잘 일어나지 않는다. 인지도, 출연의 기회, 밥줄을 위해 누이 좋고 매부 좋은 범주에서 맴돈다. 이런저런 견해를 표명하나 자신을 보호하려는 욕망으로 인해, 결국에는 양비론(兩非論)이나 양시론(兩是論)이 된다. 변화의 동인을 주지 않는다. 저런 스탠스도 함께하며 세상을 지배한다. '거대 사기'이다. 세상에 대한 영향력의 점에서, 법적인 판단이 가능한 사기는 지것에 비해 새 발의 피다.

법으로 메우는 인문적 함량이 부족한 국가

자본주의가 깊어질수록 사회의 복잡화, 직역(職域)분화의 가속화, 새로운 현상의 지속적 출현 등에 대처하고 행위의 준칙을 제공할 필요성의 증가로 인해 법률이 늘어난다. 그 자체로는 당연하다. 문제는… 권력이 특정의 직역·지역·집단에 이익을 주고 함께 나눠 먹으려는 욕망으로 갇혔다든지, 사회적 합의보다 법으로 밀어붙이는 편한 방법에 빠져 있다든지, 경쟁이나 성장이 우월한 가치일 때 국사사회가 발전한다는 기능주의에 경도되었다든지(―'성숙'이 아닌 '성장'), 철학은 없이 열정에 미쳐있다든지, 현실이 따를 수 없는 공약을 실현하겠다는 고집을 놓지 못한다든지 … 이렇게 법률의 제정이 늘어나는 데에 있다. 국회의 의사를 엿 먹이는 월권의 시행령을 양산하기도 하는데, '이명박근혜 정권'도 저런 전형의 권력이었다. '사회적 합의보다 법으로 밀어붙이는 편한 방법에 빠져 있다든지'라고 했는데, 인문적 함량이 부족한 국가는 그것에 비례하여 법률이 늘어난다. 예방이 되지 않고 설득과 이해와 소통의 사회적 함량도 따르지 못하니, '몽둥이로 쳐서 문제나 갈등을 쉽게 해결'하려는 것과 같은 유혹을 어찌하지 못하는 것이다. 국가의 유지가 '인간'이 아닌 '인공물인 법'에 의탁하려는 것이니, 이때 인간은 '쓰레기 처리'의 대상물이 된다.

정의만이 통치의 기초다.
하늘이 무너져도 정의는 세워라. 모든 권리는 정의에서 유출한다

▶▶ 정의(正義)는 다수의 가치가 충돌한 채로 길을 찾지 못할 때, 당위에 따라 선택되어야 하는 값이다. 정의에는 표 때문에 여론에 목메는 위험을 제거하는 기능도 있다. 권력이 다수의 여론에 따른 정치·정책을 선택할 때, 여론이 그러니 당연한 것이라고 생각한다. 그 다수의 여론에 반하는 정당이나 여론에 대해 비난하고 입을 틀어막아 버린다. 지금 '소수의 의견도 존중하라!'를 거론하는 것이 아니다. 한번 형성된 다수의 여론은 관성이 되고, 그 관성은 빗나간 지향도 걸러지지 않고 정책이 되어버리는 위험이다. 한통속이 되려는 집단무의식의 폭력이 소리 없이 개입한다. 극단의 경우지만 나치 독일도 일본 군구주의도 다수의 여론을 배경으로 했음은 부인할 수 없다.

▶▶ 걸러지는 힘은 평소 '정의의 관념'이 어떻게 가동되고 있었느냐에 달려있다. '정의에 대한 관념'이 당시 그곳에서 그 시민들에게 얼마나 내재된 상태인지를 물어야 한다. (물론 저 '정의의 관념'은 시민뿐만이 아니라 입법, 사법, 행정, 언론, 기업 등 모두가 보유해야 한다.) '정의에 대한 관념'은 지식의 양보다는, 그 지식의 구성이 무엇이냐고 물어야 하는 영역이다. 후진국에서

선진국으로의 이동이라는 것은 '정의의 관념'이 그 국가에서 커가는 과정이다. 이 나라는 정의의 관념은 제공하지 않는 방식으로 국민의 학력을 높여놓았다. 멀리 한참을 사물현상에 대한 단순·편향적 방식의 여론으로 굳어진 채 흘러갈 나라임을 부인할 수 없다.

▶▶ 정의(正義)는… 사회를 구성하고 유지하는 공정한 도리다. 모든 권리는 정의의 관념에 반하지 않아야 한다. 권력의 작용은 정의에 기초하며 정의를 찾는 과정이어야 한다. 무엇보다 하늘이 무너져도 정의를 세우는 인간의 의지는 영원해야 한다…, 라고 말해야 하지만, 그 실제는 간단하지 않다. 정의는 시대마다, 공간적 환경마다, 정치적 견해나 입장에 따라 크게 다르기에 수용의 양태는 유동적일 수밖에 없다. 같은 유형의 정의라고 하더라도 특정 시공간의 사정에 따라 첨예한 차이나 대립을 노정한다. 크게는, 개인적 차원에서 자유롭고 평등한 전제에서의 합의나 계약이냐고 묻는 '자유주의적 민주주의 정의'와 공동체적 차원에서 단체·법인을 포함해 사적인 성과도 그 상당 부분은 사회적 공동자산으로 하느냐고 묻는 '사회주의적 민주주의'로 나눠진다.

▶▶ 2018년 6월 현재 한국의 현실? 사회적 신용자산이 일천하니 당연히 관계의 불신과 단절, 공존을 거부하는 승자독식의 카지노 경제, '1% 갑과 99% 을'의 양극화의 고착, 자영업과 소기업의 질식, 대기업의 풍요, 공무원과 공기업 등 오래도록 밥줄이 보장되는 자리를 향한 갈구… 저것이 해소될 근거가 보이지 않는다. 권력의 기이한 형태의 국정농단이 '촛불'을 들게 했지만, 그 이후 현재의 눈에는 마치 하나의 프로그램이 지나가고 있는 것 같다. 시민의 분노가 단지 양적 공리주의를 한때 실현한 것인 양, 그렇다. 현실이 진영논리에 갇힌 형태의 공동체주의의 늪에 빠져 있는 것 같다.

법률의 부지는 용서받을 수 없다.

법률을 몰랐다거나 잘못 알았다고 하여 용서되지 않는다

▸▸ 의사표시는 법률행위 내용의 중요부분에 착오가 있는 때에는 취소할 수 있다. 그러나 그 착오가 표의자의 중대한 과실로 인한 때에는 취소하지 못한다(민법 제109조). 특별히 중한 죄가 되는 사실을 인식하지 못한 행위는 중한 죄로 벌하지 아니한다. 결과로 인하여 형이 중할 죄에 있어서 그 결과의 발생을 예견할 수 없었을 때에는 중한 죄로 벌하지 아니한다(형법 제15조). 자기의 행위가 법령에 의하여 죄가 되지 아니하는 것으로 오인한 행위는 그 오인에 정당한 이유가 있는 때에 한하여 벌하지 아니한다(형법 제16조).

▸▸ 우리의 법은 법 규정이나 법률행위에 부지나 착오에 관해서 위와 규정하고 있다. 언뜻 쉬운 말 같지만, 결코 간단하지 않고 쉽지 않은 영역이다. 모르거나 착오를 한 경우 법으로는 저렇게 구제될 수 있다고 되어 있지만, 실제로는 거의 먹히지 않는다. '중요부분에 관한 착오'로서 인정하는 데에 무척이나 인색하다. 사실이나 법을 몰랐다고 하면 '모두들 법을 몰랐다고 주장하면 법의 권위는 어쩐다는 거야!'라고 질책하듯, '정당한 이유'를 인정하는 일은 거의 없다. 이 경우 법률가라면 법은 엄격한 이성적 행위에 적합한 방식으로 규정된다든지, 알 수도 있었다는 것만으로 고의와 같이 취급하는 것이 법이라든지 등으로 어물쩍 넘어갈 것이다.

▸▸ 법률을 모르면 다친다는 것보다는, '법을 알 수가 없다는 것'과 '알려고 해도 알 수 없다는 것이 법'이라는 것이 진실이다. 21세기를 사는 인간의 운명이기도 하다. 법은 해석을 한 다음 판단이 이어지는 일종의 해석학인 점(─법조문을 보아도 무의미하거나 사고를 칠 수 있다!), 너무 복잡하고 개판인 거래시스템의 점, 온라인 등에서의 지식정보가 안전할 수 없는 점(─

해석의 문제와 '케이스 바이 케이스' 등의 함정!), 통상 그 존재 자체를 모르는 법이 너무 많다는 점(그 이유를 앞서 '법으로 메우는 인문적 함량이 부족한 국가'에서 보았다.)… 이런 사정이니 '법률의 부지는 용서받을 수 없다.'라는 쓸데 없는 경구다.

'법률을 몰랐거나 잘못 안 경우'에는 형사적 책임은 없는 것을 원칙으로 해야 한다. (다만, 피해자가 있는 경우 원칙적으로 민사책임은 부담한다.) 인류의 형사법리에 따를 때는 말도 안 되는 주장이지만, 인류는 저 '몰랐거나 잘못 안 경우'의 원인이 국가에 있음을 발견해내어야 하고, 그에 따라 그 귀책도 국가가 가짐으로서 국가책무의 범위가 확대되는 차원으로 가야 한다. 물론 꿈같은 얘기다.

사회 있는 곳에 법이 있다

'사회'는 사전적으로 '일정한 경계가 설정된 영토에서 종교 · 가치관 · 규범 · 언어 · 문화 등을 상호 공유하고 특정한 제도와 조직을 형성하여 질서를 유지하고 성적 관계를 통하여 성원을 재생산하면서 존속하는 인간집단'으로 정의된다. 동물의 세계에는 없는 인위적 · 계약적 관계를 전제로 하므로, 당연히 사회 있는 곳에 법이 있을 수밖에 없다. 그러면 인류의 법은 언제부터, 어떻게 가동되었는가? 인류는 인간의 행위에 관한 판단을 저 아득한 날로부터 기나긴 시간 신화, 종교, 관습, 도덕률에 의존해 왔다. 그것도 권리가 아닌 의무가 중심이었다. 근대 이후 체계를 가진 법이 등장했지만, 실상은 여전히 관습 · 도덕 · 종교에 의해 다스려졌다. 법이 실제로 반영된 바를 엄밀히 보면, 20세기 후반부터라는 정도다. 21세기가 가까워질 시대에 이르러 경제의 촉진이나 규율, 지적재산권, 환경, 자본, 근로, 교육 등등… 세분화된 수많은 법률이 양산되었다. 인류의 사회적 빅뱅(Big Bang)이라고 볼 만치, 인간의 진화에 있어 급격한 대폭발로 볼 것이었다. 이제는

'4차 산업혁명의 시대'라고 하여, 다시 새로운 진화가 말해지고 있다. 새로운 진화의 기운이 있다고 해서 규범이 공평하게 작동한다는 보장은 없다. 법 그 자체보다는 '법을 운용하는 철학'에 훨씬 많은 영향을 받는다는 진실 때문인데, 실체를 만드는 근원이 따로 있는 것이다. 결국에는 그 나라의 이념의 방향과 갈등의 해소능력이 대답을 하게 된다. '법치주의'는, 권력자의 편의에 부역하는 기능으로 전락할 수도 있고, 국민의 자유와 가능성의 확장에 근거가 될 수도 있다. 그렇게 후진국, 개발도상국, 중진국, 예비선진국, 선진국… 으로 각기 자신의 값을 가진다.

법은 도덕의 최소한이다

책임을 강제할 정도의 부도덕한 행위만을 법으로 다룬다는 말이다. '도덕의 영역'에서 법으로 강제할 기준을 정하는 것은 결코 쉬운 문제가 아니다. 그 국가사회의 지배적 가치의 종류와 정도와 관련되면서, 동시에 그 국가의 결단 문제이기도 하다. (물론 인류 공통의 보편적 가치가 없을 수 없지만, 그렇다.) 그 국가사회의 지배적 가치라는 것도 시대에 따라 변한다. 오랫동안 유지되어온 '혼인빙자간음죄, 간통죄' 등이 없어진 것도 그런 것이다. '사형제 폐지'에 대한 사회적 저항이 여전히 강한 사실은 대한민국에서의 삶을 규정하는 환경의 황폐함을 증거하고 있다고 볼 것이다. '결단'에 따른 것 중에는 국가정책의 실효를 위해 '도덕'과 별 관련이 없는 규율도 있다.

그런데! 정말로 인간에 기여하는 법이라고 할 만치 진화된 사회라면, '도덕을 넘어 윤리의 차원'에서 고민하는 법이냐고 물을 수 있어야 한다. 우리 모두 당연하다고 수용해 온 것이 그렇지 않을 수도 있다든지, 그렇게 해야지 인간의 도리라고 여겨져 온 것의 이유가 부당하다든지, 단지 편의적 관행이 일반적 도덕관념으로 굳어졌다든지, 변화된 시대적 상황에서는 인간에게 기대가능성이 없어졌다든지, 인간의 본체적 욕구가 무엇인가로부터 왜곡되어 금기가 되었다든지, 법 형식에는 들어가더라도 실제로는 법의 적용을 배제해야 정의의 관념에 부합한다든지… 여러 각도와 층위에서 이해나 인식의 체계를 달리하는 것인데, '도덕을 넘어 윤리의 차원'이라는 것은 인간의 행위에 대한 표면적 동기와 결과를 넘어, 충돌하는 가치에 대한 갈등과 고뇌까지 살피고 서성이는 바로써 인간의 법을 말이다. 법이 '도덕률'에 일사천리로 메여 버리면 고민·갈등·머뭇거림의 세계인 '윤리'가 판단자로서 참여할 수 없어, 법은 인간을 위한 그것이 아닌 인간을 다스리는 지배자로 군림하게 된다. 물론 이 역시 그 시대 물적·인적 조건이 과연 어느정도냐에 결부되므로, 21세기 대한민국의 상태로는 먼 훗날의 희망사항일수밖에 없다.

사람 위에 사람 없고 사람 밑에 사람 없다.
정의가 때때로 돈주머니가 있는 곳으로 기울어진다

▸▸ '사람 위에 사람 없고 사람 밑에 사람 없다.'라는 것은 현실이 그렇지 않음이니, 제발 그렇게 되어 달라는 염원이다. 인류가 유래한 후 줄곧 '신분'이 사람의 위치를 규정해왔다. 그러다가 엄밀히 보아 지금으로부터 겨우 한두 세대 전부터 신분의 질서가 와해되어 왔다. '왕후장상의 씨가 따로 없다!'라는 하나의 정의를 알기까지도, 인류는 수천 년의 시간이 필요했다. 안 후에도 그 실현까지 적어도 수백 년을 잡아먹었고, 아직도 지구 곳곳에 신분질서의 지배가 남아 있다. 그런데 이젠 다른 종류의 신분질서가 들어섰다. 공적·사적 조직에 신분질서와 다름이 없는 계급이 존재하면서, 전체적으로는 '자본, 돈, 학벌 등'의 보유량에 따른 신분질서이다. 과거의 신분질서와 같이 '1% 갑'의 직접 통제가 아니라, 생존이나 존재감의 무기(—돈, 학벌, 유명세 따위)에 의해 '99% 을' 스스로 운명이듯이 통제 안으로 들어서는 양태이다. '99% 을'이 삶의 가능성을 발견하려고 '1% 갑'의 우산 안에 들어선다. 알아서 살펴 무릎을 꿇는 것이다. 이래서 결국, '법적인 책임을

물을 수 없는 폭력'이 세상을 지배한다. '1% 갑'에게는 이 얼마나 편리하고 고상한 지배인가!

▸▸ '정의가 때때로 돈주머니가 있는 곳으로 기울어진다.'라는 것은 현실에 대한 모두의 오랜 이해이다. 그러나 인간계의 정상화라는 이념의 관점에서 보아야 하므로, 전체를 지배하는 에너지는 '때때로'가 아니라 '상시적'인 것이다. '무기불평등'이라는 거대한 전제가 탈락한, 즉 개별 사례의 경우의 수로 제한하면, 그 최대치가 기껏 사법적 구제에 머물 뿐 인간계 전체의 정상화는 오지 않았기 때문이다.

가장 정의롭지 못한 평화라도 가장 정의로운 전쟁보다 낫다

▸▸ 우리의 헌법도 "대한민국은 국제평화의 유지에 노력하고 침략적 전쟁을 부인한다(제5조)."라고 하였듯이, 모든 국가는 침략전쟁을 의욕하지는 않는다. 그렇지만 지구의 역사서는 전쟁의 기록이고, 이렇게 문명화된 오늘날도 지구 곳곳에 전쟁이 진행되고 있거나 언제든지 전쟁으로 발발할 온갖 유형의 갈등이 들끓고 있다. 근년 유럽과 중동에서 이슬람 극단주의자들의 테러는 일종의 게릴라적인 침략전쟁이다. 자기존재성의 확보와 열등한 힘의 극복이라는 사정이 복잡한 함수로써 물려있어, 이미 종교적 신념의 극단적 실행의 성격도 넘어섰다. 절대 용인할 수 없는 짓이지만, 한편으로는 인류는 유럽 제국들이 20세기 전 반까지 수백 년 저지른 타 지역 원주민 말살과 식민화의 행위에 관한 부정적 값도 따질 수 있어야 한다. '선진국'이라는 오늘날 그들의 이름이 어떤 강제의 노획물 위에 선 값인지를 말이다.

▸▸ '정의'에 관한 따짐이 먹히지 않는 영역이 전쟁이다. 전쟁은 물리적 유효성의 영역이므로, 행위가치의 세계인 법적 정당성을 따지는 것도 물론 의미가 없다. 전쟁은 삶 자체를 제거하는 절대 악이기 때문에, 평시의 부

정의는 전쟁에 비해서는 아무것도 아니다. 한편으로 물리적 전쟁이 아니라 정의의 관념에 따른 전쟁의 측면에서 보면, '전쟁을 치르더라도 기꺼이 정의를 세워라!'라는 당위가 소멸한 시대다. 오늘날의 지식인들은 어떻게 하든(―다양한 현실을 고려한다든가 합리라는 명분으로 포장하는 등으로) 정의로부터 도피해버린다. 텔레비전이나 라디오, 팟캐스트, 공청회 등 숱한 공론의 장에서, 모두 옳은 것 같으면서도 결국에는 '중도'나 '다수'의 시궁창에 빠진다. 용기를 버린 대가로 인기나 인지도 등 현실적 이익을 갈취한다.

어떤 권력에서 유래한 권력은 그 권력을 생기게 한 권력보다 더 클 수 없다

▶▶ 명문으로 규정한 유래한 권력

'유래한 권력'이… '원천권력(유래한 권력을 생기게 한 권력)'을 이탈하느냐, '원천권력'을 지배하느냐, '원천권력'을 속이느냐, '원천권력'의 뜻을 왜곡하느냐 하는… 등등의 문제는 인간 세상의 핵심적 문제이자 고민거리이다. 국민과 국가 사이는 물론이고, 사적·공적 크고 작은 단체의 구성원과 기관 사이가 그렇다. (종교라면, 원천권력은 '신, 소불무, 부처, 네누 등'이고, 유래한 권력은 '성직자'가 될 것이다. '신자'는 무엇이냐고 할 수 있는데, 현실적으로는 '신자'도 원천권력이다.) 우리가 '원천권력'을 따질 때, 우선 헌법 제1조 제2항의 '대한민국의 주권은 국민에게 있고, 모든 권력은 국민으로부터 나온다.'라는 규정에서 쉽게 찾을 수 있다. 천상의 권리인 국민주권(國民主權, Popular Sovereignty)을 명문화한 것이다. 천부인권과 같은 본질적인 권리이기 때문에 명문화를 하지 않아도 없어지는 것이 아니지만, 인간은 인식의 동물인 점과 근거의 제시가 편리하고 분명해지는 이유가 있어 명문화는 무척 중요하다. 어쨌든 다른 말로 하면, 대통령이든 국회의원이든 위임주체인 국민의 뜻을 살펴 일하라는 말이다. 이어 관련해서 본다.

▶▶ 시원적 지배권으로서의 국민주권과 저항권

'국민주권'은 액면 그대로는 국민 스스로 치자(治者)가 되는 것이며(= 직접민주제), 주권재민(主權在民)으로도 표현이 된다. '모든 권력은 국민으로부터 나온다.'라는 것이니 당연히 '시원적(始源的) 지배권'의 개념으로 거슬러간다. 국민주권은 위임을 전제로 하고 있고 또 그런 개념이기 때문에, 설령 헌법에서 저것을 규정하고 있지 않더라도 마치 자연권과 같이 부인이 불가능한 절대권이다. 그래서 우리 헌법은 "국민의 자유와 권리는 헌법에 열거되지 아니한 이유로 경시되지 아니한다(제37조 제1항)."라고도 천명하고 있다. 그런데 현실에서는 반대로 '헌법이든 법률이든 열거되지 아니한 이유로 경시된다!'라고 보지 않을 수 없는 일들이 범람한다. 공무원일반, 경찰, 검찰, 법원 등에 속한 담지자(擔持者 책무·사명을 맡은 자)들의 업무가 일단은 기존의 규정, 판례, 관행, 법정신을 침해하는 하위법령 등에 의존하는 탓이 크다. 근본원인의 측면에서 보면, 저런 규정이나 관행을 따지기에 앞서 '주권재민'에 대한 의식이나 철학이 부족한 탓이다.

헌법전문에 나오는 '불의에 항거한'이라는 '저항권'에 대해서(―저것을 두고 '저항권'을 규정한 것인지에 대해 논란은 있으나, 그런 것을 학자들의 일이지 따지고 싶지 않다.), 그 이해를 새롭게 할 필요가 크다. 저 '저항권'을 소극적 자기방어를 넘어 '변화를 향한 적극적 권리'의 차원으로 인정되는, 그런 사회적 인식과 분위기가 형성되어야 한다. '2016년 촛불혁명'도 적극적 저항권의 발현으로 볼 것이지만, 예를 들어 유럽에서 공무원의 데모도 가능함에는 저 '적극적 저항권'이 널리 승인되고 있는 그 사회적 모태가 존재하는 것이다.

▸▸ 답답하고 위험한 대의민주제
국민이 직접 나서는 정치는 말할 것도 없이 불가능하다. 할 수 없이 대표자들을 뽑는다. 뽑힌 그들을 통해 국민주권을 실현한다는 건데, 이것이 오늘날의 '대의민주주의(= 간접민주제)'이다. 다만 대통령·국회의원·공무원 선거권, 공무담임권, 대통령이 부의한 외교·국방·통일 기타 국가안위에 관한 중요정책에 대한 국민투표, 헌법개정안 확정에 관한 국민투표 등을 직접민주제적인 요소로써 남겨두고 있는 정도이다.

국민은 국회와 정부에서 논의되고 처리되는 일들의 디테일이나 외전 (外傳)은 모른다. 원본의 편집도 부족해, 그 칼질 된 원본조차 화장발을 받아 언론에 나온다. 그런 가면의 보도조차 우리가 자세히 접하는 것도 아니다. 언론의 '제목장사'에 유도된 후, 그것도 보는 둥 마는 둥 한다. 내 손아귀에 든 스마트폰에 날 즐겁게 할 유혹이 넘쳐나는데, 어차피 그게 그 소리인 제도·정치의 보도를 본들! 이미 오래전에 '바보통'으로 명명되었지만, 텔레비전은 여전히 국민의식에 관한 영향력을 크게 가진다. 아무리 인터넷이니 SNS시대니 떠들어도 안방, 식당, 터미널·철도의 대합실에서 생산하는 그 에너지가 상당하다. 위험한 대의민주제가 아닌 것으로 알게 하는 요술망방이의 그것인네, 시민의식을 성세시키거나 때론 후퇴도 하게 한다. SNS를 잘 활용한 직접민주주의의 실현 의지가 상당한데, 물론 그 가능성을 배제할 수 없고 현실적인 이유와 근거가 된다. 그러나 한편으로는, 민주주의를 정초할 광장이 될 것 같았던 인터넷 커뮤니티가 어떻게 되었는지도 따져봐야 한다. 결국에는 그 실질적인 담보인 '일상생활과 함께 하는 풀뿌리민주주의'가 과연 언제나 구현될 것인가! 하는 것을 고민하고 발상해야 한다.

▶▸ 존재조건으로서의 학벌과 재산
대체 누가 국회의원이 되는가! 첫째로, 학벌로는 'SKY'는 기본이고 유학파도 수두룩하다. 게다가 빌어먹을! 판사·검사·변호사 출신은 왜 그렇게도 많은가. 기능적 법률테크놀로지들에게서 '국민주권'의 기대는 난망이다.

314

둘째로, 그들이 가진 재산은 어떤가? 공직자윤리법에 의해 공개된 2017년 국회의원의 평균재산은 37억 원이다. 그것도 공시 가격이 아닌 실제 가격으로 따지거나 신고하지 않았거나 거부한 것까지 보태면, 실제로는 50억 원을 훌쩍 넘을 터이다. 물론 유난히 많은 일부 의원 탓에 평균이 올라간 측면은 있지만, 그 부분을 빼더라도 그 결과는 '99% 서민'의 입장에서는 말을 잃는다. 국회의원뿐만이 아니라 다른 고위공직자들도 20억, 30억 따위의 수준이 수두룩하다. 2018년 현재 '농민' 출신의 국회의원은 딱 한 명이 있는데, 그것도 어렵사리 된 비례대표일 정도다. 이 나라의 전체 표심의 지형도가 여전히 스펙을 흠모하는 의식·무의식으로 가득 차 있고, 앞으로 오랜 세월 그리 벗어나기도 어려울 것 같다.

▶▶ 영웅·철인 정치가 불가능한 시대

학벌과 재력은 '국민주권'에 친하기 어렵다. 우선, 인간은 '자신이 가진 존재조건'으로부터 좀체 자유로울 수 없다. '99% 을'은 먼저 저 무섭고도 싸늘한 진실을 아프게 기억해야 한다. '1% 갑'이 아무리 좋은 정책을 내세워도, 실제로는 서민의 입장을 대변하기 어렵다. 그들은 실제는 모른다. 설령 알더라도 자신의 존재성을 부정해야 하는 모순으로 인해, '99% 을'의 삶을 해결하는 전장으로 몸을 던지지는 못한다. 큰 부자였던 역사적 인물들 (—철학자이자 사회운동가 프리드리히 엥겔스, 철학자 루트비히 비트겐슈타인, 독립운동가 우당 이회영 등)과 같은 특별한 인격체는 나타나기도 어렵지만, 더욱이 가치가 분화되고 복잡한 이 21세기에는 영웅·철인이 할 수 있는 정치가 별로 없다. 국회의원이라는 '갑 중의 갑'은 표만 주면 '이 한 몸바쳐 국민주권을 실현하겠다!'라고 끊임없는 공약(空約)을 쏟아 놓는다. 빼어났던 일부 인사조차 국회에 들어서는 순간부터 내적·외적 자장에 의해 결국 무디어진다.

문재인 대통령은 외유내강에 빼어난, 흠 잡을 것 없는 인물인 것으로 일반적 이해를 취득한 것으로 보아 그리 틀리지 않다. 조야한 현실에 비춰 너무 점잖을 것이라는 우려를 집권 후에는 기우로 만들었다. 그렇지만 현 집권세력의 성과는 그가 영웅이어서가 아니다. 딱 떨어진 환경이 도운 부분이 크다. 강력하게 비토를 할 보수세력의 궤멸이라는 환경이 그 주인공이다. 그 환경의 생산지는 촛불혁명이었다. 물론 그 호혜의 환경을 잘 요리한 그와 그의 정권이 갖춘 능력에도 점수를 줘야 한다. 그러나 '99% 을'의 삶을 어떻게 하느냐? 이 거대과제 앞에서 답답하다.

　▶▶ 의식진화의 역사적 시간

　국민 대다수의 의식이 살아 있고 생활형으로 정치참여의 구조가 정립되어 있을 때, 그럴 때 비로소 '을들'의 자기실현이 이뤄진다. '주권재민'에 관한 의지와 그 실현의 기구가 국가의 영토 전체를 점령했을 때이다. 그때는 '을들'을 무시하거나 속이는 대표들이 설 자리가 없어지고, 설령 일부 그릴 대표가 나오더라도 눈을 시피렇게 뜨고 있는 전체로서의 인대나 때문에 별 영향이 없게 된다. 그런데 이런 설정이 답답하다. 먼저 '국민 대다수 의식'이라는 상태는 세대를 뛰어넘는 긴 시간을 요청하기 때문이다. 우리의 현 상태에 비춰 그냥은 적어도 50년이, 미래의 사정에 따라서는 100년도 넘길 것 같다. 한편으로, 후세를 위한 집적도 해야 하지만, 동시에 현세도 살아 누려야 한다. 이것을 놓치면 아니 된다. '우리 세대야 어쩔 수 없더라도, 우리의 자식과 손자가 좋은 날을 봐야지!'라는 의식에는 '숙명'의 그 속성으로 기어든다. 불행의 연장을 결과 짓는다. '현세의 행복(―'오늘 소비하고 치우자!'가 아니다.)'은 당위의 차원에서 이해되고 인정되어야 한다. 그래야지 예를 들어 국가의 복지투자와 사회안전망 구축에 그 이유와 정당성을 주고 힘을 실어 준다. 오늘 우리의 행복을 후세에 넘긴다는 미덕은, '을들' 스스로 부당한 누림의 '갑들'에게 최적의 환경을 바치는 것이 된다.

'권력을 생기게 한 권력'은 역사적 차원으로 올라간 곳에서 보인 예가 바로 '촛불의 권력'이었다. 그 촛불에 의해 정권이 무너졌고, 새로운 정권이 들어섰고, 이후 2018년 6월 현재 그 촛불이 새로 짠 정치의 지형이 유지되고 있다. 그 지형이 더 단단해질지 이완되어버릴지 묻는다면, 그 실제를 냉정히 따져 이미 후자의 조짐이 보이나 통상 역사의 경과에 비춰 그리 놀랄 일이 아니다. '국민의 권력'도 '유래한 권력'도, 역사에서는 서로 따로 놀거나 정의에 반하는 일은 늘 있어 왔고 앞으로도 그럴 것이다.

여야가 묵시적으로 담합해버리면(— 다수의 정당이 나눠먹기에 적당한 환경인 경우) '유래한 권력'이 담보가 될 수 없고, '유래한 권력'이 다루는 과제가 '국민의 권력'이 알기 어렵거나 무관심해지는 경우도 많고(— 현대의 제도나 법은 난해하고 복잡하다!), '유래한 권력'이 '국민이 행사하는 권력(— 여론조사나 집회·시위 등으로 표출된)'이 정의에 반하는 어떤 가치인 줄을 알면서도 그것에 그대로 따르는 일도 부지기수이다. '정의에 반하는 경우'라는 것은… 님비근성의 성격을 가진 이슈, 과거 국회의원 선거에서 '뉴타운 바람'과 같은 이익으로서의 정치의 극단을 가지는 경우, 영웅을 기다리는 터무니없는 심리에 빠져 있는 경우 등으로 많다. 이 모든 것이 역사발전의 걸림돌이다. '영웅을 기다리는 정치 환경'이란 집권권력의 내치·외치에서의 무능이나 국민에 대한 행패로부터 가진 실망이나 환멸, 인간의 본질에 하나로 보아야 할 뿐 합리적 이유가 없는 권태나 변덕, 특히 경제 영역에서의 삶의 어려움과 미래의 불안 등 숱한 이유로부터 생산된다. 우리 정치사에 넘칠 정도였고 앞으로도 얼마든지 나타날 것이다. 이것은 오랜 세월 검증의 과정이 없이도 정치의 중요담지자가 나올 수 있다는 것으로, 정치의 본질에 하나라고 하고서는 그냥 지나가기에는 그 국가사회가 갖게 되는 불이익이 너무 크다.

눈에는 눈, 이에는 이!

동해보복(同害報復)의 사상으로 '탈리오법칙'(Lex Talionis, 一法則)으로 알려진 이것은 인권이 실린 법체에서는 사라졌다. 인간이 진화하면서 복수로써 범죄가 예방되는 것도 아니고, 야수가 아닌 인간이 할 짓이 아니라는 인식에 이르렀다. 그런데 이 21세기에 이르러서도 이 '동해보복의 정서' 그 자체가 과연 없어진 것인지 단언할 수가 없다. 무슨 사건이 보도되었을 때, '평생 감옥에 썩혀라, 때려죽여라!'라는 언사의 댓글이 즐비하니 말이다. 개개인의 삶에서의 불만이나 답답함이 그 저간의 사정까지는 모르는 특정의 사건으로 넘어가 버린다. 공권력을 도구로 하는 마녀사냥이 될 수도 있다는 문제성이 있다.

법에도 눈물이 있다

▶▶ 법적 과용은 제정이니 개정, 판단, 집행으로 그게 나뉜다. 눈물이 개입할 수 있는 영역은 대체로 판단의 단계이고, 판단은 주로 판사의 역할이다. (법의 집행의 영역에서도 눈물이 개입할 수 있다. 또 우리의 경우 기소독점 등 검찰 과잉이어서 검사 단계에도 눈물의 개입이 많을 여지가 있다.) 재판에서 '정상 참작'과 관련된 표현인데, 인간을 위한 법이라는 차원에서는 '법에도 눈물이 있다.'라고 이름을 붙일 것이 없다. 어쨌든 인간에게 군림하는 법이라는 전제에서 정상이 참작된 결과로서는, 검찰에서는 기소유예나 약식기소가, 법원에서는 선고유예나 벌금형이 대표적이다. 합의가 되었다든지, 행위자체에 비난가능성이 현저히 낮다든지, 전과가 없다든지, 특별히 착해보였다든지… 이유나 사연이야 무궁무진하지만 '머슴'이 봐준다는(─머슴이 신이 되어 은총을 베푼다는) 듯이 하는 바가 없지는 않다.

▸▸ 다시 보자. '법에도 눈물이 있다.'라는 언어가 사용되는 경우 인간의 의식에는… 법은 감정이 배제된 냉정한 이성만이, 바늘로 찔러도 피가 나지 않는, 건조한 법조문을 확인하는 영역이지만… 그래도 한번 봐준다는 법의 군림이나, 한번 봐달라는 애원이나 굴복의 정서가 깔려 있다. 법에서 가장 중요한 요소인 인간을 보살피는 측면은, 인간의 역사 안에서 흘리는 숱한 피와 눈물의 대가로 성장한다. 인류가 계속되는 한, 저 '인간의 피와 눈물의 대가'라는 전제는 계속된다. 또 저 '대가'는 법의 제정·개정의 단계만이 아니라, 법의 판단단계에서도 적용된다.

▸▸ 법의 작용은 단지 기존 법이나 판례를 확인하는 한계에서 그치면 아니 된다. 법의 적용은 어차피 법의 해석을 거치는 것이지만, 그 해석이 확인의 차원을 그리 벗어나지 못하는 수동적 해석에 갇혀서는 아니 된다. 더 정확히 말하면, 법의 해석이 입법의 불비를 보충하는 적극적 해석으로 나아가야 한다. 입법은 일어날 모든 경우의 수를 커버할 수 없는 점, 입법과 판단의 영역이 늘 명쾌히 구분되는 것은 아닌 점, 그 무엇보다도 판단의 단계에서 그 국가·사회를 지배하는 '무기불평등'을 최대한 제거해야 하는 점… 등등이 법의 적극해석을 정당하게 하고, 또 판단의 담지자는 그것을 수행할 소명을 받고 있다. 예를 들어 삶의 기본토대인 '주거권'의 경우 전형적인 '무기불평등'의 영역이다. '임대차보호법'이 제정되어 있지만, 우리의 주거권은 선진국의 법제에 비해 훨씬 불안정하다. 상가임대차는 자본의 입장을 돌보는 관념의 찌꺼기가 많이 남아 있어 더 불안하다. 법도 훨씬 후진적이고, 건물주와 임차인 사이 사회적 세의 배분도 그렇다. 사회적 세의 배분이 현저하게 차이가 나니, 임차인이 임대차보호법조차 알뜰히 찾아 먹지도 못한다. 임대인의 '싫으면 나가라, 새로운 계약에 의한 것이니 그 조항의 적용은 없다!'라는 등의 일갈이 적법 여부를 떠나 먹혀버린다. 서울 홍익대 인근을 비롯해 다수의 동네에서 소위 '젠트리피케이션(Gentrification)'

이라는 것으로 한때 이슈를 점했던 일이 있었다. 그야말로 불로소득의 전격적 실현인 현상이다. 저런 지극한 부당을 어찌하지 못하는 땅에서의 '99% 을'은 대체 무슨 희망을 품을 것인가! 저 폭력의 경제는 정의와 공존의 이념이 살아 숨 쉬는 땅이라면 절대 용납되지 않는다. 저 부정의에 대해 중앙정부와 지방정부가 고민하고 대책을 짜고는 있고 관련법이 국회나 지방의회에 계류 중에 있겠지만(— 세월아 네월아 하거나 칼질 되고 있겠지만), 그것이 자본의 부당한 자기증식 그 자체에 손을 대는 수준에 이르지 못하는 한에서는 결국 요원하다. 부당이득의 전면적 회수가 실행되는 이념이 먼저 그 국가·사회에 상존하고 있어야지, 그래서 그 이념의 힘에 의해 즉각 관련한 법의 정비가 가능해야지 해소되는 일이다. 이것도 결국 이 땅에서는 법이 제어하지 못하는, 법 밖의 폭력이다. 세상을 지배하는 것이 법 밖의 세력일 때는, 크게는 '자본정글'의 구조를 벗어나지 못한 원인이 있다. 한편으로 법의 운용과 관련해서는, 지금과 같이 실무관행이나 대법원 판례를 찾기 급급해서는 법문화의 발전과 민주화는 그만큼 더딜 수밖에 없다.

**선하고 의로운 것도, 이것을 추구함에 있어서 위력과 사기로써 하면 악이고
또한 부정(不正)한 것이 된다**

▶▶ 이것은 '목적은 수단을 정당화시킬 수 없다.'라는, 즉 아무리 좋은 목적이더라도 수단이 나쁘면 옳지 않다는 말과 그 궤를 같이한다. 그런데 문제가 있다. 신분질서에 의해 유지된 옛날에도 그렇지만, 돈이라는 수단을 통하지 않고는 그 어떤 목적도 수행하기 어려운 오늘날에는 더욱 그렇다.

네이버 지식백과에는 탈산업 사회(脫産業社會)에 대하여… 미래 사회학자인 다니엘 벨은 산업 사회 이후에 나타날 정보화된 사회를 탈산업 사회라고 칭하면서 다음과 같은 특징을 가진 사회가 될 것이라고 주장하였다. "탈산업 사회에서는 ① 노동인구의 대부분이 전문서비스업 종사자이

고, ② 광범위하게 적용할 수 있는 이론적 지식이 기술혁신 주도하며, ③ 정보와 지식이 부가가치의 원천이 되고, ④ 운송과 통신 혁명으로 세계화 사회가 도래할 것이다." 따라서 탈산업 사회에서는 과거보다는 미래를 지향하고, 재화보다 서비스에 기초한 경제가 나타나며, 생산 방식도 다품종 소량 생산이 이루어지는 한편 중앙 집중적인 관료제는 약화할 것이다. 또한, 새로운 기술혁신에 적응할 수 있는 고도의 사고능력과 전문성을 갖춘 사람이 요구되는 사회가 될 것이다. 탈산업 사회는 탈공업 사회라고도 한다…, 라고 기술되어 있다. 현재 대한민국은 정보화 사회를 지나 지식사회에도 깊어져 4차 산업혁명의 시대로 달려간다는데, 지구촌에도 대체로 그렇겠지만 지금 대한민국이 굴러가는 실태로는 저 진단은 그냥 헛소리이지 싶다.

어쨌든 공격적 공급, 대량 소비, 정보의 홍수, 통일적 가치의 상실, 윤리의 해체, 다양성이라기보다는 혼란과 착종의 관계들, 모든 것의 통제자로서의 돈 등… 노골적으로 말해 돈이 아니면, 그 어떤 공간에서도 자신의 존재를 드러낼 수 없는 현실이다. 비단 연예인만이 아니라 정치인, 언론인, 여타 직업인들도 방송, 포털, 유튜브 등을 통해 자신의 존재를 드러내려고 환장을 한다. 포털에 누가 '실시간 이슈'에 오르는지에 관심이 집중되고, '노이즈마케팅'보다 더 주효한 수단이 없다고 할 지경이 되어버렸다. 이 모든 것에는 '옳음'이나 '정의의 관념'과는 관계가 없거나 그것에 반하는 경우에도 어쩔 수 없다는 의식이나 무의식이 깔려 있다. 나아가 '시류를 지배하는 도덕성'에 티가 날 만치 반하지 않으면, 오히려 타락이 지렛대가 된다.

▶▶ 하고자 하는 의로운 일도 편법, 과장, 노이즈마케팅, 트릭, 대중의 가벼운 심리를 포착하는 유인책의 실행, 돈에 의한 무차별 광고 등을 통하지 않고는 도저히 개시도 그 지속도 불가능한 시대다. 대중은 저런 수단들을

부정(不正)으로 이해하는 것이 아니라, 시대적 요청에 따른 필요로 이해하거나 오히려 유능함으로까지 수렴한다. 그렇지, 뭐! 하는 식이다. 한편으로 법도 저런 수단들에 대해 좀체 '사기'로까지는 포착하지 않는다. 법이 자본주의의 산물인 까닭에도 그 원인이 있지만, 법도 세상과 일심동체가 되어 타락했다(─이때 법은 타락이 아니라 현실의 수용이라고 자기정당화를 구성한다!). 사기의 에너지가 보편적 정서로 재구성된 시대이기에, 법의 간섭은 배제된다. 하여, 널리 법이 간섭하지 못하는 일들이 삶을 규율하고 지배한다. 같은 이치로 법치주의는 결국 약한 고리나 일부만을 걸러내는 체면치레의 기능을 극복하지 못한다. '선한 목적'과 '부정한 수단' 사이의 분리는 '돈과 시류'라는, 저 거대한 사회적 에너지가 탈락할 때 비로소 가능할 것 같다.

권리가 있는 곳에 구제가 있다

의무가 있는 상대방이 이 핑계 저 핑계 대는 사이에 시간이 너무 흘러버려 의지의 탈락이나 시효 때문에, 상대방이 가진 것이 없거나 재산을 빼돌리고는 '배 째라!'라고 나와 버린 경우(─'파산'이라는 제도로 인해 엇 믹는 일이 있지만, 이것은 다른 차원의 얘기이므로 따로 거론치 않는다.), 말로만 했지 문서를 남기지 않아 법에 의한 권리의 행사가 실패하는 경우(─'형, 아우' 하며 이뤄진 거래가 사고를 친다!), 내가 가진 권리의 경제적 가치에 비해 법률적으로 너무 복잡해서 법률전문가들이 조력을 기피하는 경우(법률전문가들 자신들에게 돈이 안 된다는 경우도 물론이다.), 무슨 말인지 이해할 수 없는 법리를 제공받아 어찌해야 할지 결단을 할 수 없는 경우… 이런저런 이유로 해서 권리가 있어도 구제가 어렵거나 불가능한 경우도 많다.

자기의 권리를 행사하는 사람은 어느 누구도 해하지 않는다

권리의 행사가 타인의 이익을 해치거나 타인을 고통에 들게 하는 일은 없다는 말인가? 법에서는 '권리남용'에 관한 것이 있지만(민법 제2조 제2항

: 권리는 남용하지 못한다.), 판례들을 보면 법 자신의 최소한 체면치레용에 지나지 않음을 쉽게 알 수 있다. 정말 어쩌다가 저것을 적용하는 경우에도, 법이 은전을 내리듯이 온갖 주저리주저리 이유를 달아 겨우 인정하는 정도다.

법에서 말하는 '권리남용'을 말하려는 것이 아니다. 법적인 보호의 범위 밖에 있으면서 동시에 사회적 정의의 관념에서는, 필연적으로 타인의 이익이나 고통에 관련될 수밖에 없는 권리의 행사가 넘친다. 세상에서의 더 무거운 진실은 법으로 규율되기 어려운 영역에서, 법 밖에서 일어나는 불공평이나 '갑질'에 더 많이 모여 있다. 법이니 법원이니 하는 것이 존재해도 구제될 수 없는 것이 넘친다. 법은 아무런 능력이 없고, 마치 운명인 듯이 평가되는 일들이다. 이것 역시 그 국가 · 사회의 성숙도와 신뢰자본에 의해 해결된다. 그럴 수밖에 없다. 아무리 새로 법을 만들고 기술적으로 대처하더라도 안 된다. 국부를 신뢰자본의 형성에 투입하는 것이 그나마 빠른 길이다.

계약은 법률에 우선한다.

이익을 향수하는 자가 손해도 부담한다.

누구든지 타인 행위의 결과에 의하여 책임을 지지 않는다

▶▶ 다른 사람의 행위에 대하여 책임을 지게 된다는 것은 그 자체로써 말이 안 된다. 그래서는 불안해서 살 수가 없다. 근대 이후 자기의 행위에 따른 책임만을 지는 것인 '자기책임의 원칙(―자기결정의 원리)'이 정립되었다. 우리 헌법이 '모든 국민은 자기의 행위가 아닌 친족의 행위로 인하여 불이익한 처우를 받지 아니한다(제13조 제3항).'라고 한 것은 연좌제의 불인정을 확인한 것이지만, 모든 타인의 행위로 인하여 불이익을 받지 않는다는 것은 현대 사상적으로 당연하다. '타인의 행위'나 '존재 자체'로써 이익

을 향유하는 자에게 '자기책임의 원칙'과는 달리 취급하는 법리가 없는 것은 아니다. '타인의 행위로써'에는 대리나 대표라는 제도가 있고, '존재 자체로써'에는 일부 영역에서 인정되는 무과실책임과 사용자책임이라는 것이 있다. 이 나라에서의 대리와 사용자책임은 문제가 많지만, 이익을 향유하는 자의 손해부담으로 하는 '무과실책임'은 실제로는 '입증책임의 전환'의 형태로 나타난다. 주로 '특정의 갑(―주로 대기업)과 관련이 된다. 전적으로 이익을 얻고 지배하는 영역에서 일어나는 문제는 그 '갑'이 잘못이 없다는 점에 대한 입증책임이 있다는 논거다. 대기업은 그 자체로써 유리한 지위에서 큰 이익을 얻는 반면, 그들이 가진 사업이나 시설은 그 자체가 각종 산업재해의 위험을 내포한 정도가 높다. 이 경우 손해의 분담을 '자기책임이나 과실책임의 원칙'에만 따르는 것은 공평하지 않다는 논리다. 대기업이 관련된 산재사고나 물건의 하자로 인한 책임, 병원의 의료과실에 대한 책임이 주로 거론된다. 그런데 실제로는 이것도 결코 쉽지가 않다. '을'이 저 거대한 '갑'을 상대로 '입증책임의 전환'의 이익을 기대한 재판을 건다는 것은 상당한 법률비용, 큰 용기, 길긴 인내를 요구한다.

▶▶ 내가 바라보는 곳은 것은 위와 같은 법리나 사정이 아니다. 우리의 거래환경에서의 '자기결정의 원칙'은 그 자체로써 흠결이자 잘못된 전제이다. 우리를 지배하는 환경에서는 '자기결정의 원리'는 언제든지 개인이든, 가족이든, 기업이든 망할 수 있다. 치명적인 결함을 가진다. 저 결함은 은근하게 전체에 기생하는 것이기에, '자기결정의 원칙'이라는 정도의 정신으로는 언발에 오줌 누기에도 이르지 못한다. '갑'이 미리 짜놓은 계약서에 대충 도장을 찍을 수밖에 없는 현실인데, 깨알의 글씨가 넘쳐 읽을 수도 없고 설령 읽어도 함정을 발견할 수도 없다. 무엇보다 그 전에 '을'의 처지에 감히 따지겠다고 나서는 것 자체가 죄가 된다! 아예 따지지 못한다는 죄가 먼저 성립한 후 전개되는 구조이다. 우리의 사법은 '저 죄가 부당하다는 영역'에는 관

심이 없다. 판단의 대상 밖이라는, 즉 법률적인 영역으로 내몰려 '도장 찍었잖아!'라는 것을 극복할 수 없다. 또 답은 간결하다. 계약의 체결과정에서 무기물평등이 어떻게 제거되느냐의 문제다. 재판을 얼마나 공평하고 잘하느냐가 아니라, 저것에 국가 · 사회적 에너지가 투입되어야 한다.

▶▶ '계약은 법률에 우선한다.'라는 것은 계약자유의 원칙의 다른 표현이다. 민법은 원칙적으로 '임의규정'이라고 하는데, 맺은 법률관계의 내용이 분명한 이상 법이 간섭하지 않는다는 말이다. 계약의 내용이 불분명할 경우에 비로소 민법이 적용되는 것이다. 이로써 자본주의가 탄력성을 가지고 활성을 가진다는 것이다. 그런데 이 역시 계약체결의 과정 자체가 실질적으로 평등하고 충분히 합리적이라는 전제가 담보되어야 하므로, 결국 위에 본 것과 같다.

약속은 지켜져야 한다.
채무는 채무자의 인격에 수반한다

약속을 지켜져야 한다는 것은 제대로 된 자본주의가 가능하기 위한 대전제이다. 자본주의는 빈번한 거래를 생산할 수밖에 없기 때문에, 신뢰가 아닌 법이나 물적 담보로써만 굴릴 수는 없다. 약속을 지켜진다는 것은 '채무의 이행'으로 구체화된다. 채무의 이행은 채무자의 인격에 영향을 받지만, '인격'은 그 시대가 가지는 전체로서의 지배가치에 종속된다. 무슨 말을 하려는가? 빚쟁이도 그 지배가치의 방향성과 결정성에 종속되면서, 다만 빚쟁이로서의 번민을 유지하는 일부의 자가 예외로 남는다.

돈이 유통되는 이유와 과정이 일그러진 욕망에 기초한 경우, 거래도 재산의 형성도 부당 · 불공평의 조건에 이뤄진다는 인식인 경우, 그것이 이 21세기 신자유주의 대한민국인 경우 편의상 노골적으로 구성적 표현을 해보면 〈빚은 안 갚는 것이 아니라 못 갚는 상황도 있다. 내가 거래처로부터 돈을 못 받으면, 내 수중에 돈이 있어도 나도 못 갚는 것이 거래의 상황일 수가 있다. 그렇게 층층이 물린 채권, 채무 사이에는 도덕적 잣대로는 곤란하다. 이런 연쇄에서는 먼저 갚는 자가 개별적으로 망한다. 그 망함에 대해 누구도 연민하지 않는다. 채무의 연쇄상황에서는 오로지 내가 살아남는 경우의 수가 제1의 선택지이고, 그럴 수밖에 없다. 처음에는 채무자는 돈 못 갚아 미안하며 죄인의 심정이고, 채권자는 돈 갚지 않는다며 원망한다. 하지만 시간이 지나면서 채무자는 미안함에서 무디어지고 죄의 기억에서 차츰 멀어지고, 채권자는 지친 끝에 사람에 관한 허망만이 새로이 남는다. 나는 살아남아야 한다는 저 가치만이 유일한 선택지이다.〉라는 식으로, 저런 구조로 갑남을녀의 생존 공학이 평균적인 도덕률로 정착한다. 법정의 뜨거운 호흡들에는 저런 냄새가 두텁게 배여 있다.

작성자의 의사야말로, 증서의 핵심이다

법에서 말하는 '표현주의'와 '의사주의' 중, 궁극으로 좋은 것은 '의사주의'다. 문서에는 뭐라고 적혀 있던 작성자(—흔히 '도장 찍은 자')의 진정한 의사를 살펴 그것이 확인되어, 그대로 인정하는 것이다. 그런데 '작성자 진정한 의사'의 확인은 어려운 경우가 많다. 문서의 진정에 관련한 재판을 해본 사람은 알 것이다. 인간은 자신이 보려고 한 것만 본다든지, 같은 사실을 두고 그 취지를 다르게 이해했거나 나중에 다르게 주장한다든지, 시간의 경과와 함께 인간의 기억이 명쾌할 수만은 없다든지, '형식적 진실'을 넘어 '실체적 진실'에 들어갈 법절차가 과연 인간에게 얼마나 주어질 것이냐 라든지… 등등으로 해서 절대 쉽지 않다는 것을! 진의가 그대로 반영된 법률행위와 그것에 관한 증거의 존재성의 문제이니, 이 또한 관련되는 제도적·사회적·경제적 제 여건이 무엇인지 물어야 한다.

법이 없을 때는 격언이 지배한다

▸▸ 성문의 법 규정은 물론 기존의 판례를 동원해도 세상에 일어나는 사건을 모두 커버할 수는 없다. 법이 예측하지 못한 새로운 유형의 케이스도 얼마든지 발생한다. 법 기술의 한계요, 법의 공백상태이다. 그렇더라도 법원은 제기된 사건에 대해서 재판을 하고 결론을 내려야 한다. 이럴 때 등장하는 것이 '조리(條理)'이다. 그래서 민법도 "민사에 관하여 법률에 규정이 없으면 관습법에 의하고 관습법이 없으면 '조리'에 의한다(제1조)."라고 규정하고 있다. 이에 대해 판례는 "민법 제1조는 '민사에 관하여 법률에 규정이 없으면 관습법에 의하고 관습법이 없으면 조리에 의한다.'라고 규정하고 있고, 여기서 조리라 함은 사물의 본성을 말하며 흔히 사물·자연의 이치, 사물의 본질적 법칙, 사람의 이성에 기하여 생각되는 규범 등으로 표현된다. 우리 민법은 이처럼 법률과 관습법이 존재하지 않는 경우 조리에 대하여 보충적인 법원성을 인정하고 있고, 이는 성문법주의 하에서 법률의 흠결이 불가피하다는 고려에 기인하는 것으로 이해할 수 있다(대법원 2006다19054 판결)."라고 해석하고 있다. 도리(道理)나 건강한 상식으로 이해할 수 있다. 한편으로 '격언(格言)'을 사전적으로 "법언(法言)·금언(金言)·잠언(箴言)·경구(警句)라고도 하며, 도리에 지극히 합당하여 삶의 지표로 삼을 만한 내용을 간결한 표현으로 나타낸 것으로 널리 알려진 어휘나 문장"이라고 하니, 결국 '격언'이나 '조리'나 그리 다르지 않아 보인다. 해서, '법이 없을 때는 격언이 지배한다.'라고 하는 법언은 수긍이 간다.

▸▸ 그런데 학자들은 법이라는 전문영역에서 상식과도 같은 '조리'가 법원(法源 법의 존재 형식)이 될 수 있는가? 하며 고개를 흔들기도 한다. 현실적으로 법의 존재 형식 따위는 중요하지도 않고, 조리가 민법의 규정상은 꼴찌(성문법규와 관습법 다음에야 부름을 받는 위치)이지만 실제로는 상당히 큰 역할을 한다. '판사는 결론을 내려놓고는, 법이나 판례를 찾아 그 결론에

끼워 맞춘다.'라는 시쳇말이 있는데, 저것은 진실일 수도 있고 아닐 수도 있다. 인간의 사고체계에 비춰, 설령 진실이더라도 어쩔 수 없다. 인간은 어떤 사물을 만나면 논리적 추적을 하기 전에, 직관으로부터 어떤 특정의 감을 먼저 가진다. 아, 이건 이렇구나, 저건 저렇구나, 이건 나쁘네, 저건 안 되었네, 무슨 이렇게까지… 라는 본능적 느낌이 먼저 와버린다는 것이다. 이것이 '정서적 조리'의 측면이다. 이 '정서적 조리'는 명문의 규정이나 판례가 없을 때 '논리적 조리'로 변경을 한 후, 사안에 대한 판단기능으로 작용한다. 한편으로 이 '조리'는 관련 규정이나 판례가 있을 때도 중요한 배경으로 작용한다. '신의성실의 원칙'도 크게 보면 '조리'의 영역에 해당한다. 결국, 이럴 때 '법은 상식이다!'라는 이해가 자리를 잡는다. 그런데 말이다. 많은 경우 '법은 상식이 아니다!'로 된다. 법률문제를 상식으로만 판단했다가는 큰코다칠 일도 언제든지 일어날 수 있다. 법에는 일반의 상식으로 이해하는 수준보다 훨씬 엄격한 행위기준을 요구하는 경우도 있는 점, 법은 단지 상식을 넘어 규범적 가치의 차원에서 해석하게 되는 경우가 많은 점, 일민의 상식이 침투해 들어가기에는 너무 전문적이거나 복잡한 가치를 참유한 법의 영역도 많은 점 등으로 해서… 상식을 따돌려버린다. 여기서도 모든 국민이 자신의 법률문제를 '낮은 법률 비용'으로 법률가에게 맡기고, 자신은 일상에 돌아가는 법률 환경이 정착되어야 하는 이유가 발견된다.

법을 떠날 수 있는 방법을 잘 아는 법률가는 훌륭한 법률가다

▶▶ 소송은 싫든 좋든 시간과 비용이 들고 스트레스를 껴안는다. 소송의 끝인 판결은 승패를 가르는 것이므로 갈등의 해소가 아니라, 새로운 국면의 갈등을 생산한다. 그리고 판결은 너무 많은 너무 과도한 물적, 심적, 시간적(―대법원이나 파기환송까지 수년을 잡아먹을 수도 있다.) 비용의 지출로 인해, 이기고도 실제로는 '이러려고 이 재판을 했는가!'라는 상처가 너무 큰 영광인 경우도 있다. 그래서 소송을 가지 않고 갈등을 해소할 수 있는

출구가 많아야 한다. 아직 부족하지만 그래도 재판이 빨라졌고, 법원이 화해나 조정에 의한 분쟁의 해결에 적극적인 편이다. 다만, 화해나 조정을 무리하게 시도한다는 볼멘소리도 있다.

▶▶ '부자가 천국 가기는 낙타가 바늘구멍통과보다 어렵다.'라는 성경구절과 사촌쯤 되는 것으로는 '가장 나쁜 이웃은 변호사'라는 서양속담을 데려올지도 모르겠다. 어떻게든 송사로 엮어 돈 벌려는 변호사 세태가 없지도 않지만, 로스쿨로 인한 변호사의 증가와 법률정보 접근환경이 좋아진 오늘날에는 그 사정이 일부는 다르기는 하다. 다만 변호사의 수임료는 현재보다 낮은 수준으로 설정되어야 한다. 특히 고액의 그것에는 대폭 하향의 한계를 두어야 한다.

▶▶ 몇 가지 문제가 없지는 않다. '법을 떠날 수 있는 방법'을 찾으면 그때 법률가는, 인간적으로 훌륭할지 모르지만, 직업인으로서 법률가는 굶는다. 이 경우 사실은 인간적으로도 그리 인사를 듣지 못한다. 의뢰인은, 뭔가 법적으로 나아가야지 법률가의 역할을 인식하는 것이지, 대화로 끝낼 지혜를 찾아준 법률가에게는 '대체 네가 한 것이라는 게 뭐 있는데?'라는 인식을 하게 만들고, 그에 따라 법률가에게 경제적 대가는 물론 정서적으로도 넘어오는 것이 그리 없다. 사정이 저러하니 법률가도 뭔가 하는 것 같은 송사의 상황을 들어가야 한다는 관념을 가질 수밖에 없다. 그런데 그 이전에 법률가가 거론되는 정도의 사안에서는, '법을 떠날 수 있는 방법'이 그리 먹히지 않는다. 주야장천 법적 공방으로만 가는 것이 보통이다. '함께 손해를 분배해야 한다는 현실에서의 당위'에 대한 의식이 부재한 것이다. 또 '예방적 법률비용'의 지급에 대한 의식이 없는 나라이다. 나중에는 1천만을 들 것을 미리 법률가를 통함으로써 1백만으로 해결될, 즉 '예방적 법률'에 대한 의식이 형편없는 현실이라는 점도 이 나라의 후진성이

다. 상담이나 자문에 대한 보수지급의 의사도 없다. 눈에 보이는 물건 외에 '지적 산물'에 대한 경제적 가치를 모르는 바이고, 한편으로 사고가 터져야지 허겁지겁 대가를 지급하는 후진성이다. 또 있다. 의뢰된 그 과제에 대한 법률문제만 처리될 뿐이지, 그 과제와 관련되어 생산될 수 있는 2차적·3차적 또는 부수적 법률문제에 대해서는 처리되지 못하고 남는 일이 많다. 기본적으로는 법률가도 자신의 일과 똑같이 고민할 수는 없는 탓이지만, 사법 환경의 후진성에 상당한 이유가 있다. 이 모두가 피곤한 현상이지만, 엄연한 현실이다.

유언자의 유언은 그 사람이 사망할 때까지 유동적이다

▸▸ '유언의 자유'는 유언자가 살아있을 때 가졌던 생활관계나 재산을 그가 죽은 후에도 그의 의사에 따라 처분되는 것을 보장한다. 물론 '생활관계'보다는, '재산'이다. 개인이 자기의 재산을 스스로의 뜻대로 하는 것을 보장하는 '법률행위 자유의 원칙'과 마찬가지로 유언자유의 원칙이 확립되어 있다. 유언은 유언자가 사망함과 동시에 효력이 발생된다. 이 법언에는 유언철회도 자유도 내포되어 있다. 유언자가 살아 표시했던 의사 중 가장 나중의 그것을 유언자의 최종적인 의사로 본다. 즉, 사망시점과 가장 가까운 의사이다. 그런데 유언의 방식이 까다롭다. 민법은 그 방식을 5가지(자필증서, 녹음, 공정증서, 비밀증서, 구수증서)에 의한 유언만을 인정하는데, 판례는 '민법 제1065조 내지 제1070조가 유언의 방식을 엄격하게 규정한 것은 유언자의 진의를 명확히 하고 그로 인한 법적 분쟁과 혼란을 예방하기 위한 것이므로, 법정된 요건과 방식에 어긋난 유언은 그것이 유언자의 진정한 의사에 합치하더라도 무효라고 하지 않을 수 없다(대법원 2005다57899 판결).'라고 판시한다.

▸▸ 부모가 자식에게 부양료를 내놓으라는 재판을 거는 시대이다. 노부모

와 자식이 함께 살지 않는 세대인 점, 노후 수입은 없는 반면 삶의 종료까지 남은 시간이 길게 드리워진 점, 자식들도 살기가 팍팍한 현실인 점, 부모와 자식 사이의 인적 점도(粘度)가 급속히 옅어진 시대인 점, 그리고 그 무엇보다 사회안전망이 턱없이 부족한 나라인 점 등으로 인해 노인의 생계문제는 심각한 현실로 치닫고 있다. 예를 들어, 저소득이나 청년실업의 망에 걸려 있는데다가 너무나 높은 주거비로 인해 고통을 받는 자식 앞에서, 단 하나의 주택을 가진 부모는 어찌해야 할까? 좁은 집에 같이 살아야 할까? 자부, 사위, 손자와 작은 공간에서 서로 조바심으로 긴장으로 버티며 살아야 할까? 자식에게 집을 넘겨주고 부모는 월세방으로 퇴각해야 할까? 미리 자식에게 물려준 재산을 반환하라는 쟁송도 벌어지고 있다. 지나친 학벌사회인 탓에 자식의 교육비로 등골이 빠진 후, 말년에 골병이 드는 노인도 더러 있다. 살아 자식에게 재산을 넘기지는 말라는 차가운 경고음도 있지만, 그래도 '자식 이기는 부모 없다!'라는 나라여서인지 현실에서는 만만치가 않다.

▶▶ 부모를 부양하는 일이 당연했던 시대는 지나갔다. 젊은 사람들의 입에서 이젠 노인의 삶은 국가·사회가 떠맡아야 한다는, 답답함과 스스로 자신 없음의 토로가 어렵지 않게 나오는 시대다. 노인을 위한 사회안전망이 절실하다. 노령연금이나 노인장기요양보험 등 제도가 있으나, 'OECD(경제협력개발기구) 회원 중 창피할 정도다!'란 시쳇말 그대로 아직 너무나 열악한 현실이다. 그러면, 가족공동체의 복원을 고민하는 것으로부터도 길을 찾아야 하는가? 이것은 이미 돌아선 시대를 헛되이 회귀하려는, 불가능한 망상인가! (후기 끝)

제9요일　　이봉호 지음 ┃ 280쪽 ┃ 15,000원

4차원 문화중독자의 창조에너지 발산법　창조능력을 끌어올리는 '세상에서 가장 쉽고 가장 즐거운 방법들'을 소개했다. 제시한 음악, 영화, 미술, 도서, 공연 등의 문화콘텐츠를 즐기기만 하면 된다. 파격적인 삶뿐 아니라 업무력까지 저절로 향상되는 특급비결을 얻을 수 있다. 무한대의 창조에너지가 비수처럼 숨어 있는 책이다.

광화문역에는 좀비가 산다　　이봉호 지음 ┃ 240쪽 ┃ 15,000원

4차원 문화중독자의 탈진사회 탈출법　대한민국의 현주소는 좀비사회 1번지! 천편일률적인 탈진사회의 감옥으로부터 유쾌하게 탈출하는 방법을 담고 있다. 무한속도와 무한자본, 무한경쟁에 함몰된 채 주도권을 제도와 규율 속에 저당 잡힌 우리들의 심장을 향해 날카로운 일침도 날린다.

나는 독신이다　　이봉호 지음 ┃ 260쪽 ┃ 15,000원

자유로운 영혼의 독신자들, 독신에 반대하다!　치열한 삶의 궤적을 남긴 28인의 독신이야기! 자신만의 행복한 삶을 창조한 독신남녀 28人을 소개한다. 외로움과 사회의 터울 속에서 평생을 씨름하면서도 유명한 작품과 뒷이야기를 남긴 그들의 스토리는 우리의 심장을 울린다.

H502 이야기　　박수진 지음 ┃ 284쪽 ┃ 15,000원

희로애락 풍뎅이들의 흥미진진한 이야기　인간이 만든 투전판에서 전사로 키워지며, 낙오하는 즉시 까마귀밥이 되는 끔찍한 삶을 사는 장수풍뎅이들. 주인공인 H502는 매일 살벌한 싸움을 하는 상자 속에서 힘을 키우며 강해지고 단단해지는 비법을 전수받는다. 그러던 어느 날 상자 밖으로 탈출할 절호의 기회가 찾아와 목숨을 거는데 과연 성공할 수 있을까.

나쁜 생각　　이봉호 지음 ┃ 268쪽 ┃ 15,000원

자신만의 생각으로 세상을 재단한 특급 문화중독자들　세상이 외쳐대는 온갖 유혹과 정보를 자기식으로 해석, 재단하는 방법을 담았다. 피카소, 아인슈타인, 메시앙, 르코르뷔지에, 밥 딜런 시몬 볼리바르, 전태일, 황병기, 비틀스, 리영희, 마일스 데이비스 에두아르도 갈레아노, 뤼미에르 형제, 하워드 진, 미셸 푸코, 마르크스, 프로이트, 다윈 등은 모두 '나쁜 생각'으로 세상을 재편한 특급 문화중독자들이다. 이들과 더불어 세상에 저항했고 재편집한 수많은 이들의 핵 펀치 같은 이야기가 펼쳐진다.

그는 대한민국의 과학자입니다　　노광준 지음 | 616쪽 | 20,000원

황우석 미스터리 10년 취재기　세계를 발칵 뒤집은 황우석 사건의 실체와 그 후 황 박사의
행보에 대한 기록. 10년간 연구를 둘러싸고 처절하게 전개된 법정취재, 연구인터뷰, 줄기
세포의 진실과 기술력의 실체, 죽은 개복제와 매머드복제 시도에 이르는 황 박사의 최근근
황까지 빼곡히 적어놓았다.

대지사용권 완전정복　　신창용 지음 | 508쪽 | 48,000원

고급경매, 판례독법의 모든 것!　대지사용권의 기본개념부터 유기적으로 얽힌 공유지분,
공유물분할, 법정지상권 및 관련실체법과 소송법의 모든 문제를 꼼꼼히 수록. 판례원문을
통한 주요판례분석 및 해설, 하급심과 상고심 대법원 차이, 서면작성 및 제출방법, 민사소
송법 총정리도 제공했다.

음악을 읽다　　이봉호 지음 | 221쪽 | 15,000원

4차원 음악광의 전방위적인 음악도서 서평집 40　음악중독자의 음악 읽는 방법을 세세하게
소개한다. 40권의 책으로 '가요, 록, 재즈, 클래식' 문턱을 넘나들며, 음악의 신세계를 탐방한
다. 신해철, 밥 딜런, 마일스 데이비스, 빌 에반스, 말러, 신중현, 이석원을 비롯한 수많은 국내
외 뮤지션의 음악이야기가 담겨 있다.

남편의 반성문　　김용원 지음 | 221쪽 | 15,000원

"나는 슈퍼우먼이 아니다"　소통 없이 사는 부부, 결혼생활을 병들게 하는 배우자, 술과 도박, 종
교에 빠진 배우자, 왕처럼 군림하고 지시하는 남편, 생활비로 치사하게 굴고 고부간 갈등 유발하
는 남편. 결혼에 실패한 이들의 판례사례를 통해 잘못된 결혼습관을 대놓고 파헤친다. 결혼생활
을 지키기 위해 알아야 할 기본내용까지 촘촘히 담았다. 기본 인격마저 무너지는 비참한 상황에
놓인 부부들, 막막함 속에서 가족을 위해 몸부림치는 부부들 이야기까지 허투루 볼 게 하나 없다.

몸여인　　오미경 지음 | 서재화 감수 | 239쪽 | 14,800원

자녀와 함께 걷는 몸여행 길!　동의보감과 음양오행 시선으로 오장육부를 월화수목금토일, 7
개의 요일로 나누어 몸여행을 떠난다. 몸 중에서도 오장(간, 심, 비, 폐, 신)과 육부(담, 소장, 위장,
대장, 방광, 삼초)가 마음과 어떻게 연결되고 작용하는지 인문학 여행으로 자세히 탐험한다. 큰
글씨와 삽화로 인해 인체에 대해 궁금해하는 자녀에게 쉽고 재미있게 설명해줄 수 있다.

대통령의 소풍
김용원 지음 ǀ 205쪽 ǀ 12,800원

인간 노무현을 다시 만나다! 우리 시대를 위한 진혼곡   노무현 대통령을 모델로 삶과 죽음의 갈림길에 선 한 인간의 고뇌와 소회를 그렸다. 대통령 탄핵의 실체를 들여다보고 우리의 정치현실을 보면서 인간 노무현을 현재로 불러들인다. 작금의 현실과 가정을 들이대며 역사 비틀기와 작가적 상상력으로 탄생한 정치소설이다.

어떻게 할 것인가
김무식 지음 ǀ 237쪽 ǀ 12,800원

나를 포기하지 않는 자들의 자문법   절대 포기하지 않고 끈질기게 도전하면서 인생을 바꾼 이들의 자문자답 노하우로 구성하였다! 정상에 오르기 위해 스스로를 연마하고 자기와의 싸움에서 승리한 자들의 인생지침을 담은 것. 포기하지 않는 한 당신에게도 기회가 있다. 공부하고 인내하면서 기회를 낚아챌 준비를 하면 된다. 당신에게도 신의 한 수는 남아 있다! 이 책에 그 방법이 담겨 있다.

탈출
신창용 지음 ǀ 221쪽 ǀ 12,800원

자본과 시대, 역사의 횡포로 얼룩진 삶과 투쟁하는 상황소설   자본의 유령에 지배당하는 나라 '파스란'에서 신분이 지배하는 나라인 '로만'에 침투해, 로만의 절대신분인 관리가 되고자 진력하는 'M'. 하지만 현실은 그에게 등을 돌리고 그를 비롯한 인물들은 저마다 가진 존재의 조건으로부터 탈출하려고 온몸으로 발버둥치는데… . 그들은 과연 후세의 영광을 위한 존재로서 역사의 시간을 왔다가는 자들인가 아닌가…

흔들리지 않는 삶은 없습니다
김용원 지음 ǀ 187쪽 ǀ 12,800원

나의 삶을 지탱해주는 것들 100   삶을 끝까지 지속하게 하는 100가지 이야기! 세상으로부터 상처받고 좌절하며 심하게 흔들렸지만, 그 흔들림으로부터 얻은 소소한 깨달음을 기록했다. 몸부림치며 노력했던 발자취를 짧고 간결한 글과 사진으로 옮겼다. 세상을 돌아가게 하는 공공연하면서도 은밀한 암호들에 대해 해독하는 방법도 깨칠 수 있다.

하노이 소녀 나나
초이 지음 ǀ 173쪽 ǀ 11,800원

한국청년 초이와 베트남소녀 나나의 달달한 사랑 실화!   평범한 가정에서 평범하게 자라 평범한 30대 중반의 직장인, 평범한 생활, 평범한 스펙, 평범한 회사에 다니다가 우연히 국가지원 프로젝트를 맡으면서 베트남 생활을 하게 된다. 아이 같은 아저씨와 어른 같은 소녀의 조금은 특별한 이야기. 서울과 하노이… 서른여섯, 스물셋…. '그들 사랑해도 될까요?'

아내를 쏘다　김용원 지음 | 179쪽 | 11,800원

잔인한 세월을 향해 쏘아 올린 67통의 이야기　세월의 감옥에 갇힌 한 남자의 이야기! 젖
먹이 아이와 아내를 홀로 두고 뜻하지 않게 군에 간 남자가 세상과 아내를 향해 무한한 사
랑과 그리움이 담긴 글을 쏘아 올린 것. 가슴 벅찬 즐거움을 줄 수도 있고, 마음을 아리게 할
수도 있다. 닫혀버린 시간과 그 애절함을 노래한 김용원 시인의 손편지는 각박하게 살아가
는 그대에게 넉넉한 쉼과 치유의 힘을 준다. 언제나 그랬듯 편지는 그리움을 전달하는 가장
강력한 수단이고, 서로가 살아 있음을 알리는 메신저이자 무기다. 잠시나마 그리움의 바다
에 퐁당 빠져볼 것을 강력히 권해본다.

탈출, 99%을　신창용 지음 | 331쪽 | 14,800원

존재의 조건이 찢긴 자들　《탈출》의 두 번째 이야기! 전 권을 읽지 않아도 이야기의 이해
나 흐름에 방해받는 것은 없다. 주인공 'M'과 이야기를 이끄는 '파비안', 그들은 자본권력과
'1% 갑'의 폭력에 순치되거나 살아남으려 무던히도 애쓴다. 하지만 현실의 벽은 그들을 저
밑바닥 끝까지 내던져버린다. 민심의 권태와 법의 타락, 선한 정부의 무능과 언론의 동조,
그리고 만인의 폭력과 자본의 폭력에 의해 욕망의 화신이 된 것처럼 보이는 그들은 저 폭력
들에 맞서는 것인지, 아니면 현실을 수용하는 것인지?

　'99%을'은 저 폭력을 어찌해야 하며, 궁극의 '공존(共存)'을 어디에서 찾아야 하는지 이 소
설은 묻고 파헤친다. 지난한 투쟁이 후세에 그 영광을 넘기는 바가 우주적 질서라면, 인간은
어떤 구제가 가능할까? 주인공 '파비안'은 저 근본 물음에 침묵하거나 어지러이 떠돈다.

　'이 소설은 왜 예민한 현실의 정치와, 권력과, 경제를 천착하는가?' 세상을 지배하는 영역
인 정치·권력·경제 세계에 눈을 감거나 지나친 방론에 머무는 인문이 무슨 의미인가를 묻
는다. 세상을 좀 더 깊게 들여다보고 그 속에서 일어나는 일들을 진중하게 읽어볼 때다. 어
쩔 수 없다고 떠들어대는 자본의 변명과 자기정당화, 과연 정당한가?

조물주위에건물주　신창용 지음 | 95쪽 | 4,800원

『탈출, 99%을』에게 바치는 진군가　경제와 함께 정치가 규정하는 큰 틀은 '1% 갑 : 99%
을'의 삶을 구속한다. 책은 '갑들'의 리그에 대한 응징에 앞서 '99% 을들'의 희망에 초점을
맞췄다. 사회구조적인 종속관계에 걸린 '을(乙)'들의 서사와 이 땅을 지배하는 것들에 대한
단상들이 냉정한 논조로 펼쳐진다. 정치 무관심·외면, 재벌지배자, 권력자 팟캐스트, 일자
리·일거리, 비정규직·영세자영업, 기회·결과의 평등, 사회안전망, 세월호, 미투, 촛불혁명,
김광석, 선거, 남북, 미국, 1가구1주택·감면, 헌법, 법언까지 한국에서 큰 이슈가 되었던 정
치·경제·사회 주제를 재료로 소환했다.

　"돈과 거짓 신화의 악마는 정치적 무관심이나 외면이 일상화된 사회를 탐한다. 정치에 관
한 무관심이나 외면이 팽배한 곳은, 바로 재벌과 '1% 갑'이 '99%을'을 현혹하고 다스리기
딱 좋은 환경이다."

이 책을 읽을
당신과 함께
하고 싶습니다!

이 책을 읽은
당신과 함께
하고 싶습니다!

We Love You.